U0534671

书信 评论 杂文

下卷

鲁迅 著
温儒敏 编选

鲁迅
精选两卷集

人民文学出版社

下 卷 目 录

杂文 ········· 1

随感录三十五 ········· 6
随感录三十八 ········· 8
随感录六十二　恨恨而死 ········· 13
智识即罪恶 ········· 15
《呐喊》自序 ········· 19
忽然想到（五、六） ········· 24
论雷峰塔的倒掉 ········· 29
看镜有感 ········· 32
春末闲谈 ········· 37
灯下漫笔 ········· 42
《出了象牙之塔》后记 ········· 49
论"他妈的！" ········· 56
论睁了眼看 ········· 61
十四年的"读经" ········· 66
这个与那个 ········· 71
论"费厄泼赖"应该缓行 ········· 79
学界的三魂 ········· 88
谈皇帝 ········· 92
《穷人》小引 ········· 94

写在《坟》后面	98
无声的中国	103
读书杂谈	108
答有恒先生	114
小杂感	120
关于知识阶级	124
流氓的变迁	130
中国无产阶级革命文学和前驱的血	133
听说梦	135
观斗	139
由中国女人的脚,推定中国人之非中庸,又由此推定孔夫子有胃病	141
言论自由的界限	146
经验	148
二丑艺术	151
爬和撞	153
小品文的危机	155
由聋而哑	158
世故三昧	160
《北平笺谱》序	163
关于中国的两三件事	166
《准风月谈》前记	174
古人并不纯厚	177
拿来主义	180
从孩子的照相说起	183
中国人失掉自信力了吗	186
说"面子"	188
运命	191
隔膜	193

论讽刺 ……………………………………… *197*

病后杂谈 …………………………………… *199*

在现代中国的孔夫子 ……………………… *212*

论"人言可畏" ……………………………… *219*

评论 …………………………………………… *223*

摩罗诗力说(节选) ………………………… *226*

文化偏至论(节选) ………………………… *232*

我们现在怎样做父亲 ……………………… *237*

中国小说的历史的变迁(节选) …………… *248*

革命时代的文学 …………………………… *255*

文艺与政治的歧途 ………………………… *260*

魏晋风度及文章与药及酒之关系 ………… *266*

对于左翼作家联盟的意见 ………………… *287*

上海文艺之一瞥 …………………………… *292*

门外文谈 …………………………………… *304*

书信 …………………………………………… *325*

《两地书》之一、二 ………………………… *328*

《两地书》之八二、八三 …………………… *333*

致宋崇义 …………………………………… *338*

致李秉中 …………………………………… *340*

致韦素园 …………………………………… *342*

致曹聚仁 …………………………………… *345*

致萧军、萧红 ……………………………… *348*

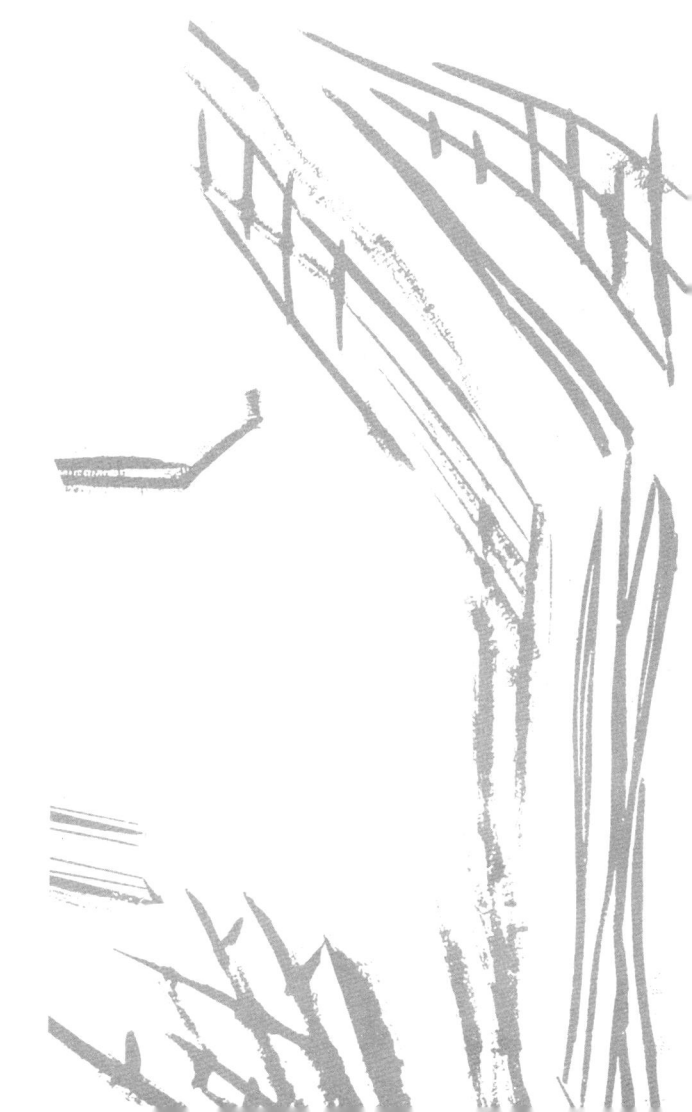

杂文

这里收鲁迅杂文五十一篇，大部分写于20世纪二三十年代。鲁迅的杂文不但有巨大的思想价值，也有独特的艺术价值，是文学史上的一大景观。鲁迅一辈子写过六百五十多篇杂文，一百三十五万字，收到十六个杂文集子里。"杂文"这个说法早在《文心雕龙》中就有，不过那只是一种"名号多品"，意思是很多不同体式的文章曲谣杂而归类，谓之"杂文"，可见古代还没有这一文体。该文体的自觉，源于1918年4月《新青年》第四卷第四号起设立的"随感录"专栏，专门刊发杂感、短论，多是应时急就章，对于社会、文明毫无忌惮加以批评，倾注探求新社会的激情。这便是现代杂文的发祥地，而鲁迅是当时主要的撰稿者之一。后来鲁迅除了写小说、散文，更多精力便用在写"随感录"式的文章，逐步形成有鲜明个性的一种特别的文体，以致"鲁迅杂文"成为专有名词。杂文不是虚构的文学创作，也不是一般的论文，而是有感而发，直接干预现实的艺术类散文。用鲁迅的话来说，"是在对于有害的事物，立刻给以反响或抗争，是感应的神经，是攻守的手足"（《〈且介亭杂文〉序言》）。也有人把杂文叫作"杂感"。如瞿秋白就曾编过一本《鲁迅杂感选集》，并为之作序。

从20世纪初到30年代，中国经历了许多重大的事变，包括辛亥革命、北洋政府统治、"五四"、北伐、"五卅"、"三一八惨案"、大革命失败、国共合作分裂、红军长征、左翼文化运动、革命文学论争、日本发动侵华，等等，几乎所有这些事变，都在鲁迅杂文中得到记录与回应。不是历史学家那样的记录，而是文学家角度的有血有肉的记录，是偏重社会人心、思想文化角度的记录。

读鲁迅杂文，可以获得丰富的文史知识，了解现代中国的历史，了解我们传统文化得失，特别是了解一百多年来的民族心灵史，了解国情，做到知人论世。鲁迅可以让我们真正认知中国的根底，中国人的精神的"老底子"是什么样，而这些不是通过一般的知识传授就可以做到，要有体验、感性地进入。鲁迅杂文带有自己对历史、文化深切的感受，绝不是空论，不是策论，不是书斋里的学问,是带着自己的血肉去看取人生,看取中国。

鲁迅杂文多做"文明批评与社会批评",尤其是对国民性劣习的批判,时常一针见血,不留情面。加上又常用文学形象的描写,漫画式概括,给人辛辣的讽刺性的效果,若不理解其本意,难免会以为是"骂人"。

现今读鲁迅杂文,给人印象最深的,恐怕还是对国民性的猛烈的批判。鲁迅的国民性批判带有社会心理研究的性质,而且往往注目于最普通最常见的生活现象。例如鲁迅对"看客"心态的揭示,就很能说明鲁迅批判国民性的苦心和特色。鲁迅写得最多的,就是这种世态炎凉,人心麻木。人们隔岸观火、玩味、欣赏别人的苦难,是如同看戏。而只会看戏、做戏的民族是可悲的。这也是鲁迅批判国民性时反复提及的问题。

有的人可能并不了解鲁迅所批判的国民性的具体内涵,也不了解鲁迅是在什么背景下进行这种批判,所以直观地对鲁迅的批判方式反感,不能接受,甚至担心会丑化了中国人,伤害民族的自尊与自信。鲁迅的确毕生致力于批判国民性,其实也就是他所理解的实现文化转型的切要的工作。他的小说、杂文,时时不忘揭露批判我们中国人的劣根性,如奴性、面子观念、看客心态、马虎作风,以及麻木、卑怯、自私、狭隘、保守、愚昧,等等,在鲁迅笔下都被揭露无遗。作为一个清醒而深刻的文学家,一个以其批判性而为社会与文明发展提供清醒的思想参照的知识分子,鲁迅对国民性的批判真是我们民族更新改造的苦口良药。

其实细读鲁迅就能体会,他尖刻的批评中,更多的是在做文化现象与"社会相"的揭露和研究。他所画下的许多脸谱,固然也都有所指,有的还是针对论争的对象,但鲁迅一般都将批判深入文化心理和社会行为模式层面。鲁迅说他"没有私敌,只有公仇",的确如此。

鲁迅杂文往往就现实中某个思潮、现象或者某种言论发表意见,是所谓"感应的神经,攻守的手足",是"匕首"与"投枪",有时短促突击,突出批判的力度,难免有些"偏激",有"片面的深刻"。若多看几篇,又会发现鲁迅的观点往往是互补和辩证的。鲁迅说他常常解剖别人,更多的是解剖自己,承认自己的思想也受到传统文化某些荼毒,带有"毒气"与"鬼气",怕因此影响到青年。鲁迅从不把自己的观点当作是"权威",可以当作青年人的"导师",多次声明自己的思想不过是"中间物",世间一切无不是进化链条中的

"中间物"。所以鲁迅的杂文在批判中可能有些犹疑、反复。理解鲁迅思想作为"中间物"的这一关键，就能更好领会鲁迅杂文中常见的悖论、寂寞与无奈。

鲁迅因其思想内涵的博大，在不同的历史时期都可能有不同角度的解释和利用，同时也会引起各种不同意见的争议。这就是经典的"命运"吧。但鲁迅思想毕竟有他的内核和本质的规定性，这在他的杂文中体现更为集中而且鲜明。即本书前言归纳的四个"反"："反传统""反专制""反精英"和"反庸众"。读鲁迅杂文，既要联系其写作的时代背景和特定的语境，又不能满足于了解其当时的批判意义，还应当体会鲁迅思考的独立性及其对人性的深刻了解。他的四个"反"既有现实批判性，又往往包含有洞察社会历史的思想穿透力。天才人物，思维深刻超前，往往不易为常人所理解，甚至不容于世，但任何社会都需要有超越凡俗的批判性的思想烛照，人类才能在黑暗中得到前引的亮光。

随感录三十五

【题记】鲁迅在《新青年》的《随感录》专栏共发过二十七篇文字,这里选读其一,是《随感录》专栏第三十五篇,发表于1918年11月15日《新青年》第五卷第五号,署名唐俟,后收入《热风》。

从晚清到"五四"时期,甚至到现在,都有"保存国粹"一说。在鲁迅看来,中国传统文化肯定也有优秀的东西,但不能笼统以为是与众不同的"粹",就盲目崇拜,关起门来无选择地"保存"。文中的三个"倘说",是针对在这问题上的三种糊涂观念。鲁迅很直白地点明一个"标准","要我们保存国粹,也须国粹能保存我们","保存我们,的确是第一义"。

从清朝末年,直到现在,常常听人说"保存国粹"这一句话。

前清末年说这话的人,大约有两种:一是爱国志士,一是出洋游历的大官。他们在这题目的背后,各各藏着别的意思。志士说保存国粹,是光复旧物的意思;大官说保存国粹,是教留学生不要去剪辫子的意思。

现在成了民国了。以上所说的两个问题,已经完全消灭。所以我不能知道现在说这话的是那一流人,这话的背后藏着什么意思了。

可是保存国粹的正面意思,我也不懂。

什么叫"国粹"?照字面看来,必是一国独有,他国所无的事物了。换一句话,便是特别的东西。但特别未必定是好,何以应该保存?

譬如一个人,脸上长了一个瘤,额上肿出一颗疮,的确是与众不同,显出他特别的样子,可以算他的"粹"。然而据我看来,还不如将这"粹"割去了,同别人一样的好。

倘说:中国的国粹,特别而且好;又何以现在糟到如此情形,新派摇头,旧派也叹气。

倘说：这便是不能保存国粹的缘故，开了海禁[1]的缘故，所以必须保存。但海禁未开以前，全国都是"国粹"，理应好了；何以春秋战国五胡十六国闹个不休，古人也都叹气。

倘说：这是不学成汤文武周公[2]的缘故；何以真正成汤文武周公时代，也先有桀纣暴虐，后有殷顽作乱[3]；后来仍旧弄出春秋战国五胡十六国闹个不休，古人也都叹气。

我有一位朋友说得好："要我们保存国粹，也须国粹能保存我们。"

保存我们，的确是第一义。只要问他有无保存我们的力量，不管他是否国粹。

注释：

[1] 海禁　明清两朝实行闭关政策，禁止民间商船出口从事海外贸易，规定外国商船在指定的海口通商，这些措施叫"海禁"。从1840年鸦片战争开始，西方列强用枪炮打开了中国的大门，强迫中国接受了一系列不平等条约，海禁遂开，中国逐渐沦为半封建半殖民地社会，西方科学文化也随之传入中国。

[2] 成汤文武周公　成汤，商代的第一个君主。文，即周文王，姬姓，名昌，商末周族领袖，周代尊称为文王。武，即周武王，名发，文王的儿子，周代第一个君主。周公，名旦，武王之弟，成王时曾由他摄政。下文的桀，夏代最后一个君主。纣，商代最后一个君主。

[3] 殷顽作乱　周武王灭殷之后，把殷的旧地分为三个部分，分别由他的兄弟管叔、蔡叔、霍叔管领。又封纣的儿子武庚为诸侯，受三叔的监视。武王死后，成王继位，周公监国，三叔与周公不和，武庚遂联合东方的奄、蒲姑等国，起兵反周。周公率兵东征，杀武庚，平定叛乱。这次反抗周朝统治的殷人，被称为"顽民"或"殷顽"。

随感录三十八

【题记】本文最初发表于 1918 年 11 月 15 日《新青年》第五卷第五号，署名迅，后收入《热风》。该文参与当时《新青年》关于传统文化的讨论（参考本文注释〔5〕），指出"中国人的自大"往往借爱国之名形成非理性漩涡，裹挟"乌合之众"。中国要更新，就要改造不适合现代社会的那些"民族的根性"，推进科学思想。这是对当时新文化运动为何要批判和清理传统文化的清晰思考。注意文中"合群的自大""爱国的自大"和"庸众"等提法。

中国人向来有点自大。——只可惜没有"个人的自大"，都是"合群的爱国的自大"。这便是文化竞争失败之后，不能再见振拔改进的原因。

"个人的自大"，就是独异，是对庸众宣战。除精神病学上的夸大狂外，这种自大的人，大抵有几分天才，——照 Nordau[1] 等说，也可说就是几分狂气。他们必定自己觉得思想见识高出庸众之上，又为庸众所不懂，所以愤世疾俗，渐渐变成厌世家，或"国民之敌"[2]。但一切新思想，多从他们出来，政治上宗教上道德上的改革，也从他们发端。所以多有这"个人的自大"的国民，真是多福气！多幸运！

"合群的自大""爱国的自大"，是党同伐异，是对少数的天才宣战；——至于对别国文明宣战，却尚在其次。他们自己毫无特别才能，可以夸示于人，所以把这国拿来做个影子；他们把国里的习惯制度抬得很高，赞美的了不得；他们的国粹，既然这样有荣光，他们自然也有荣光了！倘若遇见攻击，他们也不必自去应战，因为这种蹲在影子里张目摇舌的人，数目极多，只须用 mob[3] 的长技，一阵乱噪，便可制胜。胜了，我是一群中的人，自然也胜了；若败了时，一群中有许多人，未必是我受亏：大凡聚众滋事时，多具这种心理，也就是他们的心理。他们举动，看似猛烈，其实却很卑怯。至于所生结果,则复古,尊王,扶清灭洋等等,已领教得多了。所以多有这"合群的爱国的自大"的国民,真是可哀,真是不幸!

不幸中国偏只多这一种自大:古人所作所说的事,没一件不好,遵行还怕不及,怎敢说到改革?这种爱国的自大家的意见,虽各派略有不同,根柢总是一致,计算起来,可分作下列五种:

甲云:"中国地大物博,开化最早;道德天下第一。"这是完全自负。

乙云:"外国物质文明虽高,中国精神文明更好。"

丙云:"外国的东西,中国都已有过;某种科学,即某子所说的云云",这两种都是"古今中外派"的支流;依据张之洞[4]的格言,以"中学为体西学为用"的人物。

丁云:"外国也有叫化子,——(或云)也有草舍,——娼妓,——臭虫。"这是消极的反抗。

戊云:"中国便是野蛮的好。"又云:"你说中国思想昏乱,那正是我民族所造成的事业的结晶。从祖先昏乱起,直要昏乱到子孙;从过去昏乱起,直要昏乱到未来。……(我们是四万万人,)你能把我们灭绝么?"[5]这比"丁"更进一层,不去拖人下水,反以自己的丑恶骄人;至于口气的强硬,却很有《水浒传》中牛二的态度[6]。

五种之中,甲乙丙丁的话,虽然已很荒谬,但同戊比较,尚觉情有可原,因为他们还有一点好胜心存在。譬如衰败人家的子弟,看见别家兴旺,多说大话,摆出大家架子;或寻求人家一点破绽,聊给自己解嘲。这虽然极是可笑,但比那一种掉了鼻子,还说是祖传老病,夸示于众的人,总要算略高一步了。

戊派的爱国论最晚出,我听了也最寒心;这不但因其居心可怕,实因他所说的更为实在的缘故。昏乱的祖先,养出昏乱的子孙,正是遗传的定理。民族根性造成之后,无论好坏,改变都不容易的。法国 G. Le Bon[7] 著《民族进化的心理》中,说及此事道(原文已忘,今但举其大意)——"我们一举一动,虽似自主,其实多受死鬼的牵制。将我们一代的人,和先前几百代的鬼比较起来,数目上就万不能敌了。"我们几百代的祖先里面,昏乱的人,定然不少:有讲道学[8]的儒生,也有讲阴阳五行[9]的道士,有静坐炼丹的仙人,也有打脸打把子[10]的戏子。所以我们现在虽想好好做"人",难保血管里的昏乱分子不来作怪,我们也不由自主,一变而为研究丹田脸谱的人物:这真是大可寒心的事。但我总希望这昏乱思想遗传的祸害,不至于有梅毒那样猛烈,竟至百无一免。即使同梅毒一样,现在发明了六百零六[11],肉体上的病,既可医治;我希望也有一种七百零七的药,可以医治思想上的病。这药原来也已发明,就是"科学"一味。只希望那班精神上掉了鼻子的朋友,不要又打着"祖传老病"的旗号来反对吃药,中国的昏乱病,便也总有全愈的一天。祖先的势力虽大,但如从现代起,立意改变:扫除了昏乱的心思,和助成昏乱的物事(儒道两派的文书),再用了对症的药,即使不能立刻奏效,也可把那病毒略略羼淡。如此几代之后待我们成了祖先的时候,就可以分得昏乱祖先的若干势力,那时便有转机,Le Bon 所说的事,也不足怕了。

以上是我对于"不长进的民族"的疗救方法;至于"灭绝"一条,那是全不成话,可不必说。"灭绝"这两个可怕的字,岂是我们人类应说的?只有张献忠[12]这等人曾有如此主张,至今为人类唾骂;而且于实际上发生出什么效验呢?但我有一句话,要劝戊派诸公。"灭绝"这句话,只能吓人,却不能吓倒自然。他是毫无情面:他看见有自向灭绝这条路走的民族,便请他们灭绝,毫不客气。我们自己想活,也希望别人都活;不忍说他人的灭绝,又怕他们自己走到灭绝的路上,把我们带累了也灭绝,所以在此着急。倘使不改现状,反能兴旺,能得真实自由的幸福生活,那就是做野蛮也很好。——但可有人敢答应说"是"么?

注释:

〔1〕 Nordau 诺尔道(1849—1923),出生于匈牙利的德国医生,政论家、作家。著有政论《退化》、小说《感情的喜剧》等。

〔2〕 "国民之敌" 指挪威剧作家易卜生剧本《国民之敌》的主人公斯铎曼一类人。斯铎曼是一个热心于公共卫生工作的温泉浴场医官。有一次他发现浴场矿泉里含有大量传染病菌,建议把这个浴场加以改建。但市政当局和市民因怕经济利益受到损害,极力加以反对,最后把他革职,宣布他为"国民公敌"。

〔3〕 mob 英语:乌合之众。

〔4〕 张之洞(1837—1909) 直隶南皮(今河北南皮)人,清末洋务派首领之一。曾任两广总督、湖广总督、军机大臣等职。"中学为体西学为用",见他所著《劝学篇·设学》:"其学堂之法,约有五要:一曰新旧兼学。四书五经、中国史事、政书地图为旧学;西政、西

艺、西史为新学。旧学为体,西学为用,不使偏废。"又在该书《会通》中说:"中学为内学,西学为外学,中学治身心,西学应世事,不必尽索之于经文,而必无悖于经义。"

〔5〕 这里的"思想昏乱""是我民族所造成的"等话,是针对《新青年》第五卷第二号(1918年8月15日)《通信》栏任鸿隽致胡适信中的议论而发的,该信中说:"我想钱先生要废汉文的意思,不是仅为汉文不好,是因为汉文所载的东西不好,所以要把他拉杂摧烧了,廓而清之。我想这却不是根本的办法。吾国的历史、文字、思想,无论如何昏乱,总是这一种不长进的民族造成功了留下来的。此种昏乱种子,不但存在文字历史上,且存在现在及将来子孙的心脑中。所以我敢大胆宣言,若要中国好,除非人(疑'使'字之误)中国人种先行灭绝!可惜主张废汉文汉语的,虽然走于极端,尚是未达一间呢!"按,任鸿隽(1886—1961),字叔永,四川巴县人,曾留学日、美,时任北京大学教授。这里所引的话,是他针对并理解当时钱玄同等关于要废孔学、灭道教,驱除一般人幼稚、野蛮、顽固思想,必先废灭汉字的论点而发的。

〔6〕 牛二 小说《水浒传》中的人物。他以蛮横无理的态度强迫杨志卖刀给他的故事,见该书第十二回《汴京城杨志卖刀》。

〔7〕 G. Le Bon 勒朋(1841—1931),法国医生和社会心理学家。他在所著《民族进化的心理定律》(即本文所说的《民族进化的心理》)一书的第一部第一章中说:"吾人应该视种族为一超越时间之永久物,此永久物之组成不单为某一时期内之构成他的活的个体,而也为其长期连续不断的死者,即其祖先是也。欲了解种族之真义必将之同时伸长于过去与将来,死者较之生者是无限的更众多,也是较之他们更强有力。他们统治着无意之巨大范围,此无形的势力启示出智慧上与品性上之一切表现,乃是为其死者,较之为其生者更甚在指导一民族。只有在他们身上才建筑起一个种族,一世纪过了又一世纪,他们造成了吾人之观念与情感,所以也造成了吾人行为之一切动机。过去的人们不单将他们生理上之组织加于吾人,他们也将其思想加诸吾人;死者乃是生者惟一无辩论余地之主宰,吾人负担着他们的过失之重担,吾人接受着他们的德行之报酬。"(据张公表译文,商务印书馆1935年4月初版)

〔8〕 道学 又称理学,是宋代周敦颐、程颢、程颐、朱熹等人阐释儒家学说而形成的思想体系。它认为"理"是宇宙的本体,把"三纲五常"等封建伦理道德说成是"天理",提出"存天理,灭人欲"的主张。

〔9〕 阴阳五行 原是我国古代一种具有朴素的唯物主义和辩证法的自然观,始于战国时的齐燕方士。它用水、火、木、金、土五种物质和"阴阳"的概念来解释自然界的起源、发展和变化。后来阴阳家、儒家和道家将阴阳五行学说加以歪曲和神秘化,用来附会解释朝代兴替和社会变动以至人的命运。

〔10〕 打脸 传统戏曲演员按照"脸谱"勾画花脸。打把子,传统戏曲中的武打。当时

《新青年》上曾对"打脸""打把子"的存废问题进行过讨论。

〔11〕 六百零六　即胂凡纳明(Arsphenamine),抗梅毒药名,1909年研制成功,得名于该药试验阶段获得的六〇六号化合物。

〔12〕 张献忠　参见本卷《病后杂谈》注〔14〕。

随感录六十二　恨恨而死

【题记】本文最初发表于1919年11月1日《新青年》第六卷第六号,署名唐俟,后收入《热风》。同时发表在这一期《新青年》上的还有鲁迅其他五篇文章:《六十一　不满》《六十三　"与幼者"》《六十四　有无相通》《六十五　暴君的臣民》《六十六　生命路》。本文谴责了那些"说些'怀才不遇''天道宁论'的话","遮盖自暴自弃的行为"的论客。鲁迅此文写作一百年过去了,但环顾四周,还是存在鲁迅所指斥的现象,在网上常见的"喷子"就是。

古来很有几位恨恨而死的人物。他们一面说些"怀才不遇""天道宁论"[1]的话,一面有钱的便狂嫖滥赌,没钱的便喝几十碗酒,——因为不平的缘故,于是后来就恨恨而死了。

我们应该趁他们活着的时候问他:诸公!您知道北京离昆仑山几里,弱水[2]去黄河几丈么?火药除了做鞭爆,罗盘除了看风水,还有什么用处么?棉花是红的还是白的?谷子是长在树上,还是长在草上?桑间濮上[3]如何情形,自由恋爱怎样态度?您在半夜里可忽然觉得有些羞,清早上可居然有点悔么?四斤的担,您能挑么?三里的道,您能跑么?

他们如果细细的想,慢慢的悔了,这便很有些希望。万一越发不平,越发愤怒,那便"爱莫能助"。——于是他们终于恨恨而死了。

中国现在的人心中,不平和愤恨的分子太多了。不平还是改造的引线,但必须先改造了自己,再改造社会,改造世界;万不可单是不平。至于愤恨,却几乎全无用处。

愤恨只是恨恨而死的根苗,古人有过许多,我们不要蹈他们的覆辙。

我们更不要借了"天下无公理,无人道"这些话,遮盖自暴自弃的行为,自称"恨人",一副恨恨而死的脸孔,其实并不恨恨而死。

注释:

〔1〕 "天道宁论" 语见梁朝江淹《恨赋》:"试望平原,蔓草萦骨,拱木敛魂。人生到此,天道宁论!于是仆本恨人,心惊不已,直念古者,伏恨而死。"

〔2〕 弱水 中国古代神话传说中泛指险恶难渡的江湖河海,也指遥远的河流。

〔3〕 桑间濮上 桑间,在濮水上,春秋时卫国的地方。相传当时附近男女常在这里聚会。《汉书·地理志(下)》:"卫地有桑间濮上之阻,男女亦亟聚台,声色生焉,故俗称郑卫之音。"

智识即罪恶

【题记】本文最初发表于1921年10月23日《晨报副刊》的"开心话"栏,署名风声,后收入《热风》。本文是回应当时学界有人宣扬虚无哲学,说"知识就是罪恶",实际上是反科学的愚民观点。(参见本文注释〔2〕)鲁迅采用类似寓言的写法,诙谐,讽刺,也是他"任意而谈"的一种杂文体式。

我本来是一个四平八稳,给小酒馆打杂,混一口安稳饭吃的人,不幸认得几个字,受了新文化运动的影响,想求起智识来了。

那时我在乡下,很为猪羊不平;心里想,虽然苦,倘也如牛马一样,可以有一件别的用,那就免得专以卖肉见长了。然而猪羊满脸呆气,终生胡涂,实在除了保持现状之外,没有别的法。所以,诚然,智识是要紧的!

于是我跑到北京,拜老师,求智识。地球是圆的。元质[1]有七十多种。$x+y=z$。闻所未闻,虽然难,却也以为是人所应该知道的事。

有一天,看见一种日报,却又将我的确信打破了。报上有一位虚无哲学家说:智识是罪恶,赃物[2]……。虚无哲学,多大的权威呵,而说道智识是罪恶。我的智识虽然少,而确实是智识,这倒反而坑了我了。我于是请教老师去。

老师道:"呸,你懒得用功,便胡说,走!"

我想:"老师贪图束脩[3]罢。智识倒也还不如没有的稳当,可惜粘在我脑里,立刻抛不去,我赶快忘了他罢。"

然而迟了。因为这一夜里,我已经死了。

半夜,我躺在公寓的床上,忽而走进两个东西来,一个"活无常",一个"死有分"[4]。但我却并不诧异,因为他们正如城隍庙里塑着的一般。然而跟在后面的两个怪物,却使我吓得失声,因为并非牛头马面[5],而却是羊面猪头！我便悟到，牛马还太聪明，犯了罪，换上这诸公了，这可见智识是罪恶……。我没有想完，猪头便用嘴将我一拱，我于是立刻跌入阴府里，用不着久等烧车马。

到过阴间的前辈先生多说，阴府的大门是有匾额和对联的，我留心看时，却没有，只见大堂上坐着一位阎罗王。希奇，他便是我的隔壁的大富豪朱朗翁。大约钱是身外之物，带不到阴间的，所以一死便成为清白鬼了，只是不知道怎么又做了大官。他只穿一件极俭朴的爱国布的龙袍，但那龙颜却比活的时候胖得多了。

"你有智识么？"朗翁脸上毫无表情的问。

"没……"我是记得虚无哲学家的话的，所以这样答。

"说没有便是有——带去！"

我刚想：阴府里的道理真奇怪……却又被羊角一叉，跌出阎罗殿去了。

其时跌在一坐城池里，其中都是青砖绿门的房屋，门顶上大抵是洋灰做的两个所谓狮子，门外面都挂一块招牌。倘在阳间，每一所机关外总挂五六块牌，这里却只一块，足见地皮的宽裕了。这瞬息间，我又被一位手执钢叉的猪头夜叉用鼻子拱进一间屋子里去，外面有牌额是：

"油豆滑跌小地狱"

进得里面，却是一望无边的平地，满铺了白豆拌着桐油。只见无数的人在这上面跌倒又起来，起来又跌倒。我也接连的摔了十二交，头上长出许多疙瘩来。但也有竟在门口坐着躺着，不想爬起，虽然浸得油汪汪的，却毫无一个疙瘩的人，可惜我去问他，他们都瞪着眼不说话。我不知道他们是不听见呢还是不懂，不愿意说呢还是无话可谈。

我于是跌上前去，去问那些正在乱跌的人们。其中的一个道：

"这就是罚智识的，因为智识是罪恶，赃物……。我们还算是轻的呢。你在阳间的时候，怎么不昏一点？……"他气喘吁吁的断续的说。

"现在昏起来罢。"

"迟了。"

"我听得人说，西医有使人昏睡的药，去请他注射去，好么？"

"不成，我正因为知道医药，所以在这里跌，连针也没有了。"

"那么……有专给人打吗啡针的，听说多是没智识的人……我寻他们去。"

在这谈话时,我们本已滑跌了几百交了。我一失望,便更不留神,忽然将头撞在白豆稀薄的地面上。地面很硬,跌势又重,我于是胡里胡涂的发了昏……

阿!自由!我忽而在平野上了,后面是那城,前面望得见公寓。我仍然胡里胡涂的走,一面想:我的妻和儿子,一定已经上京了,他们正围着我的死尸哭呢。我于是扑向我的躯壳去,便直坐起来,他们吓跑了,后来竭力说明,他们才了然,都高兴得大叫道:你还阳了,呵呀,我的老天爷哪……

我这样胡里胡涂的想时,忽然活过来了……

没有我的妻和儿子在身边,只有一个灯在桌上,我觉得自己睡在公寓里。间壁的一位学生已经从戏园回来,正哼着"先帝爷唉唉唉"〔6〕哩,可见时候是不早了。

这还阳还得太冷静,简直不像还阳,我想,莫非先前也并没有死么?

倘若并没死,那么,朱朗翁也就并没有做阎罗王。

解决这问题,用智识究竟还怕是罪恶,我们还是用感情来决一决罢。

十月二十三日。

注释:

〔1〕 元质 即化学元素。

〔2〕 智识是罪恶 这是朱谦之所宣扬的虚无哲学的一个观点。他在1921年5月19日《京报》副刊《青年之友》上发表的《教育上的反智主义——与光涛先生论学书》一文中说:"知识就是赃物——知识是可量性的,也是可属性的,所以知识可以被人占有,可以灌来灌去。我的朋友瞿秋白先生说得好:'把知识当作一种所有物,就是盗贼明抢暗夺的行为,侵人家的权利,我可以说知识是赃物。'即就知识本身的道理说,也只是赃物,故我反对知识,是反对知识本身,而废止知识私有制的方法,也只有简直取消知识,因为知识是赃物,所以知识的所有者,无论为何形式,都不过盗贼罢了。"又说:"知识就是罪恶——知识发达一步,罪恶也跟他前进一步。因为知识是反于淳朴的真情,故自有了知识,而浇淳散朴,天下始大乱。什么道德哪!政治哪!制度文物哪!这些人造的反自然的圈套,何一不从知识发生出来,可见知识是罪恶的原因,为大乱的根源。"按,朱谦之(1899—1972),福建闽侯人,当时北京大学哲学系学生。

〔3〕 束脩 扎成一捆(十条)的干肉。是古时学生送给教师的酬礼。
〔4〕 "活无常"和"死有分",都是迷信传说地狱中的勾魂使者。
〔5〕 牛头马面 都是佛经传说地狱中的狱卒。
〔6〕 "先帝爷唉唉唉" 传统京剧《空城计》中诸葛亮的唱词:"先帝爷下南阳御驾三请"。先帝爷,指刘备。

《呐喊》自序

【题记】本文曾发表于1923年8月21日北京《晨报·文学旬刊》。鲁迅叙说了自己从事文学创作的动因以及《呐喊》写作的背景,这是理解鲁迅的重要文献。鲁迅一开始就以毁坏"铁屋子"作为写作的内驱力,他的创作带有启蒙的性质,是"听将令"的,但又不同于其他"遵命文学",鲁迅总是带着自己的血肉感受从事写作,把自己"烧进"作品之中。寂寞催促了鲁迅的写作,其呐喊是忧愤深广的。

我在年青时候也曾经做过许多梦,后来大半忘却了,但自己也并不以为可惜。所谓回忆者,虽说可以使人欢欣,有时也不免使人寂寞,使精神的丝缕还牵着已逝的寂寞的时光,又有什么意味呢,而我偏苦于不能全忘却,这不能全忘的一部分,到现在便成了《呐喊》的来由。

我有四年多,曾经常常,——几乎是每天,出入于质铺和药店里,年纪可是忘却了,总之是药店的柜台正和我一样高,质铺的是比我高一倍,我从一倍高的柜台外送上衣服或首饰去,在侮蔑里接了钱,再到一样高的柜台上给我久病的父亲去买药。回家之后,又须忙别的事了,因为开方的医生是最有名的,以此所用的药引也奇特:冬天的芦根,经霜三年的甘蔗,蟋蟀要原对的,结子的平地木[1],……多不是容易办到的东西。然而我的父亲终于日重一日的亡故了。

有谁从小康人家而坠入困顿的么,我以为在这途路中,大概可以看见世人的真面目;我要到N进K学堂[2]去了,仿佛是想走异路,逃异地,去寻求别样的人们。我的母亲没有法,办了八元的川资,说是由我的自便;然而伊[3]哭了,这正是情理中的事,因为那时读书应试是正路,所谓学洋务[4],社会上便以为是一种走投无路的人,只得将灵魂卖给鬼子,要加倍的奚落而且排斥的,而况伊又看不见自己的儿子了。然而我也顾不得这些事,终于到N去进了K学堂了,在这学堂里,我才知道世上还有所谓格致[5],算学,地理,历史,绘图和体操。生理学并不教,但我们却看到些木版的《全体新论》和《化学卫生论》[6]之类了。我还记得先前的医生的议论和方药,和现在所知道的比较起来,便渐渐的悟得中医不过是一种有意的或无意的骗子,同时又很起了对于被骗的病人和他的家族的同情;而且从译出的历史上,又知道了日本维新[7]是大半发端于西方医学的事实。

因为这些幼稚的知识,后来便使我的学籍列在日本一个乡间的医学专门学校[8]里了。我的梦很美满,预备卒业回来,救治像我父亲似的被误的病人的疾苦,战争时候便去当军医,一面又促进了国人对于维新的信仰。我已不知道教授微生物学的方法,现在又有了怎样的进步了,总之那时是用了电影,来显示微生物的形状的,因此有时讲义的一段落已完,而时间还没有到,教师便映些风景或时事的画片给学生看,以用去这多余的光阴。其时正当日俄战争[9]的时候,关于战事的画片自然也就比较的多了,我在这一个讲堂中,便须常常随喜我那同学们的拍手和喝采。有一回,我竟在画片上忽然会见我久违的许多中国人了,一个绑在中间,许多站在左右,一样是强壮的体格,而显出麻木的神情。据解说,则绑着的是替俄国做了军事上的侦探,正要被日军砍下头颅来示众,而围着的便是来赏鉴这示众的盛举的人们。

这一学年没有完毕,我已经到了东京了,因为从那一回以后,我便觉得医学并非一件紧要事,凡是愚弱的国民,即使体格如何健全,如何茁壮,也只能做毫无意义的示众的材料和看客,病死多少是不必以为不幸的。所以我们的第一要著,是在改变他们的精神,而善于改变精神的是,我那时以为当然要推文艺,于是想提倡文艺运动了。在东京的留学生很有学法政理化以至警察工业的,但没有人治文学和美术;可是在冷淡的空气中,也幸而寻到几个同志了[10],此外又邀集了必须的几个人,商量之后,第一步当然是出杂志,名目是取"新的生命"的意思,因为我们那时大抵带些复古的倾向,所以只谓之《新生》。

《新生》的出版之期接近了,但最先就隐去了若干担当文字的人,接着又逃走了资本,结果只剩下不名一钱的三个人。创始时候既已背时,失败时候当然无可告语,而其后却连这三个人也都为各自的运命所驱策,不能在一处纵谈将来的好梦了,这就是我们的并未产生的《新生》的结局。

我感到未尝经验的无聊,是自此以后的事。我当初是不知其所以然的;后来想,凡有一人的主张,得了赞和,是促其前进的,得了反对,是促其奋斗的,独有叫喊于生人中,而生人并无反应,既非赞同,也无反对,如置身毫无边际的荒原,无可措手的了,这是怎样的悲哀呵,我于是以我所感到者为寂寞。

这寂寞又一天一天的长大起来,如大毒蛇,缠住了我的灵魂了。

然而我虽然自有无端的悲哀,却也并不愤懑,因为这经验使我反省,看见自己了:就是我决不是一个振臂一呼应者云集的英雄。

只是我自己的寂寞是不可不驱除的,因为这于我太痛苦。我于是用了种种法,来麻醉自己的灵魂,使我沉入于国民中,使我回到古代去,后来也亲历或旁观过几样更寂寞更悲哀的事,都为我所不愿追怀,甘心使他们和我的脑一同消灭在泥土里的,但我的麻醉法却也似乎已经奏了功,再没有青年时候的慷慨激昂的意思了。

S会馆[11]里有三间屋,相传是往昔曾在院子里的槐树上缢死过一个女人的,现在槐树已经高不可攀了,而这屋还没有人住;许多年,我便寓在这屋里钞古碑[12]。客中少有人来,古碑中也遇不到什么问题和主义,而我的生命却居然暗暗的消去了,这也就是我惟一的愿望。夏夜,蚊子多了,便摇着蒲扇坐在槐树下,从密叶缝里看那一点一点的青天,晚出的槐蚕又每每冰冷的落在头颈上。

那时偶或来谈的是一个老朋友金心异[13],将手提的大皮夹放在破桌上,脱下长衫,对面坐下了,因为怕狗,似乎心房还在怦怦的跳动。

"你钞了这些有什么用?"有一夜,他翻着我那古碑的钞本,发了研究的质问了。

"没有什么用。"

"那么,你钞他是什么意思呢?"

"没有什么意思。"

"我想,你可以做点文章……"

我懂得他的意思了,他们正办《新青年》,然而那时仿佛不特没有人来赞同，并且也还没有人来反对，我想，他们许是感到寂寞了，但是说：

"假如一间铁屋子，是绝无窗户而万难破毁的，里面有许多熟睡的人们，不久都要闷死了，然而是从昏睡入死灭，并不感到就死的悲哀。现在你大嚷起来，惊起了较为清醒的几个人，使这不幸的少数者来受无可挽救的临终的苦楚，你倒以为对得起他们么？"

"然而几个人既然起来，你不能说决没有毁坏这铁屋的希望。"

是的，我虽然自有我的确信，然而说到希望，却是不能抹杀的，因为希望是在于将来，决不能以我之必无的证明，来折服了他之所谓可有，于是我终于答应他也做文章了，这便是最初的一篇《狂人日记》。从此以后，便一发而不可收，每写些小说模样的文章，以敷衍朋友们的嘱托，积久就有了十余篇。

在我自己，本以为现在是已经并非一个切迫而不能已于言的人了，但或者也还未能忘怀于当日自己的寂寞的悲哀罢，所以有时候仍不免呐喊几声，聊以慰藉那在寂寞里奔驰的猛士，使他不惮于前驱。至于我的喊声是勇猛或是悲哀，是可憎或是可笑，那倒是不暇顾及的；但既然是呐喊，则当然须听将令的了，所以我往往不恤用了曲笔，在《药》的瑜儿的坟上平空添上一个花环，在《明天》里也不叙单四嫂子竟没有做到看见儿子的梦，因为那时的主将是不主张消极的。至于自己，却也并不愿将自以为苦的寂寞，再来传染给也如我那年青时候似的正做着好梦的青年。

这样说来，我的小说和艺术的距离之远，也就可想而知了，然而到今日还能蒙着小说的名，甚而至于且有成集的机会，无论如何总不能不说是一件侥幸的事，但侥幸虽使我不安于心，而悬揣人间暂时还有读者，则究竟也仍然是高兴的。

所以我竟将我的短篇小说结集起来，而且付印了，又因为上面所说的缘由，便称之为《呐喊》。

一九二二年十二月三日，鲁迅记于北京。

注释：

〔1〕 平地木 即紫金牛，常绿小灌木，根皮可入药。

〔2〕 到N进K学堂　N指南京,K学堂指江南水师学堂。作者于1898年至南京江南水师学堂肄业,次年改入江南陆师学堂附设的矿务铁路学堂,1902年初毕业后,由清政府派赴日本留学。

〔3〕 伊　参见上卷《补天》注〔2〕。

〔4〕 学洋务　清朝末年,李鸿章、张之洞等人推行以"自强求富"为目的的"洋务运动"。他们主张"中学为体,西学为用",一方面维护封建制度及其伦理道德,另一方面又举办一些军事工业和其他工矿企业,并设立学习相关知识的学堂。这里说的"学洋务",是指在这类学堂里学习西方国家的科学知识和军事技术。

〔5〕 格致　参见上卷《琐记》注〔24〕。

〔6〕 《全体新论》　关于生理学的书,英国合信著,清末译成中文,1851年出版,广东金利埠惠爱医局石印。《化学卫生论》,关于营养学的书,英国真司腾著,清末译成中文,1879年出版,上海广学会刻本。

〔7〕 日本维新　指发生于日本明治年间(1868—1912)的维新运动。在此以前,日本一部分学者曾大量输入和讲授西方医学,宣传西方科学技术,积极主张革新,对日本维新运动的兴起曾起过一定的影响。

〔8〕 医学专门学校　指日本仙台医学专门学校。作者于1904年至1906年曾在这里学习医学。

〔9〕 日俄战争　参见上卷《藤野先生》注〔14〕。

〔10〕 指许寿裳、袁文薮、周作人等。袁文薮随后转往英国留学,只剩鲁迅、许寿裳、周作人三人。

〔11〕 S会馆　指设在北京宣武门外南半截胡同的绍兴会馆。原为山阴、会稽两县的会馆,称山会邑馆;1912年山阴、会稽合并为绍兴县,改称绍兴会馆。作者于1912年5月到1919年11月曾在这里居住。

〔12〕 作者寓居绍兴会馆时,在教育部任职,常于公余搜集、研究中国古代的造像及墓志等金石拓本,后来辑有《六朝造像目录》和《六朝墓志目录》两种(后者未完成)。

〔13〕 金心异　指钱玄同(1887—1939),名夏,浙江吴兴人,曾任北京大学、北京师范大学教授。1908年他在日本东京和作者同听章太炎讲文字学。"五四"时期参加新文化运动,曾是《新青年》编者之一。1919年3月,复古派文人林纾在上海《申报》上发表题名《荆生》的小说,攻击新文化运动。小说中有一个人物叫"金心异",即影射钱玄同。

忽然想到（五、六）

【题记】《忽然想到》之五、六最初分别发表于1925年4月18日、22日《京报副刊》，后收入《华盖集》。虽然只是一些笔记式的随想，却贯穿了对于历史与现实的深刻思考。"之五"指责当时的北洋军阀政府实施的是"愚民的专制"，荼毒灵魂，使人人"变成死相"，呼吁"世上如果还有真要活下去的人们，就先该敢说，敢笑，敢哭，敢怒，敢骂，敢打，在这可诅咒的地方击退了可诅咒的时代！""之六"则抨击那些国粹家的倒行逆施，宣称："我们目下的当务之急，是：一要生存，二要温饱，三要发展。苟有阻碍这前途者，无论是古是今，是人是鬼，是三坟五典，百宋千元，天球河图，金人玉佛，祖传丸散，秘制膏丹，全都踏倒他。"

五

我生得太早一点，连康有为们"公车上书"[1]的时候，已经颇有些年纪了。政变之后，有族中的所谓长辈也者教诲我，说：康有为是想篡位，所以他的名字叫有为；有者，"富有天下"，为者，"贵为天子"也。非图谋不轨而何？我想：诚然。可恶得很！

长辈的训诲于我是这样的有力，所以我也很遵从读书人家的家教。屏息低头，毫不敢轻举妄动。两眼下视黄泉，看天就是傲慢，满脸装出死相，说笑就是放肆。我自然以为极应该的，但有时心里也发生一点反抗。心的反抗，那时还不算什么犯罪，似乎诛心之律，倒不及现在之严。

但这心的反抗，也还是大人们引坏的，因为他们自己就常常随便大说大笑，而单是禁止孩子。黔首[2]们看见秦始皇[3]那么阔气，捣乱的项羽[4]

道:"彼可取而代也!"没出息的刘邦[5]却说:"大丈夫不当如是耶?"我是没出息的一流,因为羡慕他们的随意说笑,就很希望赶忙变成大人,——虽然此外也还有别种的原因。

大丈夫不当如是耶,在我,无非只想不再装死而已,欲望也并不甚奢。

现在,可喜我已经大了,这大概是谁也不能否认的罢,无论用了怎样古怪的"逻辑"。

我于是就抛了死相,放心说笑起来,而不意立刻又碰了正经人的钉子:说是使他们"失望"了。我自然是知道的,先前是老人们的世界,现在是少年们的世界了;但竟不料治世的人们虽异,而其禁止说笑也则同。那么,我的死相也还得装下去,装下去,"死而后已"[6],岂不痛哉!

我于是又恨我生得太迟一点。何不早二十年,赶上那大人还准说笑的时候?真是"我生不辰"[7],正当可诅咒的时候,活在可诅咒的地方了。

约翰弥耳说:专制使人们变成冷嘲[8]。我们却天下太平,连冷嘲也没有。我想:暴君的专制使人们变成冷嘲,愚民的专制使人们变成死相。大家渐渐死下去,而自己反以为卫道有效,这才渐近于正经的活人。

世上如果还有真要活下去的人们,就先该敢说,敢笑,敢哭,敢怒,敢骂,敢打,在这可诅咒的地方击退了可诅咒的时代!

四月十四日。

六

外国的考古学者们[9]联翩而至了。

久矣夫,中国的学者们也早已口口声声的叫着"保古!保古!保古!……"

但是不能革新的人种,也不能保古的。

所以,外国的考古学者们便联翩而至了。

长城久成废物,弱水[10]也似乎不过是理想上的东西。老大的国民尽钻在僵硬的传统里,不肯变革,衰朽到毫无精力了,还要自相残杀。于是外面的生力军很容易地进来了,真是"匪今斯今,振古如兹"[11]。至于他们的历史,那自然都没我们的那么古。

可是我们的古也就难保,因为土地先已危险而不安全。土地给了别人,则"国宝"虽多,我觉得实在也无处陈列。

但保古家还在痛骂革新,力保旧物地干:用玻璃板印些宋版书,每部定价几十几百元;"涅槃!涅槃!涅槃[12]!"佛自汉时已入中国,其古色古香为何如哉!买集些旧书和金石,是劬古[13]爱国之士,略作考证,赶印目录,就升为学者或高人。而外国人所得的古董,却每从高人的高尚的袖底里共清风一同流出。即不然,归安陆氏的皕宋[14],潍县陈氏的十钟[15],其子孙尚能世守否?

现在,外国的考古学者们便联翩而至了。

他们活有余力,则以考古,但考古尚可,帮同保古就更可怕了。有些外人,很希望中国永是一个大古董以供他们的赏鉴,这虽然可恶,却还不奇,因为他们究竟是外人。而中国竟也有自己还不够,并且要率领了少年,赤子,共成一个大古董以供他们的赏鉴者,则真不知是生着怎样的心肝。

中国废止读经了,教会学校不是还请腐儒做先生,教学生读"四书"么?民国废去跪拜了,犹太学校[16]不是偏请遗老做先生,要学生磕头拜寿么?外国人办给中国人看的报纸,不是最反对五四以来的小改革么?而外国总主笔治下的中国小主笔,则倒是崇拜道学[17],保存国粹的!

但是,无论如何,不革新,是生存也为难的,而况保古。现状就是铁证,比保古家的万言书有力得多。

我们目下的当务之急,是:一要生存,二要温饱,三要发展。苟有阻碍这前途者,无论是古是今,是人是鬼,是三坟五典[18],百宋千元[19],天球河图[20],金人玉佛,祖传丸散,秘制膏丹,全都踏倒他。

保古家大概总读过古书,"林回弃千金之璧,负赤子而趋"[21],该不能说是禽兽行为罢。那么,弃赤子而抱千金之璧的是什么?

四月十八日。

注释:

〔1〕 "公车上书"　甲午(1894)战争失败后,清政府于1895年与日本签订丧权辱国

的《马关条约》。当时康有为正在北京会试,就集合各省举人一千三百余人,联名上书光绪皇帝,要求"拒和、迁都、变法",史称"公车上书"。按,汉代用公家的车子载送应征到京城的士人,所以后世举人入京会试也称"公车"。下文所说"富有天下"和"贵为天子"二语,原出《孟子·万章(上)》:"富,人之所欲,富有天下,而不足以解忧;贵,人之所欲,贵为天子,而不足以解忧。"

〔2〕 黔首 秦代对人民的称呼。《史记·秦始皇本纪》:"分天下以为三十六郡,郡置守尉监,更名民曰黔首。"按,秦自称水德,崇尚黑色。南朝宋裴骃"集解":"黔,亦黎黑也。"

〔3〕 秦始皇(前259—前210) 姓嬴名政,战国时秦国的国君。于公元前221年建立了我国第一个中央集权的封建王朝。

〔4〕 项羽(前232—前202) 名籍,字羽,下相(今江苏宿迁西)人,秦末农民起义军领袖。出身楚国贵族,亡秦后自立为"西楚霸王"。据《史记·项羽本纪》:"秦始皇帝游会稽,渡浙江,梁与籍俱观。籍曰:'彼可取而代也。'"

〔5〕 刘邦(前247—前195) 沛(今江苏沛县)人,秦末农民起义军领袖。在亡秦灭楚后建立了西汉王朝,庙号高祖。据《史记·高祖本纪》:"高祖常繇(徭)咸阳,纵观,观秦皇帝,喟然太息曰:'嗟乎,大丈夫当如此也!'"

〔6〕 "死而后已" 语见诸葛亮《后出师表》:"臣鞠躬尽瘁,死而后已。"

〔7〕 "我生不辰" 语出《诗经·大雅·桑柔》:"我生不辰,逢天僤怒。"不辰,不是时候。

〔8〕 约翰弥耳(J. S. Mill,1806—1873) 通译约翰·穆勒,英国哲学家、经济学家。著作有《逻辑体系》《论自由》(严复中译名分别为《穆勒名学》《群己权界论》)等。鲁迅所译日本鹤见祐辅《思想·山水·人物》书中《说幽默》和《专门以外的工作》篇曾引用穆勒所说"专制使人们变成冷嘲"的话。

〔9〕 外国的考古学者们 指借考古之名而来我国掠夺文物的外国人。如法国格莱那(F. Grenard)于1892年从和阗(今新疆和田)盗去梵文佛经残本、土俑等;英国斯坦因(A. Stein,1862—1943)于1901年在和阗盗掘汉晋木简,又于1907年、1914先后四年从敦煌千佛洞盗走大批古代写本及古画、刺绣等艺术品;还有法国伯希和(P. Pelliot,1878—1945)也于1908年从千佛洞盗走很多唐宋文物。到作者写本文时,这种文物掠夺者更"联翩而至",如1924年美国瓦尔纳(L. Warner)在千佛洞以特制胶布粘去壁画二十六幅;1925年2月,他组织了一个以哈佛大学旅行团为名义的团体,带了大批胶布等材料,再次到千佛洞做有计划的盗窃;后经敦煌民众的反对阻止,才未得逞。

〔10〕 弱水 参见本卷《随感录六十二 恨恨而死》注〔2〕。

〔11〕 "匪今斯今,振古如兹" 语出《诗经·周颂·载芟》。意思是不但现在,从古以

〔12〕涅槃　佛家语，梵文Nirvāna的音译。原指佛和高僧经过长期"修道"所达到的"最高境界"，即能"寂（熄）灭"、解脱一切烦恼。后世也称佛和僧人的逝世为"涅槃""圆寂"或"入灭"，由此引申为死的意思。

〔13〕劼古　研究古代文化的意思。劼，勤劳。

〔14〕归安陆氏　指陆心源（1834—1894），字刚父，号存斋，浙江归安（今吴兴）人，清末藏书家。藏有宋版书约二百种，所以他的藏书处取名为皕宋楼。他死后，这些书都由他的儿子陆树藩于1907年卖给日本岩崎兰室（静嘉堂文库）。

〔15〕潍县陈氏　指陈介祺（1813—1884），字寿卿，号簠斋，山东潍县（今潍坊）人，清代古文物收藏家。藏有古代乐器钟十口，所以他的书斋取名为十钟山房。这些钟后来在1917年卖给日本财阀住友家。

〔16〕犹太学校　指犹太商人哈同1915年在上海开办的仓圣明智大学及附属中小学。哈同曾雇用王国维等担任教员，教学生读经，习古礼。每年三月二十八日所谓仓颉生日时，要学生给仓颉磕头拜寿。

〔17〕道学　参见本卷《随感录三十八》注〔8〕。

〔18〕三坟五典　相传是三皇五帝时的遗书，现在已不可考。《左传·昭公十二年》："是能读三坟、五典、八索、九丘。"晋代杜预注："皆古书名。"

〔19〕百宋千元　指清代乾隆、嘉庆时的藏书家黄丕烈和吴骞的藏书。黄丕烈（1763—1825），江苏吴县人，藏有宋版书一百余部，他的书室名为"百宋一廛"，意思是一百部宋版书存放处。吴骞（1733—1813），浙江海宁人，藏有元版书一千部，他的书室名为"千元十驾"，意思是元版书千部能抵宋版书百部，犹如驽马十驾能抵好马一驾。

〔20〕天球河图　天球相传为古雍州（今陕、甘一带）所产的美玉；河图，相传为伏羲时龙马从黄河负出的图。《尚书·顾命》："大玉，夷玉，天球，河图，在东序。"在东序指陈列在房厅东墙一侧。

〔21〕"林回弃千金之璧，负赤子而趋"　语出《庄子·山木》："林回弃千金之璧，负赤子而趋。或曰：'为其布与？赤子之布寡矣！为其累与？赤子之累多矣！弃千金之璧，负赤子而趋，何也？'林回曰：'彼以利合，此以天属也。'"布，古代的钱币；天属，人的天性。

论雷峰塔的倒掉

【题记】本文最初发表于1924年11月17日北京《语丝》周刊第一期，后收入《坟》。雷峰塔的倒坍，是挺可惜的，鲁迅却把雷峰塔想象为一种文化压迫的象征。雷峰塔镇压白蛇娘娘，代表封建威权对青春与爱情的镇压，所以它的"倒掉"让人"欣喜"。一个民间传说，经过鲁迅诙谐而辛辣的笔触点染，便生发出思想的光芒。

听说，杭州西湖上的雷峰塔[1]倒掉了，听说而已，我没有亲见。但我却见过未倒的雷峰塔，破破烂烂的映掩于湖光山色之间，落山的太阳照着这些四近的地方，就是"雷峰夕照"，西湖十景之一。"雷峰夕照"的真景我也见过，并不见佳，我以为。

然而一切西湖胜迹的名目之中，我知道得最早的却是这雷峰塔。我的祖母曾经常常对我说，白蛇娘娘就被压在这塔底下。有个叫作许仙的人救了两条蛇，一青一白，后来白蛇便化作女人来报恩，嫁给许仙了；青蛇化作丫鬟，也跟着。一个和尚，法海禅师，得道的禅师，看见许仙脸上有妖气，——凡讨妖怪做老婆的人，脸上就有妖气的，但只有非凡的人才看得出，——便将他藏在金山寺的法座后，白蛇娘娘来寻夫，于是就"水满金山"。我的祖母讲起来还要有趣得多，大约是出于一部弹词叫作《义妖传》[2]里的，但我没有看过这部书，所以也不知道"许仙""法海"究竟是否这样写。总而言之，白蛇娘娘终于中了法海的计策，被装在一个小小的钵盂里了。钵盂埋在地里，上面还造起一座镇压的塔来，这就是雷峰塔。此后似乎事情还很多，如"白状元祭塔"之类，但我现在都忘记了。

那时我惟一的希望，就在这雷峰塔的倒掉。后来我长大了，到杭州，看见这破破烂烂的塔，心里就不舒服。后来我看看书，说杭州人又叫这塔作保叔塔,其实应该写作"保俶塔",是钱王的儿子造的。[3]那么,里面当然没有白蛇娘娘了,然而我心里仍然不舒服,仍然希望他倒掉。

现在,他居然倒掉了,则普天之下的人民,其欣喜为何如?

这是有事实可证的。试到吴越的山间海滨,探听民意去。凡有田夫野老,蚕妇村氓,除了几个脑髓里有点贵恙的之外,可有谁不为白娘娘抱不平,不怪法海太多事的?

和尚本应该只管自己念经。白蛇自迷许仙,许仙自娶妖怪,和别人有什么相干呢?他偏要放下经卷,横来招是搬非,大约是怀着嫉妒罢,——那简直是一定的。

听说,后来玉皇大帝也就怪法海多事,以至荼毒生灵,想要拿办他了。他逃来逃去,终于逃在蟹壳里避祸,不敢再出来,到现在还如此。我对于玉皇大帝所做的事,腹诽的非常多,独于这一件却很满意,因为"水满金山"一案,的确应该由法海负责;他实在办得很不错的。只可惜我那时没有打听这话的出处,或者不在《义妖传》中,却是民间的传说罢。

秋高稻熟时节,吴越间所多的是螃蟹,煮到通红之后,无论取那一只,揭开背壳来,里面就有黄,有膏;倘是雌的,就有石榴子一般鲜红的子。先将这些吃完,即一定露出一个圆锥形的薄膜,再用小刀小心地沿着锥底切下,取出,翻转,使里面向外,只要不破,便变成一个罗汉模样的东西,有头脸,身子,是坐着的,我们那里的小孩子都称他"蟹和尚",就是躲在里面避难的法海。

当初,白蛇娘娘压在塔底下,法海禅师躲在蟹壳里。现在却只有这位老禅师独自静坐了,非到螃蟹断种的那一天为止出不来。莫非他造塔的时候,竟没有想到塔是终究要倒的么?

活该。

一九二四年十月二十八日。

注释:

〔1〕 雷峰塔原在杭州西湖净慈寺前面,宋开宝八年(975)吴越王钱俶为贺王妃得子而建,名王妃塔,也称西关砖塔;因建在名为雷峰的小山上,通称雷峰塔。1924年9月25日

倒坍。

〔2〕《义妖传》 演述关于白蛇娘娘的民间神话故事的弹词,清代陈遇乾著,共二十八卷五十四回,又《续集》二卷十六回。同治八年(1869)刊行。"水满金山"和"白状元祭塔",都是白蛇故事中的情节。金山在江苏镇江,山上有金山寺,东晋时所建。白状元是故事中白蛇娘娘和许仙所生的儿子许士林,他后来中了状元回来祭塔,与被法海和尚镇在雷峰塔下的白蛇娘娘相见。

〔3〕 本文最初发表时,篇末有作者的附记说:"这篇东西,是一九二四年十月二十八日做的。今天孙伏园来,我便将草稿给他看。他说,雷峰塔并非就是保叔塔。那么,大约是我记错了,然而我却确乎早知道雷峰塔下并无白娘娘。现在既经前记者先生指点,知道这一节并非得于所看之书,则当时何以知之,也就莫名其妙矣。特此声明,并且更正。十一月三日。"保俶塔在西湖宝石山顶,今仍存。一说是吴越王钱俶入宋朝贡时所造。明代朱国桢《涌幢小品》卷十四中有简单记载:"杭州有保俶塔,因俶入朝,恐其被留,作此以保之……今误为保叔。"另一传说是宋咸平(998—1003)时僧永保化缘所筑。明代郎瑛《七修类稿》:"咸平中,僧永保化缘筑塔,人以师叔称之,遂名塔曰保叔。"

看 镜 有 感

【题记】本文最初发表于1925年3月2日《语丝》周刊第十六期,后收入《坟》。围绕"铜镜"论古说今,驱遣自如,从汉唐讲到清末民初,对中国文化的历史兴衰有精辟的解释。这豪放的文气,有赖于鲁迅对传统文化的博识精通。现今不是有人批评鲁迅"割裂"传统吗?其实鲁迅对传统文化的了解至深,还做了许多选择与扬弃的工作,他的文化修养之深厚在本文亦可以斑见豹。

因为翻衣箱,翻出几面古铜镜子来,大概是民国初年初到北京时候买在那里的,"情随事迁",全然忘却,宛如见了隔世的东西了。

一面圆径不过二寸,很厚重,背面满刻蒲陶[1],还有跳跃的鼯鼠,沿边是一圈小飞禽。古董店家都称为"海马葡萄镜"。但我的一面并无海马,其实和名称不相当。记得曾见过别一面,是有海马的,但贵极,没有买。这些都是汉代的镜子;后来也有模造或翻沙者,花纹可造粗拙得多了。汉武通大宛安息,以致天马蒲萄,[2]大概当时是视为盛事的,所以便取作什器的装饰。古时,于外来物品,每加海字,如海榴,海红花,海棠之类。海即现在之所谓洋,海马译成今文,当然就是洋马。镜鼻是一个虾蟆,则因为镜如满月,月中有蟾蜍[3]之故,和汉事不相干了。

遥想汉人多少闳放,新来的动植物,即毫不拘忌,来充装饰的花纹。唐人也还不算弱,例如汉人的墓前石兽,多是羊,虎,天禄,辟邪[4],而长安的昭陵上,却刻着带箭的骏马[5],还有一匹驼鸟,则办法简直前无古人。现今在坟墓上不待言,即平常的绘画,可有人敢用一朵洋花一只洋鸟,即私人的印章,可有人肯用一个草书一个俗字么?许多雅人,连记年月也必是甲子,怕用民国纪元。不知道是没有如此大胆的艺术家;还是虽有而民众都加迫害,他于是乎只得萎缩,死掉了?

宋的文艺,现在似的国粹气味就熏人。然而辽金元陆续进来了,这消息很耐寻味。汉唐虽然也有边患,但魄力究竟雄大,人民具有不至于为异族奴隶的自信心,或者竟毫未想到,凡取用外来事物的时候,就如将彼俘来一样,自由驱使,绝不介怀。一到衰弊陵夷之际,神经可就衰弱过敏了,每遇外国东西,便觉得仿佛彼来俘我一样,推拒,惶恐,退缩,逃避,抖成一团,又必想一篇道理来掩饰,而国粹遂成为辱王和辱奴的宝贝。

无论从那里来的,只要是食物,壮健者大抵就无需思索,承认是吃的东西。惟有衰病的,却总常想到害胃,伤身,特有许多禁条,许多避忌;还有一大套比较利害而终于不得要领的理由,例如吃固无妨,而不吃尤稳,食之或当有益,然究以不吃为宜云云之类。但这一类人物总要日见其衰弱的,因为他终日战战兢兢,自己先已失了活气了。

不知道南宋比现今如何,但对外敌,却明明已经称臣,惟独在国内特多繁文缛节以及唠叨的碎话。正如倒霉人物,偏多忌讳一般,豁达闳大之风消歇净尽了。直到后来,都没有什么大变化。我曾在古物陈列所所陈列的古画上看见一颗印文,是几个罗马字母。但那是所谓"我圣祖仁皇帝"[6]的印,是征服了汉族的主人,所以他敢;汉族的奴才是不敢的。便是现在,便是艺术家,可有敢用洋文的印的么?

清顺治中,时宪书[7]上印有"依西洋新法"五个字,痛哭流涕来劾洋人汤若望的偏是汉人杨光先[8]。直到康熙初,争胜了,就教他做钦天监正去,则又叩阍以"但知推步之理不知推步之数"辞。不准辞,则又痛哭流涕地来做《不得已》,说道"宁可使中夏无好历法,不可使中夏有西洋人。"然而终于连闰月都算错了,他大约以为好历法专属于西洋人,中夏人自己是学不得,也学不好的。但他竟论了大辟,可是没有杀,放归,死于途中了。汤若望入中国还在明崇祯初,其法终未见用;后来阮元[9]论之曰:"明季君臣以大统寖疏,开局修正,既知新法之密,而讫未施行。圣朝定鼎,以其法造时宪书,颁行天下。彼十余年辩论翻译之劳,若以备我朝之采用者,斯亦奇矣!……我国家圣圣相传,用人行政,惟求其是,而不先设成心。即是一端,可以仰见如天之度量矣!"(《畴人传》四十五)

现在流传的古镜们,出自冢中者居多,原是殉葬品。但我也有一面日用镜,薄而且大,规抚汉制,也许是唐代的东西。那证据是:一,镜鼻已多磨损;二,镜面的沙眼都用别的铜来补好了。当时在妆阁中,曾照唐人的额黄和眉绿[10],现在却监禁在我的衣箱里,它或者大有今昔之感罢。

但铜镜的供用,大约道光咸丰时候还与玻璃镜并行;至于穷乡僻壤,也许至今还用着。我们那里,则除了婚丧仪式之外,全被玻璃镜驱逐了。然而也还有余烈可寻,倘街头遇见一位老翁,肩了长凳似的东西,上面缚着一块猪肝色石和一块青色石,试仁听他的叫喊,就是"磨镜,磨剪刀!"

宋镜我没有见过好的,什九并无藻饰,只有店号或"正其衣冠"等类的迂铭词,真是"世风日下"。但是要进步或不退步,总须时时自出新裁,至少也必取材异域,倘若各种顾忌,各种小心,各种唠叨,这么做即违了祖宗,那么做又像了夷狄,终生惴惴如在薄冰上,发抖尚且来不及,怎么会做出好东西来。所以事实上"今不如古"者,正因为有许多唠叨着"今不如古"的诸位先生们之故。现在情形还如此。倘再不放开度量,大胆地,无畏地,将新文化尽量地吸收,则杨光先似的向西洋主人沥陈中夏的精神文明的时候,大概是不劳久待的罢。

但我向来没有遇见过一个排斥玻璃镜子的人。单知道咸丰年间,汪曰桢[11]先生却在他的大著《湖雅》里攻击过的。他加以比较研究之后,终于决定还是铜镜好。最不可解的是:他说,照起面貌来,玻璃镜不如铜镜之准确。莫非那时的玻璃镜当真坏到如此,还是因为他老先生又带上了国粹眼镜之故呢?我没有见过古玻璃镜。这一点终于猜不透。

一九二五年二月九日。

注释:

〔1〕 蒲陶　即葡萄。

〔2〕 汉武通大宛安息　汉武帝刘彻从建元三年(前138)起,曾多次派遣张骞出使西域,直至大宛、安息等地,开辟了通往西亚的贸易往来和文化交流的道路。大宛、安息,都是古国名。大宛旧址在今乌兹别克斯坦境内;安息旧址在今伊朗境内。天马和葡萄都来自大宛。《史记·大宛列传》说:"得乌孙马好,名曰天马。及得大宛汗血马益壮,更名乌孙马曰西极,名大宛马曰天马云。"又说:"宛左右以蒲陶为酒,富人藏酒至万余石,久者数十岁不败。俗嗜酒,马嗜苜蓿,汉使取其实来,于是天子始种苜蓿蒲陶肥饶地。及天马多,外国使

来众,则离宫别观旁,尽种蒲陶苜蓿极望。"

〔3〕 月中有蟾蜍　我国古代的神话传说,见《淮南子·精神训》:"日中有踆乌,而月中有蟾蜍。"

〔4〕 天禄,辟邪　据《汉书·西域传》及三国魏孟康的注释,是产于西域乌弋山离国(当在今阿富汗西部)的动物:"似鹿,长尾,一角者或为天鹿(禄),两角者或为辟邪。"

〔5〕 昭陵是唐太宗李世民墓,在陕西醴泉东北九嵕山。昭陵带箭的骏马,是唐太宗于武德四年(621)平定洛阳时所乘名马飒露紫的石刻浮雕像,为昭陵六骏中的代表杰作。唐太宗在这次战争中,因该马受伤,濒于危险,有勇士丘行恭将自己的乘马献上,始得脱走。石刻所表现的,即为披甲带剑的丘行恭献马以后,立在飒露紫前,手执马羁,拔去马胸所中之箭的情状。按,昭陵六骏是:飒露紫、拳毛䯄、白蹄乌、特勒骠、青骓、什伐赤。唐太宗为纪念其阵亡的六匹骏马,于贞观十年(636)下诏刻浮雕石像,镶嵌在昭陵寝殿东西两庑壁间。飒露紫、拳毛䯄两石刻于1914年被盗,现存费城宾夕法尼亚大学博物馆;其余四骏现藏陕西省博物馆。

〔6〕 "我圣祖仁皇帝"　指清朝康熙皇帝玄烨。"圣祖"是庙号,"仁皇帝"是谥号。

〔7〕 时宪书　即历书。清初睿亲王多尔衮颁布汤若望修正的历法,名《时宪历》,乾隆时因避高宗弘历的名讳,改称为"时宪书"。

〔8〕 汤若望(J. A. Schall von Bell,1592—1666)　德国人,天主教传教士。明天启二年(1622)来中国传教,后在历局供职。清顺治元年(1644)任钦天监监正(观察天象,推算节气历法的主要长官),变更历法,新编历书。杨光先(1597—1669),字长公,安徽歙县人。顺治十七年(1660)他上书礼部,说历书封面上不该用"依西洋新法"五字,无结果。康熙三年(1664)秋又上书礼部,指责历书推算该年十二月初一日食的错误,翌年春汤若望等因而被判罪,杨光先接任钦天监监正,复用旧历。康熙八年(1669)因推闰失实,康熙为汤若望等冤狱平反,杨光先被夺官下狱,初论死罪,后以年老免死放归。下文的《不得已》,完成于康熙四年(1665),是杨光先几次控告汤若望,批评西洋传教士、天主教和西洋历法的专文、呈状的汇集。鲁迅文中所引的话,分别见于该书中的《二叩阍辞疏》《日食天象验》。"但知推步之理不知推步之数",鲁迅引自阮元《畴人传》"杨光先"条,原文为"但知历之理,而不知历之数"。

〔9〕 阮元(1764—1849)　字伯元,号芸台,江苏仪征人,清代学者。曾任两广总督、体仁阁大学士。著有《揅经室集》《畴人传》等。《畴人传》,共四十六卷,包括我国从远古到清代的天文历算学者二百四十三人和曾在中国居留的利马窦、汤若望、南怀仁等三十七个西洋人的传记。畴人,即历算学家。

〔10〕 额黄和眉绿　古代妇女在额中和眉上所作的修饰。额黄起于六朝时,眉绿大约于战国时已开始,二者都盛行于唐代。

〔11〕 汪曰桢(1813—1881) 字刚木,号谢城,浙江乌程(今湖州)人。清咸丰时任会稽教谕。著有《湖雅》《历代长术辑要》等。《湖雅》共九卷,收在他自己编纂的《荔墙丛刻》中。在《湖雅》卷九"器用之属"中谈到镜子时说:"近年玻璃镜盛行,薛镜(按,指明人薛惠公所铸铜镜)已久不复铸。然玻璃镜每多照物不准,俗谓之走作,铜镜则无此病。又玻璃易碎,不及铜质耐久,世俗乃弃彼取此,良不可解。盖风气日薄,厌常喜新,即一物可征矣。"

春末闲谈

【题记】本文最初发表于1925年4月24日北京《莽原》周刊第一期,署名冥昭,后收入《坟》。文章从细腰蜂捕青虫写起,以细腰蜂的麻醉术比喻专制统治者钳制言论,将被治的人民麻痹到不死不活的状态,而"特殊智识阶级"又常常维护"阔人"的特权。文章曲笔深婉,抨击当时政府当局对言论自由的限制,指出这无济于事,思想自由是很难禁绝的,残暴的镇压反而会加速了人民的觉醒与反抗。

北京正是春末,也许我过于性急之故罢,觉着夏意了,于是突然记起故乡的细腰蜂[1]。那时候大约是盛夏,青蝇密集在凉棚索子上,铁黑色的细腰蜂就在桑树间或墙角的蛛网左近往来飞行,有时衔一支小青虫去了,有时拉一个蜘蛛。青虫或蜘蛛先是抵抗着不肯去,但终于乏力,被衔着腾空而去了,坐了飞机似的。

老前辈们开导我,那细腰蜂就是书上所说的果蠃,纯雌无雄,必须捉螟蛉去做继子的。她将小青虫封在窠里,自己在外面日日夜夜敲打着,祝道"像我像我",经过若干日,——我记不清了,大约七七四十九日罢,——那青虫也就成了细腰蜂了,所以《诗经》里说:"螟蛉有子,果蠃负之。"螟蛉就是桑上小青虫。蜘蛛呢?他们没有提。我记得有几个考据家曾经立过异说,以为她其实自能生卵;其捉青虫,乃是填在窠里,给孵化出来的幼蜂做食料的。但我所遇见的前辈们都不采用此说,还道是拉去做女儿。我们为存留天地间的美谈起见,倒不如这样好。当长夏无事,遣暑林阴,瞥见二虫一拉一拒的时候,便如睹慈母教女,满怀好意,而青虫的宛转抗拒,则活像一个不识好歹的毛鸦头。

但究竟是夷人可恶,偏要讲什么科学。科学虽然给我们许多惊奇,但也搅坏了我们许多好梦。自从法国的昆虫学大家发勃耳(Fabre)[2]仔细观察之后,给幼蜂做食料的事可就证实了。而且,这细腰蜂不但是普通的凶手,还是一种很残忍的凶手,又是一个学识技术都极高明的解剖学家。她知道青虫的神经构造和作用,用了神奇的毒针,向那运动神经球上只一螫,它便麻痹为不死不活状态,这才在它身上生下蜂卵,封入窠中。青虫因为不死不活,所以不动,但也因为不活不死,所以不烂,直到她的子女孵化出来的时候,这食料还和被捕当日一样的新鲜。

三年前,我遇见神经过敏的俄国的 E 君[3],有一天他忽然发愁道,不知道将来的科学家,是否不至于发明一种奇妙的药品,将这注射在谁的身上,则这人即甘心永远去做服役和战争的机器了?那时我也就皱眉叹息,装作一齐发愁的模样,以示"所见略同"之至意,殊不知我国的圣君,贤臣,圣贤,圣贤之徒,却早已有过这一种黄金世界的理想了。不是"唯辟作福,唯辟作威,唯辟玉食"[4]么?不是"君子劳心,小人劳力"[5]么?不是"治于人者食(去声)人,治人者食于人"[6]么?可惜理论虽已卓然,而终于没有发明十全的好方法。要服从作威就须不活,要贡献玉食就须不死;要被治就须不活,要供养治人者又须不死。人类升为万物之灵,自然是可贺的,但没有了细腰蜂的毒针,却很使圣君,贤臣,圣贤,圣贤之徒,以至现在的阔人,学者,教育家觉得棘手。将来未可知,若已往,则治人者虽然尽力施行过各种麻痹术,也还不能十分奏效,与果蠃并驱争先。即以皇帝一伦而言,便难免时常改姓易代,终没有"万年有道之长";"二十四史"而多至二十四,就是可悲的铁证。现在又似乎有些别开生面了,世上挺生了一种所谓"特殊智识阶级"[7]的留学生,在研究室中研究之结果,说医学不发达是有益于人种改良的,中国妇女的境遇是极其平等的,一切道理都已不错,一切状态都已够好。E 君的发愁,或者也不为无因罢,然而俄国是不要紧的,因为他们不像我们中国,有所谓"特别国情"[8],还有所谓"特殊智识阶级"。

但这种工作,也怕终于像古人那样,不能十分奏效的罢,因为这实在比细腰蜂所做的要难得多。她于青虫,只须不动,所以仅在运动神经球上一螫,即告成功。而我们的工作,却求其能运动,无知觉,该在知觉神经中枢,加以完全的麻醉的。但知觉一失,运动也就随之失却主宰,不能贡献玉食,恭请上自"极峰"[9]下至"特殊智识阶级"的赏收享用了。就现在而言,窃以为除了遗老的圣经贤传法,学者的进研究室主义[10],文学家和茶摊老板的莫谈国事[11]律,教育家的勿视勿听勿言勿动[12]论之外,委实还没有更好,更完全,更无流弊的方法。便是留学生的特别发见,其实也并未轶出了前贤的范围。

那么,又要"礼失而求诸野"[13]了。夷人,现在因为想去取法,姑且称之为外国,他那里,可有较好的法子么?可惜,也没有。所有者,仍不外乎不准集会,不许开口之类,和我们中华并没有什么很不同。然亦可见至道嘉猷,人同此心,心同此理,固无华夷之限也。猛兽是单独的,牛羊则结队;野牛的大队,就会排角成城以御强敌了,但拉开一匹,定只能牟牟地叫。人民与牛马同流,——此就中国而言,夷人别有分类法云,——治之之道,自然应该禁止集合:这方法是对的。其次要防说话。人能说话,已经是祸胎了,而况有时还要做文章。所以苍颉造字,夜有鬼哭[14]。鬼且反对,而况于官?猴子不会说话,猴界即向无风潮,——可是猴界中也没有官,但这又作别论,——确应该虚心取法,反朴归真,则口且不开,文章自灭;这方法也是对的。然而上文也不过就理论而言,至于实效,却依然是难说。最显著的例,是连那么专制的俄国,而尼古拉二世"龙御上宾"[15]之后,罗马诺夫氏竟已"覆宗绝祀"了。要而言之,那大缺点就在虽有二大良法,而还缺其一,便是:无法禁止人们的思想。

于是我们的造物主——假如天空真有这样的一位"主子"——就可恨了:一恨其没有永远分清"治者"与"被治者";二恨其不给治者生一枝细腰蜂那样的毒针;三恨其不将被治者造得即使砍去了藏着的思想中枢的脑袋而还能动作——服役。三者得一,阔人的地位即永久稳固,统御也永久省了气力,而天下于是乎太平。今也不然,所以即使单想高高在上,暂时维持阔气,也还得日施手段,夜费心机,实在不胜其委屈劳神之至……。

假使没有了头颅,却还能做服役和战争的机械,世上的情形就何等地醒目呵!这时再不必用什么制帽勋章来表明阔人和窄人了,只要一看头之有无,便知道主奴,官民,上下,贵贱的区别。并且也不至于再闹什么革命,共和,会议等等的乱子了,单是电报,就要省下许多许多来。古人毕竟聪明,仿佛早想到过这样的东西,《山海经》上就记载着一种名叫"刑天"的怪物[16]。他没有了能想的头,却还活着,"以乳为目,以脐为口",——这一点想得很周到,否则他怎么看,怎么吃呢,——实在是很值得奉为师法的。假使我们的国民都能这样,阔人又何等安全快乐?但他又"执干戚而舞",则似乎还是死也不肯安分,和我那专为阔人图便利而设的理想底好国民又不同。陶潜[17]先生又有诗道:"刑天舞干戚,猛志固常在。"连这位貌似旷达的老隐士也这么说,可见无头也会仍有猛志,阔人的天下一时总怕难得太平的了。但有了太多的"特殊智识阶级"的国民,也许有特在例外的希望;况且精神文明太高了之后,精神的头就会提前飞去,区区物质的头的有无也算不得什么难问题。

一九二五年四月二十二日。

注释:

〔1〕 细腰蜂　在昆虫学上属于膜翅目泥蜂科。头部圆形,有三只单眼,腹部多节,细腰。成虫以花蜜发酵物作食料,幼虫以各种昆虫的体内物质为养料。关于它的延种方法,我国古代有各种不同的记载。

〔2〕 发勃耳(1823—1915)　通译法布尔,法国昆虫学家。著有《昆虫记》等。

〔3〕 E君　爱罗先珂。

〔4〕 "唯辟作福,唯辟作威,唯辟玉食"　语见《尚书·洪范》。辟,即国君。

〔5〕 "君子劳心,小人劳力"　语出《左传·襄公九年》。两周、春秋时期称贵族为"君子",称被统治的生产者为"小人"。

〔6〕 "治于人者食人,治人者食于人"　语出《孟子·滕文公》。

〔7〕 "特殊智识阶级"　1925年2月,段祺瑞政府召开"善后会议",以抵制孙中山提出的召开国民会议的主张。当时一批曾留学外国的人在北京组织"国外大学毕业生参加国民会议同志会",向"善后会议"提请愿书,要求在未来的国民会议中给他们保留名额,其中说:"查国民代表会议之最大任务为制定中华民国宪法,留学者为一特殊智识阶级,无庸讳言,其应参加此项会议,多多益善。"(见1925年3月31日《京报》)鲁迅文中说的所谓"特殊智识阶级",当指这类留学生。

〔8〕 "特别国情"　1915年袁世凯阴谋恢复帝制,他的宪法顾问美国人古德诺(F. J. Goodnow,1859—1939)曾于8月10日北京《亚细亚日报》发表一篇《共和与君主论》,说中国自有"特别国情",不适宜实行民主政治,应当恢复君主政体。杨度也撰有《君宪救国论》,以"共和不适国情"为由,提倡君主立宪,还发起成立"筹安会",讨论国体问题,为袁世凯称帝制造舆论。

〔9〕 "极峰"　意即最高统治者。旧时官僚政客对最高统治者的媚称。

〔10〕 进研究室主义　1919年7月,胡适在《每周评论》上发表《多研究些问题,少谈些"主义"》的文章,稍后又提出学生"进研究室""整理国故"的主张。

〔11〕 莫谈国事　北洋军阀统治时期,实行政治恐怖政策,北京的茶馆酒肆里多贴有"莫谈国事"的字条,某些文人也把"莫谈国事"当作处世格言。

〔12〕 勿视勿听勿言勿动　语出《论语·颜渊》。

〔13〕 "礼失而求诸野"　语见《汉书·艺文志》。

〔14〕 苍颉造字,夜有鬼哭　参见上卷《理水》注〔22〕。

〔15〕 尼古拉二世(1868—1918)　帝俄罗曼诺夫王朝的最后一个皇帝,为1917年2月革命所推翻,次年7月17日被处死。"龙御上宾",旧时指皇帝逝世,意即乘龙仙去。典出《史记·封禅书》。

〔16〕 《山海经》　古代地理博物著作,作者和成书年代不详。内容主要是有关我国民间传说中的地理知识,还保存了不少上古时代流传下来的神话故事。"刑天",一作形天,见该书《海外西经》:"形天与帝至此争神,帝断其首,葬之常羊之山。乃以乳为目,以脐为口,操干戚以舞。"干,盾牌;戚,斧头。

〔17〕 陶潜(约372—427)　即陶渊明,东晋诗人。"刑天舞干戚"两句诗,见他的《读山海经》第十首。

灯下漫笔

【题记】本文最初发表于1925年5月1日、22日《莽原》周刊第二期和第五期,后收入《坟》。文章以钞票贬值的旧事做引子,从自身体验说明危难之中的难免"降格"以求保命,进而揭示三纲五常如何利用人性之弱点培植"奴性";中国历史的一治一乱,无非是"想做奴隶而不得的时代"与"暂时做稳了奴隶的时代"的循环。鲁迅要以霹雳手的姿态打破中庸和犹疑,让人们意识到社会变革所遭遇的巨大障碍,其中就包括被传统所束缚的沉滞的"奴性"。

一

有一时,就是民国二三年时候,北京的几个国家银行的钞票,信用日见其好了,真所谓蒸蒸日上。听说连一向执迷于现银的乡下人,也知道这既便当,又可靠,很乐意收受,行使了。至于稍明事理的人,则不必是"特殊知识阶级",也早不将沉重累坠的银元装在怀中,来自讨无谓的苦吃。想来,除了多少对于银子有特别嗜好和爱情的人物之外,所有的怕大都是钞票了罢,而且多是本国的。但可惜后来忽然受了一个不小的打击。

就是袁世凯[1]想做皇帝的那一年,蔡松坡[2]先生溜出北京,到云南去起义。这边所受的影响之一,是中国和交通银行的停止兑现。[3]虽然停止兑现,政府勒令商民照旧行用的威力却还有的;商民也自有商民的老本领,不说不要,却道找不出零钱。假如拿几十几百的钞票去买东西,我不知道怎样,但倘使只要买一枝笔,一盒烟卷呢,难道就付给一元钞么?不但不甘心,也没有这许多票。那么,换铜元,少换几个罢,又都说没有铜元。那么,到亲戚朋友那里借现钱去罢,怎么会有?于是降格以求,不讲爱国了,要外国银行的钞票。但外国银行的钞票这时就等于现银,他如果借给你这钞票,也就借给你真的银元了。

我还记得那时我怀中还有三四十元的中交票,可是忽而变了一个穷人,几乎要绝食,很有些恐慌。俄国革命以后的藏着纸卢布的富翁的心情,恐怕也就这样的罢;至多,不过更深更大罢了。我只得探听,钞票可能折价换到现银呢?说是没有行市。幸而终于,暗暗地有了行市了:六折几。我非常高兴,赶紧去卖了一半。后来又涨到七折了,我更非常高兴,全去换了现银,沉垫垫地坠在怀中,似乎这就是我的性命的斤两。倘在平时,钱铺子如果少给我一个铜元,我是决不答应的。

但我当一包现银塞在怀中,沉垫垫地觉得安心,喜欢的时候,却突然起了另一思想,就是:我们极容易变成奴隶,而且变了之后,还万分喜欢。

假如有一种暴力,"将人不当人",不但不当人,还不及牛马,不算什么东西;待到人们羡慕牛马,发生"乱离人,不及太平犬"[4]的叹息的时候,然后给与他略等于牛马的价格,有如元朝定律,打死别人的奴隶,赔一头牛,[5]则人们便要心悦诚服,恭颂太平的盛世。为什么呢?因为他虽不算人,究竟已等于牛马了。

我们不必恭读《钦定二十四史》,或者入研究室,审察精神文明的高超。只要一翻孩子所读的《鉴略》,——还嫌烦重,则看《历代纪元编》[6],就知道"三千余年古国古"[7]的中华,历来所闹的就不过是这一个小玩艺。但在新近编纂的所谓"历史教科书"一流东西里,却不大看得明白了,只仿佛说:咱们向来就很好的。

但实际上,中国人向来就没有争到过"人"的价格,至多不过是奴隶,到现在还如此,然而下于奴隶的时候,却是数见不鲜的。中国的百姓是中立的,战时连自己也不知道属于那一面,但又属于无论那一面。强盗来了,就属于官,当然该被杀掠;官兵既到,该是自家人了罢,但仍然要被杀掠,仿佛又属于强盗似的。这时候,百姓就希望有一个一定的主子,拿他们去做百姓,——不敢,是拿他们去做牛马,情愿自己寻草吃,只求他决定他们怎样跑。

假使真有谁能够替他们决定,定下什么奴隶规则来,自然就"皇恩浩荡"了。可惜的是往往暂时没有谁能定。举其大者,则如五胡十六国[8]的时候,黄巢[9]的时候,五代[10]时候,宋末元末时候,除了老例的服役纳粮以外,都还要受意外的灾殃。张献忠的脾气更古怪了,不服役纳粮的要杀,服役纳粮的也要杀,敌他的要杀,降他的也要杀:将奴隶规则毁得粉碎。这时候,百姓就希望来一个另外的主子,较为顾及他们的奴隶规则的,无论仍旧,或者新颁,总之是有一种规则,使他们可上奴隶的轨道。

"时日曷丧,予及汝偕亡!"[11]愤言而已,决心实行的不多见。实际上大概是群盗如麻,纷乱至极之后,就有一个较强,或较聪明,或较狡猾,或是外族的人物出来,较有秩序地收拾了天下。厘定规则:怎样服役,怎样纳粮,怎样磕头,怎样颂圣。而且这规则是不像现在那样朝三暮四的。于是便"万姓胪欢"[12]了;用成语来说,就叫作"天下太平"。

任凭你爱排场的学者们怎样铺张,修史时候设些什么"汉族发祥时代""汉族发达时代""汉族中兴时代"的好题目,好意诚然是可感的,但措辞太绕湾子了。有更其直捷了当的说法在这里——

一,想做奴隶而不得的时代;

二,暂时做稳了奴隶的时代。

这一种循环,也就是"先儒"之所谓"一治一乱"[13];那些作乱人物,从后日的"臣民"看来,是给"主子"清道辟路的,所以说:"为圣天子驱除云尔。"[14]

现在入了那一时代,我也不了然。但看国学家的崇奉国粹,文学家的赞叹固有文明,道学家的热心复古,可见于现状都已不满了。然而我们究竟正向着那一条路走呢?百姓是一遇到莫名其妙的战争,稍富的迁进租界,妇孺则避入教堂里去了,因为那些地方都比较的"稳",暂不至于想做奴隶而不得。总而言之,复古的,避难的,无智愚贤不肖,似乎都已神往于三百年前的太平盛世,就是"暂时做稳了奴隶的时代"了。

但我们也就都像古人一样,永久满足于"古已有之"的时代么?都像复古家一样,不满于现在,就神往于三百年前的太平盛世么?

自然,也不满于现在的,但是,无须反顾,因为前面还有道路在。而创造这中国历史上未曾有过的第三样时代,则是现在的青年的使命!

二

但是赞颂中国固有文明的人们多起来了,加之以外国人。我常常想,凡有来到中国的,倘能疾首蹙额而憎恶中国,我敢诚意地捧献我的感谢,因为他一定是不愿意吃中国人的肉的!

鹤见祐辅[15]氏在《北京的魅力》中,记一个白人将到中国,预定的暂住时候是一年,但五年之后,还在北京,而且不想回去了。有一天,他们两人一同吃晚饭——

"在圆的桃花心木的食桌前坐定,川流不息地献着山海的珍味,谈话就从古董,画,政治这些开头。电灯上罩着支那式的灯罩,淡淡的光洋溢于古物罗列的屋子中。什么无产阶级呀,Proletariat[16]呀那些事,就像不过在什么地方刮风。

"我一面陶醉在支那生活的空气中,一面深思着对于外人有着'魅力'的这东西。元人也曾征服支那,而被征服于汉人种的生活美了;满人也征伐支那,而被征服于汉人种的生活美了。现在西洋人也一样,嘴里虽然说着Democracy[17]呀,什么什么呀,而却被魅于支那人费六千年而建筑起来的生活的美。一经住过北京,就忘不掉那生活的味道。大风时候的万丈的沙尘,每三月一回的督军们的开战游戏,都不能抹去这支那生活的魅力。"

这些话我现在还无力否认他。我们的古圣先贤既给与我们保古守旧的格言,但同时也排好了用子女玉帛所做的奉献于征服者的大宴。中国人的耐劳,中国人的多子,都就是办酒的材料,到现在还为我们的爱国者所自诩的。西洋人初入中国时,被称为蛮夷,自不免个个蹙额,但是,现在则时机已至,到了我们将曾经献于北魏,献于金,献于元,献于清的盛宴,来献给他们的时候了。出则汽车,行则保护:虽遇清道,然而通行自由的;虽或被劫,然而必得赔偿的;孙美瑶[18]掳去他们站在军前,还使官兵不敢开火。何况在华屋中享用盛宴呢?待到享受盛宴的时候,自然也就是赞颂中国固有文明的时候;但是我们的有些乐观的爱国者,也许反而欣然色喜,以为他们将要开始被中国同化了罢。古人曾以女人作苟安的城堡,美其名以自欺曰"和亲",今人还用子女玉帛为作奴的赘敬,又美其名曰"同化"。所以倘有外国的谁,到了已有赴宴的资格的现在,而还替我们诅咒中国的现状者,这才是真有良心的真可佩服的人!

但我们自己是早已布置妥帖了,有贵贱,有大小,有上下。自己被人凌虐,但也可以凌虐别人;自己被人吃,但也可以吃别人。一级一级的制驭着,不能动弹,也不想动弹了。因为倘一动弹,虽或有利,然而也有弊。我们且看古人的良法美意罢——

"天有十日,人有十等。下所以事上,上所以共神也。故王臣公,公臣大夫,大夫臣士,士臣皂,皂臣舆,舆臣隶,隶臣僚,僚臣仆,仆臣台[19]。"(《左传·昭公七年》)

但是"台"没有臣,不是太苦了么?无须担心的,有比他更卑的妻,更弱的子在。而且其子也很有希望,他日长大,升而为"台",便又有更卑更弱的妻子,供他驱使了。如此连环,各得其所,有敢非议者,其罪名曰不安分!

虽然那是古事,昭公七年离现在也太辽远了,但"复古家"尽可不必悲观的。太平的景象还在:常有兵燹,常有水旱,可有谁听到大叫唤么?打的打,革的革,可有处士来横议么?对国民如何专横,向外人如何柔媚,不犹是差等的遗风么?中国固有的精神文明,其实并未为共和二字所埋没,只有满人已经退席,和先前稍不同。

因此我们在目前,还可以亲见各式各样的筵宴,有烧烤,有翅席,有便饭,有西餐。但茅檐下也有淡饭,路傍也有残羹,野上也有饿莩;有吃烧烤的身价不赀的阔人,也有饿得垂死的每斤八文的孩子[20](见《现代评论》二十一期)。所谓中国的文明者,其实不过是安排给阔人享用的人肉的筵宴。所谓中国者,其实不过是安排这人肉的筵宴的厨房。不知道而赞颂者是可恕的,否则,此辈当得永远的诅咒!

外国人中,不知道而赞颂者,是可恕的;占了高位,养尊处优,因此受了蛊惑,昧却灵性而赞叹者,也还可恕的。可是还有两种,其一是以中国人为劣种,只配悉照原来模样,因而故意称赞中国的旧物。其一是愿世间人各不相同以增自己旅行的兴趣,到中国看辫子,到日本看木屐,到高丽看笠子,倘若服饰一样,便索然无味了,因而来反对亚洲的欧化。这些都可憎恶。至于罗素在西湖见轿夫含笑[21],便赞美中国人,则也许别有意思罢。但是,轿夫如果能对坐轿的人不含笑，中国也早不是现在似的中国了。

这文明，不但使外国人陶醉，也早使中国一切人们无不陶醉而且至于含笑。因为古代传来而至今还在的许多差别，使人们各各分离，遂不能再感到别人的痛苦；并且因为自己各有奴使别人，吃掉别人的希望，便也就忘却自己同有被奴使被吃掉的将来。于是大小无数的人肉的筵宴，即从有文明以来一直排到现在，人们就在这会场中吃人，被吃，以凶人的愚妄的欢呼，将悲惨的弱者的呼号遮掩，更不消说女人和小儿。

这人肉的筵宴现在还排着，有许多人还想一直排下去。扫荡这些食人者，掀掉这筵席，毁坏这厨房，则是现在的青年的使命！

一九二五年四月二十九日。

注释：

〔1〕 袁世凯　参见上卷《关于太炎先生二三事》注〔15〕。

〔2〕 蔡松坡（1882—1916）　名锷，字松坡，湖南邵阳人，辛亥革命时任云南都督，1913 年被袁世凯调到北京，加以监视。1915 年 11 月他潜离北京，在昆明组织护国军。同年 12 月袁世凯宣布称帝后，他于 25 日通电宣布独立，起兵讨伐袁世凯。

〔3〕 当时袁世凯政府财政困难，于 1916 年 5 月 12 日下令中国银行和交通银行（当时都是国家银行）停止其发行的纸钞的兑现。下文的中交票，即中国银行和交通银行发的纸钞。

〔4〕 "乱离人，不及太平犬"　元代施惠《幽闺记》："宁为太平犬，莫作乱离人。"

〔5〕 关于元朝的打死别人奴隶赔一头牛的定律，多桑《蒙古史》第二卷第二章中引有元太宗窝阔台的话说："成吉思汗法令，杀一回教徒者罚黄金四十巴里失，而杀一汉人者其偿价仅与一驴相等。"（据冯承钧译文）又元代陶宗仪《辍耕录》卷十七"奴婢"条载："刑律，私宰牛马，杖百。殴死驱口（按，指奴婢），比常人减死一等，杖一百七，所以视奴婢与马牛无异。"

〔6〕《鉴略》　参见上卷《五猖会》注〔16〕。《历代纪元编》，清代李兆洛门人六承如编，分三卷，上卷纪元总载，中卷纪元甲子表，下卷纪元编韵。是中国历史的干支年表。

〔7〕 "三千余年古国古"　语出清代黄遵宪《出军歌》："四千余岁古国古，是我完全土。"

〔8〕 五胡十六国　公元 304 年至 439 年间，我国匈奴、羯、鲜卑、氐、羌等五个少数民族先后在北方和西蜀立国，计有前赵、后赵、前燕、后燕、南燕、后凉、南凉、北凉、前秦、后秦、

西秦、夏、成汉,加上汉族建立的前凉、西凉、北燕,共十六国,史称"五胡十六国"。

〔9〕 黄巢(? —884) 曹州冤句(今山东曹县)人,唐末农民起义领袖。唐乾符二年(875)参加王仙芝的起义。王仙芝阵亡后,被推为领袖,破洛阳,入潼关,广明元年(880)据长安,称大齐皇帝。后因内部分裂,为沙陀国李克用所败,中和四年(884)在泰山狼虎谷被围自杀。黄巢和张献忠一样,旧史书中多有关于他们杀人的记载。

〔10〕 五代 即公元907年至960年间的梁、唐、晋、汉、周五个朝代。

〔11〕 "时日曷丧,予及汝偕亡!" 语出《尚书·汤誓》。时日,指夏桀。

〔12〕 "万姓胪欢" 天下歌呼欢腾之意。《汉书·礼乐志》:"遍胪欢,腾天歌。"唐颜师古注:"胪,陈也;腾,升也。"

〔13〕 "一治一乱" 语出《孟子·滕文公(下)》:"天下之生久矣,一治一乱。"

〔14〕 "为圣天子驱除云尔。" 语出《汉书·王莽传赞》:"圣王之驱除云尔。"颜师古注:"言驱逐蠲除以待圣人也。"

〔15〕 鹤见祐辅(1885—1973) 日本评论家。作者曾选译过他的随笔集《思想·山水·人物》,《北京的魅力》一文即见于该书。

〔16〕 Proletariat 英语:无产阶级。

〔17〕 Democracy 英语:民主。

〔18〕 孙美瑶(1899—1923) 山东峄县(今枣庄)人,当时占领山东抱犊崮的土匪头领。聚众四千余人,自称"建国自治军"。1923年5月6日晨,他在津浦铁路临城站劫车,掳去中外旅客二百多人,是当时轰动一时的事件。同年12月9日孙被兖州镇守使张培荣诱杀。

〔19〕 王、公、大夫、士、皂、舆、隶、僚、仆、台是奴隶社会等级的名称。前四种是统治者的等级,后六种是被奴役者的等级。

〔20〕 每斤八文的孩子 1925年5月2日《现代评论》第一卷第二十一期载有仲瑚的《一个四川人的通信》,叙说当时军阀统治下四川民众的悲惨生活,其中说:"人类到了这步田地,那里还讲得起仁民爱物的大道理,自然就闹到食起同类来了。据我所晓得的:男小孩只卖八枚铜子一斤,女小孩连这个价钱也卖不了。"

〔21〕 罗素(B. Russell,1872—1970) 英国哲学家。1920年10月曾来中国讲学,并在各地游览。关于"轿夫含笑"事,见他所著《中国问题》一书:"我记得一个大夏天,我们几个人坐轿过山,道路崎岖难行,轿夫非常的辛苦;我们到了山顶,停十分钟,让他们休息一会。立刻他们就并排的坐下来了,抽出他们的烟袋来,谈着笑着,好像一点忧虑都没有似的。"

《出了象牙之塔》后记

【题记】《出了象牙之塔》是日本理论家厨川白村的文艺评论集,鲁迅1924年至1925年将此书译为中文,1925年12月由北京未名社出版。本文最初发表于1925年12月14日《语丝》周刊第五十七期(发表时无最后二节),后作为译后记附在《出了象牙之塔》单行本卷末。鲁迅译介此书,是看重厨川白村"现了战士身而出世,于本国的微温,中道,妥协,虚假,小气,自大,保守等世态,一一加以辛辣的攻击和无所假借的批评。就是从我们外国人的眼睛看,也往往觉得有'快刀断乱麻'似的爽利,至于禁不住称快"。

我将厨川白村氏的《苦闷的象征》译成印出,迄今恰已一年;他的略历,已说在那书的《引言》里,现在也别无要说的事。我那时又从《出了象牙之塔》里陆续地选译他的论文,登在几种期刊上,现又集合起来,就是这一本。但其中有几篇是新译的;有几篇不关宏旨,如《游戏论》《十九世纪文学之主潮》等,因为前者和《苦闷的象征》中的一节相关,后一篇是发表过的,所以就都加入。惟原书在《描写劳动问题的文学》之后还有一篇短文,是回答早稻田文学社[1]的询问的,题曰《文学者和政治家》。大意是说文学和政治都是根据于民众的深邃严肃的内底生活的活动,所以文学者总该踏在实生活的地盘上,为政者总该深解文艺,和文学者接近。我以为这诚然也有理,但和中国现在的政客官僚们讲论此事,却是对牛弹琴;至于两方面的接近,在北京却时常有,几多丑态和恶行,都在这新而黑暗的阴影中开演,不过还想不出作者所说似的好招牌,——我们的文士们的思想也特别俭啬。因为自己的偏颇的憎恶之故,便不再来译添了,所以全书中独缺那一篇。好在这原是给少年少女们看的,每篇又本不一定相钩连,缺一点也无碍。

"象牙之塔"的典故,已见于自序和本文中了[2],无须再说。但出了以后又将如何呢？在他其次的论文集《走向十字街头》[3]的序文里有说明，幸而并不长，就全译在下面——

"东呢西呢，南呢北呢？进而即于新呢？退而安于古呢？往灵之所教的道路么？赴肉之所求的地方么？左顾右盼，彷徨于十字街头者，这正是现代人的心。'To be or not to be, that is the question.'[4]我年逾四十了，还迷于人生的行路。我身也就是立在十字街头的罢。暂时出了象牙之塔，站在骚扰之巷里，来一说意所欲言的事罢。用了这寓意，便题这漫笔以十字街头的字样。

"作为人类的生活与艺术，这是迄今的两条路。我站在两路相会而成为一个广场的点上，试来一思索，在我所亲近的英文学中，无论是雪莱，裴伦，是斯温班[5]，或是梅垒迪斯，哈兑[6]，都是带着社会改造的理想的文明批评家；不单是住在象牙之塔里的。这一点，和法国文学之类不相同。如摩理思[7]，则就照字面地走到街头发议论。有人说，现代的思想界是碰壁了。然而，毫没有碰壁，不过立在十字街头罢了，道路是多着。"

但这书的出版在著者死于地震之后[8]，内容要比前一本杂乱些，或者是虽然做好序文，却未经亲加去取的罢。

造化所赋与于人类的不调和实在还太多。这不独在肉体上而已，人能有高远美妙的理想，而人间世不能有副其万一的现实，和经历相伴，那冲突便日见其了然，所以在勇于思索的人们，五十年的中寿就恨过久，于是有急转，有苦闷，有彷徨；然而也许不过是走向十字街头，以自送他的余年归尽。自然，人们中尽不乏面团团地活到八十九十，而且心地太平，并无苦恼的，但这是专为来受中国内务部的褒扬而生的人物，必须又作别论。

假使著者不为地震所害，则在塔外的几多道路中，总当选定其一，直前勇往的罢，可惜现在是无从揣测了。但从这本书，尤其是最紧要的前三篇[9]看来，却确已现了战士身而出世，于本国的微温，中道[10]，妥协，虚假，小气，自大，保守等世态，一一加以辛辣的攻击和无所假借的批评。就是从我们外国人的眼睛看，也往往觉得有"快刀断乱麻"似的爽利，至于禁不住称快。

但一方面有人称快，一方面即有人汗颜；汗颜并非坏事，因为有许多人是并颜也不汗的。但是，辣手的文明批评家，总要多得怨敌。我曾经遇见过一个著者的学生，据说他生时并不为一般人士所喜，大概是因为他态度颇高傲，也如他的文辞。这我却无从判别是非，但也许著者并不高傲，而一般人士倒过于谦虚，因为比真价装得更低的谦虚和抬得更高的高傲，虽然同是虚假，而现在谦虚却算美德。然而，在著者身后，他的全集六卷已经出版了，可见在日本还有几个结集的同志和许多阅看的人们和容纳这样的批评的雅量；这和敢于这样地自己省察，攻击，鞭策的批评家，在中国是都不大容易存在的。

我译这书，也并非想揭邻人的缺失，来聊博国人的快意。中国现在并无"取乱侮亡"〔11〕的雄心，我也不觉得负有刺探别国弱点的使命，所以正无须致力于此。但当我旁观他鞭责自己时，仿佛痛楚到了我的身上了，后来却又霍然，宛如服了一帖凉药。生在陈腐的古国的人们，倘不是洪福齐天，将来要得内务部的褒扬的，大抵总觉到一种肿痛，有如生着未破的疮。未尝生过疮的，生而未尝割治的，大概都不会知道；否则，就明白一割的创痛，比未割的肿痛要快活得多。这就是所谓"痛快"罢？我就是想借此先将那肿痛提醒，而后将这"痛快"分给同病的人们。

著者呵责他本国没有独创的文明，没有卓绝的人物，这是的确的。他们的文化先取法于中国，后来便学了欧洲；人物不但没有孔，墨，连做和尚的也谁都比不过玄奘。兰学〔12〕盛行之后，又不见有齐名林那，奈端，达尔文〔13〕等辈的学者；但是，在植物学，地震学，医学上，他们是已经著了相当的功绩的，也许是著者因为正在针砭"自大病"之故，都故意抹杀了。但总而言之，毕竟并无固有的文明和伟大的世界的人物；当两国的交情很坏的时候，我们的论者也常常于此加以嗤笑，聊快一时的人心。然而我以为惟其如此，正所以使日本能有今日，因为旧物很少，执著也就不深，时势一移，蜕变极易，在任何时候，都能适合于生存。不像幸存的古国，恃着固有而陈旧的文明，害得一切硬化，终于要走到灭亡的路。中国倘不彻底地改革，运命总还是日本长久，这是我所相信的；并以为为旧家子弟而衰落，灭亡，并不比为新发户而生存，发达者更光彩。

说到中国的改革，第一著自然是埽荡废物，以造成一个使新生命得能诞生的机运。五四运动，本也是这机运的开端罢，可惜来摧折它的很不少。那事后的批评，本国人大抵不冷不热地，或者胡乱地说一通，外国人当初倒颇以为有意义，然而也有攻击的，据云是不顾及国民性和历史，所以无价值。这和中国多数的胡说大致相同，因为他们自身都不是改革者。岂不是改革么？历史是过去的陈迹，国民性可改造于将来，在改革者的眼里，已往和目前的东西是全等于无物的。在本书中，就有这样意思的话。

恰如日本往昔的派出"遣唐使"[14]一样，中国也有了许多分赴欧，美，日本的留学生。现在文章里每看见"莎士比亚"四个字，大约便是远哉遥遥，从异域持来的罢。然而且吃大菜，勿谈政事，好在欧文，迭更司[15]，德富芦花[16]的著作，已有经林纾译出的了。做买卖军火的中人，充游历官的翻译，便自有摩托车垫输入臀下，这文化确乎是迩来新到的。

他们的遣唐使似乎稍不同，别择得颇有些和我们异趣。所以日本虽然采取了许多中国文明，刑法上却不用凌迟，宫庭中仍无太监，妇女们也终于不缠足。

但是，他们究竟也太采取了，著者所指摘的微温，中道，妥协，虚假，小气，自大，保守等世态，简直可以疑心是说着中国。尤其是凡事都做得不上不下，没有底力；一切都要从灵向肉，度着幽魂生活这些话。凡那些，倘不是受了我们中国的传染，那便是游泳在东方文明里的人们都如此，真有如所谓"把好花来比美人，不仅仅中国人有这样观念，西洋人，印度人也有同样的观念"了。但我们也无须讨论这些的渊源，著者既以为这是重病，诊断之后，开出一点药方来了，则在同病的中国，正可借以供少年少女们的参考或服用，也如金鸡纳霜[17]既能医日本人的疟疾，即也能医治中国人的一般。

我记得拳乱[18]时候（庚子）的外人，多说中国坏，现在却常听到他们赞赏中国的古文明。中国成为他们恣意享乐的乐土的时候，似乎快要临头了；我深憎恶那些赞赏。但是，最幸福的事实在是莫过于做旅人，我先前寓居日本时，春天看看上野[19]的樱花，冬天曾往松岛[20]去看过松树和雪，何尝觉得有著者所数说似的那些可厌事。然而，即使觉到，大概也不至于有那么愤懑的。可惜回国以来，将这超然的心境完全失掉了。

《出了象牙之塔》后记

  本书所举的西洋的人名,书名等,现在都附注原文,以便读者的参考。但这在我是一件困难的事情,因为著者的专门是英文学,所引用的自然以英美的人物和作品为最多,而我于英文是漠不相识。凡这些工作,都是韦素园,韦丛芜,李霁野[21],许季黻四君帮助我做的;还有全书的校勘,都使我非常感谢他们的厚意。

  文句仍然是直译,和我历来所取的方法一样;也竭力想保存原书的口吻,大抵连语句的前后次序也不甚颠倒。至于几处不用"的"字而用"底"字的缘故,则和译《苦闷的象征》相同,现在就将那《引言》里关于这字的说明,照钞在下面——

  "……凡形容词与名词相连成一名词者,其间用'底'字,例如 social being 为社会底存在物,Psychische Trauma 为精神底伤害等;又,形容词之由别种品词转来,语尾有 -tive,-tic 之类者,于下也用'底'字,例如 speculative,romantic,就写为思索底,罗曼底。"

一千九百二十五年十二月三日之夜,鲁迅。

注释:

  〔1〕 早稻田文学社　即日本《早稻田文学》杂志的出版社。

  〔2〕 "象牙之塔"　厨川白村在《出了象牙之塔》一书的《题卷端》中,引用旧作《近代文学十年》中的一段话,说明"象牙之塔"(tour d'ivoire)原是 19 世纪法国文艺批评家圣佩韦(1804—1869)批评同时代浪漫主义诗人维尼(1797—1863)的用语,也就是英国诗人丁尼生所向往的"艺术之宫"(the Palace of Art),后用以比喻脱离现实生活的艺术家的小天地。其"主张之一端","即所谓'为艺术的艺术'(art for art's sake)"。

  〔3〕 《走向十字街头》　厨川白村的文艺论文集,收入论文十九篇。有绿蕉、大杰的中译本,1928 年 8 月上海启智书局出版。

  〔4〕 "To be or not to be, that is the question"　英语:"生存还是毁灭,这是一个值得考虑的问题。"语见莎士比亚《哈姆雷特》第三幕第一场哈姆雷特的台词。

  〔5〕 雪莱　参见上卷《伤逝》注〔3〕。裴伦(G. G. Byron, 1788—1824),通译拜伦,英国诗人。著有长诗《恰尔德·哈罗德游记》《唐璜》等。斯温班(A. C. Swinburne, 1837—1909),通译斯温勃恩,英国诗人。著有诗剧《阿塔兰塔》及诗集《诗歌及民谣》等。

〔6〕 梅垒迪斯（G. Meredith，1828—1909） 通译梅瑞狄斯，英国作家。著有长篇小说《理查弗浮莱尔的苦难》《利己主义者》、长诗《现代的爱情》等。哈兑（T. Hardy，1840—1928），通译哈代，英国作家。著有长篇小说《还乡》《德伯家的苔丝》及诗歌集等。

〔7〕 摩理思（W. Morris，1834—1896） 通译莫理斯，英国作家、社会活动家。著有长诗《地上乐园》、小说《虚无乡消息》《约翰·保尔的梦想》等。

〔8〕《走向十字街头》于1923年12月10日由日本福永书店出版发行，时距作者逝世三个月又八天。

〔9〕 指《出了象牙之塔》一书的首三篇：《出了象牙之塔》《观照享乐的生活》及《从灵向肉和从肉向灵》。

〔10〕 中道 日语：中和之道的意思。

〔11〕 "取乱侮亡" 语出《书经·仲虺之诰》："兼弱攻昧，取乱侮亡。"旧传汉代孔安国注："弱则兼之，暗则攻之，乱则取之，有亡形则侮之。"

〔12〕 兰学 日本人称早期从荷兰输入的西欧文化科学为兰学。

〔13〕 林那（C. Linne，1707—1778） 或译林奈，瑞典生物学家，动植物分类的创造者。著有《自然界系统》《植物种志》等。奈端（I. Newton，1642—1727），通译牛顿，英国数学家、物理学家。他发现了力学基本定律、万有引力定律，创立了微积分学，并致力于光本性和色的现象的研究。著有《自然哲学的数学原理》《光学》等。达尔文（C. R. Darwin，1809—1882），英国生物学家，进化论的奠基者。他在1859年出版的《物种起源》一书中，提出以自然选择为基础的进化论学说，摧毁了各种唯心主义的神造论、目的论和物种不变论，给宗教神学以沉重打击。

〔14〕 "遣唐使" 唐朝时日本派往中国的使节。自公元630年至894年间，曾向中国派出遣唐使十三次，使者中有僧侣、医师、阴阳师、画师、音乐师、学生等，每次人数往往多达数百人。

〔15〕 欧文（W. Irving，1783—1859） 美国作家。作品主要描写美国的社会矛盾，揭露殖民主义者的残忍。著有《见闻杂记》《华盛顿传》等。迭更司（C. Dickens，1812—1870），通译狄更斯，英国作家。他的作品揭露资产阶级的种种罪恶，描写下层人民的痛苦生活。著有长篇小说《大卫·科波菲尔》《艰难时世》《双城记》等。

〔16〕 德富芦花（1868—1927） 即德富健次郎，日本作家。他站在宗法制农民立场，批评资本主义社会。著有长篇小说《不如归》《黑潮》等。

〔17〕 金鸡纳霜 奎宁的旧译名。

〔18〕 "拳乱" 指义和团运动。义和团是19世纪末年我国北方农民、手工业者和城市贫民的群众性组织，他们以设掌坛、练拳棒及其他迷信方式组织群众，初以"反清灭洋"为口号，后又改为"扶清灭洋"，被清朝统治者利用攻打外国使馆，焚烧教堂。1900年（庚子）

被八国联军和清政府共同镇压。

〔19〕 上野　参见上卷《藤野先生》注〔1〕。

〔20〕 松岛　日本地名,在宫城县。岛上遍植松树,为有名的游览区,被称为"日本三景"之一。

〔21〕 韦素园(1902—1932)　安徽霍邱人,未名社成员。译有果戈理中篇小说《外套》、俄国短篇小说集《最后的光芒》、北欧诗歌小品集《黄花集》等。韦丛芜(1905—1978),安徽霍邱人,未名社成员。著有长诗《君山》等,译有陀思妥耶夫斯基长篇小说《穷人》《罪与罚》等。李霁野,安徽霍邱人,未名社成员。著有短篇小说集《影》,译有夏洛蒂·勃朗特的《简·爱》,安德烈夫的剧本《黑假面人》《往星中》等。

论"他妈的!"

【注释】本文最初发表于 1925 年 7 月 27 日《语丝》周刊第三十七期,后收入《坟》。文章专论"他妈的"这一常见的骂人的粗话,考其流传演变,论其心理含义,指出"国骂"的产生传播源于底层的反抗,未能伤及高门贵族一根毫毛,却显示出在心造的幻梦中占别人的便宜的"精神胜利法"。文章从"国骂"中发现民族心理疾病,清醒地指出,只要封建等级观念依然存在,有声或无声"国骂"就会不绝于耳。文章烛幽发微,立论高妙,谐趣无穷。

无论是谁,只要在中国过活,便总得常听到"他妈的"或其相类的口头禅。我想:这话的分布,大概就跟着中国人足迹之所至罢;使用的遍数,怕也未必比客气的"您好呀"会更少。假使依或人所说,牡丹是中国的"国花",那么,这就可以算是中国的"国骂"了。

我生长于浙江之东,就是西滢先生之所谓"某籍"[1]。那地方通行的"国骂"却颇简单:专一以"妈"为限,决不牵涉余人。后来稍游各地,才始惊异于国骂之博大而精微:上溯祖宗,旁连姊妹,下递子孙,普及同性,真是"犹河汉而无极也"[2]。而且,不特用于人,也以施之兽。前年,曾见一辆煤车的只轮陷入很深的辙迹里,车夫便愤然跳下,出死力打那拉车的骡子道:"你姊姊的!你姊姊的!"

别的国度里怎样,我不知道。单知道诺威人 Hamsun[3] 有一本小说叫《饥饿》,粗野的口吻是很多的,但我并不见这一类话。Gorky[4] 所写的小说中多无赖汉,就我所看过的而言,也没有这骂法。惟独 Artzybashev[5] 在《工人绥惠略夫》里,却使无抵抗主义者亚拉借夫骂了一句"你妈的"。但其时他已经决计为爱而牺牲了,使我们也失却笑他自相矛盾的勇气。这骂的翻译,在中国原极容易的,别国却似乎为难,德文译本作"我使用过你的妈",

日文译本作"你的妈是我的母狗"。这实在太费解,——由我的眼光看起来。

那么,俄国也有这类骂法的了,但因为究竟没有中国似的精博,所以光荣还得归到这边来。好在这究竟又并非什么大光荣,所以他们大约未必抗议;也不如"赤化"之可怕,中国的阔人,名人,高人,也不至于骇死的。但是,虽在中国,说的也独有所谓"下等人",例如"车夫"之类,至于有身分的上等人,例如"士大夫"之类,则决不出之于口,更何况笔之于书。"予生也晚",赶不上周朝,未为大夫,也没有做士,本可以放笔直干的,然而终于改头换面,从"国骂"上削去一个动词和一个名词,又改对称为第三人称者,恐怕还因为到底未曾拉车,因而也就不免"有点贵族气味"之故。那用途,既然只限于一部分,似乎又有些不能算作"国骂"了;但也不然,阔人所赏识的牡丹,下等人又何尝以为"花之富贵者也"〔6〕?

这"他妈的"的由来以及始于何代,我也不明白。经史上所见骂人的话,无非是"役夫""奴""死公"〔7〕;较厉害的,有"老狗""貉子"〔8〕;更厉害,涉及先代的,也不外乎"而母婢也""赘阉遗丑"〔9〕罢了!还没见过什么"妈的"怎样,虽然也许是士大夫讳而不录。但《广弘明集》〔10〕(七)记北魏邢子才"以为妇人不可保。谓元景曰,'卿何必姓王?'元景变色。子才曰,'我亦何必姓邢;能保五世耶?'"则颇有可以推见消息的地方。

晋朝已经是大重门第,重到过度了;华胄世业,子弟便易于得官;即使是一个酒囊饭袋,也还是不失为清品。北方疆土虽失于拓跋氏〔11〕,士人却更其发狂似的讲究阀阅,区别等第,守护极严。庶民中纵有俊才,也不能和大姓比并。至于大姓,实不过承祖宗余荫,以旧业骄人,空腹高心,当然使人不耐。但士流既然用祖宗做护符,被压迫的庶民自然也就将他们的祖宗当作仇敌。邢子才的话虽然说不定是否出于愤激,但对于躲在门第下的男女,却确是一个致命的重伤。势位声气,本来仅靠了"祖宗"这惟一的护符而存,"祖宗"倘一被毁,便什么都倒败了。这是倚赖"余荫"的必得的果报。

同一的意思,但没有邢子才的文才,而直出于"下等人"之口的,就是:"他妈的!"

要攻击高门大族的坚固的旧堡垒,却去瞄准他的血统,在战略上,真可谓奇谲的了。最先发明这一句"他妈的"的人物,确要算一个天才,——然而是一个卑劣的天才。

唐以后,自夸族望的风气渐渐消除;到了金元,已奉夷狄为帝王,自不妨拜屠沽作卿士,"等"的上下本该从此有些难定了,但偏还有人想辛辛苦苦地爬进"上等"去。刘时中[12]的曲子里说:"堪笑这没见识街市匹夫,好打那好顽劣。江湖伴侣,旋将表德官名相体呼,声音多厮称,字样不寻俗。听我一个个细数:㮚米的唤子良;卖肉的呼仲甫……开张卖饭的呼君宝;磨面登罗底叫德夫:何足云乎?!"(《乐府新编阳春白雪》三)这就是那时的暴发户的丑态。

"下等人"还未暴发之先,自然大抵有许多"他妈的"在嘴上,但一遇机会,偶窃一位,略识几字,便即文雅起来:雅号也有了;身分也高了;家谱也修了,还要寻一个始祖,不是名儒便是名臣。从此化为"上等人",也如上等前辈一样,言行都很温文尔雅。然而愚民究竟也有聪明的,早已看穿了这鬼把戏,所以又有俗谚,说:"口上仁义礼智,心里男盗女娼!"他们是很明白的。

于是他们反抗了,曰:"他妈的!"

但人们不能蔑弃扫荡人我的余泽和旧荫,而硬要去做别人的祖宗,无论如何,总是卑劣的事。有时,也或加暴力于所谓"他妈的"的生命上,但大概是乘机,而不是造运会,所以无论如何,也还是卑劣的事。

中国人至今还有无数"等",还是依赖门第,还是倚仗祖宗。倘不改造,即永远有无声的或有声的"国骂"。就是"他妈的",围绕在上下和四旁,而且这还须在太平的时候。

但偶尔也有例外的用法:或表惊异,或表感服。我曾在家乡看见乡农父子一同午饭,儿子指一碗菜向他父亲说:"这不坏,妈的你尝尝看!"那父亲回答道:"我不要吃。妈的你吃去罢!"则简直已经醇化为现在时行的"我的亲爱的"的意思了。

一九二五年七月十九日。

注释:

〔1〕 西滢先生之所谓"某籍" 在1925年北京女子师范大学学生反对校长杨荫榆事件中,鲁迅等七名教员曾在5月27日的《京报》上发表宣言,对学生表示支持。陈西滢在

《现代评论》第一卷第二十五期(1925年5月30日)发表的《闲话》中说:"以前我们常常听说女师大的风潮,有在北京教育界占最大势力的某籍某系的人在暗中鼓动,可是我们总不敢相信。……但是这篇宣言一出,免不了流言更加传布得厉害了。"某籍,指鲁迅的籍贯浙江。陈西滢(1896—1970),名源,字通伯,笔名西滢,江苏无锡人。时任北京大学教授,现代评论派成员。

〔2〕 "犹河汉而无极也" 语出《庄子·逍遥游》。河汉,即银河。

〔3〕 Hamsun 汉姆生(1859—1952),挪威小说家。《饥饿》是他在1890年发表的长篇小说。

〔4〕 Gorky 高尔基。

〔5〕 Artzybashev 阿尔志跋绥夫。俄国小说家。

〔6〕 "花之富贵者也" 语出宋代周敦颐《爱莲说》。

〔7〕 "役夫" 见《左传》:文公元年,楚成王妹江芈骂成王子商臣(即楚穆王)的话:"呼,役夫!宜君王之欲杀女(汝)而立职也。"晋代杜预注:"役夫,贱者称。"按,职是商臣的庶弟。"奴",《南史·宋本纪》:"帝(前废帝刘子业)自以为昔在东宫,不为孝武所爱,及即位,将掘景宁陵,太史言于帝不利而止;乃纵粪于陵,肆骂孝武帝为齇奴。"齇,鼻上的红疱,俗称"酒糟鼻子"。"死公",《后汉书·祢衡传》载祢衡骂黄祖的话:"黄祖在蒙冲船上大会宾客,而衡言不逊顺,祖惭,乃诃之。衡更熟视曰:'死公!云等道?'"唐代李贤注:"死公,骂言也;等道,犹今言何勿语也。"

〔8〕 "老狗" 汉代班固《汉孝武故事》:栗姬"骂上(景帝)老狗,上心衔之,未发也。"衔,怀恨在心。"貉子",南朝宋刘义庆《世说新语·惑溺》:"孙秀降晋,晋武帝厚存宠之,妻以姨妹蒯氏,室家甚笃;妻尝妒,乃骂秀为貉子,秀大不平,遂不复入。"

〔9〕 "而母婢也" 《战国策·赵策》:"周烈王崩,诸侯皆吊。齐后往,周怒,赴于齐曰:'天崩地坼,天子下席,东藩之臣田婴齐后至则斮之。'(齐)威王勃然怒曰:'叱嗟,而(尔)母婢也!卒为天下笑。'""赘阉遗丑",陈琳《为袁绍檄豫州(刘备)文》:"操赘阉遗丑,本无懿德。"赘阉,指曹操的父亲曹嵩过继给宦官曹腾做儿子。

〔10〕《广弘明集》 唐代和尚道宣编,三十卷。内容系辑录自晋至唐阐明佛法的文章。邢子才(496—?),名邵,字子才,河间(今属河北)人,北魏无神论者。曾任中书侍郎等职,东魏武定末任太常卿。元景(?—559),即王昕,字元景,北海剧(今山东东昌)人,东魏武定末任太子詹事,是邢子才的好友。

〔11〕拓跋氏 古代鲜卑族的一支。东晋太元十一年(386)拓跋珪自立为魏王,后日益强大,占有黄河以北的土地;公元398年建都平城(今大同),称帝改元,史称北魏。

〔12〕刘时中(?—约1324) 名致,字时中,号逋斋,石州宁乡(今山西中阳)人,元代词曲家。曾任翰林待制等职。这里所引见于他的套曲《上高监司·端正好》。曲子中的"好

顽劣",意即很无知。"表德",即正式名字外的"字"和"号"。"声音多厮称",即声音相同。子良取音于"粮"。仲甫取音于"脯"。君宝取音于"饱"。德夫取音于"麸"。《乐府新编阳春白雪》,元代杨朝英选辑的一部散曲总集,选录元人散曲六十余家,共十卷。另有九卷本一种,后五卷所收散曲不少为十卷本所无。

论睁了眼看

【题记】本文最初发表于1925年8月3日《语丝》周刊第三十八期,后收入《坟》。鲁迅是清醒的现实主义者,他以直面现实、毫无伪饰的创作实绩,为"五四"新文学竖起了鲜明的大旗,而在《论睁了眼看》这篇杂感中,可以看到鲁迅文艺观的集中体现。不过鲁迅并不就事论事,而是透过现象直抵本质,以其论析文艺问题的利刃,切入中国文化特别是国民精神状态的肌理深层,批评国人"不敢正视各方面,用瞒和骗,造出奇妙的逃路来,而自以为正路"。

虚生先生所做的时事短评中,曾有一个这样的题目:《我们应该有正眼看各方面的勇气》(《猛进》十九期)[1]。诚然,必须敢于正视,这才可望敢想,敢说,敢作,敢当。倘使并正视而不敢,此外还能成什么气候。然而,不幸这一种勇气,是我们中国人最所缺乏的。

但现在我所想到的是别一方面——

中国的文人,对于人生,——至少是对于社会现象,向来就多没有正视的勇气。我们的圣贤,本来早已教人"非礼勿视"的了;而这"礼"又非常之严,不但"正视",连"平视""斜视"也不许。现在青年的精神未可知,在体质,却大半还是弯腰曲背,低眉顺眼,表示着老牌的老成的子弟,驯良的百姓,——至于说对外却有大力量,乃是近一月来的新说,还不知道究竟是如何。

再回到"正视"问题去:先既不敢,后便不能,再后,就自然不视,不见了。一辆汽车坏了,停在马路上,一群人围着呆看,所得的结果是一团乌油油的东西。然而由本身的矛盾或社会的缺陷所生的苦痛,虽不正视,却要身受的。文人究竟是敏感人物,从他们的作品上看来,有些人确也早已感到不满,可是一到快要显露缺陷的危机一髪之际,他们总即刻连说"并无其事",同时便闭上了眼睛。这闭着的眼睛便看见一切圆满,当前的苦痛不过是"天之将降大任于是人也,必先苦其心志,劳其筋骨,饿其体肤,空乏其身,行拂乱其所为。"[2]于是无问题,无缺陷,无不平,也就无解决,无改革,无反抗。因为凡事总要"团圆",正无须我们焦躁;放心喝茶,睡觉大吉。再说费话,就有"不合时宜"之咎,免不了要受大学教授的纠正了。呸!

我并未实验过,但有时候想:倘将一位久蛰洞房的老太爷抛在夏天正午的烈日底下,或将不出闺门的千金小姐拖到旷野的黑夜里,大概只好闭了眼睛,暂续他们残存的旧梦,总算并没有遇到暗或光,虽然已经是绝不相同的现实。中国的文人也一样,万事闭眼睛,聊以自欺,而且欺人,那方法是:瞒和骗。

中国婚姻方法的缺陷,才子佳人小说作家早就感到了,他于是使一个才子在壁上题诗,一个佳人便来和,由倾慕——现在就得称恋爱——而至于有"终身之约"。但约定之后,也就有了难关。我们都知道,"私订终身"在诗和戏曲或小说上尚不失为美谈(自然只以与终于中状元的男人私订为限),实际却不容于天下的,仍然免不了要离异。明末的作家[3]便闭上眼睛,并这一层也加以补救了,说是:才子及第,奉旨成婚。"父母之命媒妁之言"[4]经这大帽子来一压,便成了半个铅钱也不值,问题也一点没有了。假使有之,也只在才子的能否中状元,而决不在婚姻制度的良否。

(近来有人以为新诗人的做诗发表,是在出风头,引异性;且迁怒于报章杂志之滥登。殊不知即使无报,墙壁实"古已有之",早做过发表机关了;据《封神演义》,纣王已曾在女娲庙壁上题诗,[5]那起源实在非常之早。报章可以不取白话,或排斥小诗,墙壁却拆不完,管不及的;倘一律刷成黑色,也还有破磁可划,粉笔可书,真是穷于应付。做诗不刻木板,去藏之名山,却要随时发表,虽然很有流弊,但大概是难以杜绝的罢。)

《红楼梦》中的小悲剧,是社会上常有的事,作者又是比较的敢于实写的,而那结果也并不坏。无论贾氏家业再振,兰桂齐芳,即宝玉自己,也成了个披大红猩猩毡斗篷的和尚。和尚多矣,但披这样阔斗篷的能有几个,已经是"入圣超凡"无疑了。至于别的人们,则早在册子里一一注定,末路不过是一个归结:是问题的结束,不是问题的开头。读者即小有不安,也终于奈何不得。然而后来或续或改，非借尸还魂，即冥中另配，必令"生旦当场团圆"，才肯放手者，乃是自欺欺人的瘾太大，所以看了小小骗局，还不甘心，定须闭眼胡说一通而后快。赫克尔（E. Haeckel）[6]说过：人和人之差，有时比类人猿和原人之差还远。我们将《红楼梦》的续作者和原作者一比较，就会承认这话大概是确实的。

"作善降祥"[7]的古训，六朝人本已有些怀疑了，他们作墓志，竟会说"积善不报，终自欺人"[8]的话。但后来的昏人，却又瞒起来。元刘信将三岁痴儿抛入醮纸火盆，妄希福祐，是见于《元典章》[9]的；剧本《小张屠焚儿救母》[10]却道是为母延命，命得延，儿亦不死了。一女愿侍瘫疾之夫，《醒世恒言》中还说终于一同自杀的；后来改作的却道是有蛇坠入药罐里，丈夫服后便全愈了。[11]凡有缺陷，一经作者粉饰，后半便大抵改观，使读者落诬妄中，以为世间委实尽够光明，谁有不幸，便是自作，自受。

有时遇到彰明的史实，瞒不下，如关羽岳飞的被杀，便只好别设骗局了。一是前世已造夙因，如岳飞；一是死后使他成神，如关羽。[12]定命不可逃，成神的善报更满人意，所以杀人者不足责，被杀者也不足悲，冥冥中自有安排，使他们各得其所，正不必别人来费力了。

中国人的不敢正视各方面，用瞒和骗，造出奇妙的逃路来，而自以为正路。在这路上，就证明着国民性的怯弱，懒惰，而又巧滑。一天一天的满足着，即一天一天的堕落着，但却又觉得日见其光荣。在事实上，亡国一次，即添加几个殉难的忠臣，后来每不想光复旧物，而只去赞美那几个忠臣；遭劫一次，即造成一群不辱的烈女，事过之后，也每每不思惩凶，自卫，却只顾歌咏那一群烈女。仿佛亡国遭劫的事，反而给中国人发挥"两间正气"的机会，增高价值，即在此一举，应该一任其至，不足忧悲似的。自然，此上也无可为，因为我们已经借死人获得最上的光荣了。沪汉烈士的追悼会[13]中，活的人们在一块很可景仰的高大的木主下互相打骂，也就是和我们的先辈走着同一的路。

文艺是国民精神所发的火光，同时也是引导国民精神的前途的灯火。这是互为因果的，正如麻油从芝麻榨出，但以浸芝麻，就使它更油。倘以油为上，就不必说；否则，当参入别的东西，或水或碱去。中国人向来因为不敢正视人生，只好瞒和骗，由此也生出瞒和骗的文艺来，由这文艺，更令中国人更深地陷入瞒和骗的大泽中,甚而至于已经自己不觉得。世界日日改变,我们的作家取下假面,真诚地,深入地,大胆地看取人生并且写出他的血和肉来的时候早到了;早就应该有一片崭新的文场,早就应该有几个凶猛的闯将!

现在,气象似乎一变,到处听不见歌吟花月的声音了,代之而起的是铁和血的赞颂。然而倘以欺瞒的心,用欺瞒的嘴,则无论说 A 和 O,或 Y 和 Z,一样是虚假的;只可以吓哑了先前鄙薄花月的所谓批评家的嘴,满足地以为中国就要中兴。可怜他在"爱国"的大帽子底下又闭上了眼睛了——或者本来就闭着。

没有冲破一切传统思想和手法的闯将,中国是不会有真的新文艺的。

一九二五年七月二十二日。

注释:

〔1〕 虚生 即徐炳昶(1886—1976),字旭生,又作虚生,河北唐河人。北京大学哲学系教授,《猛进》周刊主编。《猛进》,政论性刊物,1925 年 3 月 6 日创刊于北京,次年 3 月 19 日出至第五十三期停刊。

〔2〕 "天之将降大任于是人也"等语,见《孟子·告子(下)》。

〔3〕 明末的作家 指明代末年写才子佳人小说的那些作家,如著《平山冷燕》的荻岸山人,《好逑传》的名教中人等。

〔4〕 "父母之命媒妁之言" 语出《孟子·滕文公(下)》:"不待父母之命媒妁之言,钻穴隙相窥,踰墙相从,则父母国人皆贱之。"

〔5〕 《封神演义》 神魔小说,明代许仲琳编写,一百回。纣王在女娲庙壁上题诗的情节,见该书第一回。

〔6〕 赫克尔(1834—1919) 通译海克尔,德国生物学家。这里所引他的话,见所著《宇宙之谜》第四章《我们的胚胎史》。

〔7〕 "作善降祥" 语出《尚书·伊训》:"惟上帝不常,作善降之百祥,作不善降之百殃。"

〔8〕 "积善不报,终自欺人" 语出东魏《元湛墓志铭》:"曰仁者寿,所期必信,积善不报,终自欺人。"

〔9〕 《元典章》 即《大元圣政国朝典章》,前集六十卷,新集不分卷。内容系汇辑元世祖中统元年(1260)至英宗至治二年(1322)间的法令文牍。刘信的事载该书第五十七卷。

〔10〕《小张屠焚儿救母》 杂剧,元代无名氏作。见《古今杂剧》。

〔11〕一女愿侍痼疾之夫 见《醒世恒言》第九卷《陈多寿生死夫妻》。鲁迅所说后来的改作,大概是指清代宣鼎《夜雨秋灯录》第三卷中的《麻风女邱丽玉》。

〔12〕关羽(160?—220) 字云长,河东解县(今山西临猗)人,三国时蜀汉大将。刘备定西蜀,他留镇荆襄。建安二十四年在荆州与孙权军作战,兵败被杀。在小说《三国演义》中有他死后显圣成神的描述。岳飞(1103—1142),字鹏举,相州汤阴(今属河南)人,南宋名将。因坚持抗金,于绍兴十一年十二月十九日被宋高宗和秦桧杀害。小说《说岳全传》中说,岳飞是大鹏转世,秦桧是黑龙转世;秦桧害死岳飞,是报前世大鹏啄伤黑龙的宿怨。

〔13〕沪汉烈士的追悼会 1925年上海"五卅惨案"发生后,6月11日汉口群众的反帝斗争也遭到英帝国主义及湖北督军萧耀南的镇压。6月25日,北京各界数十万人游行示威,并在天安门召开沪汉烈士追悼会。有人在会场设立一座两丈四尺高的木质灵位,悬挂着三丈六尺长的挽联,上写"在孔曰成仁在孟曰正命""于礼为国殇于义为鬼雄";指挥台正中的白布横额上,写有"天地正气"四个大字。

十四年的"读经"

【题记】本文最初发表于1925年11月27日《猛进》周刊第三十九期，后收入《华盖集》。十四年，指民国十四年，即1925年。当时有些守旧派重又提倡复古读经，鲁迅透过他们"峨冠博带的礼堂上的阳面的"种种表现，看出"读经"不只是他们观念上的"开倒车"，更是献媚、弄权的手段。认为不必学究式地和他们"评道理，谈利害"，而应该采用激烈的手段去实施改革，因为"改革最快的还是火与剑"。

自从章士钊主张读经[1]以来，论坛上又很出现了一些论议，如谓经不必尊，读经乃是开倒车之类。我以为这都是多事的，因为民国十四年的"读经"，也如民国前四年，四年，或将来的二十四年一样，主张者的意思，大抵并不如反对者所想像的那么一回事。

尊孔，崇儒，专经，复古，由来已经很久了。皇帝和大臣们，向来总要取其一端，或者"以孝治天下"，或者"以忠诏天下"，而且又"以贞节励天下"。但是，二十四史不现在么？其中有多少孝子，忠臣，节妇和烈女？自然，或者是多到历史上装不下去了；那么，去翻专夸本地人物的府县志书[2]去。我可以说，可惜男的孝子和忠臣也不多的，只有节烈的妇女的名册却大抵有一大卷以至几卷。孔子之徒的经，真不知读到那里去了；倒是不识字的妇女们能实践。还有，欧战时候的参战[3]，我们不是常常自负的么？但可曾用《论语》感化过德国兵，用《易经》咒翻了潜水艇呢？儒者们引为劳绩的，倒是那大抵目不识丁的华工[4]！

所以要中国好，或者倒不如不识字罢，一识字，就有近乎读经的病根了。"瞰亡往拜""出疆载质"[5]的最巧玩艺儿，经上都有，我读熟过的。只有几个胡涂透顶的笨牛，真会诚心诚意地来主张读经。而且这样的脚色，也不消和他们讨论。他们虽说什么经,什么古,实在不过是空嚷嚷。问他们经可是要读到像颜回,子思,孟轲,朱熹,秦桧(他是状元),王守仁,徐世昌,曹锟;[6]古可是要复到像清(即所谓"本朝"[7]),元,金,唐,汉,禹汤文武周公[8],无怀氏,葛天氏[9]?他们其实都没有定见。他们也知不清颜回以至曹锟为人怎样,"本朝"以至葛天氏情形如何;不过像苍蝇们失掉了垃圾堆,自不免嗡嗡地叫。况且既然是诚心诚意主张读经的笨牛,则决无钻营,取巧,献媚的手段可知,一定不会阔气;他的主张,自然也决不会发生什么效力的。

至于现在的能以他的主张,引起若干议论的,则大概是阔人。阔人决不是笨牛,否则,他早已伏处牖下,老死田间了。现在岂不是正值"人心不古"的时候么?则其所以得阔之道,居然可知。他们的主张,其实并非那些笨牛一般的真主张,是所谓别有用意;反对者们以为他真相信读经可以救国[10],真是"谬以千里"[11]了!

我总相信现在的阔人都是聪明人;反过来说,就是倘使老实,必不能阔是也。至于所挂的招牌是佛学,是孔道,那倒没有什么关系。总而言之,是读经已经读过了,很悟到一点玩意儿,这种玩意儿,是孔二先生的先生老聃的大著作里就有的,[12]此后的书本子里还随时可得。所以他们都比不识字的节妇,烈女,华工聪明;甚而至于比真要读经的笨牛还聪明。何也?曰:"学而优则仕"[13]故也。倘若"学"而不"优",则以笨牛没世,其读经的主张,也不为世间所知。

孔子岂不是"圣之时者也"么,而况"之徒"呢?现在是主张"读经"的时候了。武则天[14]做皇帝,谁敢说"男尊女卑"?多数主义[15]虽然现称过激派,如果在列宁治下,则共产之合于葛天氏,一定可以考据出来的。但幸而现在英国和日本的力量还不弱,所以,主张亲俄者,是被卢布换去了良心[16]。

我看不见读经之徒的良心怎样,但我觉得他们大抵是聪明人,而这聪明,就是从读经和古文得来的。我们这曾经文明过而后来奉迎过蒙古人满洲人大驾了的国度里,古书实在太多,倘不是笨牛,读一点就可以知道,怎样敷衍,偷生,献媚,弄权,自私,然而能够假借大义,窃取美名。再进一步,并可以悟出中国人是健忘的,无论怎样言行不符,名实不副,前后矛盾,撒谎造谣,蝇营狗苟,都不要紧,经过若干时候,自然被忘得干干净净;只要留下一点卫道模样的文字,将来仍不失为"正人君子"。况且即使将来没有"正人君子"之称,于目下的实利又何损哉?

这一类的主张读经者,是明知道读经不足以救国的,也不希望人们都读成他自己那样的;但是,要些把戏,将人们作笨牛看则有之,"读经"不过是这一回耍把戏偶尔用到的工具。抗议的诸公倘若不明乎此,还要正经老实地来评道理,谈利害,那我可不再客气,也要将你们归入诚心诚意主张读经的笨牛类里去了。

以这样文不对题的话来解释"俨乎其然"的主张,我自己也知道有不恭之嫌,然而我又自信我的话,因为我也是从"读经"得来的。我几乎读过十三经[17]。

衰老的国度大概就免不了这类现象。这正如人体一样,年事老了,废料愈积愈多,组织间又沉积下矿质,使组织变硬,易就于灭亡。一面,则原是养卫人体的游走细胞(Wanderzelle)渐次变性,只顾自己,只要组织间有小洞,它便钻,蚕食各组织,使组织耗损,易就于灭亡。俄国有名的医学者梅契尼珂夫(Elias Metschnikov)[18]特地给他别立了一个名目:大嚼细胞(Fresserzelle)。据说,必须扑灭了这些,人体才免于老衰;要扑灭这些,则须每日服用一种酸性剂。他自己就实行着。

古国的灭亡,就因为大部分的组织被太多的古习惯教养得硬化了,不再能够转移,来适应新环境。若干分子又被太多的坏经验教养得聪明了,于是变性,知道在硬化的社会里,不妨妄行。单是妄行的是可与论议的,故意妄行的却无须再与谈理。惟一的疗救,是在另开药方:酸性剂,或者简直是强酸剂。

不提防临末又提到了一个俄国人,怕又有人要疑心我收到卢布了罢。我现在郑重声明:我没有收过一张纸卢布。因为俄国还未赤化之前,他已经死掉了,是生了别的急病,和他那正在实验的药的有效与否这问题无干。

十一月十八日。

注释:

〔1〕 章士钊主张读经 1925年11月2日由章士钊主持的教育部部务会议议决,小

学自初小四年级起开始读经,每周一小时,至高小毕业止。

〔2〕 府县志书 记载一府、一县的历史沿革及其政治、经济、地理、文化、风俗、人物的书。

〔3〕 欧战 指1914年至1918年的第一次世界大战。北洋政府于1917年8月14日宣布加入英法等协约国对德奥宣战。

〔4〕 华工 指在第一次世界大战期间,被派去参加协约国对同盟国作战的中国工人。参看《华盖集·补白》第一节。

〔5〕 "瞰亡往拜" 语出《论语·阳货》:"阳货欲见孔子,孔子不见;归孔子豚,孔子时其亡也,而礼拜之。"意思是孔丘不愿见阳货,便有意乘阳货不在的时候去拜望他。"出疆载质",语出《孟子·滕文公(下)》:"孔子三月无君,则皇皇如也;出疆必载质。"意思是孔丘如果三个月没有君主任用他,他就焦急不安,一定要带了礼物出国(去别国的君主)。

〔6〕 颜回(前521—前490) 孔子的弟子。子思(约前483—前402),孔子的孙子。孟轲(约前372—前289),战国中期儒家主要代表。朱熹(1130—1200),宋代理学家。王守仁(1472—1528),明代理学家。徐世昌(1855—1939),清末的大官僚。曹锟(1862—1938),北洋直系军阀。徐、曹又都曾任北洋政府的总统。

〔7〕 "本朝" 辛亥革命后,一般遗老仍称前清为"本朝"。

〔8〕 禹汤文武周公 禹,夏朝的建立者。汤,商代的第一个君主。文,即周文王,商末周族领袖,周代尊称为文王。武,即周武王,周代的第一个君主。周公,武王之弟,成王时曾由他摄政。

〔8〕 无怀氏,葛天氏 都是传说中我国上古时代的帝王。据说无怀氏时,其民安居甘食,老死不相往来;葛天氏时,其治不言而自信,不化而自行,是自然淳朴之世。

〔10〕 读经可以救国 这是章士钊等人的一种谬论。《甲寅》周刊第一卷第九号(1925年9月12日)发表章士钊和孙师郑关于"读经救国"的通信,孙说:"拙著读经救国论。与先生政见。乃多暗合。"章则赞赏说:"读经救国论。略诵一过。取材甚为精当。比附说明。应有尽有。不图今世。犹见斯文。"

〔11〕 "谬以千里" 语出《汉书·司马迁传》:"差以毫厘,谬以千里。"

〔12〕 孔二先生 孔丘字仲尼,即表明排行第二。据《孔子家语·本姓解》,孔丘有兄名孟皮。老聃,即老子,相传孔丘曾向他问礼,所以后来有人说他是孔丘的先生。大著作,指他所著《道德经》(即《老子》),是道家的主要经典,其中有"将欲歙之,必固张之;将欲弱之,必固强之;将欲废之,必固兴之;将欲夺之,必固与之"一类的话,旧时有人认为老子崇尚阴谋权术。

〔13〕 "学而优则仕" 语出《论语·子张》:"仕而优则学,学而优则仕。"宋代朱熹《论语集注》:"优,有余力也。"

〔14〕 武则天(624—705)　名曌,并州文水(今山西文水)人,唐高宗(李治)的皇后。高宗死后,她自立为皇帝,改国号曰周;退位后称"则天大圣皇帝"。

〔15〕 多数主义　指布尔什维克主义。布尔什维克,俄语 БольШевик 的音译,意即多数派。

〔16〕 卢布换去了良心　当时的报刊上常有此类言论,如 1925 年 10 月 8 日《晨报副刊》刊登的《苏俄究竟是不是我们的朋友?》一文竟说:"帝国主义的国家仅仅吸取我们的资财,桎梏我们的手足,苏俄竟然收买我们的良心,腐蚀我们的灵魂。"

〔17〕 十三经　指十三部儒家经典,即《诗》《书》《易》《周礼》《礼记》《仪礼》《公羊传》《穀梁传》《左传》《孝经》《论语》《尔雅》和《孟子》。

〔18〕 梅契尼珂夫(И. И. Мечников,1845—1916)　俄国生物学家,免疫学的创始人之一。著有《传染病的免疫问题》等。

这个与那个

【题记】本文最初发表于1925年12月10日、12日、22日北京《国民新报副刊》，后收入《华盖集》。这一组短文四篇，每文可独立成篇，但又聚焦一个共同的话题：社会改革与国民性。标题《这个与那个》，让人有些不解，其实归纳了四篇的小标题，全都是"什么与什么"的句式，带有对立和选择的意思。《读经与读史》针对当时北洋政府教育部提倡"读经"，鲁迅表明"读经"复古还不如"读史"，最好读野史。《捧与挖》看穿"捧"的陋习背后，是国民的"惰性"。《最先与最后》感慨稀缺"失败的英雄"和"韧性的反抗"。《流产与断种》说的是社会的惰性往往是改革和进步的羁绊。

一　读经与读史

一个阔人说要读经[1]，嗡的一阵一群狭人也说要读经。岂但"读"而已矣哉，据说还可以"救国"哩。"学而时习之，不亦说乎？"[2]那也许是确凿的罢，然而甲午战败了，——为什么独独要说"甲午"呢，是因为其时还在开学校，废读经[3]以前。

我以为伏案还未功深的朋友，现在正不必埋头来哼线装书。倘其咿唔日久，对于旧书有些上瘾了，那么，倒不如去读史，尤其是宋朝明朝史，而且尤须是野史；或者看杂说。

现在中西的学者们，几乎一听到"钦定四库全书"[4]这名目就魂不附体，膝弯总要软下来似的。其实呢，书的原式是改变了，错字是加添了，甚至于连文章都删改了，最便当的是《琳琅秘室丛书》[5]中的两种《茅亭客话》[6]，一是宋本，一是四库本，一比较就知道。"官修"而加以"钦定"的正史也一样,不但本纪咧,列传咧,要摆"史架子";里面也不敢说什么。据说,字里行间是也含着什么褒贬的,但谁有这么多的心眼儿来猜闷壶卢。至今还道"将平生事迹宣付国史馆立传",还是算了罢。

野史和杂说自然也免不了有讹传,挟恩怨,但看往事却可以较分明,因为它究竟不像正史那样地装腔作势。看宋事,《三朝北盟汇编》[7]已经变成古董,太贵了,新排印的《宋人说部丛书》[8]却还便宜。明事呢,《野获编》[9]原也好,但也化为古董了,每部数十元;易于入手的是《明季南北略》[10],《明季稗史汇编》[11],以及新近集印的《痛史》[12]。

史书本来是过去的陈帐簿,和急进的猛士不相干。但先前说过,倘若还不能忘情于咿唔,倒也可以翻翻,知道我们现在的情形,和那时的何其神似,而现在的昏妄举动,胡涂思想,那时也早已有过,并且都闹糟了。

试到中央公园去,大概总可以遇见祖母带着她孙女儿在玩的。这位祖母的模样,就预示着那娃儿的将来。所以倘有谁要预知令夫人后日的丰姿,也只要看丈母。不同是当然要有些不同的,但总归相去不远。我们查帐的用处就在此。

但我并不说古来如此,现在遂无可为,劝人们对于"过去"生敬畏心,以为它已经铸定了我们的运命。Le Bon[13]先生说,死人之力比生人大,诚然也有一理的,然而人类究竟进化着。又据章士钊总长说,则美国的什么地方已在禁讲进化论[14]了,这实在是吓死我也,然而禁只管禁,进却总要进的。

总之:读史,就愈可以觉悟中国改革之不可缓了。虽是国民性,要改革也得改革,否则,杂史杂说上所写的就是前车。一改革,就无须怕孙女儿总要像点祖母那些事,譬如祖母的脚是三角形,步履维艰的,小姑娘的却是天足,能飞跑;丈母老太太出过天花,脸上有些缺点的,令夫人却种的是牛痘,所以细皮白肉:这也就大差其远了。

十二月八日。

二　捧与挖

中国的人们,遇见带有会使自己不安的朕兆的人物,向来就用两样法:

将他压下去,或者将他捧起来。

压下去就用旧习惯和旧道德,或者凭官力,所以孤独的精神的战士,虽然为民众战斗,却往往反为这"所为"而灭亡。到这样,他们这才安心了。压不下时,则于是乎捧,以为抬之使高,餍之使足,便可以于己稍稍无害,得以安心。

伶俐的人们,自然也有谋利而捧的,如捧阔老,捧戏子,捧总长之类;但在一般粗人,——就是未尝"读经"的,则凡有捧的行为的"动机",大概是不过想免害。即以所奉祀的神道而论,也大抵是凶恶的,火神瘟神不待言,连财神也是蛇呀刺猬呀似的骇人的畜类;观音菩萨倒还可爱,然而那是从印度输入的,并非我们的"国粹"。要而言之:凡是被捧者,十之九不是好东西。

既然十之九不是好东西,则被捧而后,那结果便自然和捧者的希望适得其反了。不但能使不安,还能使他们很不安,因为人心本来不易餍足。然而人们终于至今没有悟,还以捧为苟安之一道。

记得有一部讲笑话的书,名目忘记了,也许是《笑林广记》[15]罢,说,当一个知县的寿辰,因为他是子年生,属鼠的,属员们便集资铸了一个金老鼠去作贺礼。知县收受之后,另寻了机会对大众说道:明年又恰巧是贱内的整寿;她比我小一岁,是属牛的。其实,如果大家先不送金老鼠,他决不敢想金牛。一送开手,可就难于收拾了,无论金牛无力致送,即使送了,怕他的姨太太也会属象。象不在十二生肖之内,似乎不近情理罢,但这是我替他设想的法子罢了,知县当然别有我们所莫测高深的妙法在。

民元革命时候,我在S城,来了一个都督。[16]他虽然也出身绿林大学,未尝"读经"(?),但倒是还算顾大局,听舆论的,可是自绅士以至于庶民,又用了祖传的捧法群起而捧之了。这个拜会,那个恭维,今天送衣料,明天送翅席,捧得他连自己也忘其所以,结果是渐渐变成老官僚一样,动手刮地皮。

最奇怪的是北几省的河道,竟捧得河身比屋顶高得多了。当初自然是防其溃决,所以壅上一点土;殊不料愈壅愈高,一旦溃决,那祸害就更大。于是就"抢堤"咧,"护堤"咧,"严防决堤"咧,花色繁多,大家吃苦。如果当初见河水泛滥,不去增堤,却去挖底,我以为决不至于这样。

有贪图金牛者,不但金老鼠,便是死老鼠也不给。那么,此辈也就连生日都未必做了。单是省却拜寿,已经是一件大快事。

中国人的自讨苦吃的根苗在于捧,"自求多福"[17]之道却在于挖。其实,劳力之量是差不多的,但从惰性太多的人们看来,却以为还是捧省力。

十二月十日。

三　最先与最后

《韩非子》说赛马的妙法,在于"不为最先,不耻最后"。[18]这虽是从我们这样外行的人看起来,也觉得很有理。因为假若一开首便拚命奔驰,则马力易竭。但那第一句是只适用于赛马的,不幸中国人却奉为人的处世金鍼了。

中国人不但"不为戎首""不为祸始",甚至于"不为福先"。[19]所以凡事都不容易有改革;前驱和闯将,大抵是谁也怕得做。然而人性岂真能如道家所说的那样恬淡;欲得的却多。既然不敢径取,就只好用阴谋和手段。以此,人们也就日见其卑怯了,既是"不为最先",自然也不敢"不耻最后",所以虽是一大堆群众,略见危机,便"纷纷作鸟兽散"了。如果偶有几个不肯退转,因而受害的,公论家便异口同声,称之曰傻子。对于"锲而不舍"[20]的人们也一样。

我有时也偶尔去看看学校的运动会。这种竞争,本来不像两敌国的开战,挟有仇隙的,然而也会因了竞争而骂,或者竟打起来。但这些事又作别论。竞走的时候,大抵是最快的三四个人一到决胜点,其余的便松懈了,有几个还至于失了跑完豫定的圈数的勇气,中途挤入看客的群集中;或者佯为跌倒,使红十字队用担架将他抬走。假若偶有虽然落后,却尽跑,尽跑的人,大家就嗤笑他。大概是因为他太不聪明,"不耻最后"的缘故罢。

所以中国一向就少有失败的英雄,少有韧性的反抗,少有敢单身鏖战的武人,少有敢抚哭叛徒的吊客;见胜兆则纷纷聚集,见败兆则纷纷逃亡。战具比我们精利的欧美人,战具未必比我们精利的匈奴蒙古满洲人,都如入无人之境。"土崩瓦解"这四个字,真是形容得有自知之明。

多有"不耻最后"的人的民族,无论什么事,怕总不会一下子就"土崩瓦解"的,我每看运动会时,常常这样想:优胜者固然可敬,但那虽然落后而仍非跑至终点不止的竞技者,和见了这样竞技者而肃然不笑的看客,乃正是中国将来的脊梁。

四　流产与断种

近来对于青年的创作,忽然降下一个"流产"的恶谥,哄然应和的就有一大群。我现在相信,发明这话的是没有什么恶意的,不过偶尔说一说;应和的也是情有可原的,因为世事本来大概就这样。

我独不解中国人何以于旧状况那么心平气和,于较新的机运就这么疾首蹙额;于已成之局那么委曲求全,于初兴之事就这么求全责备?

智识高超而眼光远大的先生们开导我们:生下来的倘不是圣贤,豪杰,天才,就不要生;写出来的倘不是不朽之作,就不要写;改革的事倘不是一下子就变成极乐世界,或者,至少能给我(!)有更多的好处,就万万不要动!……

那么,他是保守派么?据说:并不然的。他正是革命家。惟独他有公平,正当,稳健,圆满,平和,毫无流弊的改革法;现下正在研究室里研究着哩,——只是还没有研究好。

什么时候研究好呢?答曰:没有准儿。

孩子初学步的第一步,在成人看来,的确是幼稚,危险,不成样子,或者简直是可笑的。但无论怎样的愚妇人,却总以恳切的希望的心,看他跨出这第一步去,决不会因为他的走法幼稚,怕要阻碍阔人的路线而"逼死"他;也决不至于将他禁在床上,使他躺着研究到能够飞跑时再下地。因为她知道:假如这么办,即使长到一百岁也还是不会走路的。

古来就这样,所谓读书人,对于后起者却反而专用彰明较著的或改头换面的禁锢。近来自然客气些,有谁出来,大抵会遇见学士文人们挡驾:且住,请坐。接着是谈道理了:调查,研究,推敲,修养,……结果是老死在原地方。否则,便得到"捣乱"的称号。我也曾有如现在的青年一样,向已死和未死的导师们问过应走的路。他们都说:不可向东,或西,或南,或北。但不说应该向东,或西,或南,或北。我终于发见他们心底里的蕴蓄了:不过是一个"不走"而已。

坐着而等待平安,等待前进,倘能,那自然是很好的,但可虑的是老死而所等待的却终于不至;不生育,不流产而等待一个英伟的宁馨儿[21],那自然也很可喜的,但可虑的是终于什么也没有。

倘以为与其所得的不是出类拔萃的婴儿,不如断种,那就无话可说。但如果我们永远要听见人类的足音,则我以为流产究竟比不生产还有望,因为这已经明明白白地证明着能够生产的了。

十二月二十日。

注释:

〔1〕 一个阔人 指章士钊。《甲寅》周刊第一卷第九号(1925年9月12日)发表章士钊和孙师郑关于"读经救国"的通讯。

〔2〕 "学而时习之,不亦说乎?" 语出《论语·学而》。孔子语,"说"同"悦"。

〔3〕 开学校,废读经 清政府在1894年(光绪二十年,甲午)中日战争中战败后,曾采取了一些改良主义的办法。戊戌变法(1898)期间,光绪帝于七月六日下诏普遍设立中小学,改书院为学堂;六月二十日曾诏令在科举考试中废止八股,"向用四书文者,一律改试策论"。变法失败后,清廷于1902年(光绪二十八年)颁布《钦定学堂章程》,开始兴办学堂;1905年又下诏停科举,自此废止读经。

〔4〕 "钦定四库全书" 清乾隆三十八年(1773)设立四库全书馆,把宫中所藏和民间所献书籍,命馆臣分别加以选择、钞录、费时十年,共选录书籍三千五百零三种,分经、史、子、集四部,即所谓"钦定四库全书"。它在一定程度上起了保存和整理文献的作用;但这也是清政府文化统治的具体措施之一,凡被认为"违碍"的书,或遭"全毁""抽毁",或被加以篡改,使后来无可依据。

〔5〕 《琳琅秘室丛书》 清代胡珽校刊,共五集,计三十六种。所收内容主要是掌故、说部、释道方面的书。

〔6〕 《茅亭客话》 宋代黄休复著,共十卷。内容是记录从五代到宋代真宗时(约当公元10世纪)的蜀中杂事。

〔7〕 《三朝北盟汇编》 宋代徐梦莘编,共二百五十卷。书中汇辑从宋徽宗政和七年(1117)到高宗绍兴三十一年(1161)间宋金和战的史料。

〔8〕 《宋人说部丛书》 指商务印书馆印行的"宋人说部书"(都是笔记小说),夏敬观编校,共出二十余种。

〔9〕 《野获编》 即《万历野获编》,明代沈德符著,三十卷,补遗四卷。记载明代开

国至神宗万历间的典章制度和街谈巷语。

〔10〕 《明季南北略》 指《明季北略》和《明季南略》。清代计六奇编。《北略》二十四卷,记载万历四十四年(1616)至崇祯十七年(1644)间事;《南略》十八卷,与《北略》相衔接,记至清康熙元年(1662)南明永历帝被害止。

〔11〕 《明季稗史汇编》 清代留云居士辑,共二十七卷,汇刊稗史十六种。各书所记都是明末的遗事。有都城留云居排印本。

〔12〕 《痛史》 乐天居士编,共三集。辛亥革命后由上海商务印书馆汇印,收入明末清初野史二十余种。

〔13〕 Le Bon 勒朋,参见本卷《随感录三十八》注〔7〕。他在《民族进化的心理定律》一书中说:"欲了解种族之真义必将之同时伸长于过去与将来,死者较之生者是无限的更众多,也是较之他们更强有力。"(张公表译,商务印书馆版)

〔14〕 关于美国禁讲进化论,章士钊在《甲寅》周刊第一卷第十七号(1925年11月7日)的《再疏解轾义》中说:"田芮西州Tennessee。尊崇耶教较笃者也。曾于州宪订明。凡学校教科书。理与圣经相牾。应行禁制。州有市曰喋塘Dayton。其小学校中。有教员曰师科布John Thomas Scopes。以进化论授于徒。州政府大怒。谓其既违教义。复触宪纲。因名捕斯氏。下法官按问其罪。"后来因"念其文士。罚锾百元"。进化论,英国生物学家达尔文(1809—1882)在《物种起源》等著作中提出的以自然选择为基础的进化学说。它揭示了生物的起源、变异和发展的规律,对近代生物科学产生了巨大影响。

〔15〕 《笑林广记》 明代冯梦龙编有《广笑府》十三卷,至清代被禁止,后来书坊改编为《笑林广记》,共十二卷,编者署名游戏主人。关于金老鼠的笑话,见该书卷一(亦见《广笑府》卷二)。

〔16〕 民元革命 即辛亥革命。S城,指绍兴。都督,官名。辛亥革命时为地方最高军政长官,后改称督军。此处指王金发(1883—1915),名逸,字季高,浙江嵊州人。曾留学日本,后由光复会创始人陶成章介绍加入该会。辛亥革命后任绍兴军政分府都督。"二次革命"失败后,在1915年7月13日被督理浙江军务朱瑞杀害。参看上卷《范爱农》及其有关注释。王金发曾领导浙东洪门会党平阳党,号称万人,故作者戏称他"出身绿林大学"。

〔17〕 "自求多福" 语出《诗经·大雅·文王》:"永言配命,自求多福。"意思是只要顺天命而行,则福禄自来。

〔18〕 "不为最先,不耻最后" 《韩非子》中没有"不耻最后"的话,在《淮南子·诠言训》中有类似的记载:"驰者不贪最先,不恐独后;缓急调乎手,御心调乎马,虽不能必先哉,马力必尽矣。"驰,赛马。

〔19〕 "不为戎首" 语出《礼记·檀弓》:"毋为戎首,不亦善乎?"据汉代郑玄注:"为兵主来攻伐曰戎首。""不为祸始""不为福先",语出《庄子·刻意》:"不为福先,不为祸始;

感而后应,迫而后动,不得已而后起。"

〔20〕 "锲而不舍" 语出《荀子·劝学》:"锲而不舍,金石可镂。"锲,雕刻的意思。

〔21〕 宁馨儿 晋宋时代俗语。《晋书·王衍传》:"何物老妪,生宁馨儿。"宁馨儿是"这样的孩子"的意思。宁,这样;馨,语助词。

论"费厄泼赖"应该缓行

【题记】本文最初发表于1926年1月10日《莽原》半月刊第一期,后收入《坟》。参见本文注释〔1〕和〔4〕,可了解此文的写作背景:它是针对当时社会情景与社会思潮而发。鲁迅深知在专制主义仍然大行其事的时期,对于黑暗势力只能坚持斗争,要"打落水狗",而不能"费厄泼赖"。这不是刻薄峻急之谈,而是危机意识。此文不幸而言中,不久就发生了"三一八惨案"。鲁迅在《写在〈坟〉后面》一文专门提及:"论'费厄泼赖'这一篇,也许可供参考罢,因为这虽然不是我的血所写,却是见了我的同辈和比我年幼的青年们的血而写的。"

一 解 题

《语丝》五七期上语堂[1]先生曾经讲起"费厄泼赖"(fair play)[2],以为此种精神在中国最不易得,我们只好努力鼓励;又谓不"打落水狗",即足以补充"费厄泼赖"的意义。我不懂英文,因此也不明这字的函义究竟怎样,如果不"打落水狗"也即这种精神之一体,则我却很想有所议论。但题目上不直书"打落水狗"者,乃为回避触目起见,即并不一定要在头上强装"义角"[3]之意。总而言之,不过说是"落水狗"未始不可打,或者简直应该打而已。

二 论"落水狗"有三种,大都在可打之列

今之论者,常将"打死老虎"与"打落水狗"相提并论,以为都近于卑怯[4]。我以为"打死老虎"者,装怯作勇,颇含滑稽,虽然不免有卑怯之嫌,

却怯得令人可爱。至于"打落水狗",则并不如此简单,当看狗之怎样,以及如何落水而定。考落水原因,大概可有三种:(1)狗自己失足落水者,(2)别人打落者,(3)亲自打落者。倘遇前二种,便即附和去打,自然过于无聊,或者竟近于卑怯;但若与狗奋战,亲手打其落水,则虽用竹竿又在水中从而痛打之,似乎也非已甚,不得与前二者同论。

听说刚勇的拳师,决不再打那已经倒地的敌手,这实足使我们奉为楷模。但我以为尚须附加一事,即敌手也须是刚勇的斗士,一败之后,或自愧自悔而不再来,或尚须堂皇地来相报复,那当然都无不可。而于狗,却不能引此为例,与对等的敌手齐观,因为无论它怎样狂嗥,其实并不解什么"道义";况且狗是能浮水的,一定仍要爬到岸上,倘不注意,它先就耸身一摇,将水点洒得人们一身一脸,于是夹着尾巴逃走了。但后来性情还是如此。老实人将它的落水认作受洗,以为必已忏悔,不再出而咬人,实在是大错而特错的事。

总之,倘是咬人之狗,我觉得都在可打之列,无论它在岸上或在水中。

三　论叭儿狗尤非打落水里,又从而打之不可

叭儿狗一名哈吧狗,南方却称为西洋狗了,但是,听说倒是中国的特产,在万国赛狗会里常常得到金奖牌,《大不列颠百科全书》的狗照相上,就很有几匹是咱们中国的叭儿狗。这也是一种国光。但是,狗和猫不是仇敌么?它却虽然是狗,又很像猫,折中,公允,调和,平正之状可掬,悠悠然摆出别个无不偏激,惟独自己得了"中庸之道"[5]似的脸来。因此也就为阔人,太监,太太,小姐们所钟爱,种子绵绵不绝。它的事业,只是以伶俐的皮毛获得贵人豢养,或者中外的娘儿们上街的时候,脖子上拴了细链子跟在脚后跟。

这些就应该先行打它落水,又从而打之;如果它自坠入水,其实也不妨又从而打之,但若是自己过于要好,自然不打亦可,然而也不必为之叹息。叭儿狗如可宽容,别的狗也大可不必打了,因为它们虽然非常势利,但究竟还有些像狼,带着野性,不至于如此骑墙。

以上是顺便说及的话,似乎和本题没有大关系。

四　论不"打落水狗"是误人子弟的

总之,落水狗的是否该打,第一是在看它爬上岸了之后的态度。

狗性总不大会改变的,假使一万年之后,或者也许要和现在不同,但我现在要说的是现在。如果以为落水之后,十分可怜,则害人的动物,可怜者正多,便是霍乱病菌,虽然生殖得快,那性格却何等地老实。然而医生是决不肯放过它的。

现在的官僚和土绅士或洋绅士,只要不合自意的,便说是赤化,是共产;民国元年以前稍不同,先是说康党,后是说革党[6],甚至于到官里去告密,一面固然在保全自己的尊荣,但也未始没有那时所谓"以人血染红顶子"[7]之意。可是革命终于起来了,一群臭架子的绅士们,便立刻皇皇然若丧家之狗,将小辫子盘在头顶上。革命党也一派新气,——绅士们先前所深恶痛绝的新气,"文明"得可以;说是"咸与维新"[8]了,我们是不打落水狗的,听凭它们爬上来罢。于是它们爬上来了,伏到民国二年下半年,二次革命[9]的时候,就突出来帮着袁世凯咬死了许多革命人,中国又一天一天沉入黑暗里,一直到现在,遗老不必说,连遗少也还是那么多。这就因为先烈的好心,对于鬼蜮的慈悲,使它们繁殖起来,而此后的明白青年,为反抗黑暗计,也就要花费更多更多的气力和生命。

秋瑾[10]女士,就是死于告密的,革命后暂时称为"女侠",现在是不大听见有人提起了。革命一起,她的故乡就到了一个都督,——等于现在之所谓督军,——也是她的同志:王金发[11]。他捉住了杀害她的谋主[12],调集了告密的案卷,要为她报仇。然而终于将那谋主释放了,据说是因为已经成了民国,大家不应该再修旧怨罢。但等到二次革命失败后,王金发却被袁世凯的走狗枪决了,与有力的是他所释放的杀过秋瑾的谋主。

这人现在也已"寿终正寝"了,但在那里继续跋扈出没着的也还是这一流人,所以秋瑾的故乡也还是那样的故乡,年复一年,丝毫没有长进。从这一点看起来,生长在可为中国模范的名城[13]里的杨荫榆[14]女士和陈西滢先生,真是洪福齐天。

五　论塌台人物不当与"落水狗"相提并论

"犯而不校"[15]是恕道,"以眼还眼以牙还牙"[16]是直道。中国最多的却是枉道:不打落水狗,反被狗咬了。但是,这其实是老实人自己讨苦吃。

俗语说:"忠厚是无用的别名",也许太刻薄一点罢,但仔细想来,却也觉得并非唆人作恶之谈,乃是归纳了许多苦楚的经历之后的警句。譬如不打落水狗说,其成因大概有二:一是无力打;二是比例错。前者且勿论;后者的大错就又有二:一是误将塌台人物和落水狗齐观,二是不辨塌台人物又有好有坏,于是视同一律,结果反成为纵恶。即以现在而论,因为政局的不安定,真是此起彼伏如转轮,坏人靠着冰山,恣行无忌,一旦失足,忽而乞怜,而曾经亲见,或亲受其噬啮的老实人,乃忽以"落水狗"视之,不但不打,甚至于还有哀矜之意,自以为公理已伸,侠义这时正在我这里。殊不知它何尝真是落水,巢窟是早已造好的了,食料是早经储足的了,并且都在租界里。虽然有时似乎受伤,其实并不,至多不过是假装跛脚,聊以引起人们的恻隐之心,可以从容避匿罢了。他日复来,仍旧先咬老实人开手,"投石下井"[17],无所不为,寻起原因来,一部分就正因为老实人不"打落水狗"之故。所以,要是说得苛刻一点,也就是自家掘坑自家埋,怨天尤人,全是错误的。

六　论现在还不能一味"费厄"

仁人们或者要问:那么,我们竟不要"费厄泼赖"么?我可以立刻回答:当然是要的,然而尚早。这就是"请君入瓮"[18]法。虽然仁人们未必肯用,但我还可以言之成理。土绅士或洋绅士们不是常常说,中国自有特别国情,外国的平等自由等等,不能适用么?我以为这"费厄泼赖"也是其一。否则,他对你不"费厄",你却对他去"费厄",结果总是自己吃亏,不但要"费厄"而不可得,并且连要不"费厄"而亦不可得。所以要"费厄",最好是首先看清对手,倘是些不配承受"费厄"的,大可以老实不客气;待到它也"费厄"了,然后再与它讲"费厄"不迟。

这似乎很有主张二重道德之嫌,但是也出于不得已,因为倘不如此,中国将不能有较好的路。中国现在有许多二重道德,主与奴,男与女,都有不同的道德,还没有划一。要是对"落水狗"和"落水人"独独一视同仁,实在未免太偏,太早,正如绅士们之所谓自由平等并非不好,在中国却微嫌太早一样。所以倘有人要普遍施行"费厄泼赖"精神,我以为至少须俟所谓"落水狗"者带有人气之后。但现在自然也非绝不可行,就是,有如上文所说:要看清对手。而且还要有等差,即"费厄"必视对手之如何而施,无论其怎样落水,为人也则帮之,为狗也则不管之,为坏狗也则打之。一言以蔽之:"党同伐异"[19]而已矣。

满心"婆理"[20]而满口"公理"的绅士们的名言暂且置之不论不议之列,即使真心人所大叫的公理,在现今的中国,也还不能救助好人,甚至于反而保护坏人。因为当坏人得志,虐待好人的时候,即使有人大叫公理,他决不听从,叫喊仅止于叫喊,好人仍然受苦。然而偶有一时,好人或稍稍蹶起,则坏人本该落水了,可是,真心的公理论者又"勿报复"呀,"仁恕"呀,"勿以恶抗恶"呀……的大嚷起来。这一次却发生实效,并非空嚷了:好人正以为然,而坏人于是得救。但他得救之后,无非以为占了便宜,何尝改悔;并且因为是早已营就三窟,又善于钻谋的,所以不多时,也就依然声势赫奕,作恶又如先前一样。这时候,公理论者自然又要大叫,但这回他却不听你了。

但是,"疾恶太严","操之过急",汉的清流和明的东林[21],却正以这一点倾败,论者也常常这样责备他们。殊不知那一面,何尝不"疾善如仇"呢?人们却不说一句话。假使此后光明和黑暗还不能作彻底的战斗,老实人误将纵恶当作宽容,一味姑息下去,则现在似的混沌状态,是可以无穷无尽的。

七 论"即以其人之道还治其人之身"[22]

中国人或信中医或信西医,现在较大的城市中往往并有两种医,使他们各得其所。我以为这确是极好的事。倘能推而广之,怨声一定还要少得多,或者天下竟可以臻于郅治。例如民国的通礼是鞠躬,但若有人以为不对的,就独使他磕头。民国的法律是没有笞刑的,倘有人以为肉刑好,则这人犯罪时就特别打屁股。碗筷饭菜,是为今人而设的,有愿为燧人氏[23]以前之民者,就请他吃生肉;再造几千间茅屋,将在大宅子里仰慕尧舜的高士都拉出来,给住在那里面;反对物质文明的,自然更应该不使他衔冤坐汽车。这样一办,真所谓"求仁得仁又何怨"[24],我们的耳根也就可以清净许多罢。

但可惜大家总不肯这样办,偏要以己律人,所以天下就多事。"费厄泼赖"尤其有流弊,甚至于可以变成弱点,反给恶势力占便宜。例如刘百昭殴曳女师大学生[25],《现代评论》上连屁也不放,一到女师大恢复,陈西滢鼓动女大学生占据校舍时,却道"要是她们不肯走便怎样呢?你们总不好意思用强力把她们的东西搬走了罢?"[26]殴而且拉,而且搬,是有刘百昭的先例的,何以这一回独独"不好意思"? 这就因为给他嗅到了女师大这一面有些"费厄"气味之故。但这"费厄"却又变成弱点,反而给人利用了来替章士钊的"遗泽"保镳。

八 结 末

或者要疑我上文所言,会激起新旧,或什么两派之争,使恶感更深,或相持更烈罢。但我敢断言,反改革者对于改革者的毒害,向来就并未放松过,手段的厉害也已经无以复加了。只有改革者却还在睡梦里,总是吃亏,因而中国也总是没有改革,自此以后,是应该改换些态度和方法的。

一九二五年十二月二十九日。

注释:

〔1〕 语堂 林语堂(1895—1976),福建龙溪人,作家。早年留学美国、德国,曾任北京大学、北京女子师范大学教授,厦门大学文科主任,《语丝》撰稿人之一。当时与鲁迅有交往,后因立场志趣日益歧异而断交。30年代,他在上海主编《论语》《人间世》《宇宙风》等杂志,提倡"性灵""幽默"。他在1925年12月14日《语丝》第五十七期发表《插论语丝的文体——稳健、骂人、及费厄泼赖》一文,其中说:"此种'费厄泼赖'精神在中国最不易得,我们也只好努力鼓励,中国'泼赖'的精神就很少,更谈不到'费厄',惟有时所谓不肯'下井投石'即带有此义。骂人的人却不可没有这一样条件,能骂人,也须能挨骂。且对于失败者不应再施攻击,因为我们所攻击的在于思想非在人,以今日之段祺瑞、章士钊为例,我们便不应再攻击其个人。"

〔2〕 "费厄泼赖" 英语 Fair play 的音译,原为体育比赛和其他竞技所用的术语,意

思是光明正大的比赛,不用不正当的手段。英国曾有人提倡将这种精神用于社会生活和党派斗争中,认为这是每一个绅士应有的涵养和品德,并声称英国是一个"费厄泼赖"的国度。

〔3〕 "义角" 即假角。陈西滢在《现代评论》第三卷五十三期(1925年12月12日)《闲话》中讥讽鲁迅说:"花是人人爱好的,魔鬼是人人厌恶的。然而因为要取好于众人,不惜在花瓣上加上颜色,在鬼头上装上义角,我们非但觉得无聊,还有些嫌它肉麻。"

〔4〕 指吴稚晖、周作人、林语堂等人。吴稚晖在1925年12月1日《京报副刊》发表的《官欤——共产党欤——吴稚晖欤》一文中说:现在批评章士钊,"似乎是打死老虎"。周作人在同月7日《语丝》第五十六期的《失题》中则说:"现在段君(按,指段祺瑞)既将复归于禅,不再为我辈的法王,就没有再加以批评之必要,况且打'落水狗'(吾乡方言,即'打死老虎'之意)也是不大好的事。"又说:"章士钊也是'代表无耻',应该与彭允彝同样的加以反对","现在这个出气的机会也有点要逸过去了,一旦树倒猢狲散,更从那里去找这班散了的,况且在平地上追赶猢狲,也有点无聊,卑劣,虽然我不是绅士,却也有我的体统与身份。"林语堂在《插论语丝的文体——稳健、骂人、及费厄泼赖》一文中赞同周作人的意见,认为这"也正足以补充'费厄泼赖'的意义"。

〔5〕 "中庸之道" 儒家学说。《论语·雍也》:"中庸之为德也,其至矣乎!"宋代朱熹注:"中者,无过无不及之名也;庸,平常也。……程子曰:'不偏之谓中,不易之谓庸。中者,天下之正道,庸者,天下之定理。'"

〔6〕 康党 指曾经参加和赞成康有为等发动变法维新的人。革党,即革命党,指参加和赞成反清革命的人。

〔7〕 "以人血染红顶子" 清朝官服用不同质料和颜色的帽顶子来区分官阶的高低,最高的一品官是用红宝石或红珊瑚珠做帽顶子。清末的官僚和绅士常用告密和捕杀革命党人作为升官的手段,所以当时有"以人血染红顶子"的说法。

〔8〕 "咸与维新" 参见上卷《阿Q正传》注〔40〕。

〔9〕 二次革命 指1913年7月孙中山发动的讨伐袁世凯的战争。与辛亥革命相对而言,故称"二次革命"。在讨袁军发动之前和失败之后,袁世凯曾指使他的走狗杀害了不少革命者。

〔10〕 秋瑾 参见本卷《病后杂谈》注〔23〕。

〔11〕 王金发 参见上卷《范爱农》注〔15〕。

〔12〕 谋主 据本文所述情节,是指当时绍兴的大地主章介眉。他在做浙江巡抚增韫的幕僚时,极力怂恿掘毁西湖边上的秋瑾墓。辛亥革命后因贪污纳贿、平毁秋墓等罪被王金发逮捕,他用"捐献"田产等手段获释。脱身后到北京任袁世凯总统府的秘书,1913年二次革命失败后,他"捐献"的田产即由袁世凯下令发还,不久他又参与朱瑞杀害王金发的谋划。按,秋瑾案的告密者是绍兴劣绅胡道南,他在1908年被革命党人处死。

〔13〕 模范的名城　指无锡。陈西滢在《现代评论》第二卷第三十七期（1925年8月22日）发表的《闲话》中说："听说无锡是中国的模范县"，"无锡真不愧为中国的模范县！"

〔14〕 杨荫榆　参见上卷《记念刘和珍君》注〔10〕。

〔15〕 "犯而不校"　这是孔丘弟子曾参的话，见《论语・泰伯》："有若无，实若虚，犯而不校。"

〔16〕 "以眼还眼以牙还牙"　摩西的话，见《旧约・申命记》："以眼还眼，以牙还牙，以手还手，以脚还脚。"

〔17〕 "投石下井"　也作"落井下石"，见唐代韩愈的《柳子厚墓志铭》："一旦临小利害，仅如毛发，反眼若不相识，落陷阱不一引手救，反挤之，又下石焉者，皆是也。"林语堂在《插论语丝的文体——稳健、骂人、及费厄泼赖》一文中说："不肯'下井投石'即带有此义（费厄泼赖之意）。"

〔18〕 "请君入瓮"　是唐朝酷吏周兴的故事，见《资治通鉴》卷二〇四则天后天授二年："或告文昌右丞周兴与丘神勣通谋，太后命来俊臣鞫之，俊臣与兴方推事对食，谓兴曰：'囚多不承，当为何法？'兴曰：'此甚易耳！取大瓮，以炭四周炙之，令囚入中，何事不承！'俊臣乃索大瓮，火围如兴法，因起谓兴曰：'有内状推兄，请兄入此瓮！'兴惶恐叩头伏罪。"

〔19〕 "党同伐异"　语出《后汉书・党锢传序》。意思是纠合同伙，攻击异己。陈西滢曾在《现代评论》第三卷第五十三期（1925年12月12日）的《闲话》中说："中国人是没有是非的。……在他们看来，凡是同党，什么都是好的，凡是异党，什么都是坏的。"又说："在'党同伐异'的社会里，有人非但攻击公认的仇敌，还要大胆的批评自己的朋友。"

〔20〕 "婆理"　对"公理"而言，陈西滢等人在女师大风潮中为杨荫榆辩护，后又组织"教育界公理维持会"，反对女师大复校。这里所说的"绅士们"，即指他们。参看《华盖集・"公理"的把戏》。

〔21〕 清流　指东汉末年的太学生郭泰、贾彪和大臣李膺、陈蕃等人。他们联合起来批评朝政，揭露宦官集团的罪恶，于汉桓帝延熹九年（166）为宦官所诬陷，以结党为乱的罪名遭受捕杀，十余年间，先后四次被杀戮、充军和禁锢的近千人，史称"党锢之祸"。东林，指明末的东林党。主要人物有顾宪成、高攀龙等。他们聚集在无锡东林书院讲学，议论时政，批评人物，对舆论影响很大。在朝的一部分比较正直的官吏，也和他们互通声色，形成了一个以上层知识分子为主的政治集团。明天启五年（1625）为宦官魏忠贤所屠杀，被害者数百人。

〔22〕 "即以其人之道还治其人之身"　语出朱熹在《中庸》第十三章的注文。

〔23〕 燧人氏　参见本卷《关于中国的两三件事》注〔2〕。

〔24〕 "求仁得仁又何怨"　孔子的话，见《论语・述而》。

〔25〕 刘百昭（1873—?）　字可亭，湖南武冈人，曾留学德国，时任北洋政府教育部专

门教育司司长。1925年8月,章士钊解散女师大,另立国立女子大学,派刘百昭前往筹办,刘于22日雇用女仆打手殴打女师大学生,并将她们强拉出校。

〔26〕 1925年11月,女师大学生斗争胜利,宣告复校,仍回原址上课。这时,陈西滢在《现代评论》第三卷第五十四期(1925年12月19日)发表的《闲话》中,说了这里所引的话。

学界的三魂

【题记】本文最初发表于1926年2月1日《语丝》周刊第六十四期,后收入《华盖集续集》。原有附记,反击陈源的诬陷与讽刺。文中批判了国之"三魂",即"官魂""匪魂"与"民魂"。而"官魂"与"匪魂"已经侵入学界,于是学界成了官场,"官气弥漫,顺我者'通',逆我者'匪'"。拉开历史距离看,鲁迅此文意义绝不止于对"现代评论派"的反击,更在于对一种"官本位"的"国情"与"风气"的观察分析。

从《京报副刊》上知道有一种叫《国魂》[1]的期刊,曾有一篇文章说章士钊固然不好,然而反对章士钊的"学匪"们也应该打倒。我不知道大意是否真如我所记得?但这也没有什么关系,因为不过引起我想到一个题目,和那原文是不相干的。意思是,中国旧说,本以为人有三魂六魄,或云七魄;国魂也该这样。而这三魂之中,似乎一是"官魂",一是"匪魂",还有一个是什么呢?也许是"民魂"罢,我不很能够决定。又因为我的见闻很偏隘,所以未敢悉指中国全社会,只好缩而小之曰"学界"。

中国人的官瘾实在深,汉重孝廉而有埋儿刻木,[2]宋重理学[3]而有高帽破靴,清重帖括而有"且夫""然则"[4]。总而言之:那魂灵就在做官,——行官势,摆官腔,打官话。顶着一个皇帝做傀儡,得罪了官就是得罪了皇帝,于是那些人就得了雅号曰"匪徒"。学界的打官话是始于去年,凡反对章士钊的都得了"土匪""学匪""学棍"的称号,但仍然不知道从谁的口中说出,所以还不外乎一种"流言"。

但这也足见去年学界之糟了,竟破天荒的有了学匪。以大点的国事来比罢,太平盛世,是没有匪的;待到群盗如毛时,看旧史,一定是外戚,宦官,奸臣,小人当国,即使大打一通官话,那结果也还是"呜呼哀哉"。当这"呜呼哀哉"之前,小民便大抵相率而为盗,所以我相信源增[5]先生的话:"表面上看只是些土匪与强盗,其实是农民革命军。"(《国民新报副刊》四三)那么,社会不是改进了么?并不,我虽然也是被谥为"土匪"之一,却并不想为老前辈们饰非掩过。农民是不来夺取政权的,源增先生又道:"任三五热心家将皇帝推倒,自己过皇帝瘾去。"但这时候,匪便被称为帝,除遗老外,文人学者却都来恭维,又称反对他的为匪了。

所以中国的国魂里大概总有这两种魂:官魂和匪魂。这也并非硬要将我辈的魂挤进国魂里去,贪图与教授名流的魂为伍,只因为事实仿佛是这样。社会诸色人等,爱看《双官诰》[6],也爱看《四杰村》[7],望偏安巴蜀的刘玄德成功,也愿意打家劫舍的宋公明[8]得法;至少,是受了官的恩惠时候则艳羡官僚,受了官的剥削时候便同情匪类。但这也是人情之常;倘使连这一点反抗心都没有,岂不就成为万劫不复的奴才了?

然而国情不同,国魂也就两样。记得在日本留学时候,有些同学问我在中国最有大利的买卖是什么,我答道:"造反。"他们便大骇怪。在万世一系的国度里,那时听到皇帝可以一脚踢落,就如我们听说父母可以一棒打杀一般。为一部分士女所心悦诚服的李景林[9]先生,可就深知此意了,要是报纸上所传非虚。今天的《京报》即载着他对某外交官的谈话道:"予预计于旧历正月间,当能与君在天津晤谈;若天津攻击竟至失败,则拟俟三四月间卷土重来,若再失败,则暂投土匪,徐养兵力,以待时机"云。但他所希望的不是做皇帝,那大概是因为中华民国之故罢。

所谓学界,是一种发生较新的阶级,本该可以有将旧魂灵略加湔洗之望了,但听到"学官"的官话,和"学匪"的新名,则似乎还走着旧道路。那末,当然也得打倒的。这来打倒他的是"民魂",是国魂的第三种。先前不很发扬,所以一闹之后,终不自取政权,而只"任三五热心家将皇帝推倒,自己过皇帝瘾去"了。

惟有民魂是值得宝贵的,惟有他发扬起来,中国才有真进步。但是,当此连学界也倒走旧路的时候,怎能轻易地发挥得出来呢?在乌烟瘴气之中,有官之所谓"匪"和民之所谓匪;有官之所谓"民"和民之所谓民;有官以为"匪"而其实是真的国民,有官以为"民"而其实是衙役和马弁。所以貌似"民魂"的,有时仍不免为"官魂",这是鉴别魂灵者所应该十分注意的。

话又说远了,回到本题去。去年,自从章士钊提了"整顿学风"[10]的招牌,上了教育总长的大任之后,学界里就官气弥漫,顺我者"通"[11],逆我者"匪",官腔官话的余气,至今还没有完。但学界却也幸而因此分清了颜色;只是代表官魂的还不是章士钊,因为上头还有"减膳"执政[12]在,他至多不过做了一个官魄;现在是在天津"徐养兵力,以待时机"了。[13]我不看《甲寅》[14],不知道说些什么话:官话呢,匪话呢,民话呢,衙役马弁话呢?……

一月二十四日。

注释:

〔1〕 《国魂》 国家主义派所办的一种旬刊,1925年10月在北京创刊,次年1月改为周刊。该刊第九期(1925年12月30日)载有姜华的《学匪与学阀》一文,主要意思是煽动北京的学生起来打倒马裕藻一派的所谓"学匪"(按,马裕藻是当时反对章士钊、杨荫榆的女师大教员之一);但也故作公正地小骂了章士钊几句。这里说到《京报副刊》,是因为1926年1月10日该刊载有何曾亮(即周作人)驳斥姜华的《国魂之学匪观》一文。

〔2〕 汉朝选用人才的制度中,有推举"孝子"和"廉士"做官的办法,因此社会上产生了许多虚伪矫情的事情。《太平御览》卷四一一引刘向《孝子图》记郭巨埋儿的事,参见上卷《〈二十四孝图〉》注〔23〕。又卷四八二引干宝《搜神记》记丁兰刻木的事说:"丁兰,河内野王人。年十五,丧母,乃刻木作母事之,供养如生。邻人有所借,木母颜和则与,不和不与。后邻人忿兰,盗斫木母,应刀血出。兰乃殡殓,报仇。汉宣帝嘉之,拜中大夫。"

〔3〕 理学 参见上卷《祝福》注〔2〕。当时那些理学家在服装上也往往和一般人不同,如《程氏外书》记程颐的服装说:"先生常服茧袍,高帽檐劣半寸,系绦。曰:此野人之服也。"

〔4〕 帖括 科举考试文体之名。唐代考试制度,明经科以"帖经"试士。《文献通考·选举二》:"凡举司课试之法:帖经者,以所习之经,掩其两端,中间惟开一行,裁纸为帖。"后考生因帖经难记,就总括经文编成歌诀,叫帖括。后世因称科举应试的文章为帖括;这里是指清代的制义,即八股文。"且夫""然则",是这一类文字中的滥调。

〔5〕 源增 姓谷,山东文登人,北京大学法文系学生。1926年1月20日《国民新报副刊》载有他翻译的《帝国主义与帝国主义国家的工人阶级》一文,这里的引文即见于该文译后记中。

〔6〕 《双官诰》 戏曲名。明代杨善之著有传奇《双官诰》。后来京剧中也有此剧,内容是:薛广出外经商,讹传已死,他的第二妾王春娥守节抚养儿子薛倚。后来薛广做了高

官回家,薛倚也及第还乡,由此王春娥便得了双重的官诰。京剧《三娘教子》亦演此故事。

〔7〕 《四杰村》 京剧名。故事出自清代无名氏著《绿牡丹》。内容是:骆宏勋被历城县知县贺世赖诬为强盗,在解往京城途中,又被四杰村恶霸朱氏兄弟将囚车夺去,欲加杀害,幸为几个绿林好汉救出,并放火烧了四杰村。

〔8〕 刘玄德(161—223) 名备,字玄德,涿郡涿县(今河北涿州)人,三国时在西蜀称帝。长篇小说《三国演义》以他作为主要人物之一。宋公明,长篇小说《水浒传》中的主要人物宋江,其原型是北宋末山东一带农民起义的领袖。

〔9〕 李景林(1885—1931) 字芳岑,河北枣强人,奉系军阀,曾任直隶保安司令兼直隶省长等职。1925年冬,奉军郭松龄倒戈与张作霖作战,冯玉祥国民军也乘机对李景林发动攻击,占领天津。李逃匿租界,后于1926年1月到济南收拾残部,与张宗昌联合,组成直鲁联军,任副总司令,伺机反攻。他对某外交官的谈话,就是这时发表的。

〔10〕 "整顿学风" 1925年8月25日,段祺瑞政府内阁会议通过章士钊草拟的"整顿学风令",并由执政府明令发表。段祺瑞(1865—1936),字芝泉,安徽合肥人,北洋军阀皖系首领。曾随袁世凯创建北洋军,历任北洋政府陆军总长、国务总理。1924年任北洋政府"临时执政",1926年屠杀北京爱国群众,造成"三一八惨案"。同年4月被冯玉祥的国民军驱逐下台。1925年8月25日,段祺瑞发布"整顿学风令",其中说:"迩来学风不靖。屡次变端。一部分不职之教职员。与旷课滋事之学生。交相结托。破坏学纪。……倘有故酿风潮。蔑视政令。则火烈水懦之喻。孰杀谁嗣之谣。前例具存。所宜取则。本执政敢先父兄之教。不博宽大之名。依法从事。决不姑贷。"

〔11〕 顺我者"通" 这是对章士钊、陈西滢等人的讽刺。章士钊在他主编的《甲寅》周刊第一卷第二号(1925年7月25日)发表的《孤桐杂记》中曾称赞陈西滢说:"《现代评论》有记者自署西滢。无锡陈源之别字也。陈君本字通伯。的是当今通品。"

〔12〕 "减膳"执政 指段祺瑞。1925年5月,北京学生因章士钊禁止纪念"五七"国耻,于9日向北洋政府临时执政段祺瑞提出罢免章士钊的要求;章即采取以退为进的手段,于11日向段祺瑞辞职,并在辞呈中向段献媚说:"钊诚举措失当。众怒齐撄。一人之祸福安危。自不足计。万一钧座因而减膳。时局为之不宁。……钊有百身。亦何能赎。"

〔13〕 1925年11月28日,北京群众为反对关税会议要求关税自主举行游行示威,提出"驱逐段祺瑞""打死朱深、章士钊"等口号,章士钊即避居天津。

〔14〕 《甲寅》 指《甲寅》周刊。《甲寅》周刊是章士钊主编的杂志。章曾于1914年5月在日本东京发行《甲寅》月刊,两年后出至第十期停刊。《甲寅》周刊是他任教育总长之后,1925年7月在北京出版的,至1927年2月停刊,共出四十五期。该刊坚持用文言文,内容杂载公文、通讯,鲁迅说它是"自己广告性的半官报"。

谈 皇 帝

【题记】本文最初发表于1926年3月9日《国民新报副刊》,后收入《华盖集续编》。中国古代社会的皇帝为了维护其神圣地位,总是采用"愚民政策",而百姓也有"愚君政策",有时皇帝也会被大臣、儒士及百姓所愚弄。鲁迅观察这一特别的历史现象,对此进行社会文化心理结构的分析,体现了鲁迅改造国民性的用心。

中国人的对付鬼神,凶恶的是奉承,如瘟神和火神之类,老实一点的就要欺侮,例如对于土地或灶君。待遇皇帝也有类似的意思。君民本是同一民族,乱世时"成则为王败则为贼",平常是一个照例做皇帝,许多个照例做平民;两者之间,思想本没有什么大差别。所以皇帝和大臣有"愚民政策",百姓们也自有其"愚君政策"。

往昔的我家,曾有一个老仆妇,告诉过我她所知道,而且相信的对付皇帝的方法。她说——

"皇帝是很可怕的。他坐在龙位上,一不高兴,就要杀人;不容易对付的。所以吃的东西也不能随便给他吃,倘是不容易办到的,他吃了又要,一时办不到;——譬如他冬天想到瓜,秋天要吃桃子,办不到,他就生气,杀人了。现在是一年到头给他吃菠菜,一要就有,毫不为难。但是倘说是菠菜,他又要生气的,因为这是便宜货,所以大家对他就不称为菠菜,另外起一个名字,叫作'红嘴绿鹦哥'。"

在我的故乡,是通年有菠菜的,根很红,正如鹦哥的嘴一样。

这样的连愚妇人看来,也是呆不可言的皇帝,似乎大可以不要了。然而并不,她以为要有的,而且应该听凭他作威作福。至于用处,仿佛在靠他来镇压比自己更强梁的别人,所以随便杀人,正是非备不可的要件。然而倘使自己遇到,且须侍奉呢? 可又觉得有些危险了,因此只好又将他练成傻子,终年耐心地专吃着"红嘴绿鹦哥"。

其实利用了他的名位,"挟天子以令诸侯"[1]的,和我那老仆妇的意思和方法都相同,不过一则又要他弱,一则又要他愚。儒家的靠了"圣君"来行道也就是这玩意,因为要"靠",所以要他威重,位高;因为要便于操纵,所以又要他颇老实,听话。

皇帝一自觉自己的无上威权,这就难办了。既然"普天之下,莫非皇土"[2],他就胡闹起来,还说是"自我得之,自我失之,我又何恨"[3]哩! 于是圣人之徒也只好请他吃"红嘴绿鹦哥"了,这就是所谓"天"。据说天子的行事,是都应该体帖天意,不能胡闹的;而这"天意"也者,又偏只有儒者们知道着。

这样,就决定了:要做皇帝就非请教他们不可。

然而不安分的皇帝又胡闹起来了。你对他说"天"么,他却道,"我生不有命在天?!"[4]岂但不仰体上天之意而已,还逆天,背天,"射天"[5],简直将国家闹完,使靠天吃饭的圣贤君子们,哭不得,也笑不得。

于是乎他们只好去著书立说,将他骂一通,豫计百年之后,即身殁之后,大行于时,自以为这就了不得。

但那些书上,至多就止记着"愚民政策"和"愚君政策"全都不成功。

二月十七日。

注释:

[1] "挟天子以令诸侯" 语出《三国志·诸葛亮传》。诸葛亮在隆中对刘备评论曹操时说:"今操已拥百万之众,挟天子以令诸侯,此诚不可与争锋。"

[2] "普天之下,莫非皇土" 语出《诗经·小雅·北山》:"溥天之下,莫非王土;率土之滨,莫非王臣。"《春秋左传》昭公七年引此诗。"溥"作"普"。

[3] "自我得之,自我失之,我又何恨" 语出《梁书·邵陵王纶传》。太清三年(549)三月,侯景陷建康,"高祖(梁武帝萧衍)叹曰:自我得之,自我失之,亦复何恨!"

[4] "我生不有命在天" 语出《尚书·西伯戡黎》:"王(商纣王)曰:呜呼! 我生不有命在天?"

[5] "射天" 见《史记·殷本纪》:"帝武乙无道,为偶人,谓之天神。与之博,令人为行。天神不胜,乃僇辱之。为革囊,盛血,卬(仰)而射之,命曰'射天'。"

《穷人》小引

【题记】本文最初发表于 1926 年 6 月 14 日《语丝》周刊第八十三期,为韦丛芜所译《穷人》而作,后收入《集外集》。《穷人》是俄国作家陀思妥耶夫斯基的长篇小说,出版于 1846 年。韦丛芜的译本于 1926 年 6 月由未名社印行。鲁迅在文中称陀思妥耶夫斯基是"在高的意义上的写实主义者","穿掘着灵魂的深处,使人受了精神底苦刑而得到创伤,又即从这得伤和养伤和愈合中,得到苦的涤除,而上了苏生的路"。鲁迅心仪陀思妥耶夫斯基的创作,在相当程度上是和陀氏取同一方向的。

千八百八十年,是陀思妥夫斯基[1]完成了他的巨制之一《卡拉玛卓夫兄弟》这一年;他在手记[2]上说:"以完全的写实主义在人中间发现人。这是彻头彻尾俄国底特质。在这意义上,我自然是民族底的。……人称我为心理学家(Psychologist)。这不得当。我但是在高的意义上的写实主义者,即我是将人的灵魂的深,显示于人的。"第二年,他就死了。

显示灵魂的深者,每要被人看作心理学家;尤其是陀思妥夫斯基那样的作者。他写人物,几乎无须描写外貌,只要以语气,声音,就不独将他们的思想和感情,便是面目和身体也表示着。又因为显示着灵魂的深,所以一读那作品,便令人发生精神底变化。灵魂的深处并不平安,敢于正视的本来就不多,更何况写出?因此有些柔软无力的读者,便往往将他只看作"残酷的天才"[3]。

陀思妥夫斯基将自己作品中的人物们,有时也委实太置之万难忍受的,没有活路的,不堪设想的境地,使他们什么事都做不出来。用了精神底苦刑,送他们到那犯罪,痴呆,酗酒,发狂,自杀的路上去。有时候,竟至于似乎并无目的,只为了手造的牺牲者的苦恼,而使他受苦,在骇人的卑污的状态上,表示出人们的心来。这确凿是一个"残酷的天才",人的灵魂的伟大的审问者。

然而,在这"在高的意义上的写实主义者"的实验室里,所处理的乃是人的全灵魂。他又从精神底苦刑,送他们到那反省,矫正,忏悔,苏生的路上去;甚至于又是自杀的路。到这样,他的"残酷"与否,一时也就难于断定,但对于爱好温暖或微凉的人们,却还是没有什么慈悲的气息的。

相传陀思妥夫斯基不喜欢对人述说自己,尤不喜欢述说自己的困苦;但和他一生相纠结的却正是困难和贫穷。便是作品,也至于只有一回是并没有豫支稿费的著作。但他掩藏着这些事。他知道金钱的重要,而他最不善于使用的又正是金钱;直到病得寄养在一个医生的家里了,还想将一切来诊的病人当作佳客。他所爱,所同情的是这些,——贫病的人们,——所记得的是这些,所描写的是这些;而他所毫无顾忌地解剖,详检,甚而至于鉴赏的也是这些。不但这些,其实,他早将自己也加以精神底苦刑了,从年青时候起,一直拷问到死灭。

凡是人的灵魂的伟大的审问者,同时也一定是伟大的犯人。审问者在堂上举劾着他的恶,犯人在阶下陈述他自己的善;审问者在灵魂中揭发污秽,犯人在所揭发的污秽中阐明那埋藏的光耀。这样,就显示出灵魂的深。

在甚深的灵魂中,无所谓"残酷",更无所谓慈悲;但将这灵魂显示于人的,是"在高的意义上的写实主义者"。

陀思妥夫斯基的著作生涯一共有三十五年,虽那最后的十年很偏重于正教[4]的宣传了,但其为人,却不妨说是始终一律。即作品,也没有大两样。从他最初的《穷人》起,最后的《卡拉玛卓夫兄弟》止,所说的都是同一的事,即所谓"捉住了心中所实验的事实,使读者追求着自己思想的径路,从这心的法则中,自然显示出伦理的观念来。"[5]

这也可以说:穿掘着灵魂的深处,使人受了精神底苦刑而得到创伤,又即从这得伤和养伤和愈合中,得到苦的涤除,而上了苏生的路。

《穷人》是作于千八百四十五年,到第二年发表的;是第一部,也是使他即刻成为大家的作品;格里戈洛维奇和涅克拉梭夫[6]为之狂喜,培林斯基[7]曾给他公正的褒辞。自然,这也可以说,是显示着"谦逊之力"[8]的。然而,世界竟是这么广大,而又这么狭窄;穷人是这么相爱,而又不得相爱;暮年是这么孤寂,而又不安于孤寂。他晚年的手记说:"富是使个人加强的,是器械底和精神底满足。因此也将个人从全体分开。"[9]富终于使少女从穷人分离了,可怜的老人便发了不成声的绝叫。爱是何等地纯洁,而又何其有搅扰咒诅之心呵!

而作者其时只有二十四岁,却尤是惊人的事。天才的心诚然是博大的。

中国的知道陀思妥夫斯基将近十年了,他的姓已经听得耳熟,但作品的译本却未见。这也无怪,虽是他的短篇,也没有很简短,便于急就的。这回丛芜[10]才将他的最初的作品,最初绍介到中国来,我觉得似乎很弥补了些缺憾。这是用 Constance Garnett[11]的英译本为主,参考了 *Modern Library*[12]的英译本译出的,歧异之处,便由我比较了原白光[13]的日文译本以定从违,又经素园[14]用原文加以校定。在陀思妥夫斯基全集十二巨册中,这虽然不过是一小分,但在我们这样只有微力的人,却很用去许多工作了。藏稿经年,才得印出,便借了这短引,将我所想到的写出,如上文。陀思妥夫斯基的人和他的作品,本是一时研究不尽的,统论全般,决非我的能力所及,所以这只好算作管窥之说;也仅仅略翻了三本书: *Dostoievsky's Literarsche Schriften*, *Mereschkovsky's Dostoievsky und Tolstoy*,[15]昇曙梦[16]的《露西亚文学研究》。

俄国人姓名之长,常使中国的读者觉得烦难,现在就在此略加解释。那姓名全写起来,是总有三个字的:首先是名,其次是父名,第三是姓。例如这书中的解屋斯金,是姓;人却称他马加尔亚列舍维奇,意思就是亚列舍的儿子马加尔,是客气的称呼;亲昵的人就只称名,声音还有变化。倘是女的,便叫她"某之女某"。例如瓦尔瓦拉亚列舍夫那,意思就是亚列舍的女儿瓦尔瓦拉;有时叫她瓦兰加,则是瓦尔瓦拉的音变,也就是亲昵的称呼。

一九二六年六月二日之夜,鲁迅记于东壁下。

注释:

〔1〕 陀思妥夫斯基(Ф. М. Достоевский,1821—1881) 通译陀思妥耶夫斯基,俄国作家。著有长篇小说《穷人》《白夜》《被侮辱与被损害的》《罪与罚》等。

〔2〕 手记 陀思妥耶夫斯基《文学著作集》的第三部分,录自1880年的笔记。这里的引文见《手记·我》。

〔3〕 "残酷的天才"　这是俄国文艺评论家米哈依洛夫斯基评论陀思妥耶夫斯基的文章题目。

〔4〕 正教　即东正教,基督教的一派。1054年基督教分裂为东西两派,东派自称正宗,故名。主要分布于希腊、南斯拉夫、罗马尼亚、保加利亚和俄国等。

〔5〕 "捉住了心中所实验的事实"等语,见日本昇曙梦《露西亚文学研究·陀思妥耶夫斯基论》。

〔6〕 格里戈洛维奇(Д. В. Григорович,1822—1899)　俄国作家。著有小说《乡村》《苦命人安东》及《文学回忆录》《美术史和美术理论文集》等。涅克拉梭夫(Н. А. Некрасов,1821—1878),通译涅克拉索夫,俄国诗人。著有长诗《严寒,通红的鼻子》《在俄罗斯谁能快乐而自由》等。

〔7〕 培林斯基(В. Г. Белинский,1811—1848)　通译别林斯基,俄国文学评论家、哲学家。著有《文学的幻想》《论普希金的作品》《一八四六年俄国文学一瞥》《一八四七年俄国文学一瞥》等。

〔8〕 "谦逊之力"　见昇曙梦《露西亚文学研究·陀思妥耶夫斯基论》。

〔9〕 "富是使个人加强的"等语,见陀思妥耶夫斯基《手记·财富》。

〔10〕 丛芜　韦丛芜(1905—1978),安徽霍邱人,未名社成员。译有陀思妥耶夫斯基的《罪与罚》《穷人》等。

〔11〕 Constance Garnett　康斯坦斯·迦内特(1862—1946),英国女翻译家。曾翻译俄国作家列夫·托尔斯泰、陀思妥耶夫斯基、契诃夫等人的作品。

〔12〕 *Modern Library*　《现代丛书》,美国现代丛书社出版。

〔13〕 原白光(1890—1971)　日本的俄国文学翻译家。

〔14〕 素园　指韦素园,参见本卷《〈出了象牙之塔〉后记》注〔21〕。

〔15〕 *Dostoievsky's Literarsche Schriften*　德语:《陀思妥耶夫斯基文学著作集》;*Mereschkovsky's Dostoievsky und Tolstoy*,德语:梅列日科夫斯基《陀思妥耶夫斯基与托尔斯泰》。梅列日科夫斯基(Д. С. Мережковский,1866—1941),俄国作家,象征主义和神秘主义者。1920年流亡法国。著有历史小说《基督和反基督》、历史剧《保罗一世》等。

〔16〕 昇曙梦(1878—1958)　日本的俄国文学研究者、翻译家。著有《俄国近代文艺思想史》《露西亚文学研究》,译有列夫·托尔斯泰《复活》等。

写在《坟》后面

【题记】本文最初发表于1926年12月4日《语丝》周刊第一百零八期，后收入《坟》。《坟》选收了1907年至1925年所作论文二十三篇，其中有早期用文言文写的《科学史教篇》《文化偏至论》和《摩罗诗力说》等论文，张扬个性解放和"立人"，呼唤"精神界之战士"。而到编《坟》时，早年那种"摩罗"的青春热情收敛，思想更警辟深邃。文集命名为《坟》，"一面是埋藏，一面也是留恋"。鲁迅说他"时时解剖别人，然而更多的是更无情面地解剖我自己"，他把自己定位为"中间物"。而在进化的链子上，"一切都是中间物"。这个鲁迅的核心概念，体现他的思想是辩证发展的，是和"导师"式、"精英"式的僵化与教条划清了界线的。

在听到我的杂文已经印成一半的消息的时候，我曾经写了几行题记，寄往北京去。当时想到便写，写完便寄，到现在还不满二十天，早已记不清说了些甚么了。今夜周围是这么寂静，屋后面的山脚下腾起野烧的微光；南普陀寺[1]还在做牵丝傀儡戏，时时传来锣鼓声，每一间隔中，就更加显得寂静。电灯自然是辉煌着，但不知怎地忽有淡淡的哀愁来袭击我的心，我似乎有些后悔印行我的杂文了。我很奇怪我的后悔；这在我是不大遇到的，到如今，我还没有深知道所谓悔者究竟是怎么一回事。但这心情也随即逝去，杂文当然仍在印行，只为想驱逐自己目下的哀愁，我还要说几句话。

记得先已说过：这不过是我的生活中的一点陈迹。如果我的过往，也可以算作生活，那么，也就可以说，我也曾工作过了。但我并无喷泉一般的思想，伟大华美的文章，既没有主义要宣传，也不想发起一种什么运动。不过我曾经尝得，失望无论大小，是一种苦味，所以几年以来，有人希望我动动笔的，只要意见不很相反，我的力量能够支撑，就总要勉力写几句东西，给来者一些极微末的欢喜。人生多苦辛,而人们有时却极容易得到安慰,又何必惜一点笔墨,给多尝些孤独的悲哀呢?于是除小说杂感之外,逐渐又有了长长短短的杂文十多篇。其间自然也有为卖钱而作的,这回就都混在一处。我的生命的一部分,就这样地用去了,也就是做了这样的工作。然而我至今终于不明白我一向是在做什么。比方做土工的罢,做着做着,而不明白是在筑台呢还在掘坑。所知道的是即使是筑台,也无非要将自己从那上面跌下来或者显示老死;倘是掘坑,那就当然不过是埋掉自己。总之:逝去,逝去,一切一切,和光阴一同早逝去,在逝去,要逝去了。——不过如此,但也为我所十分甘愿的。

然而这大约也不过是一句话。当呼吸还在时,只要是自己的,我有时却也喜欢将陈迹收存起来,明知不值一文,总不能绝无眷恋,集杂文而名之曰《坟》,究竟还是一种取巧的掩饰。刘伶[2]喝得酒气熏天,使人荷锸跟在后面,道:死便埋我。虽然自以为放达,其实是只能骗骗极端老实人的。

所以这书的印行,在自己就是这么一回事。至于对别人,记得在先也已说过,还有愿使偏爱我的文字的主顾得到一点喜欢;憎恶我的文字的东西得到一点呕吐,——我自己知道,我并不大度,那些东西因我的文字而呕吐,我也很高兴的。别的就什么意思也没有了。倘若硬要说出好处来,那么,其中所介绍的几个诗人的事,或者还不妨一看;最末的论"费厄泼赖"这一篇,也许可供参考罢,因为这虽然不是我的血所写,却是见了我的同辈和比我年幼的青年们的血而写的。

偏爱我的作品的读者,有时批评说,我的文字是说真话的。这其实是过誉,那原因就因为他偏爱。我自然不想太欺骗人,但也未尝将心里的话照样说尽,大约只要看得可以交卷就算完。我的确时时解剖别人,然而更多的是更无情面地解剖我自己,发表一点,酷爱温暖的人物已经觉得冷酷了,如果全露出我的血肉来,末路正不知要到怎样。我有时也想就此驱除旁人,到那时还不唾弃我的,即使是枭蛇鬼怪,也是我的朋友,这才真是我的朋友。倘使并这个也没有,则就是我一个人也行。但现在我并不。因为,我还没有这样勇敢,那原因就是我还想生活,在这社会里。还有一种小缘故,先前也曾屡次声明,就是偏要使所谓正人君子也者之流多不舒服几天,所以自己便特地留几片铁甲在身上,站着,给他们的世界上多有一点缺陷,到我自己厌倦了,要脱掉了的时候为止。

倘说为别人引路,那就更不容易了,因为连我自己还不明白应当怎么走。中国大概很有些青年的"前辈"和"导师"罢,但那不是我,我也不相信他们。我只很确切地知道一个终点,就是:坟。然而这是大家都知道的,无须谁指引。问题是在从此到那的道路。那当然不只一条,我可正不知那一条好,虽然至今有时也还在寻求。在寻求中,我就怕我未熟的果实偏偏毒死了偏爱我的果实的人,而憎恨我的东西如所谓正人君子也者偏偏都矍铄,所以我说话常不免含胡,中止,心里想:对于偏爱我的读者的赠献,或者最好倒不如是一个"无所有"。我的译著的印本,最初,印一次是一千,后来加五百,近时是二千至四千,每一增加,我自然是愿意的,因为能赚钱,但也伴着哀愁,怕于读者有害,因此作文就时常更谨慎,更踌躇。有人以为我信笔写来,直抒胸臆,其实是不尽然的,我的顾忌并不少。我自己早知道毕竟不是什么战士了,而且也不能算前驱,就有这么多的顾忌和回忆。还记得三四年前,有一个学生来买我的书,从衣袋里掏出钱来放在我手里,那钱上还带着体温。这体温便烙印了我的心,至今要写文字时,还常使我怕毒害了这类的青年,迟疑不敢下笔。我毫无顾忌地说话的日子,恐怕要未必有了罢。但也偶尔想,其实倒还是毫无顾忌地说话,对得起这样的青年。但至今也还没有决心这样做。

今天所要说的话也不过是这些,然而比较的却可以算得真实。此外,还有一点余文。

记得初提倡白话的时候,是得到各方面剧烈的攻击的。后来白话渐渐通行了,势不可遏,有些人便一转而引为自己之功,美其名曰"新文化运动"。又有些人便主张白话不妨作通俗之用;又有些人却道白话要做得好,仍须看古书。前一类早已二次转舵,又反过来嘲骂"新文化"了;后二类是不得已的调和派,只希图多留几天僵尸,到现在还不少。我曾在杂感上掊击过的。

新近看见一种上海出版的期刊[3],也说起要做好白话须读好古文,而举例为证的人名中,其一却是我。这实在使我打了一个寒噤。别人我不论,若是自己,则曾经看过许多旧书,是的确的,为了教书,至今也还在看。因此耳濡目染,影响到所做的白话上,常不免流露出它的字句,体格来。但自己却正苦于背了这些古老的鬼魂,摆脱不开,时常感到一种使人气闷的沉重。就是思想上,也何尝不中些庄周韩非[4]的毒,时而很随便,时而很峻急。孔孟的书我读得最早,最熟,然而倒似乎和我不相干。大半也因为懒惰罢,往往自己宽解,以为一切事物,在转变中,是总有多少中间物的。动植之间,无脊椎和脊椎动物之间,都有中间物;或者简直可以说,在进化的链子上,一切都是中间物。当开首改革文章的时候,有几个不三不四的作者,是当然的,只能这样,也需要这样。他的任务,是在有些警觉之后,喊出一种新声;又因为从旧垒中来,情形看得较为分明,反戈一击,易制强敌的死命。但仍应该和光阴偕逝,逐渐消亡,至多不过是桥梁中的一木一石,并非什么前途的目标,范本。跟着起来便该不同了,倘非天纵之圣,积习当然也不能顿然荡除,但总得更有新气象。以文字论,就不必更在旧书里讨生活,却将活人的唇舌作为源泉,使文章更加接近语言,更加有生气。至于对于现在人民的语言的穷乏欠缺,如何救济,使他丰富起来,那也是一个很大的问题,或者也须在旧文中取得若干资料,以供使役,但这并不在我现在所要说的范围以内,姑且不论。

我以为我倘十分努力,大概也还能够博采口语,来改革我的文章。但因为懒而且忙,至今没有做。我常疑心这和读了古书很有些关系,因为我觉得古人写在书上的可恶思想,我的心里也常有,能否忽而奋勉,是毫无把握的。我常常诅咒我的这思想,也希望不再见于后来的青年。去年我主张青年少读,或者简直不读中国书,[5]乃是用许多苦痛换来的真话,决不是聊且快意,或什么玩笑,愤激之辞。古人说,不读书便成愚人,那自然也不错的。然而世界却正由愚人造成,聪明人决不能支持世界,尤其是中国的聪明人。现在呢,思想上且不说,便是文辞,许多青年作者又在古文,诗词中摘些好看而难懂的字面,作为变戏法的手巾,来装潢自己的作品了。我不知这和劝读古文说可有相关,但正在复古,也就是新文艺的试行自杀,是显而易见的。

不幸我的古文和白话合成的杂集,又恰在此时出版了,也许又要给读者若干毒害。只是在自己,却还不能毅然决然将他毁灭,还想借此暂时看看逝去的生活的余痕。惟愿偏爱我的作品的读者也不过将这当作一种纪念,知道这小小的丘陇中,无非埋着曾经活过的躯壳。待再经若干岁月,又当化为烟埃,并纪念也从人间消去,而我的事也就完毕了。上午也正在看古文,记起了几句陆士衡的吊曹孟德文[6],便拉来给我的这一篇作结——

> 既睎古以遗累,信简礼而薄葬。
> 彼裘绂于何有,贻尘谤于后王。
> 嗟大恋之所存,故虽哲而不忘。
> 览遗籍以慷慨,献兹文而凄伤!

一九二六,一一,一一,夜。鲁迅。

注释:

〔1〕 南普陀寺　在厦门大学附近。该寺建于唐代开元年间,原名普照寺。

〔2〕 刘伶(221—300)　字伯伦,晋代沛国(今安徽濉溪)人。"竹林七贤"之一。《晋书·刘伶传》中说,他"常乘鹿车,携一壶酒,使人荷锸而随之,谓曰:'死便埋我。'"

〔3〕 指当时上海开明书店出版的《一般》月刊。1926年9月创刊,1929年12月停刊。关于"做好白话须读好古文"的议论,见该刊1926年11月第一卷第三号所载明石(朱光潜)《雨天的书》一文,其中说:"想做好白话文,读若干上品的文言文或且十分必要。现在白话文作者当推胡适之、吴稚晖、周作人、鲁迅诸先生,而这几位先生的白话文都有得力于古文的处所(他们自己也许不承认)。"

〔4〕 庄周(约前369—前286)　战国时宋国人,道家学派代表人物之一,著作有《庄子》一书。韩非(前280—前233),战国末期韩国人,先秦法家学派代表人物之一,著作有《韩非子》一书。

〔5〕 见《青年必读书》,发表在1925年2月21日《京报副刊》,后收入《华盖集》。

〔6〕 陆士衡(261—303)　名机,字士衡,吴郡华亭(今上海松江)人,晋代文学家。他的吊曹孟德(曹操)文,题为《吊魏武帝文》,是他在晋朝王室的藏书阁中看到了曹操的《遗令》而作的。曹操在《遗令》中说,他死后不要照古代的繁礼厚葬,葬礼应该简单些;遗物中的裘(皮衣)绂(印绶)不要分;妓乐仍留在铜雀台按时上祭作乐。陆机这篇吊文,对曹操临死时仍然眷恋这些表示了一种感慨。

无声的中国

——二月十六日在香港青年会[1]讲

【题记】1927年2月18日,应香港青年会的邀请,鲁迅乘船由广州前往,当晚发表了这篇讲演。演讲时由许广平即时翻译成粤语。最初发表于香港报纸(报纸名称及日期未详),1927年3月23日汉口《中央日报》副刊转载。后收入《三闲集》。"无声的中国"这个演讲题目很引人注目,不只是为白话文声辩,更在于对当时压抑的社会现实之反思。鲁迅呼吁"青年们先可以将中国变成一个有声的中国。大胆地说话,勇敢地进行,忘掉了一切利害,推开了古人,将自己的真心的话发表出来"。鲁迅讲的是语言变革,内里却包含对社会变革与国民性改造的思考与忧虑。演讲富于思想穿透力和磅礴气势,多用生动的事例和比喻阐述深刻的道理,深入浅出,妙趣横生。

以我这样没有什么可听的无聊的讲演,又在这样大雨的时候,竟还有这许多来听的诸君,我首先应当声明我的郑重的感谢。

我现在所讲的题目是:《无声的中国》。

现在,浙江,陕西,都在打仗,[2]那里的人民哭着呢还是笑着呢,我们不知道。香港似乎很太平,住在这里的中国人,舒服呢还是不很舒服呢,别人也不知道。

发表自己的思想,感情给大家知道的是要用文章的,然而拿文章来达意,现在一般的中国人还做不到。这也怪不得我们;因为那文字,先就是我们的祖先留传给我们的可怕的遗产。人们费了多年的工夫,还是难于运用。因为难,许多人便不理它了,甚至于连自己的姓也写不清是张还是章,或者简直不会写,或者说道:Chang。虽然能说话,而只有几个人听到,远处的人们便不知道,结果也等于无声。又因为难,有些人便当作宝贝,像玩把戏似的,之乎者也,只有几个人懂,——其实是不知道可真懂,而大多数的人们却不懂得,结果也等于无声。

　　文明人和野蛮人的分别,其一,是文明人有文字,能够把他们的思想,感情,借此传给大众,传给将来。中国虽然有文字,现在却已经和大家不相干,用的是难懂的古文,讲的是陈旧的古意思,所有的声音,都是过去的,都就是只等于零的。所以,大家不能互相了解,正像一大盘散沙。

　　将文章当作古董,以不能使人认识,使人懂得为好,也许是有趣的事罢。但是,结果怎样呢？是我们已经不能将我们想说的话说出来。我们受了损害,受了侮辱,总是不能说出些应说的话。拿最近的事情来说,如中日战争,拳匪事件,民元革命[3]这些大事件,一直到现在,我们可有一部像样的著作？民国以来,也还是谁也不作声。反而在外国,倒常有说起中国的,但那都不是中国人自己的声音,是别人的声音。

　　这不能说话的毛病,在明朝是还没有这样厉害的;他们还比较地能够说些要说的话。待到满洲人以异族侵入中国,讲历史的,尤其是讲宋末的事情的人被杀害了,讲时事的自然也被杀害了。所以,到乾隆年间,人民大家便更不敢用文章来说话了。[4]所谓读书人,便只好躲起来读经,校刊古书,做些古时的文章,和当时毫无关系的文章。有些新意,也还是不行的;不是学韩,便是学苏。韩愈苏轼[5]他们,用他们自己的文章来说当时要说的话,那当然可以的。我们却并非唐宋时人,怎么做和我们毫无关系的时候的文章呢。即使做得像,也是唐宋时代的声音,韩愈苏轼的声音,而不是我们现代的声音。然而直到现在,中国人却还要着这样的旧戏法。人是有的,没有声音,寂寞得很。——人会没有声音的么？没有,可以说：是死了。倘要说得客气一点,那就是：已经哑了。

　　要恢复这多年无声的中国,是不容易的,正如命令一个死掉的人道："你活过来！"我虽然并不懂得宗教,但我以为正如想出现一个宗教上之所谓"奇迹"一样。

　　首先来尝试这工作的是"五四运动"前一年,胡适之先生所提倡的"文学革命"[6]。"革命"这两个字,在这里不知道可害怕,有些地方是一听到就害怕的。但这和文学两字连起来的"革命",却没有法国革命[7]的"革命"那么可怕,不过是革新,改换一个字,就很平和了,我们就称为"文学革新"罢,中国文字上,这样的花样是很多的。那大意也并不可怕,不过说:我们不必再去费尽心机,学说古代的死人的话,要说现代的活人的话;不要将文章看作古董,要做容易懂得的白话的文章。然而,单是文学革新是不够的,因为腐败思想,能用古文做,也能用白话做。所以后来就有人提倡思想革新。思想革新的结果,是发生社会革新运动。这运动一发生,自然一面就发生反动,于是便酿成战斗……。

但是,在中国,刚刚提起文学革新,就有反动了。不过白话文却渐渐风行起来,不大受阻碍。这是怎么一回事呢?就因为当时又有钱玄同先生提倡废止汉字,用罗马字母来替代[8]。这本也不过是一种文字革新,很平常的,但被不喜欢改革的中国人听见,就大不得了了,于是便放过了比较的平和的文学革命,而竭力来骂钱玄同。白话乘了这一个机会,居然减去了许多敌人,反而没有阻碍,能够流行了。

中国人的性情是总喜欢调和,折中的。譬如你说,这屋子太暗,须在这里开一个窗,大家一定不允许的。但如果你主张拆掉屋顶,他们就会来调和,愿意开窗了。没有更激烈的主张,他们总连平和的改革也不肯行。那时白话文之得以通行,就因为有废掉中国字而用罗马字母的议论的缘故。

其实,文言和白话的优劣的讨论,本该早已过去了,但中国是总不肯早早解决的,到现在还有许多无谓的议论。例如,有的说:古文各省人都能懂,白话就各处不同,反而不能互相了解了。殊不知这只要教育普及和交通发达就好,那时就人人都能懂较为易解的白话文;至于古文,何尝各省人都能懂,便是一省里,也没有许多人懂得的。有的说:如果都用白话文,人们便不能看古书,中国的文化就灭亡了。其实呢,现在的人们大可以不必看古书,即使古书里真有好东西,也可以用白话来译出的,用不着那么心惊胆战。他们又有人说,外国尚且译中国书,足见其好,我们自己倒不看么?殊不知埃及的古书,外国人也译,非洲黑人的神话,外国人也译,他们别有用意,即使译出,也算不了怎样光荣的事的。

近来还有一种说法,是思想革新紧要,文字改革倒在其次,所以不如用浅显的文言来作新思想的文章,可以少招一重反对。这话似乎也有理。然而我们知道,连他长指甲都不肯剪去的人,是决不肯剪去他的辫子的。

因为我们说着古代的话,说着大家不明白,不听见的话,已经弄得像一盘散沙,痛痒不相关了。我们要活过来,首先就须由青年们不再说孔子孟子和韩愈柳宗元[9]们的话。时代不同,情形也两样,孔子时代的香港不这样,孔子口调的"香港论"是无从做起的,"吁嗟阔哉香港也",不过是笑话。

我们要说现代的,自己的话;用活着的白话,将自己的思想,感情直白地说出来。但是,这也要受前辈先生非笑的。他们说白话文卑鄙,没有价值;他们说年青人作品幼稚,贻笑大方。我们中国能做文言的有多少呢,其余的都只能说白话,难道这许多中国人,就都是卑鄙,没有价值的么？至于幼稚,尤其没有什么可羞,正如孩子对于老人,毫没有什么可羞一样。幼稚是会生长,会成熟的,只不要衰老,腐败,就好。倘说待到纯熟了才可以动手,那是虽是村妇也不至于这样蠢。她的孩子学走路,即使跌倒了,她决不至于叫孩子从此躺在床上,待到学会了走法再下地面来的。

青年们先可以将中国变成一个有声的中国。大胆地说话,勇敢地进行,忘掉了一切利害,推开了古人,将自己的真心的话发表出来。——真,自然是不容易的。譬如态度,就不容易真,讲演时候就不是我的真态度,因为我对朋友,孩子说话时候的态度是不这样的。——但总可以说些较真的话,发些较真的声音。只有真的声音,才能感动中国的人和世界的人；必须有了真的声音,才能和世界的人同在世界上生活。

我们试想现在没有声音的民族是那几种民族。我们可听到埃及人的声音？可听到安南[10],朝鲜的声音？印度除了泰戈尔[11],别的声音可还有？

我们此后实在只有两条路：一是抱着古文而死掉,一是舍掉古文而生存。

注释：

〔1〕 青年会　即基督教青年会,基督教进行社会文化活动的机构之一。

〔2〕 这里说的浙江陕西在打仗,指1926年末至1927年初北洋军阀孙传芳在浙江进攻与广州国民政府有联系的陈仪、周凤歧等部,和1926年12月冯玉祥所部国民军在陕西与北洋镇嵩军的战争。

〔3〕 中日战争　指1894年(甲午)日本军国主义侵略中国而引起的战争。拳匪事件,指1900年中国北方爆发的义和团运动。民元革命,即1911年(辛亥)孙中山领导的推翻清王朝、建立民国的民主革命。

〔4〕 指清初统治者多次施于汉族人民的文字狱,其中较著名的有康熙年间的"庄廷

之狱""戴名世之狱"、雍正年间的"吕留良曾静之狱"、乾隆年间的"胡中藻之狱"等。这些文字狱的起因,都是由于他们在著作中记载了汉族人民在历史上(特别是宋末和明末)反抗民族压迫的事实,或涉嫌触犯清朝的统治,因而遭到迫害和屠杀。

〔5〕 韩愈(768—824) 字退之,河阳(今河南孟州)人,自称郡望昌黎,唐代文学家,著有《韩昌黎集》。苏轼,参见本卷《病后杂谈》注〔32〕。

〔6〕 胡适之 参见上卷《阿Q正传》注〔12〕。这里所说他提倡"文学革命",是指他在《新青年》杂志第四卷第四号(1918年4月)发表的《建设的文学革命论》一文。

〔7〕 法国革命 指1789年至1794年的法国资产阶级革命。这次革命摧毁了法国封建专制制度,促进了法国资本主义的发展,并推动了欧洲各国的革命。

〔8〕 钱玄同 参见本卷《〈呐喊〉自序》注〔13〕。"五四"时期新文化运动的积极参加者。他在1918年1月《新青年》第四卷第一号《论注音字母》一文中说过,"高等字典和中学以上的高深书籍,都应该用罗马字母记音";在同年4月《新青年》第四卷第四号《中国今后之文字问题》的"通信"中,提出"废灭汉文",代以世界语的主张。

〔9〕 孔子(前551—前479) 名丘,字仲尼,春秋末期鲁国陬邑(今山东曲阜)人,儒家学派创始人。他的主要言行记载在《论语》一书中。孟子(约前372—前289),名轲,字子舆,战国中期邹(今山东邹城)人,继孔子之后儒家的代表人物。他的重要言行记载在《孟子》一书中。柳宗元(773—819),字子厚,河东(今山西运城)人,唐代文学家,著有《柳河东集》等。

〔10〕 安南 越南的旧称。1803年其国号已改为越南,但中国民间仍沿用旧称。

〔11〕 泰戈尔 参见上卷《伤逝》注〔3〕。

读书杂谈

——七月十六日在广州知用中学[1]讲

【题记】本文记录稿经作者校阅后最初发表于 1927 年 8 月 18、19、22 日广州《民国日报》副刊;后重刊于 1927 年 9 月 16 日《北新》周刊第四十七、四十八期合刊。收入《而已集》。鲁迅把读书分为两种:"职业的读书"和"嗜好的读书",都有必要,但鲁迅主张学生多看看"本分以外的书,即课外的书",也就是"嗜好的读书",形成"嗜好",也就是读书的兴趣与习惯。还有就是不能死读书,"必须和实社会接触",观察社会,要"用自己的眼睛去读世间这一部活书"。这篇演讲对于当今学生的读书兴趣培养,仍然具有指导意义。

因为知用中学的先生们希望我来演讲一回,所以今天到这里和诸君相见。不过我也没有什么东西可讲。忽而想到学校是读书的所在,就随便谈谈读书。是我个人的意见,姑且供诸君的参考,其实也算不得什么演讲。

说到读书,似乎是很明白的事,只要拿书来读就是了,但是并不这样简单。至少,就有两种:一是职业的读书,一是嗜好的读书。所谓职业的读书者,譬如学生因为升学,教员因为要讲功课,不翻翻书,就有些危险的就是。我想在坐的诸君之中一定有些这样的经验,有的不喜欢算学,有的不喜欢博物[2],然而不得不学,否则,不能毕业,不能升学,和将来的生计便有妨碍了。我自己也这样,因为做教员,有时即非看不喜欢看的书不可,要不这样,怕不久便会于饭碗有妨。我们习惯了,一说起读书,就觉得是高尚的事情,其实这样的读书,和木匠的磨斧头,裁缝的理针线并没有什么分别,并不见得高尚,有时还很苦痛,很可怜。你爱做的事,偏不给你做,你不爱做的,倒非做不可。这是由于职业和嗜好不能合一而来的。倘能够大家去做爱做的事,而仍然各有饭吃,那是多么幸福。但现在的社会上还做不到,所以读书的人们的最大部分,大概是勉勉强强的,带着苦痛的为职业的读书。

现在再讲嗜好的读书罢。那是出于自愿,全不勉强,离开了利害关系的。——我想,嗜好的读书,该如爱打牌的一样,天天打,夜夜打,连续的去打,有时被公安局捉去了,放出来之后还是打。诸君要知道真打牌的人的目的并不在赢钱,而在有趣。牌有怎样的有趣呢,我是外行,不大明白。但听得爱赌的人说,它妙在一张一张的摸起来,永远变化无穷。我想,凡嗜好的读书,能够手不释卷的原因也就是这样。他在每一叶每一叶里,都得着深厚的趣味。自然,也可以扩大精神,增加智识的,但这些倒都不计及,一计及,便等于意在赢钱的博徒了,这在博徒之中,也算是下品。

不过我的意思,并非说诸君应该都退了学,去看自己喜欢看的书去,这样的时候还没有到来;也许终于不会到,至多,将来可以设法使人们对于非做不可的事发生较多的兴味罢了。我现在是说,爱看书的青年,大可以看看本分以外的书,即课外的书,不要只将课内的书抱住。但请不要误解,我并非说,譬如在国文讲堂上,应该在抽屉里暗看《红楼梦》之类;乃是说,应做的功课已完而有余暇,大可以看看各样的书,即使和本业毫不相干的,也要泛览。譬如学理科的,偏看看文学书,学文学的,偏看看科学书,看看别个在那里研究的,究竟是怎么一回事。这样子,对于别人,别事,可以有更深的了解。现在中国有一个大毛病,就是人们大概以为自己所学的一门是最好,最妙,最要紧的学问,而别的都无用,都不足道的,弄这些不足道的东西的人,将来该当饿死。其实是,世界还没有如此简单,学问都各有用处,要定什么是头等还很难。也幸而有各式各样的人,假如世界上全是文学家,到处所讲的不是"文学的分类"便是"诗之构造",那倒反而无聊得很了。

不过以上所说的,是附带而得的效果,嗜好的读书,本人自然并不计及那些,就如游公园似的,随随便便去,因为随随便便,所以不吃力,因为不吃力,所以会觉得有趣。如果一本书拿到手,就满心想道,"我在读书了!""我在用功了!"那就容易疲劳,因而减掉兴味,或者变成苦事了。

我看现在的青年,为兴味的读书的是有的,我也常常遇到各样的询问。此刻就将我所想到的说一点,但是只限于文学方面,因为我不明白其他的。

第一,是往往分不清文学和文章。甚至于已经来动手做批评文章的,也免不了这毛病。其实粗粗的说，这是容易分别的。研究文章的历史或理论的，是文学家，是学者；做做诗，或戏曲小说的，是做文章的人，就是古时候所谓文人，此刻所谓创作家。创作家不妨毫不理会文学史或理论，文学家也不妨做不出一句诗。然而中国社会上还很误解，你做几篇小说，便以为你一定懂得小说概论，做几句新诗，就要你讲诗之原理。我也尝见想做小说的青年，先买小说法程和文学史来看。据我看来，是即使将这些书看烂了，和创作也没有什么关系的。

事实上，现在有几个做文章的人，有时也确去做教授。但这是因为中国创作不值钱，养不活自己的缘故。听说美国小名家的一篇中篇小说，时价是二千美金；中国呢，别人我不知道，我自己的短篇寄给大书铺，每篇卖过二十元。当然要寻别的事，例如教书，讲文学。研究是要用理智，要冷静的，而创作须情感，至少总得发点热，于是忽冷忽热，弄得头昏，——这也是职业和嗜好不能合一的苦处。苦倒也罢了，结果还是什么都弄不好。那证据，是试翻世界文学史，那里面的人，几乎没有兼做教授的。

还有一种坏处，是一做教员，未免有顾忌；教授有教授的架子，不能畅所欲言。这或者有人要反驳：那么，你畅所欲言就是了，何必如此小心。然而这是事前的风凉话，一到有事，不知不觉地他也要从众来攻击的。而教授自身，纵使自以为怎样放达，下意识里总不免有架子在。所以在外国，称为"教授小说"的东西倒并不少，但是不大有人说好，至少，是总难免有令人发烦的炫学的地方。

所以我想，研究文学是一件事，做文章又是一件事。

第二，我常被询问：要弄文学，应该看什么书？这实在是一个极难回答的问题。先前也曾有几位先生给青年开过一大篇书目[3]。但从我看来，这是没有什么用处的，因为我觉得那都是开书目的先生自己想要看或者未必想要看的书目。我以为倘要弄旧的呢，倒不如姑且靠着张之洞的《书目答问》[4]去摸门径去。倘是新的，研究文学，则自己先看看各种的小本子，如本间久雄的《新文学概论》[5]，厨川白村的《苦闷的象征》[6]，瓦浪斯基们的《苏俄的文艺论战》[7]之类，然后自己再想想，再博览下去。因为文学的理论不像算学，二二一定得四，所以议论很纷歧。如第三种，便是俄国的两派的争论，——我附带说一句，近来听说连俄国的小说也不大有人看了，似乎一看见"俄"字就吃惊,其实苏俄的新创作何尝有人介绍,此刻译出的几本,都是革命前的作品,作者在那边都已经被看作反革命的了。倘要看看文艺作品呢,则先看几种名家的选本,从中觉得谁的作品自己最爱看,然后再看这一个作者的专集,然后再从文学史上看看他在史上的位置;倘要知道得更详细,就看一两本这人的传记,那便可以大略了解了。如果专是请教别人,则各人的嗜好不同,总是格不相入的。

第三,说几句关于批评的事。现在因为出版物太多了,——其实有什么呢,而读者因为不胜其纷纭,便渴望批评,于是批评家也便应运而起。批评这东西,对于读者,至少对于和这批评家趣旨相近的读者,是有用的。但中国现在,似乎应该暂作别论。往往有人误以为批评家对于创作是操生杀之权,占文坛的最高位的,就忽而变成批评家;他的灵魂上挂了刀。但是怕自己的立论不周密,便主张主观,有时怕自己的观察别人不看重,又主张客观;有时说自己的作文的根柢全是同情,有时将校对者骂得一文不值。凡中国的批评文字,我总是越看越胡涂,如果当真,就要无路可走。印度人是早知道的,有一个很普通的比喻。他们说:一个老翁和一个孩子用一匹驴子驮着货物去出卖,货卖去了,孩子骑驴回来,老翁跟着走。但路人责备他了,说是不晓事,叫老年人徒步。他们便换了一个地位,而旁人又说老人忍心;老人忙将孩子抱到鞍鞯上,后来看见的人却说他们残酷;于是都下来,走了不久,可又有人笑他们了,说他们是呆子,空着现成的驴子却不骑。于是老人对孩子叹息道,我们只剩了一个办法了,是我们两人抬着驴子走。[8]无论读,无论做,倘若旁征博访,结果是往往会弄到抬驴子走的。

不过我并非要大家不看批评,不过说看了之后,仍要看看本书,自己思索,自己做主。看别的书也一样,仍要自己思索,自己观察。倘只看书,便变成书厨,即使自己觉得有趣,而那趣味其实是已在逐渐硬化,逐渐死去了。我先前反对青年躲进研究室[9],也就是这意思,至今有些学者,还将这话算作我的一条罪状哩。

听说英国的培那特萧(Bernard Shaw)[10],有过这样意思的话:世间最不行的是读书者。因为他只能看别人的思想艺术,不用自己。这也就是勖本华尔(Schopenhauer)[11]之所谓脑子里给别人跑马。较好的是思索者。因为能用自己的生活力了,但还不免是空想,所以更好的是观察者,他用自己的眼睛去读世间这一部活书。

　　这是的确的,实地经验总比看,听,空想确凿。我先前吃过干荔支,罐头荔支,陈年荔支,并且由这些推想过新鲜的好荔支。这回吃过了,和我所猜想的不同,非到广东来吃就永不会知道。但我对于萧的所说,还要加一点骑墙的议论。萧是爱尔兰人,立论也不免有些偏激的。我以为假如从广东乡下找一个没有历练的人,叫他从上海到北京或者什么地方,然后问他观察所得,我恐怕是很有限的,因为他没有练习过观察力。所以要观察,还是先要经过思索和读书。

　　总之,我的意思是很简单的:我们自动的读书,即嗜好的读书,请教别人是大抵无用,只好先行泛览,然后决择而入于自己所爱的较专的一门或几门;但专读书也有弊病,所以必须和实社会接触,使所读的书活起来。

注释:

　　〔1〕　知用中学　1924年9月由广州知用学社创办的一所学校。知用学社是共产党人毕磊等组织的社团。

　　〔2〕　博物　旧时中学的一门课程,包括动物、植物、矿物等学科的内容。

　　〔3〕　这里说的开过一大篇书目,指胡适的《一个最低限度的国学书目》、梁启超的《国学入门书要目及其读法》和吴宓的《西洋文学入门必读书目》等。这些书目都开列于1923年。

　　〔4〕　张之洞的《书目答问》　张之洞,参见本卷《随感录三十八》注〔4〕。《书目答问》,张之洞在四川学政任内所著,成于1875年(清光绪元年),一说为缪荃孙代笔。

　　〔5〕　本间久雄(1886—1981)　日本文艺理论家。曾任早稻田大学教授。《新文学概论》有章锡琛中译本,1925年8月商务印书馆出版。

　　〔6〕　厨川白村(1880—1923)　日本文艺评论家。曾留学美国,归国后任京都帝国大学教授。《苦闷的象征》是他的文艺论文集。曾由鲁迅译为中文,1924年12月北京新潮社出版。

　　〔7〕　《苏俄的文艺论战》　任国桢辑译,内收1923年至1924年间苏联瓦浪斯基(А.К. Воронский)等人关于文艺问题的论文四篇。为鲁迅主编的《未名丛刊》之一,1925年8月北京北新书局出版。

　　〔8〕　这个比喻见于印度何种书籍,未详。1888年(清光绪十四年)张赤山译的伊索寓言《海国妙喻·丧驴》中有同样内容的故事。

　　〔9〕　进研究室　"五四"以后,胡适提出青年学生应该"进研究室""整理国故"的主

张。鲁迅认为这是诱导青年脱离现实斗争,曾多次撰文予以批驳,参看《坟·未有天才之前》等文。

〔10〕 培那特萧　即萧伯纳(G. B. Shaw,1856—1950)。英国剧作家、批评家。早期参加改良主义的政治组织"费边社",第一次世界大战爆发后曾谴责帝国主义战争,十月革命后同情社会主义。著有剧本《华伦夫人的职业》《巴巴拉少校》《真相毕露》等。他关于"读书者""思索者""观察者"的议论见于何种著作,未详。(按,英国学者嘉勒尔说过类似的话,见鲁迅译日本鹤见祐辅《思想·山水·人物》中的《说旅行》。)

〔11〕 勖本华尔　即叔本华(A. Schopenhauer,1788—1860)。脑子里给别人跑马,可能指他的《读书和书籍》中的这段话:"我们读着的时候,别人却替我们想。我们不过反复了这人的心的过程。……读书时,我们的脑已非自己的活动地。这是别人的思想的战场了。"

答有恒先生

【题记】本文最初发表于1927年10月1日上海《北新》周刊第四十九、五十期合刊，后收入《而已集》。大革命失败以后，鲁迅一度沉默，有一位参加过北伐、后来流落街头的青年时有恒在《北新》发文，"恳切地希望鲁迅先生出马。……因为救救孩子要紧"。鲁迅即写此文作答。鲁迅坦率地承认他的沉默是因为感到"恐怖"，不只是反动派制造的"白色恐怖"，主要是形势逆转的冲击下他的"自剖"所生的"恐怖"。鲁迅由此不再信奉进化论，不相信将来必胜于过去，青年必胜于老人。因此连先前发出"救救孩子"之类议论，现在听来自己都觉得空洞。鲁迅甚至感到自己过去所做的一切都无甚意义。文章真实地反映了鲁迅思想信念转换之时的失望与惶惑，但又还是要挣扎前行。这沉郁愤激的文字让我们感觉得到鲁迅的真实，以及他把自己作为"中间物"来"自剖"的那种清醒。

有恒[1]先生：

你的许多话，今天在《北新》[2]上看见了。我感谢你对于我的希望和好意，这是我看得出来的。现在我想简略地奉答几句，并以寄和你意见相仿的诸位。

我很闲，决不至于连写字工夫都没有。但我的不发议论，是很久了，还是去年夏天决定的，我豫定的沉默期间是两年。我看得时光不大重要，有时往往将它当作儿戏。

但现在沉默的原因，却不是先前决定的原因，因为我离开厦门的时候，思想已经有些改变。这种变迁的径路，说起来太烦，姑且略掉罢，我希望自己将来或者会发表。单就近时而言，则大原因之一，是：我恐怖了。而且这种恐怖，我觉得从来没有经验过。

我至今还没有将这"恐怖"仔细分析。姑且说一两种我自己已经诊察明白的,则:

一,我的一种妄想破灭了。我至今为止,时时有一种乐观,以为压迫,杀戮青年的,大概是老人。这种老人渐渐死去,中国总可比较地有生气。现在我知道不然了,杀戮青年的,似乎倒大概是青年,而且对于别个的不能再造的生命和青春,更无顾惜。如果对于动物,也要算"暴殄天物"[3]。我尤其怕看的是胜利者的得意之笔:"用斧劈死"呀,……"乱枪刺死"呀……。我其实并不是急进的改革论者,我没有反对过死刑。但对于凌迟和灭族,我曾表示过十分的憎恶和悲痛,我以为二十世纪的人群中是不应该有的。斧劈枪刺,自然不说是凌迟,但我们不能用一粒子弹打在他后脑上么?结果是一样的,对方的死亡。但事实是事实,血的游戏已经开头,而角色又是青年,并且有得意之色。我现在已经看不见这出戏的收场。

二,我发现了我自己是一个……。是什么呢?我一时定不出名目来。我曾经说过:中国历来是排着吃人的筵宴,有吃的,有被吃的。被吃的也曾吃人,正吃的也会被吃。[4]但我现在发现了,我自己也帮助着排筵宴。先生,你是看我的作品的,我现在发一个问题:看了之后,使你麻木,还是使你清楚;使你昏沉,还是使你活泼?倘所觉的是后者,那我的自己裁判,便证实大半了。中国的筵席上有一种"醉虾"[5],虾越鲜活,吃的人便越高兴,越畅快。我就是做这醉虾的帮手,弄清了老实而不幸的青年的脑子和弄敏了他的感觉,使他万一遭灾时来尝加倍的苦痛,同时给憎恶他的人们赏玩这较灵的苦痛,得到格外的享乐。我有一种设想,以为无论讨赤军,讨革军,倘捕到敌党的有智识的如学生之类,一定特别加刑,甚于对工人或其他无智识者。为什么呢,因为他可以看见更锐敏微细的痛苦的表情,得到特别的愉快。倘我的假设是不错的,那么,我的自己裁判,便完全证实了。

所以,我终于觉得无话可说。

倘若再和陈源教授之流开玩笑罢,那是容易的,我昨天就写了一点[6]。然而无聊,我觉得他们不成什么问题。他们其实至多也不过吃半只虾或呷几口醉虾的醋。况且听说他们已经别离了最佩服的"孤桐先生",而到青天白日旗下来革命了。我想,只要青天白日旗插远去,恐怕"孤桐先生"也会来革命的。不成问题了,都革命了,浩浩荡荡。

问题倒在我自己的落伍。还有一点小事情。就是,我先前的弄"刀笔"的罚,现在似乎降下来了。种牡丹者得花,种蒺藜者得刺,这是应该的,我毫无怨恨。但不平的是这罚仿佛太重一点,还有悲哀的是带累了几个同事和学生。

他们什么罪孽呢,就因为常常和我往来,并不说我坏。凡如此的,现在就要被称为"鲁迅党"或"语丝派",这是"研究系"和"现代派"[7]宣传的一个大成功。所以近一年来,鲁迅已以被"投诸四裔"[8]为原则了。不说不知道,我在厦门的时候,后来是被搬在一所四无邻居的大洋楼上了,陪我的都是书,深夜还听到楼下野兽"唔唔"地叫。但我是不怕冷静的,况且还有学生来谈谈。然而来了第二下的打击:三个椅子要搬去两个,说是什么先生的少爷已到,要去用了。这时我实在很气愤,便问他:倘若他的孙少爷也到,我就得坐在楼板上么?不行!没有搬去,然而来了第三下的打击,一个教授微笑道:又发名士脾气了[9]。厦门的天条,似乎是名士才能有多于一个的椅子的。"又"者,所以形容我常发名士脾气也,《春秋》笔法[10],先生,你大概明白的罢。还有第四下的打击,那是我临走的时候了,有人说我之所以走,一因为没有酒喝,二因为看见别人的家眷来了,心里不舒服。[11]这还是根据那一次的"名士脾气"的。

这不过随便想到一件小事。但,即此一端,你也就可以原谅我吓得不敢开口之情有可原了罢。我知道你是不希望我做醉虾的。我再斗下去,也许会"身心交病"[12]。然而"身心交病",又会被人嘲笑的。自然,这些都不要紧。但我何苦呢,做醉虾?

不过我这回最侥幸的是终于没有被做成为共产党。曾经有一位青年,想以独秀办《新青年》,而我在那里做过文章这一件事,来证成我是共产党。但即被别一位青年推翻了,他知道那时连独秀也还未讲共产。退一步,"亲共派"罢,终于也没有弄成功。倘我一出中山大学即离广州,我想,是要被排进去的;但我不走,所以报上"逃走了""到汉口去了"的闹了一通之后,倒也没有事了。天下究竟还有光明,没有人说我有"分身法"。现在是,似乎没有什么头衔了,但据"现代派"说,我是"语丝派的首领"。这和生命大约并无什么直接关系,或者倒不大要紧的,只要他们没有第二下。倘如"主角"唐有壬似的又说什么"墨斯科的命令"[13],那可就又有些不妙了。

笔一滑，话说远了，赶紧回到"落伍"问题去。我想，先生，你大约看见的，我曾经叹息中国没有敢"抚哭叛徒的吊客"〔14〕。而今何如？你也看见，在这半年中，我何尝说过一句话？虽然我曾在讲堂上公表过我的意思，虽然我的文章那时也无处发表，虽然我是早已不说话，但这都不足以作我的辩解。总而言之，现在倘再发那些四平八稳的"救救孩子"似的议论，连我自己听去，也觉得空空洞洞了。

还有，我先前的攻击社会，其实也是无聊的。社会没有知道我在攻击，倘一知道，我早已死无葬身之所了。试一攻击社会的一分子的陈源之类，看如何？而况四万万也哉？我之得以偷生者，因为他们大多数不识字，不知道，并且我的话也无效力，如一箭之入大海。否则，几条杂感，就可以送命的。民众的罚恶之心，并不下于学者和军阀。近来我悟到凡带一点改革性的主张，倘于社会无涉，才可以作为"废话"而存留，万一见效，提倡者即大概不免吃苦或杀身之祸。古今中外，其揆一也。即如目前的事，吴稚晖〔15〕先生不也有一种主义的么？而他不但不被普天同愤，且可以大呼"打倒……严办"者，即因为赤党要实行共产主义于二十年之后，而他的主义却须数百年之后或者才行，由此观之，近于废话故也。人那有遥管十余代以后的灰孙子时代的世界的闲情别致也哉？

话已经说得不少，我想收梢了。我感于先生的毫无冷笑和恶意的态度，所以也诚实的奉答，自然，一半也借此发些牢骚。但我要声明，上面的说话中，我并不含有谦虚，我知道我自己，我解剖自己并不比解剖别人留情面。好几个满肚子恶意的所谓批评家，竭力搜索，都寻不出我的真症候。所以我这回自己说一点，当然不过一部分，有许多还是隐藏着的。

我觉得我也许从此不再有什么话要说，恐怖一去，来的是什么呢，我还不得而知，恐怕不见得是好东西罢。但我也在救助我自己，还是老法子：一是麻痹，二是忘却。一面挣扎着，还想从以后淡下去的"淡淡的血痕中"〔16〕看见一点东西，誊在纸片上。

鲁迅。九，四。

注释：

〔1〕 有恒　时有恒(1905—1982)，江苏徐州人，曾参加北伐，当时流落上海。他在1927年8月16日《北新》周刊第四十三、四十四期合刊上发表一篇题为《这时节》的杂感，其中有涉及作者的话："久不见鲁迅先生等的对盲目的思想行为下攻击的文字了"，"在现在的国民革命正沸腾的时候，我们把鲁迅先生的一切创作……读读，当能给我们以新路的认识"，"我们恳切地祈望鲁迅先生出马。……因为救救孩子要紧呀。"鲁迅因作本文回答。

〔2〕《北新》　综合性杂志，上海北新书局发行，1926年8月创刊。初为周刊，1927年11月第二卷第一期起改为半月刊，出至1930年12月第四卷第二十四期停刊。

〔3〕"暴殄天物"　语出《尚书·武成》："今商王受(纣)无道，暴殄天物，害虐烝民。"据唐代孔颖达疏，"天物"是指不包含人在内的"天下百物，鸟兽草木"。

〔4〕关于吃人的筵宴的议论，参看上卷《狂人日记》和本卷《灯下漫笔》第二节。

〔5〕"醉虾"　江浙等地把活虾放进醋、酒、酱油等拌成的配料里生吃的一种菜。

〔6〕即《辞"大义"》。

〔7〕"研究系"　1916年袁世凯逝世后，黎元洪继任北洋政府总统，恢复国会。段祺瑞担任国务院总理，掌握实权，与黎发生"府院之争"。梁启超、汤化龙等于9月组织"宪法研究会"，支持段祺瑞，他们被称为"研究系"。在他们主办的《时事新报》副刊《学灯》上，曾刊载《北京文艺界之分别门户》一文，内称"与'现代派'抗衡者是'语丝派'"，又说"语丝派"以鲁迅"为主"。"现代派"，即现代评论派，他们曾称鲁迅为"语丝派首领"。

〔8〕"投诸四裔"　流放到四方边远的地方去。语出《左传》文公十八年："舜臣尧，宾于四门；流四凶族：浑敦、穷奇、梼杌、饕餮，投诸四裔，以御螭魅。"

〔9〕指顾颉刚，1926年时任厦门大学教授。作者1926年9月30日致许广平信中说："此地所请的教授，我和兼士之外，还有朱山根(按，指顾颉刚)。这人是陈源之流，我是早知道的。……他已在开始排斥我，说我是'名士派'，可笑。"(见《两地书·四十八》)

〔10〕《春秋》笔法　《春秋》是春秋时期鲁国的史书，相传为孔丘所修。过去的经学家认为它每用一字，都含有"褒""贬"的"微言大义"，称之为"春秋笔法"。

〔11〕这里指陈万里(田千顷)、黄坚(白果)等散布的流言。如说鲁迅"不肯留居厦门，乃为月亮(按，指许广平)不在之故"。

〔12〕"身心交病"　这是高长虹嘲骂鲁迅的话。高长虹在《狂飙》第五期(1926年11月)发表的《1925北京出版界形势指掌图》中曾诋毁鲁迅为"世故老人"；并对鲁迅在女师大事件中反对章士钊的斗争加以嘲骂说：在"实际的反抗者(按指女师大学生)从哭声中被迫出校后……鲁迅遂戴其纸糊的权威者的假冠入于身心交病之状况矣！"

〔13〕唐有壬(1893—1935)　湖南浏阳人。当时是《现代评论》的经常撰稿人，后任国民党政府外交部次长。1926年5月12日上海小报《晶报》载有《现代评论被收买？》的一则

新闻,其中曾引用《语丝》上揭发《现代评论》收受段祺瑞津贴的文字;接着唐有壬便于同月18日致函《晶报》强作辩解,信中说:"《现代评论》被收买的消息,起源于俄国莫斯科。在去年春间,我有个朋友由莫斯科写信来告诉我,说此间的中国人盛传《现代评论》是段祺瑞办的,由章士钊经手每月津贴三千块钱。当时我们听了,以为这不过是共产党造谣的惯技,不足为奇。"《晶报》在发表这封信时,标题是《现代评论主角唐有壬致本报书》。

〔14〕 "抚哭叛徒的吊客" 参看本卷《这个与那个》第三节《最先与最后》。这里说的"叛徒",指旧制度的叛逆者。

〔15〕 吴稚晖(1866—1953) 曾为无政府主义者。在1926年2月给邵飘萍的一封信中说过这样的话:"赤化就是所谓共产,这实在是三百年以后的事;犹之乎还有比他更进步的,叫作无政府,他更是三千年以后的事。"1927年4月初他承蒋介石意旨,向国民党中央监察委员会提出《纠察共产党员谋叛党国案》《请查办共产党分子谋叛案》。

〔16〕 "淡淡的血痕中" 1926年3月18日北洋军阀段祺瑞政府枪杀请愿的爱国学生和市民后,作者曾作散文诗《淡淡的血痕中》(收入《野草》),以悼念死者。

小 杂 感

【题记】本篇最初发表于 1927 年 12 月 17 日《语丝》周刊第四卷第一期，后收入《而已集》。全篇采用德国哲学家尼采的隽语式表述，总结人生感受，反讽中充满沉郁与机警，发人深省。

蜜蜂的刺，一用即丧失了它自己的生命；犬儒[1]的刺，一用则苟延了他自己的生命。
他们就是如此不同。

约翰穆勒[2]说：专制使人们变成冷嘲。
而他竟不知道共和使人们变成沉默。

要上战场，莫如做军医；要革命，莫如走后方；要杀人，莫如做刽子手。既英雄，又稳当。

与名流学者谈，对于他之所讲，当装作偶有不懂之处。太不懂被看轻，太懂了被厌恶。偶有不懂之处，彼此最为合宜。

世间大抵只知道指挥刀所以指挥武士，而不想到也可以指挥文人。

又是演讲录，又是演讲录。[3]
但可惜都没有讲明他何以和先前大两样了；也没有讲明他演讲时，自己是否真相信自己的话。

阔的聪明人种种譬如昨日死。[4]
不阔的傻子种种实在昨日死。

曾经阔气的要复古,正在阔气的要保持现状,未曾阔气的要革新。
大抵如是。大抵!

他们之所谓复古,是回到他们所记得的若干年前,并非虞夏商周。

女人的天性中有母性,有女儿性;无妻性。
妻性是逼成的,只是母性和女儿性的混合。

防被欺。
自称盗贼的无须防,得其反倒是好人;自称正人君子的必须防,得其反则是盗贼。

楼下一个男人病得要死,那间壁的一家唱着留声机;对面是弄孩子。楼上有两人狂笑;还有打牌声。河中的船上有女人哭着她死去的母亲。
人类的悲欢并不相通,我只觉得他们吵闹。

每一个破衣服人走过,叭儿狗就叫起来,其实并非都是狗主人的意旨或使嗾。
叭儿狗往往比它的主人更严厉。

恐怕有一天总要不准穿破布衫,否则便是共产党。

革命,反革命,不革命。
革命的被杀于反革命的。反革命的被杀于革命的。不革命的或当作革命的而被杀于反革命的,或当作反革命的而被杀于革命的,或并不当作什么而被杀于革命的或反革命的。
革命,革革命,革革革命,革革……。

人感到寂寞时,会创作;一感到干净时,即无创作,他已经一无所爱。

创作总根于爱。

杨朱无书。[5]

创作虽说抒写自己的心,但总愿意有人看。

创作是有社会性的。

但有时只要有一个人看便满足:好友,爱人。

人往往憎和尚,憎尼姑,憎回教徒,憎耶教徒,而不憎道士。

懂得此理者,懂得中国大半。

要自杀的人,也会怕大海的汪洋,怕夏天死尸的易烂。

但遇到澄静的清池,凉爽的秋夜,他往往也自杀了。

凡为当局所"诛"者皆有"罪"。

刘邦除秦苛暴,"与父老约,法三章耳。"[6]

而后来仍有族诛,仍禁挟书,还是秦法。

法三章者,话一句耳。

一见短袖子,立刻想到白臂膊,立刻想到全裸体,立刻想到生殖器,立刻想到性交,立刻想到杂交,立刻想到私生子。

中国人的想像惟在这一层能够如此跃进。

九月二十四日。

注释:

〔1〕 犬儒 指哲学史上的古希腊犬儒学派(Cynicism,亦称昔匿克学派)的哲学家。其创始人安提西尼在雅典一个称为"快犬"的健身房中讲学,故名。还有一说,他们过禁欲的简陋的生活,被人讥消为穷犬,所以称犬儒学派。这些人主张独善其身,以为人应该绝对

自由,否定一切伦理道德,以冷嘲热讽的态度看待一切。鲁迅在1928年3月8日致章廷谦信中说:"犬儒＝Cynic,它那'刺'便是'冷嘲'。"

〔2〕 约翰穆勒(J.S.Mill,1806—1873) 英国哲学家、经济学家。参见本卷《忽然想到(五、六)》注〔8〕。

〔3〕 演讲录 指蒋介石、汪精卫、吴稚晖、戴季陶等人的演讲集。作者在写本文后第二天(9月25日)致台静农信中说:"现在是大卖戴季陶讲演录了(蒋介石的也行了一时)。"

〔4〕 "阔的聪明人种种譬如昨日死" 清朝大臣曾国藩的话:"从前种种如昨日死,从后种种如今日生。"1927年8月18日广州《民国日报》就蒋(介石)汪(精卫)合流反共所发表的一篇社论中,引用曾国藩的这句话,其中说:"以前种种,譬如昨日死;以后种种,譬如今日生;今后所应负之责任益大且难,这真要我们真诚的不妥协的非投机的同志不念既往而真正联合。"

〔5〕 杨朱无书 杨朱,战国时代的思想家。其学说的核心是"为我"。《孟子 尽心(上)》说:"杨子取为我,拔一毛而利天下,不为也。"他的著作没有留下来。

〔6〕 "与父老约,法三章耳" 语出《史记·高祖本纪》:"汉元年(前206)十月,沛公(刘邦)兵遂先诸侯至霸上。……遂西入咸阳……还军霸上。召诸县父老豪杰曰:'父老苦秦苛法久矣,诽谤者族,偶语者弃市。吾与诸侯约,先入关者王之,吾当王关中。与父老约,法三章耳:杀人者死,伤人及盗抵罪。余悉除去秦法。'"又《汉书·刑法志》载:"汉兴,高祖初入关,约法三章……其后四夷未附,兵革未息,三章之法不足以御奸,于是相国萧何捃摭秦法,取其宜于时者,作律九章。"

关于知识阶级

【题记】本文系鲁迅在国立劳动大学演讲记录稿,最初发表于1927年11月13日上海《国立劳动大学周刊》第五期,后收入《集外集拾遗补编》。文中尖锐指出知识分子"在皇帝时代他们吃苦,在革命时代他们也吃苦,这实在是他们本身的缺点"。知识分子要的是思想自由,但"思想一自由,能力要减少"。革命时代注重实行,而知识阶级缺少行动力,样样兼顾,犹疑不定,那就什么事都不能做了。还谈到文化自信,"虽是西洋文明罢,我们能吸收时,就是西洋文明也变成我们自己的了。好像吃牛肉一样,决不会吃了牛肉自己也即变成牛肉的"。

我到上海约二十多天,这回来上海并无什么意义,只是跑来跑去偶然跑到上海就是了。

我没有什么学问和思想,可以贡献给诸君。但这次易先生[1]要我来讲几句话;因为我去年亲见易先生在北京和军阀官僚怎样奋斗;而且我也参与其间,所以他要我来,我是不得不来的。

我不会讲演,也想不出什么可讲的,讲演近于做八股,是极难的,要有讲演的天才才好,在我是不会的。终于想不出什么,只能随便一谈;刚才谈起中国情形,说到"知识阶级"四字,我想对于知识阶级发表一点个人的意见,只是我并不是站在引导者的地位,要诸君都相信我的话,我自己走路都走不清楚,如何能引导诸君?

"知识阶级"一辞是爱罗先珂(V. Eroshenko)七八年前讲演"知识阶级及其使命"[2]时提出的,他骂俄国的知识阶级,也骂中国的知识阶级,中国人于是也骂起知识阶级来了;后来便要打倒知识阶级,再利害一点甚至于要杀知识阶级了。知识就仿佛是罪恶,但是一方面虽有人骂知识阶级;一方面却又有人以此自豪:这种情形是中国所特有的,所谓俄国的知识阶级,其实与中国的不同,俄国当革命以前,社会上还欢迎知识阶级。为什么要欢迎呢?因为他确能替平民抱不平,把平民的苦痛告诉大众。他为什么能把平民的苦痛说出来?因为他与平民接近,或自身就是平民。几年前有一位中国大学教授,他很奇怪,为什么有人要描写一个车夫的事情,[3]这就因为大学教授一向住在高大的洋房里,不明白平民的生活。欧洲的著作家往往是平民出身,(欧洲人虽出身穷苦,也能做文章;这因为他们的文字容易写,中国的文字却不容易写了。)所以也同样的感受到平民的苦痛,当然能痛痛快快写出来为平民说话,因此平民以为知识阶级对于自身是有益的;于是赞成他,到处都欢迎他,但是他们既受此荣誉,地位就增高了,而同时却把平民忘记了,变成一种特别的阶级。那时他们自以为了不得,到阔人家里去宴会,钱也多了,房子东西都要好的,终于与平民远远的离开了。他享受了高贵的生活,就记不起从前一切的贫苦生活了。——所以请诸位不要拍手,拍了手把我的地位一提高,我就要忘记了说话的。他不但不同情于平民,或许还要压迫平民,以致变成了平民的敌人,现在贵族阶级不能存在;贵族的知识阶级当然也不能站住了,这是知识阶级缺点之一。

还有知识阶级不可免避的运命,在革命时代是注重实行的,动的;思想还在其次,直白地说:或者倒有害。至少我个人的意见如此的。唐朝奸臣李林甫有一次看兵操练很勇敢,就有人对着他称赞。他说:"兵好是好,可是无思想",这话很不差。[4]因为兵之所以勇敢,就在没有思想,要是有了思想,就会没有勇气了。现在倘叫我去当兵,要我去革命,我一定不去,因为明白了利害是非,就难于实行了。有知识的人,讲讲柏拉图(Plato)讲讲苏格拉底(Socrates)[5]是不会有危险的。讲柏拉图可以讲一年,讲苏格拉底可以讲三年,他很可以安安稳稳地活下去,但要他去干危险的事情,那就很费踌躇。譬如中国人,凡是做文章,总说"有利然而又有弊",这最足以代表知识阶级的思想。其实无论什么都是有弊的,就是吃饭也是有弊的,它能滋养我们这方面是有利的;但是一方面使我们消化器官疲乏,那就不好而有弊了。假使做事要面面顾到,那就什么事都不能做了。

还有,知识阶级对于别人的行动,往往以为这样也不好,那样也不好。先前俄国皇帝杀革命党,他们反对皇帝;后来革命党杀皇族,他们也起来反对。问他怎么才好呢？他们也没办法。所以在皇帝时代他们吃苦，在革命时代他们也吃苦，这实在是他们本身的缺点。

所以我想，知识阶级能否存在还是个问题。知识和强有力是冲突的，不能并立的；强有力不许人民有自由思想，因为这能使能力分散，在动物界有很明显的例；猴子的社会是最专制的，猴王说一声走，猴子都走了。在原始时代酋长的命令是不能反对的，无怀疑的，在那时酋长带领着群众并吞衰小的部落；于是部落渐渐的大了，团体也大了。一个人就不能支配了。因为各个人思想发达了，各人的思想不一，民族的思想就不能统一，于是命令不行，团体的力量减小，而渐趋灭亡。在古时野蛮民族常侵略文明很发达的民族，在历史上是常见的。现在知识阶级在国内的弊病，正与古时一样。

英国罗素（Russel）[6]法国罗曼·罗兰（R. Rolland）[7]反对欧战，大家以为他们了不起，其实幸而他们的话没有实行，否则德国早已打进英国和法国了；因为德国如不能同时实行非战，是没有办法的。俄国托尔斯泰（Tolstoi）的无抵抗主义之所以不能实行，也是这个原因。他不主张以恶报恶的，他的意思是皇帝叫我们去当兵，我们不去当兵，叫警察去捉，他不捉；叫刽子手去杀，他不去杀，大家都不听皇帝的命令，他也没有兴趣；那末做皇帝也无聊起来，天下也就太平了。然而如果一部分的人偏听皇帝的话，那就不行。

我从前也很想做皇帝，后来在北京去看到宫殿的房子都是一个刻板的格式，觉得无聊极了。所以我皇帝也不想做了。做人的趣味在和许多朋友有趣的谈天，热烈的讨论。做了皇帝，口出一声，臣民都下跪，只有不绝声的——Yes[8]，Yes，那有什么趣味？但是还有人做皇帝，因为他和外界隔绝，不知外面还有世界！

总之，思想一自由，能力要减少，民族就站不住，他的自身也站不住了。现在思想自由和生存还有冲突，这是知识阶级本身的缺点。

然而知识阶级将什么样呢？还是在指挥刀下听令行动，还是发表倾向民众的思想呢？要是发表意见，就要想到什么就说什么。真的知识阶级是不顾利害的，如想到种种利害，就是假的，冒充的知识阶级；只是假知识阶级的寿命倒比较长一点。像今天发表这个主张，明天发表那个意见的人，思想似乎天天在进步；只是真的知识阶级的进步，决不能如此快的。不过他们对于社会永不会满意的，所感受的永远是痛苦，所看到的永远是缺点，他们预备着将来的牺牲,社会也因为有了他们而热闹,不过他的本身——心身方面总是苦痛的;因为这也是旧式社会传下来的遗物。至于诸君,是与旧的不同,是二十世纪初叶青年,如在劳动大学一方读书,一方做工,这是新的境遇;或许可以造成新的局面,但是环境还是老样子,着着逼人堕落,倘不与这老社会奋斗,还是要回到老路上去的。

譬如从前我在学生时代不吸烟,不吃酒,不打牌,没有一点嗜好;后来当了教员,有人发传单说我抽鸦片。我很气,但并不辩明,为要报复他们,前年我在陕西就真的抽一回鸦片,看他们怎样?此次来上海有人在报纸上说我来开书店;又有人说我每年版税有一万多元。但是我也并不辩明;但曾经自己想,与其负空名,倒不如真的去赚这许多进款。

还有一层,最可怕的情形,就是比较新的思想运动起来时,如与社会无关,作为空谈,那是不要紧的,这也是专制时代所以能容知识阶级存在的原故。因为痛哭流泪与实际是没有关系的,只是思想运动变成实际的社会运动时,那就危险了。往往反为旧势力所扑灭。中国现在也是如此,这现象,革新的人称之为"反动"。我在文艺史上,却找到一个好名辞,就是 Renaissance[9],在意大利文艺复兴的意义,是把古时好的东西复活,将现存的坏的东西压倒,因为那时候思想太专制腐败了,在古时代确实有些比较好的;因此后来得到了社会上的信仰。现在中国顽固派的复古,把孔子礼教都拉出来了,但是他们拉出来的是好的么?如果是不好的,就是反动,倒退,以后恐怕是倒退的时代了。

还有,中国人现在胆子格外小了,这是受了共产党的影响。人一听到俄罗斯,一看见红色,就吓得一跳;一听到新思想,一看到俄国的小说,更其害怕,对于较特别的思想,较新思想尤其丧心发抖,总要仔仔细细底想,这有没有变成共产思想的可能性?!这样的害怕,一动也不敢动,怎样能够有进步呢?这实在是没有力量的表示,比如我们吃东西,吃就吃,若是左思右想,吃牛肉怕不消化,喝茶时又要怀疑,那就不行了,——老年人才是如此;有力量,有自信力的人是不至于此的。虽是西洋文明罢,我们能吸收时,就是西洋文明也变成我们自己的了。好像吃牛肉一样,决不会吃了牛肉自己也即变成牛肉的,要是如此胆小,那真是衰弱的知识阶级了,不衰弱的知识阶级,尚且对于将来的存在不能确定;而衰弱的知识阶级是必定要灭亡的。从前或许有，将来一定不能存在的。

　　现在，比较安全一点的，还有一条路，是不做时评而做艺术家。要为艺术而艺术[10]。住在"象牙之塔"[11]里，目下自然要比别处平安。就我自己来说罢，——有人说我只会讲自己，这是真的。我先前独自住在厦门大学的一所静寂的大洋房里；到了晚上，我总是孤思默想，想到一切，想到世界怎样，人类怎样，我静静地思想时，自己以为很了不得的样子；但是给蚊子一咬，跳了一跳，把世界人类的大问题全然忘了，离不开的还是我本身。

　　就我自己说起来，是早就有人劝我不要发议论，不要做杂感，你还是创作去吧！因为做了创作在世界史上有名字，做杂感是没有名字的。其实就是我不做杂感，世界史上，还是没有名字的，这得声明一句，是：这些劝我做创作，不要写杂感的人们之中，有几个是别有用意，是被我骂过的。所以要我不再做杂感。但是我不听他，因此在北京终于站不住了，不得不躲到厦门的图书馆上去了。

　　艺术家住在象牙塔中，固然比较地安全，但可惜还是安全不到底。秦始皇，汉武帝想成仙，终于没有成功而死了。危险的临头虽然可怕，但别的运命说不定，"人生必死"的运命却无法逃避，所以危险也仿佛用不着害怕似的。但我并不想劝青年得到危险，也不劝他人去做牺牲，说为社会死了名望好，高巍巍的镌起铜像来。自己活着的人没有劝别人去死的权利，假使你自己以为死是好的，那末请你自己先去死吧。诸君中恐有钱人不多罢。那末，我们穷人唯一的资本就是生命。以生命来投资，为社会做一点事，总得多赚一点利才好；以生命来做利息很小的牺牲，是不值得的。所以我从来不叫人去牺牲，但也不要再爬进象牙之塔和知识阶级里去了，我以为这是最稳当的一条路。

　　至于有一班从外国留学回来，自称知识阶级，以为中国没有他们就要灭亡的，却不在我所论之内，像这样的知识阶级，我还不知道是些什么东西？！

　　今天的说话很没有伦次，望诸君原谅！

注释：

　　[1]　易先生　即易培基（1880—1937），字寅村，湖南长沙人。1924年11月、1925年12月两次担任短时期的北洋政府教育总长。他支持北京女子师范大学学生运动，该校复校

后曾兼任校长。1927年任上海国立劳动大学校长。国立劳动大学,以国民党西山会议派为背景,标榜无政府主义的一所半工半读学校。

〔2〕 "知识阶级及其使命" 俄国作家爱罗先珂在北京的一次讲演的题目。记录稿最初连载于1922年3月6日、7日《晨报副刊》,题为《知识阶级的使命》。

〔3〕 指东南大学教授吴宓(1894—1978),陕西泾阳人。曾留学美国,后任东南大学、清华大学教授。1921年他同胡光迪、胡先骕等人创办《学衡》杂志,是质疑和反对新文化运动的代表人物之一。

〔4〕 李林甫疑为许敬宗之误。唐代刘餗《隋唐嘉话》卷中:"太宗之征辽,作飞梯临其城。有应募为梯首,城中矢石如雨,而竞为先登。英公指谓中书舍人许敬宗曰:'此人岂不大健?'敬宗曰:'健即大健,要是不解思量。'"

〔5〕 苏格拉底 参见上卷《琐记》注〔31〕。

〔6〕 罗素 在第一次世界大战时,他反对英国参战,因而被解除剑桥大学教职;之后又因反对征兵,被判监禁四个月。

〔7〕 罗曼·罗兰 在第一次世界大战时,他曾发表《站在斗争之上》等文,反对帝国主义战争。

〔8〕 Yes 英语:是。

〔9〕 Renaissance 英语:文艺复兴。14世纪至15世纪兴起的西方新兴资产阶级反对封建主义和宗教神权的思想文化运动。最初开始于意大利,后来扩及德、法、英、荷等欧洲国家。这个运动以复兴久被泯没的古希腊、罗马文化为口号,因而得名。

〔10〕 为艺术而艺术 参见本卷《魏晋风度及文章与药及酒之关系》注〔20〕。

〔11〕 "象牙之塔" 参见本卷《〈出了象牙之塔〉后记》注〔2〕。

流氓的变迁

【题记】本文最初发表于1930年1月1日上海《萌芽月刊》第一卷第一期,后收入《三闲集》。鲁迅简要勾勒了从"侠"变"盗",再到"流氓"的历史线索,明快地抓住了精神蜕化的趋势。其矛头是指向当时文坛"流氓"成堆的现象的。其中涉及当时的"革命文学"论争,创造社等一些激进的作家围攻鲁迅,指斥鲁迅为"时代的落伍者"甚至"反革命",鲁迅此文是对这种指斥的反击。动辄打棍子、扣帽子的"文痞"一直存在,足见流氓文化远未绝迹。

孔墨都不满于现状,要加以改革,但那第一步,是在说动人主,而那用以压服人主的家伙,则都是"天"[1]。

孔子之徒为儒,墨子之徒为侠[2]。"儒者,柔也"[3],当然不会危险的。惟侠老实,所以墨者的末流,至于以"死"[4]为终极的目的。到后来,真老实的逐渐死完,止留下取巧的侠,汉的大侠,就已和公侯权贵相馈赠,[5]以备危急时来作护符之用了。

司马迁说:"儒以文乱法,而侠以武犯禁"[6],"乱"之和"犯",决不是"叛",不过闹点小乱子而已,而况有权贵如"五侯"[7]者在。

"侠"字渐消,强盗起了,但也是侠之流,他们的旗帜是"替天行道"。他们所反对的是奸臣,不是天子,他们所打劫的是平民,不是将相。李逵劫法场[8]时,抡起板斧来排头砍去,而所砍的是看客。一部《水浒》,说得很分明:因为不反对天子,所以大军一到,便受招安,替国家打别的强盗——不"替天行道"[9]的强盗去了。终于是奴才。

满洲入关,中国渐被压服了,连有"侠气"的人,也不敢再起盗心,不敢指斥奸臣,不敢直接为天子效力,于是跟一个好官员或钦差大臣,给他保镖,替他捕盗，一部《施公案》[10]，也说得很分明，还有《彭公案》[11]《七侠五义》[12]之流，至今没有穷尽。他们出身清白，连先前也并无坏处，虽在钦差之下，究居平民之上，对一方面固然必须听命，对别方面还是大可逞雄，安全之度增多了，奴性也跟着加足。

然而为盗要被官兵所打，捕盗也要被强盗所打，要十分安全的侠客，是觉得都不妥当的，于是有流氓。和尚喝酒他来打，男女通奸他来捉，私娼私贩他来凌辱，为的是维持风化；乡下人不懂租界章程他来欺侮，为的是看不起无知；剪发女人他来嘲骂，社会改革者他来憎恶，为的是宝爱秩序。但后面是传统的靠山，对手又都非浩荡的强敌，他就在其间横行过去。现在的小说，还没有写出这一种典型的书，惟《九尾龟》[13]中的章秋谷，以为他给妓女吃苦，是因为她要敲人们竹杠，所以给以惩罚之类的叙述，约略近之。

由现状再降下去，大概这一流人将成为文艺书中的主角了，我在等候"革命文学家"张资平[14]"氏"的近作。

注释：

〔1〕 "天" 指儒、墨两家著作中的所谓"天命""天意"。如《论语·季氏》："君子有三畏：畏天命，畏大人，畏圣人之言。"《墨子·天志》："顺天意者兼相爱，交相利，必得赏。反天意者别相恶，交相贼，必得罚。"

〔2〕 墨子 参见上卷《非攻》注〔3〕。他的言行，经他的弟子及后学辑入《墨子》一书。墨子之徒多尚武。他死后，该学派起分化，以宋鈃、许行等为代表的正统派，到秦汉时演化成为游侠。

〔3〕 "儒者，柔也" 见许慎《说文解字》："儒者，柔也，术士之称。"

〔4〕 "死" 指游侠中流行的所谓"其言必信，其行必果，已诺必诚，不爱其躯"（见《史记·游侠列传》）的一种侠义精神。这些游侠往往为某些权贵所豢养。"士为知己者死"，是他们的道德观念。

〔5〕 汉代的大侠多和权贵交往勾结，如《汉书·游侠传》载，陈遵"居长安中，列侯近臣贵戚皆贵重之。牧守当之官，及郡国豪杰至京师者，莫不相因到遵门"。

〔6〕 "儒以文乱法，而侠以武犯禁" 语出《韩非子·五蠹》。司马迁在《史记·游侠列传》中也曾引用此语。

〔7〕 "五侯" 汉成帝（刘骜）河平二年（前27），外戚王谭、王逢时、王根、王立、王商兄弟五人同日封侯，当时称为"五侯"。据《汉书·游侠传》载，"五侯"豢养许多儒侠之士，其中大侠楼护（君卿）最受信用，是"五侯上客"。

〔8〕 李逵劫法场　见一百二十回本《水浒传》第四十回。

〔9〕 《水浒》　即《水浒传》，元末明初施耐庵作，是一部以北宋宋江领导的农民起义为题材的长篇小说。书中有宋江受朝廷招安后又去镇压方腊等农民起义军的情节。"替天行道"是宋江一贯打着的旗号。

〔10〕 《施公案》　清代公案小说，作者不详，共九十七回。写康熙年间施仕纶官江都知县至漕运总督时，黄天霸为他办案的故事，1838年印行。

〔11〕 《彭公案》　清代公案小说，署贪梦道人作，共一百回。写康熙年间一帮江湖侠客为三河知县彭鹏办案的故事，1891年印行。

〔12〕 《七侠五义》　原名《三侠五义》，清代侠义小说，署石玉昆述，入迷道人编订，共一百二十回。1879年印行，后经俞樾修订，1889年重印，改名《七侠五义》。前半部主要写包拯审案的故事，后半部主要写江湖侠客的活动。

〔13〕 《九尾龟》　张春帆作，描写妓女生活的小说，1910年出版。

〔14〕 张资平（1893—1959）　广东梅县人，创造社早期成员，抗日战争时期任汪伪政府农矿部技正和日伪"兴亚建国运动"的"文化委员会"主席。他写过大量三角恋爱小说，在革命文学论争中，自称"转换方向"。他在自己主编的《乐群》月刊第二卷第十二期（1929年12月）的《编后》中，攻击《拓荒者》《萌芽月刊》等刊物，其中说："有人还自谦'拓荒''萌芽'，或许觉得那样的探求嫌过早，但你们不要因为自己脚小便叫别人在路上停下来等你，我们要勉力跑快一点了，不要'收获'回到'拓荒'，回到'萌芽'，甚而至于回到'下种'呀！不要自己跟不上，便厌人家太早太快，望着人家走去。"参看《二心集·张资平氏的"小说学"》。

中国无产阶级革命文学和前驱的血

【题记】本文最初发表于1931年4月25日《前哨》(纪念战死者专号),署名L.S.,后收入《二心集》。这是一篇悼念"左联五烈士"的文章,站位很高,从对当时中国文化战线斗争现状的洞察中,阐述烈士牺牲的伟大价值。这篇悼文又是战斗的檄文。其激越饱满的爱憎之情,透彻精湛的论说,在富于诗意的语词旋风中喷薄而出,痛快淋漓,恰如匕首、投枪。

中国的无产阶级革命文学在今天和明天之交发生,在诬蔑和压迫之中滋长,终于在最黑暗里,用我们的同志的鲜血写了第一篇文章。

我们的劳苦大众历来只被最剧烈的压迫和榨取,连识字教育的布施也得不到,惟有默默地身受着宰割和灭亡。繁难的象形字,又使他们不能有自修的机会。智识的青年们意识到自己的前驱的使命,便首先发出战叫。这战叫和劳苦大众自己的反叛的叫声一样地使统治者恐怖,走狗的文人即群起进攻,或者制造谣言,或者亲作侦探,然而都是暗做,都是匿名,不过证明了他们自己是黑暗的动物。

统治者也知道走狗的文人不能抵挡无产阶级革命文学,于是一面禁止书报,封闭书店,颁布恶出版法,通缉著作家,一面用最末的手段,将左翼作家逮捕,拘禁,秘密处以死刑,至今并未宣布。这一面固然在证明他们是在灭亡中的黑暗的动物,一面也在证实中国无产阶级革命文学阵营的力量,因为如传略[1]所罗列,我们的几个遇害的同志的年龄,勇气,尤其是平日的作品的成绩,已足使全队走狗不敢狂吠。

然而我们的这几个同志已被暗杀了,这自然是无产阶级革命文学的若干的损失,我们的很大的悲痛。但无产阶级革命文学却仍然滋长,因为这是属于革命的广大劳苦群众的,大众存在一日,壮大一日,无产阶级革命文学也就滋长一日。我们的同志的血，已经证明了无产阶级革命文学和革命的劳苦大众是在受一样的压迫，一样的残杀，作一样的战斗，有一样的运命，是革命的劳苦大众的文学。

现在，军阀的报告，已说虽是六十岁老妇，也为"邪说"所中，租界的巡捕，虽对于小学儿童，也时时加以检查；他们除从帝国主义得来的枪炮和几条走狗之外，已将一无所有了，所有的只是老老小小——青年不必说——的敌人。而他们的这些敌人，便都在我们的这一面。

我们现在以十分的哀悼和铭记，纪念我们的战死者，也就是要牢记中国无产阶级革命文学的历史的第一页，是同志的鲜血所记录，永远在显示敌人的卑劣的凶暴和启示我们的不断的斗争。

注释：

〔1〕 传略 指刊登在《前哨》（纪念战死者专号）上的"左联五烈士"的小传。他们是李伟森（1903—1931），湖北武昌人，译有《朵思退夫斯基》《动荡中的新俄农村》等。柔石（1901—1931），浙江宁海人，有短篇小说集《疯人》《希望》《为奴隶的母亲》、中篇小说《二月》《三姊妹》等。胡也频（1903—1931），福建福州人，有小说《到莫斯科去》《光明在我们的前面》等。冯铿（1907—1931），女，广东潮州人，有小说《最后的出路》《红的日记》等。殷夫（1909—1931），原名徐祖华，笔名白莽、徐白等，浙江象山人，有新诗《孩儿塔》《伏尔加的黑浪》等。他们都是中共党员。李伟森被捕时在中共中央宣传部工作，其他四人被捕时都是"左联"成员。1931年1月17日，他们在上海东方旅社参加党内集会时被捕。同年2月7日，被国民党当局秘密杀害于龙华。

听 说 梦

【题记】本文最初发表于1933年4月15日北平《文学杂志》第一号,收入《南腔北调集》。就一家杂志征集新年"说梦"这件事展开议论,透过形形色色的"梦"看到种种不同的社会心理,抵达说梦者也未尝意识到的深层含义。文章信手拈来,涉笔成趣,幽默洒脱中暗含机锋。

做梦,是自由的,说梦,就不自由。做梦,是做真梦的,说梦,就难免说谎。

大年初一,就得到一本《东方杂志》新年特大号,临末有"新年的梦想",[1]问的是"梦想中的未来中国"和"个人生活",答的有一百四十多人。记者的苦心,我是明白的,想必以为言论不自由,不如来说梦,而且与其说所谓真话之假,不如来谈谈梦话之真,我高兴的翻了一下,知道记者先生却大大的失败了。

当我还未得到这本特大号之前,就遇到过一位投稿者,他比我先看见印本,自说他的答案已被资本家删改了,他所说的梦其实并不如此。这可见资本家虽然还没法禁止人们做梦,而说了出来,倘为权力所及,却要干涉的,决不给你自由。这一点,已是记者的大失败。

但我们且不去管这改梦案子,只来看写着的梦境罢,诚如记者所说,来答复的几乎全部是智识分子。首先,是谁也觉得生活不安定,其次,是许多人梦想着将来的好社会,"各尽所能"呀,"大同世界"呀,很有些"越轨"气息了(末三句是我添的,记者并没有说)。

但他后来就有点"痴"起来,他不知从那里拾来了一种学说,将一百多个梦分为两大类,说那些梦想好社会的都是"载道"之梦,是"异端",正宗的梦应该是"言志"的,硬把"志"弄成一个空洞无物的东西。[2]然而,孔子曰,

"盍各言尔志",而终于赞成曾点者,[3]就因为其"志"合于孔子之"道"的缘故也。

其实是记者的所以为"载道"的梦,那里面少得很。文章是醒着的时候写的,问题又近于"心理测验",遂致对答者不能不做出各各适宜于目下自己的职业,地位,身分的梦来(已被删改者自然不在此例),即使看去好像怎样"载道",但为将来的好社会"宣传"的意思,是没有的。所以,虽然梦"大家有饭吃"者有人,梦"无阶级社会"者有人,梦"大同世界"者有人,而很少有人梦见建设这样社会以前的阶级斗争,白色恐怖,轰炸,虐杀,鼻子里灌辣椒水,电刑……倘不梦见这些,好社会是不会来的,无论怎么写得光明,终究是一个梦,空头的梦,说了出来,也无非教人都进这空头的梦境里面去。

然而要实现这"梦"境的人们是有的,他们不是说,而是做,梦着将来,而致力于达到这一种将来的现在。因为有这事实,这才使许多智识分子不能不说好像"载道"的梦,但其实并非"载道",乃是给"道"载了一下,倘要简洁,应该说是"道载"的。

为什么会给"道载"呢?曰:为目前和将来的吃饭问题而已。

我们还受着旧思想的束缚,一说到吃,就觉得近乎鄙俗。但我是毫没有轻视对答者诸公的意思的。《东方杂志》记者在《读后感》里,也曾引佛洛伊特[4]的意见,以为"正宗"的梦,是"表现各人的心底的秘密而不带着社会作用的"。但佛洛伊特以被压抑为梦的根柢——人为什么被压抑的呢?这就和社会制度,习惯之类连结了起来,单是做梦不打紧,一说,一问,一分析,可就不妥当了。记者没有想到这一层,于是就一头撞在资本家的朱笔上。但引"压抑说"来释梦,我想,大家必已经不以为忤了罢。

不过,佛洛伊特恐怕是有几文钱,吃得饱饱的罢,所以没有感到吃饭之难,只注意于性欲。有许多人正和他在同一境遇上,就也轰然的拍起手来。诚然,他也告诉过我们,女儿多爱父亲,儿子多爱母亲,即因为异性的缘故。然而婴孩出生不多久,无论男女,就尖起嘴唇,将头转来转去。莫非它想和异性接吻么?不,谁都知道:是要吃东西!

食欲的根柢,实在比性欲还要深,在目下开口爱人,闭口情书,并不以为肉麻的时候,我们也大可以不必讳言要吃饭。因为是醒着做的梦,所以不免有些不真,因为题目究竟是"梦想",而且如记者先生所说,我们是"物质的需要远过于精神的追求"了,所以乘着 Censors[5]（也引用佛洛伊特语）的监护好像解除了之际,便公开了一部分。其实也是在"梦中贴标语,喊口号",不过不是积极的罢了,而且有些也许倒和表面的"标语"正相反。

时代是这么变化,饭碗是这样艰难,想想现在和将来,有些人也只能如此说梦,同是小资产阶级（虽然也有人定我为"封建余孽"或"土著资产阶级",但我自己姑且定为属于这阶级）,很能够彼此心照,然而也无须秘而不宣的。

至于另有些梦为隐士,梦为渔樵,和本相全不相同的名人[6],其实也只是豫感饭碗之脆,而却想将吃饭范围扩大起来,从朝廷而至园林,由洋场及于山泽,比上面说过的那些志向要大得远,不过这里不来多说了。

一月一日。

注释：

〔1〕 《东方杂志》 综合性刊物,1904年3月在上海创刊,1948年12月停刊,商务印书馆出版。它于1933年出的"新年特大号"（第三十卷第一期）中,辟有"新年的梦想"专栏。当时该刊的主编为胡愈之。

〔2〕 《东方杂志》记者在"新年的梦想"专栏的《读后感》中说："近来有些批评家把文学分为'载道'的文学和'言志'的文学这两类。我们的'梦'也可以同样的方法来分类：就是'载道'的梦,和'言志'的梦。"又说："'载道'的梦只是'异端',而'言志'的梦才是梦的'正宗',因为我们相信'梦'是个人的,而不是社会的。依据佛洛伊特的解释,梦只是白天受遏抑的意识,于睡眠,解放出来。……所以'梦'只是代表了意识的'不公开'的部分,在梦中说教,在梦中讲道,在梦中贴标语,喊口号,这到底是不常有的梦,至少这是白日梦而不是夜梦,所以不能算作梦的正宗。只有个人的梦,表现各人心底的秘密而不带着社会作用的,那才是正宗的梦。"按,《东方杂志》记者所说的"近来有些批评家"指周作人,他在《中国新文学的源流》一书中,认为中国文学史是"载道"文学和"言志"文学的消长史。

〔3〕 "盍各言尔志" 语出《论语·公冶长》："颜渊、季路侍。子曰：'盍各言尔志。'"孔子赞成曾点的话,见《论语·先进》："子路、曾晳（名点）、冉有、公西华侍坐。……子曰：'何伤乎,亦各言其志也。'（曾点）曰：'莫（暮）春者,春服既成,冠者五六人,童子六七人,浴乎沂,风乎舞雩,咏而归。'夫子喟然叹曰：'吾与点也。'"

〔4〕 佛洛伊特（S. Freud,1856—1939） 通译弗洛伊德,奥地利精神病学家,精神分析学说的创立者。这种学说认为文学、艺术、哲学、宗教等一切精神现象,乃至常人的梦,精神

病患者的症状,都是人们因受压抑而潜藏在下意识里的某种"生命力"(Libido),特别是性欲的潜力所产生的。他的主要著作有《梦的解析》《日常生活的病理心理学》《精神分析引论》《精神分析引论新编》等。

〔5〕 Censors 英语,原义为检查官,弗洛伊德精神分析学说用以表示阻止"潜意识"进入"意识"的压抑力。

〔6〕 名人 指在《东方杂志》"新年特大号"上"说梦"的一些国民党官僚,如当时的铁道部次长、抗日战争中做了汉奸的曾仲鸣说"何处是修竹、吾庐三径",中国银行副总裁俞寰澄说"我只想做一个略具知识的自耕农,我最酷爱田园生活",等等。

观　斗

【题记】本文最初发表于1933年1月31日上海《申报·自由谈》，署名何家干，后收入《伪自由书》。文章从斗鸡、斗蟋蟀、斗牛谈到军阀频年恶战，尖锐讽刺当局在外敌入侵面前却采取"不抵抗"政策。

我们中国人总喜欢说自己爱和平，但其实，是爱斗争的，爱看别的东西斗争，也爱看自己们斗争。

最普通的是斗鸡，斗蟋蟀，南方有斗黄头鸟，斗画眉鸟，北方有斗鹌鹑，一群闲人们围着呆看，还因此赌输赢。古时候有斗鱼，现在变把戏的会使跳蚤打架。看今年的《东方杂志》[1]，才知道金华又有斗牛，不过和西班牙却两样的，西班牙是人和牛斗，我们是使牛和牛斗。

任他们斗争着，自己不与斗，只是看。

军阀们只管自己斗争着，人民不与闻，只是看。

然而军阀们也不是自己亲身在斗争，是使兵士们相斗争，所以频年恶战，而头儿个个终于是好好的，忽而误会消释了，忽而杯酒言欢了，忽而共同御侮了，忽而立誓报国了，忽而……。不消说，忽而自然不免又打起来了。

然而人民一任他们玩把戏，只是看。

但我们的斗士，只有对于外敌却是两样的：近的，是"不抵抗"，远的，是"负弩前驱"[2]云。

"不抵抗"在字面上已经说得明明白白。"负弩前驱"呢，弩机的制度早已失传了，必须待考古学家研究出来，制造起来，然后能够负，然后能够前驱。

还是留着国产的兵士和现买的军火，自己斗争下去罢。中国的人口多得很，暂时总有一些孑遗[3]在看着的。但自然，倘要这样，则对于外敌，就一定非"爱和平"[4]不可。

一月二十四日。

注释：

〔1〕《东方杂志》 参见本卷《听说梦》注〔1〕。1933年1月16日该刊第三十卷第二号，曾刊载浙江婺州（今金华）斗牛照片数帧，题为《中国之斗牛》。

〔2〕"负弩前驱" 语见《逸周书》："武王伐纣，散宜生、闳天负弩前驱。"当时国民党政府对日本侵略采取不抵抗政策，每当日军进攻，中国驻守军队大多奉命后退，如1933年1月3日日军进攻山海关时，当地驻军在四小时后即放弃要塞，不战而退。但远离前线的大小军阀却常故作姿态，扬言"抗日"，如山海关沦陷后，在四川参加军阀混战和"剿匪"反共的田颂尧于1月20日发通电说："准备为国效命，候中央明令，即负弩前驱。"

〔3〕孑遗 劫后余生的人。

〔4〕"爱和平" 当时国民党当局经常以"爱和平"这类论调掩盖其不抵抗政策，如1931年"九一八事变"后，蒋介石9月22日在南京市国民党党员大会上演讲时称："此刻必须上下一致，先以公理对强权，以和平对野蛮，忍痛含愤，暂取逆来顺受态度，以待国际公理之判断。"

由中国女人的脚，推定中国人之非中庸，又由此推定孔夫子有胃病

——"学匪"派考古学之一

【题记】本文最初发表于1933年3月16日《论语》第十三期，署名何干，后收入《南腔北调集》。1925年12月30日国家主义派刊物《国魂》旬刊第九期载有姜华的《学匪与学阀》一文，诅骂在北京女师大风潮中支持进步学生的鲁迅、马裕藻等人为"学匪"。文章对此有回应，却又随意而谈，通篇幽默里包裹着辛辣。该文从中国女人小脚的起源谈起，推定中国人"走了极端"，又以大量事实证明中国人之非"中庸"而又"大呼'中庸'"，从而揭示儒教的矛盾性和欺骗性。名为"考古"，实为现实的斗争，以正面文章反面看和正话反说的方式，揭露和指斥现实政治统治的虚伪。文章融通古今，思维的火花不时激活阅读的兴味。

古之儒者不作兴谈女人，但有时总喜欢谈到女人。例如"缠足"罢，从明朝到清朝的带些考据气息的著作中，往往有一篇关于这事起源的迟早的文章。为什么要考究这样下等事呢，现在不说他也罢，总而言之，是可以分为两大派的，一派说起源早，一派说起源迟。说早的一派，看他的语气，是赞成缠足的，事情愈古愈好，所以他一定要考出连孟子的母亲，也是小脚妇人的证据来。说迟的一派却相反，他不大恭维缠足，据说，至早，亦不过起于宋朝的末年。

其实，宋末，也可以算得古的了。不过不缠之足，样子却还要古，学者应该"贵古而贱今"，斥缠足者，爱古也。但也有先怀了反对缠足的成见，假造证据的，例如前明才子杨升庵先生，他甚至于替汉朝人做《杂事秘辛》[1]，来证明那时的脚是"底平趾敛"。

于是又有人将这用作缠足起源之古的材料,说既然"趾敛",可见是缠的了。但这是自甘于低能之谈,这里不加评论。

照我的意见来说,则以上两大派的话,是都错,也都对的。现在是古董出现的多了,我们不但能看见汉唐的图画,也可以看到晋唐古坟里发掘出来的泥人儿。那些东西上所表现的女人的脚上,有圆头履,有方头履,可见是不缠足的。古人比今人聪明,她决不至于缠小脚而穿大鞋子,里面塞些棉花,使自己走得一步一拐。

但是,汉朝就确已有一种"利屣"[2],头是尖尖的,平常大约未必穿罢,舞的时候,却非此不可。不但走着爽利,"潭腿"[3]似的踢开去之际,也不至于为裙子所碍,甚至于踢下裙子来。那时太太们固然也未始不舞,但舞的究以倡女为多,所以倡伎就大抵穿着"利屣",穿得久了,也免不了要"趾敛"的。然而伎女的装束,是闺秀们的大成至圣先师,这在现在还是如此,常穿利屣,即等于现在之穿高跟皮鞋,可以俨然居炎汉[4]"摩登女郎"之列,于是乎虽是名门淑女,脚尖也就不免尖了起来。先是倡伎尖,后是摩登女郎尖,再后是大家闺秀尖,最后才是"小家碧玉"[5]一齐尖。待到这些"碧玉"们成了祖母时,就入于利屣制度统一脚坛的时代了。

当民国初年,"不佞"观光北京的时候,听人说,北京女人看男人是否漂亮(自按:盖即今之所谓"摩登"也)的时候,是从脚起,上看到头的。所以男人的鞋袜,也得留心,脚样更不消说,当然要弄得齐齐整整,这就是天下之所以有"包脚布"的原因。仓颉造字,我们是知道的,谁造这布的呢,却还没有研究出。但至少是"古已有之",唐朝张鷟作的《朝野佥载》[6]罢,他说武后朝有一位某男士,将脚裹得窄窄的,人们见了都发笑。可见盛唐之世,就已有了这一种玩意儿,不过还不是很极端,或者还没有很普及。然而好像终于普及了。由宋至清,绵绵不绝,民元革命以后,革了与否,我不知道,因为我是专攻考"古"学的。

然而奇怪得很,不知道怎的(自按:此处似略失学者态度),女士们之对于脚,尖还不够,并且勒令它"小"起来了,最高模范,还竟至于以三寸为度。这么一来,可以不必兼买利屣和方头履两种,从经济的观点来看,是不算坏的,可是从卫生的观点来看,却未免有些"过火",换一句话,就是"走了极端"了。

我中华民族虽然常常的自命为爱"中庸",行"中庸"的人民,其实是颇不免于过激的。譬如对于敌人罢,有时是压服不够,还要"除恶务尽",杀掉不够,还要"食肉寝皮"[7]。但有时候,却又谦虚到"侵略者要进来,让他们进来。也许他们会杀了十万中国人。不要紧,中国人有的是,我们再有人上去"。这真教人会猜不出是真痴还是假呆。而女人的脚尤其是一个铁证,不小则已,小则必求其三寸,宁可走不成路,摆摆摇摇。慨自辫子肃清以后,缠足本已一同解放的了,老新党的母亲们,鉴于自己在皮鞋里塞棉花之麻烦,一时也确给她的女儿留了天足。然而我们中华民族是究竟有些"极端"的,不多久,老病复发,有些女士们已在别想花样,用一枝细黑柱子将脚跟支起,叫它离开地球。她到底非要她的脚变把戏不可。由过去以测将来,则四朝(假如仍旧有朝代的话)之后,全国女人的脚趾都和小腿成一直线,是可以有八九成把握的。

然则圣人为什么大呼"中庸"呢?曰:这正因为大家并不中庸的缘故。人必有所缺,这才想起他所需。穷教员养不活老婆了,于是觉到女子自食其力说之合理,并且附带地向男女平权论点头;富翁胖到要发哮喘病了,才去打高而富球,从此主张运动的紧要。我们平时,是决不记得自己有一个头,或一个肚子,应该加以优待的,然而一旦头痛肚泻,这才记起了他们,并且大有休息要紧,饮食小心的议论。倘有谁听了这些议论之后,便贸贸然决定这议论者为卫生家,可就失之十丈,差以亿里了。

倒相反,他是不卫生家,议论卫生,正是他向来的不卫生的结果的表现。孔子曰,"不得中行而与之,必也狂狷乎,狂者进取,狷者有所不为也!"[8]以孔子交游之广,事实上没法子只好寻狂狷相与,这便是他在理想上之所以哼着"中庸,中庸"的原因。

以上的推定假使没有错,那么,我们就可以进而推定孔子晚年,是生了胃病的了。"割不正不食",这是他老先生的古板规矩,但"食不厌精,脍不厌细"的条令却有些稀奇。他并非百万富翁或能收许多版税的文学家,想不至于这么奢侈的,除了只为卫生,意在容易消化之外,别无解法。况且"不撤姜食"[9],又简直是省不掉暖胃药了。何必如此独厚于胃,念念不忘呢?曰,以其有胃病之故也。

倘说:坐在家里,不大走动的人们很容易生胃病,孔子周游列国[10],运动王公,该可以不生病证的了。那就是犯了知今而不知古的错误。盖当时花旗白面[11],尚未输入,土磨麦粉,多含灰沙,所以分量较今面为重;国道尚未修成,泥路甚多凹凸,孔子如果肯走,那是不大要紧的,而不幸他偏有一车两马。胃里袋着沉重的面食,坐在车子里走着七高八低的道路,一颠一顿,一掀一坠,胃就被坠得大起来,消化力随之减少,时时作痛;每餐非吃"生姜"不可了。所以那病的名目,该是"胃扩张";那时候,则是"晚年",约在周敬王十年以后。

以上的推定,虽然简略,却都是"读书得间"的成功。但若急于近功,妄加猜测,即很容易陷于"多疑"的谬误。例如罢,二月十四日《申报》载南京专电云:"中执委会令各级党部及人民团体制'忠孝仁爱信义和平'[12]匾额,悬挂礼堂中央,以资启迪。"看了之后,切不可便推定为各要人讥大家为"忘八"[13];三月一日《大晚报》[14]载新闻云:"孙总理夫人宋庆龄女士自归国寓沪后,关于政治方面,不闻不问,惟对社会团体之组织非常热心。据本报记者所得报告,前日有人由邮政局致宋女士之索诈信口(自按:原缺)件,业经本市当局派驻邮局检查处检查员查获,当将索诈信截留,转辗呈报市府。"看了之后,也切不可便推定虽为总理夫人宋女士的信件,也常在邮局被当局派员所检查。

盖虽"学匪派考古学",亦当不离于"学",而以"考古"为限的。

三月四日夜。

注释:

〔1〕 《杂事秘辛》 笔记小说,一卷,旧题无名氏撰,伪托为东汉佚书,实为明代杨慎作。写东汉桓帝(刘志)选梁莹为妃的故事。其中有一段描写梁莹的脚:"足长八寸,跗跖丰研,底平指敛,约缣迫袜,收束微如禁中。"杨慎在该书跋语中说:"予尝搜考弓足原始,不得。及见'约缣迫袜,收束微如禁中'语,则缠足后汉已自有之。"杨是持缠足起源较早一说的。杨慎(1488—1559),字用修,号升庵,四川新都人,明代学者,正德进士,曾任翰林学士。

〔2〕 "利屣" 一种舞鞋。《史记·货殖列传》:"今夫赵女郑姬,设形容,揳鸣琴,揄长袂,蹑利屣,目挑心招。"

〔3〕 "潭腿" 拳术的一种,相传由清代山东龙潭寺的和尚创立,故称。

〔4〕 炎汉 即汉代。过去阴阳家用金木水火土五行(也称五德)相生相克的循环变

化来说明王朝更替;他们认为汉朝属火,故称"炎汉"。

〔5〕 "小家碧玉" 语出南朝乐府《碧玉歌》:"碧玉小家女,不敢攀贵德。"碧玉原系人名,旧时常以"小家碧玉"称小康人家的少女。

〔6〕 《朝野佥载》 唐代张鷟作,内容系记载唐代的故事和琐闻。按,该书没有鲁迅所引一事的记载。张鷟(约658—约730),字文成,深州陆泽(今河北深州)人,唐代文学家。调露进士,曾官监察御史、司门员外郎等职。

〔7〕 "除恶务尽" 语出《尚书·泰誓》:"树德务滋,除恶务本。""食肉寝皮",语出《左传》襄公二十一年:"然二子者,譬于禽兽,臣食其肉而寝处其皮矣。"

〔8〕 语出《论语·子路》。据宋代朱熹注:"行,道也。狂者,志极高而行不掩。狷者,知未及而守有余。"

〔9〕 "割不正不食""食不厌精,脍不厌细""不撤姜食"等语,都见《论语·乡党》。

〔10〕 孔子周游列国 孔丘于鲁定公十二年至鲁哀公十一年(前498—前484)离开鲁国,周游宋、卫、陈、蔡、齐、楚等国,游说诸侯,终不见用。

〔11〕 花旗白面 由美国进口的面粉。

〔12〕 "忠孝仁爱信义和平" 当时国民党政客戴季陶等提出的所谓"八德"。国民党当局于1933年2月13日下令各级党部及机关团体将其制匾悬挂于礼堂;国民党政府教育部又于同月20日宣布以此为"小学公民训练标准"。

〔13〕 "忘八" 封建时代流行的俗语,指忘记了概括封建道德要义的"孝、悌、忠、信、礼、义、廉、耻"八个字的最后一个"耻"字,也即"无耻"的意思。

〔14〕 《大晚报》 1932年2月12日在上海创刊,张竹平创办,后为国民党财阀孔祥熙收买,1949年5月25日停刊。

言论自由的界限

【题记】本文最初发表于1933年4月22日《申报·自由谈》,署名何家干,后收入《伪自由书》。文章是讽刺当时政府当局的言论钳制,将"论敌"新月社的杂志也曾被当局扣留这件事与《红楼梦》中焦大被塞马粪的境遇比拟,指出不同之处是新月社会"引据三民主义,辨明心迹",从而飞黄腾达。文章批评了新月社小骂大帮忙的"奴才"嘴脸,揭露了当时标榜言论自由的背面,其实还是专制统治。此文多用正话反说,文俚杂配,增强了杂文特有的讽刺力度。

看《红楼梦》,觉得贾府上是言论颇不自由的地方。焦大[1]以奴才的身分,仗着酒醉,从主子骂起,直到别的一切奴才,说只有两个石狮子干净。结果怎样呢?结果是主子深恶,奴才痛嫉,给他塞了一嘴马粪。

其实是,焦大的骂,并非要打倒贾府,倒是要贾府好,不过说主奴如此,贾府就要弄不下去罢了。然而得到的报酬是马粪。所以这焦大,实在是贾府的屈原,假使他能做文章,我想,恐怕也会有一篇《离骚》之类。

三年前的新月社[2]诸君子,不幸和焦大有了相类的境遇。他们引经据典,对于党国有了一点微词,虽然引的大抵是英国经典,但何尝有丝毫不利于党国的恶意,不过说:"老爷,人家的衣服多么干净,您老人家的可有些儿脏,应该洗它一洗"罢了。不料"荃不察余之中情兮"[3],来了一嘴的马粪:国报同声致讨,连《新月》杂志也遭殃。但新月社究竟是文人学士的团体,这时就也来了一大堆引据三民主义,辨明心迹的"离骚经"。现在好了,吐出马粪,换塞甜头,有的顾问,有的教授,有的秘书,有的大学院长,言论自由,《新月》也满是所谓"为文艺的文艺"了。

这就是文人学士究竟比不识字的奴才聪明,党国究竟比贾府高明,现在究竟比乾隆时候光明:三明主义。

然而竟还有人在嚷着要求言论自由。世界上没有这许多甜头,我想,该是明白的罢,这误解,大约是在没有悟到现在的言论自由,只以能够表示主人的宽宏大度的说些"老爷,你的衣服……"为限,而还想说开去。

这是断乎不行的。前一种,是和《新月》受难时代不同,现在好像已有的了,这《自由谈》也就是一个证据,虽然有时还有几位拿着马粪,前来探头探脑的英雄。至于想说开去,那就足以破坏言论自由的保障。要知道现在虽比先前光明,但也比先前利害,一说开去,是连性命都要送掉的。即使有了言论自由的明令,也千万大意不得。这我是亲眼见过好几回的,非"卖老"也,不自觉其做奴才之君子,幸想一想而垂鉴焉。

四月十七日。

注释:

〔1〕 焦大 《红楼梦》中贾家的一个忠实的老仆,他酒醉骂人被塞马粪事见该书第七回。只有两个石狮子干净的话,见第六十六回,系另一人物柳湘莲所说。

〔2〕 新月社 文学和政治性团体,约于1923年在北京成立,主要成员有胡适、徐志摩、陈源、梁实秋、罗隆基等。该社取名于印度诗人泰戈尔的《新月集》,曾以诗社名义于1926年夏在北京《晨报副刊》出过《诗刊》(周刊)。1927年在上海创办新月书店,1928年3月出版综合性的《新月》月刊。1929年他们曾在《新月》上发表谈人权、约法等问题的文章,批评国民党"独裁",引证英、美各国法规,提出解决中国政治问题的意见。但文章发表后,国民党报刊纷纷著文攻击,说他们"言论实属反动",国民党中央议决由教育部对胡适加以"警诫",《新月》月刊第二卷第四期曾遭扣留。他们继研读"国民党的经典",著文引据"党义"以辩护,终于得到政府当局的认可。

〔3〕 "荃不察余之中情兮" 语见屈原《离骚》:"荃不察余之中情兮,反信谗而齌怒。"

经　验

【题记】本文最初发表于 1933 年 7 月 15 日《申报月刊》第二卷第七号，署名洛文，后收入《南腔北调集》。作者从《本草纲目》谈起，"然而"之后，引出"经验"的影响有好坏。比如"各人自扫门前雪，莫管他家瓦上霜"的经验就有"坏"影响，以至路上有抱病或者翻车，肯伸手救助者极少，围观则很多。经验也有"好"的，比如报上什么官宣、通电、讲演之类，"无论它怎样骈四俪六，崇论宏议"，也无须去关注。这就无论"信仰"或"信任"都有危机了，显然是对当时现实的讽刺。

古人所传授下来的经验，有些实在是极可宝贵的，因为它曾经费去许多牺牲，而留给后人很大的益处。

偶然翻翻《本草纲目》[1]，不禁想起了这一点。这一部书，是很普通的书，但里面却含有丰富的宝藏。自然，捕风捉影的记载，也是在所不免的，然而大部分的药品的功用，却由历久的经验，这才能够知道到这程度，而尤其惊人的是关于毒药的叙述。我们一向喜欢恭维古圣人，以为药物是由一个神农皇帝独自尝出来的，他曾经一天遇到过七十二毒，[2]但都有解法，没有毒死。这种传说，现在不能主宰人心了。人们大抵已经知道一切文物，都是历来的无名氏所逐渐的造成。建筑，烹饪，渔猎，耕种，无不如此；医药也如此。这么一想，这事情可就大起来了：大约古人一有病，最初只好这样尝一点，那样尝一点，吃了毒的就死，吃了不相干的就无效，有的竟吃到了对证的就好起来，于是知道这是对于某一种病痛的药。这样地累积下去，乃有草创的纪录，后来渐成为庞大的书，如《本草纲目》就是。而且这书中的所记，又不独是中国的，还有阿剌伯人的经验，有印度人的经验，则先前所用的牺牲之大，更可想而知了。

然而也有经过许多人经验之后,倒给了后人坏影响的,如俗语说"各人自扫门前雪,莫管他家瓦上霜"的便是其一。救急扶伤,一不小心,向来就很容易被人所诬陷,而还有一种坏经验的结果的歌诀,是"衙门八字开,有理无钱莫进来",于是人们就只要事不干己,还是远远的站开干净。我想,人们在社会里,当初是并不这样彼此漠不相关的,但因豺狼当道,事实上因此出过许多牺牲,后来就自然的都走到这条道路上去了。所以,在中国,尤其是在都市里,倘使路上有暴病倒地,或翻车摔伤的人,路人围观或甚至于高兴的人尽有,肯伸手来扶助一下的人却是极少的。这便是牺牲所换来的坏处。

　　总之,经验的所得的结果无论好坏,都要很大的牺牲,虽是小事情,也免不掉要付惊人的代价。例如近来有些看报的人,对于什么宣言,通电,讲演,谈话之类,无论它怎样骈四俪六,崇论宏议,也不去注意了,甚而还至于不但不注意,看了倒不过做做嘻笑的资料。这那里有"始制文字,乃服衣裳"[3]一样重要呢,然而这一点点结果,却是牺牲了一大片地面,和许多人的生命财产换来的。生命,那当然是别人的生命,倘是自己,就得不着这经验了。所以一切经验,是只有活人才能有的,我的决不上别人讥刺我怕死[4],就去自杀或拚命的当,而必须写出这一点来,就为此。而且这也是小小的经验的结果。

六月十二日。

注释:

　　[1] 《本草纲目》　明代医药学家李时珍撰写的药物学著作,共五十二卷。这书是他在长期实践和实地调查的基础上,吸取人民群众的智慧和经验,参考大量医药资料和有关文献,费时近三十年才写成的。

　　[2] 神农皇帝　我国传说中的古代帝王。据《淮南子·修务训》:"古者民茹草饮水,采树木之实,食蠃蛖之肉,时多疾病毒伤之害。于是神农乃始教民播种五谷,相土地宜燥湿肥垆高下,尝百草之滋味,水泉之甘苦,令民知所避就。当此之时,一日而遇七十毒。"

　　[3] "始制文字,乃服衣裳"　语见《千字文》。

　　[4] 别人讥刺我怕死　梁实秋在《新月》第二卷第十一期发表的《鲁迅与牛》一文,借1930年4月8日中国自由运动大同盟为声援"四三惨案"(英国人在南京打死打伤中国

工人的惨案)集会时,一工人被巡捕枪杀的事讥笑作者说:"自由运动大同盟即是鲁迅先生领衔发起的,……这事发生之后,颇有人为鲁迅先生担心,因为不晓得流了'一滩鲜血'的究竟是那一位。……幸亏事实不久大明,死的不是'参加工农革命底实际行动'的'左翼作家',是一位'勇敢的工人'……鲁迅先生的'不卖肉主义'是老早言明在先的。"又法鲁在1933年6月11日《大晚报·火炬》发表的《到底要不要自由》中,也有这类含沙射影的话,参看《伪自由书·后记》。

二丑艺术

【题记】本文发表于1933年6月18日《申报·自由谈》,署名丰之余,后收入《准风月谈》。文章借浙东民间戏曲中"二丑"的角色,讽刺当时配合政府当局围剿革命力量的"帮闲"文人。"二丑"是"社会相类型形象",不独指某人,而是对某一类人或某一类社会心理的形象概括。读鲁迅杂文时,可多注意这种"贬固弊常取类型"的笔法。

浙东的有一处的戏班中,有一种脚色叫作"二花脸",译得雅一点,那么,"二丑"就是。他和小丑的不同,是不扮横行无忌的花花公子,也不扮一味仗势的宰相家丁,他所扮演的是保护公子的拳师,或是趋奉公子的清客。总之:身分比小丑高,而性格却比小丑坏。

义仆是老生扮的,先以谏诤,终以殉主;恶仆是小丑扮的,只会作恶,到底灭亡。而二丑的本领却不同,他有点上等人模样,也懂些琴棋书画,也来得行令猜谜,但倚靠的是权门,凌蔑的是百姓,有谁被压迫了,他就来冷笑几声,畅快一下,有谁被陷害了,他又去吓唬一下,吆喝几声。不过他的态度又并不常常如此的,大抵一面又回过脸来,向台下的看客指出他公子的缺点,摇着头装起鬼脸道:你看这家伙,这回可要倒楣哩!

这最末的一手,是二丑的特色。因为他没有义仆的愚笨,也没有恶仆的简单,他是智识阶级。他明知道自己所靠的是冰山,一定不能长久,他将来还要到别家帮闲,所以当受着豢养,分着余炎的时候,也得装着和这贵公子并非一伙。

二丑们编出来的戏本上,当然没有这一种脚色的,他那里肯;小丑,即花花公子们编出来的戏本,也不会有,因为他们只看见一面,想不到的。这二花脸,乃是小百姓看透了这一种人,提出精华来,制定了的脚色。

世间只要有权门，一定有恶势力，有恶势力，就一定有二花脸，而且有二花脸艺术。我们只要取一种刊物，看他一个星期，就会发见他忽而怨恨春天，忽而颂扬战争，忽而译萧伯纳演说，忽而讲婚姻问题；但其间一定有时要慷慨激昂的表示对于国事的不满：这就是用出末一手来了。

这最末的一手，一面也在遮掩他并不是帮闲，然而小百姓是明白的，早已使他的类型在戏台上出现了。

六月十五日。

爬 和 撞

【题记】本文最初发表于1933年8月23日《申报·自由谈》,署名苟继,后收入《准风月谈》。篇首引用梁实秋的话,不过是信手拈来,加以发挥,揭示当权者为谋取"天下自然太平",给被压迫者设计好"爬"和"撞"两种生存方式,要么终生劳累安分守己地"爬",要么损人利己地"撞"。文末用了"鞠躬尽瘁,死而后已"的古语概括,更是对专制统治者"治人术"的辛辣讽刺。

从前梁实秋教授曾经说过:穷人总是要爬,往上爬,爬到富翁的地位[1]。不但穷人,奴隶也是要爬的,有了爬得上的机会,连奴隶也会觉得自己是神仙,天下自然太平了。

虽然爬得上的很少,然而个个以为这正是他自己。这样自然都安分的去耕田,种地,拣大粪或是坐冷板凳,克勤克俭,背着苦恼的命运,和自然奋斗着,拚命的爬,爬,爬。可是爬的人那么多,而路只有一条,十分拥挤。老实的照着章程规规矩矩的爬,大都是爬不上去的。聪明人就会推,把别人推开,推倒,踏在脚底下,踹着他们的肩膀和头顶,爬上去了。大多数人却还只是爬,认定自己的冤家并不在上面,而只在旁边——是那些一同在爬的人。他们大都忍耐着一切,两脚两手都着地,一步步的挨上去又挤下来,挤下来又挨上去,没有休止的。

然而爬的人太多,爬得上的太少,失望也会渐渐的侵蚀善良的人心,至少,也会发生跪着的革命。于是爬之外,又发明了撞。

这是明知道你太辛苦了,想从地上站起来,所以在你的背后猛然的叫一声:撞罢。一个个发麻的腿还在抖着,就撞过去。这比爬要轻松得多,手也不必用力,膝盖也不必移动,只要横着身子,晃一晃,就撞过去。撞得好就是五十万元大洋[2],妻,财,子,禄都有了。撞不好,至多不过跌一交,倒在地下。那又算得什么呢,——他原本是伏在地上的,他仍旧可以爬。何况有些人不过撞着玩罢了,根本就不怕跌交的。

爬是自古有之。例如从童生到状元,从小瘪三到康白度[3]。撞却似乎是近代的发明。要考据起来,恐怕只有古时候"小姐抛彩球"[4]有点像给人撞的办法。小姐的彩球将要抛下来的时候,——一个个想吃天鹅肉的男子汉仰着头,张着嘴,馋涎拖得几尺长……可惜,古人究竟呆笨,没有要这些男子汉拿出几个本钱来,否则,也一定可以收着几万万的。

爬得上的机会越少,愿意撞的人就越多,那些早已爬在上面的人们,就天天替你们制造撞的机会,叫你们化些小本钱,而预约着你们名利双收的神仙生活。所以撞得好的机会,虽然比爬得上的还要少得多,而大家都愿意来试试的。这样,爬了来撞,撞不着再爬……鞠躬尽瘁,死而后已。

八月十六日。

注释:

〔1〕 梁实秋在1929年9月《新月》月刊第二卷第六、七号合刊发表《文学是有阶级性的吗?》一文,其中有这样的话:"一个无产者假如他是有出息的,只消辛辛苦苦诚诚实实的工作一生,多少必定可以得到相当的资产。"

〔2〕 五十万元大洋 当时国民党政府发行的"航空公路建设奖券",头等奖为五十万元。

〔3〕 康白度 英语 Comprador 的音译,即买办。

〔4〕 "小姐抛彩球" 旧小说戏曲中描述的官僚贵族小姐招亲的一种方式,小姐抛出彩球,落在哪个男子身上,就嫁给他为妻。

小品文的危机

【题记】本文最初发表于1933年10月1日《现代》第三卷第六期,后收入《南腔北调集》。20世纪30年代前期,文坛曾风行小品文,提倡幽默、闲适和独抒性灵的创作,显然是针对当时主流派文艺家强调意识形态,强调文艺的社会使命的观点的。鲁迅此文就批评"小品文热",也较集中地体现他的审美观。鲁迅说:"生存的小品文,必须是匕首,是投枪,能和读者一同杀出一条生存的血路的东西;但自然,它也能给人愉快和休息,然而这并不是'小摆设',更不是抚慰和麻痹,它给人的愉快和休息是休养,是劳作和战斗之前的准备。"

仿佛记得一两月之前,曾在一种日报上见到记载着一个人的死去的文章,说他是收集"小摆设"的名人,临末还有依稀的感喟,以为此人一死,"小摆设"的收集者在中国怕要绝迹了。

但可惜我那时不很留心,竟忘记了那日报和那收集家的名字。

现在的新的青年恐怕也大抵不知道什么是"小摆设"了。但如果他出身旧家,先前曾有玩弄翰墨的人,则只要不很破落,未将觉得没用的东西卖给旧货担,就也许还能在尘封的废物之中,寻出一个小小的镜屏,玲珑剔透的石块,竹根刻成的人像,古玉雕出的动物,锈得发绿的铜铸的三脚癞虾蟆:这就是所谓"小摆设"。先前,它们陈列在书房里的时候,是各有其雅号的,譬如那三脚癞虾蟆,应该称为"蟾蜍砚滴"之类,最末的收集家一定都知道,现在呢,可要和它的光荣一同消失了。

那些物品,自然决不是穷人的东西,但也不是达官富翁家的陈设,他们所要的,是珠玉扎成的盆景,五彩绘画的磁瓶。那只是所谓士大夫的"清玩"。在外,至少必须有几十亩膏腴的田地,在家,必须有几间幽雅的书斋;就是流寓上海,也一定得生活较为安闲,在客栈里有一间长包的房子,书桌一顶,烟榻一张,瘾足心闲,摩挲赏鉴。然而这境地,现在却已经被世界的险恶的潮流冲得七颠八倒,像狂涛中的小船似的了。

然而就是在所谓"太平盛世"罢,这"小摆设"原也不是什么重要的物品。在方寸的象牙版上刻一篇《兰亭序》[1],至今还有"艺术品"之称,但倘将这挂在万里长城的墙头,或供在云冈[2]的丈八佛像的足下,它就渺小得看不见了,即使热心者竭力指点,也不过令观者生一种滑稽之感。何况在风沙扑面,狼虎成群的时候,谁还有这许多闲工夫,来赏玩琥珀扇坠,翡翠戒指呢。他们即使要悦目,所要的也是耸立于风沙中的大建筑,要坚固而伟大,不必怎样精;即使要满意,所要的也是匕首和投枪,要锋利而切实,用不着什么雅。

美术上的"小摆设"的要求,这幻梦是已经破掉了,那日报上的文章的作者,就直觉的地知道。然而对于文学上的"小摆设"——"小品文"的要求,却正在越加旺盛起来,要求者以为可以靠着低诉或微吟,将粗犷的人心,磨得渐渐的平滑。这就是想别人一心看着《六朝文絜》[3],而忘记了自己是抱在黄河决口[4]之后,淹得仅仅露出水面的树梢头。

但这时却只用得着挣扎和战斗。

而小品文的生存,也只仗着挣扎和战斗的。晋朝的清言[5],早和它的朝代一同消歇了。唐末诗风衰落,而小品放了光辉。但罗隐[6]的《谗书》,几乎全部是抗争和愤激之谈;皮日休和陆龟蒙[7]自以为隐士,别人也称之为隐士,而看他们在《皮子文薮》和《笠泽丛书》中的小品文,并没有忘记天下,正是一榻胡涂的泥塘里的光彩和锋铓。明末的小品[8]虽然比较的颓放,却并非全是吟风弄月,其中有不平,有讽刺,有攻击,有破坏。这种作风,也触着了满洲君臣的心病,费去许多助虐的武将的刀锋,帮闲的文臣的笔锋,直到乾隆年间,这才压制下去了。以后呢,就来了"小摆设"。

"小摆设"当然不会有大发展。到五四运动的时候,才又来了一个展开,散文小品的成功,几乎在小说戏曲和诗歌之上。这之中,自然含着挣扎和战斗,但因为常常取法于英国的随笔(Essay),所以也带一点幽默和雍容;写法也有漂亮和缜密的,这是为了对于旧文学的示威,在表示旧文学之自以为特长者,白话文学也并非做不到。以后的路,本来明明是更分明的挣扎和战斗,因为这原是萌芽于"文学革命"以至"思想革命"的。但现在的趋势,却在特别提倡那和旧文章相合之点,雍容,漂亮,缜密,就是要它成为"小摆设",供雅人的摩挲,并且想青年摩挲了这"小摆设",由粗暴而变为风雅了。

然而现在已经更没有书桌;雅片虽然已经公卖,烟具是禁止的,吸起来还是十分不容易。想在战地或灾区里的人们来鉴赏罢——谁都知道是更奇怪的幻梦。这种小品,上海虽正在盛行,茶话酒谈,遍满小报的摊子上,但其实是正如烟花女子,已经不能在弄堂里拉扯她的生意,只好涂脂抹粉,在夜里蹩到马路上来了。

小品文就这样的走到了危机。但我所谓危机,也如医学上的所谓"极期"(Krisis)一般,是生死的分歧,能一直得到死亡,也能由此至于恢复。麻醉性的作品,是将与麻醉者和被麻醉者同归于尽的。生存的小品文,必须是匕首,是投枪,能和读者一同杀出一条生存的血路的东西;但自然,它也能给人愉快和休息,然而这并不是"小摆设",更不是抚慰和麻痹,它给人的愉快和休息是休养,是劳作和战斗之前的准备。

八月二十七日。

注释:

〔1〕《兰亭序》 即《兰亭集序》,晋代王羲之作,全文三百二十四字。

〔2〕 云冈 指云冈石窟,在山西大同武周山南麓,创建于北魏中期。现存主要洞窟五十三个,石雕佛像飞天等五万一千多个,其中最高的佛像达十七米。

〔3〕《六朝文絜》 六朝骈体文选集,共四卷,清代许槤编选。

〔4〕 黄河决口 1933年7月,山西、河南的一些黄河河段多次决口,淹数省五十余县,灾民四百余万人。

〔5〕 清言 三国时魏何晏、夏侯玄、王弼等以老庄思想解释儒家经义,崇尚虚无,摈弃世务,专谈玄理,读书人争相慕效,形成风气,叫作"清言",也叫"清谈"或"玄言"。到晋代有王衍等人提倡,此风更盛。

〔6〕 罗隐(833—909) 字昭谏,余杭(今属浙江)人,晚唐文学家。著有《甲乙集》十卷、《谗书》五卷等。

〔7〕 皮日休(约834—约883) 字袭美,襄阳(今湖北襄阳市)人,晚唐文学家。早年隐居鹿门山,曾参加黄巢起义军。著有《皮子文薮》十卷。陆龟蒙(?—约881),字鲁望,姑苏(今江苏苏州)人,晚唐文学家。曾隐居笠泽,著有《笠泽丛书》四卷。

〔8〕 明末的小品 指晚明作家袁宏道、钟惺、张岱等人的小品文。

由聋而哑

【题记】本文最初发表于1933年9月8日《申报·自由谈》,署名洛文,后收入《准风月谈》。鲁迅此文有感于文艺创作的荒凉,提出要拓展眼界与胸襟,扩大对外国文学的翻译,为创作提供丰厚的借鉴。将这篇杂感和《拿来主义》等文联系起来读,我们更能体会到鲁迅所拥有的世界目光和开阔的胸襟,这是何等充足的文化自信!

医生告诉我们:有许多哑子,是并非喉舌不能说话的,只因为从小就耳朵聋,听不见大人的言语,无可师法,就以为谁也不过张着口呜呜哑哑,他自然也只好呜呜哑哑了。所以勃兰兑斯[1]叹丹麦文学的衰微时,曾经说:文学的创作,几乎完全死灭了。人间的或社会的无论怎样的问题,都不能提起感兴,或则除在新闻和杂志之外,绝不能惹起一点论争。我们看不见强烈的独创的创作。加以对于获得外国的精神生活的事,现在几乎绝对的不加顾及。于是精神上的"聋",那结果,就也招致了"哑"来。(《十九世纪文学的主潮》第一卷自序)

这几句话,也可以移来批评中国的文艺界,这现象,并不能全归罪于压迫者的压迫,五四运动时代的启蒙运动者和以后的反对者,都应该分负责任的。前者急于事功,竟没有译出什么有价值的书籍来,后者则故意迁怒,至骂翻译者为媒婆[2],有些青年更推波助澜,有一时期,还至于连人地名下注一原文,以便读者参考时,也就诋之曰"衒学"。

今竟何如?三开间店面的书铺,四马路上还不算少,但那里面满架是薄薄的小本子,倘要寻一部巨册,真如披沙拣金之难。自然,生得又高又胖并不就是伟人,做得多而且繁也决不就是名著,而况还有"剪贴"。但是,小小的一本"什么ABC[3]"里,却也决不能包罗一切学术文艺的。一道浊流,固然不如一杯清水的干净而澄明,但蒸溜了浊流的一部分,却就有许多杯净水在。

因为多年买空卖空的结果,文界就荒凉了,文章的形式虽然比较的整齐起来,但战斗的精神却较前有退无进。文人虽因捐班或互捧,很快的成名,但为了出力的吹,壳子大了,里面反显得更加空洞。于是误认这空虚为寂寞,像煞有介事的说给读者们;其甚者还至于摆出他心的腐烂来,算是一种内面的宝贝。散文,在文苑中算是成功的,但试看今年的选本,便是前三名,也即令人有"貂不足,狗尾续"[4]之感。用秕谷来养青年,是决不会壮大的,将来的成就,且要更渺小,那模样,可看尼采所描写的"末人"[5]。

但绍介国外思潮,翻译世界名作,凡是运输精神的粮食的航路,现在几乎都被聋哑的制造者们堵塞了,连洋人走狗,富户赘郎,也会来哼哼的冷笑一下。他们要掩住青年的耳朵,使之由聋而哑,枯涸渺小,成为"末人",非弄到大家只能看富家儿和小瘪三所卖的春宫,不肯罢手。甘为泥土的作者和译者的奋斗,是已经到了万不可缓的时候了,这就是竭力运输些切实的精神的粮食,放在青年们的周围,一面将那些聋哑的制造者送回黑洞和朱门里面去。

八月二十九日。

注释:

〔1〕 勃兰兑斯(G. Brandes,1842—1927) 丹麦文学批评家。他的主要著作《十九世纪文学的主潮》,共六卷,出版于1872年至1890年。鲁迅曾购该书日译本。

〔2〕 1921年2月郭沫若在《民铎》杂志第二卷第五号发表致李石岑函,其中有这样的话:"我觉得国内人士只注重媒婆,而不注重处子;只注重翻译,而不注重产生。"

〔3〕 ABC 入门、初步的意思。当时上海世界书局出版过一套"ABC丛书",内收各方面的入门书多种。

〔4〕 "貂不足,狗尾续" 语出《晋书·赵王伦传》,原意是讽刺司马懿第九子司马伦封爵过滥,连家中奴仆差役都受封,"每朝会,貂蝉盈座,时人为之谚曰:'貂不足,狗尾续'。"

〔5〕 尼采(F. Nietzsche,1844—1900) 德国哲学家,唯意志论者。主张"超人"哲学。"末人"(Der Letzte Mensch),见尼采所著《扎拉图斯特拉如是说》的《序言》,意思是指一种无希望、无创造、平庸畏葸、浅陋渺小的人。鲁迅曾经把这篇《序言》译成中文,发表于1920年6月《新潮》杂志第二卷第五号。

世 故 三 昧

【题记】本文最初发表于1933年11月15日《申报月刊》第二卷第十一号,署名洛文,后收入《南腔北调集》。鲁迅对社会痼疾和人性阴暗面多有深刻的观察批判,文坛某些人就曾污蔑他是"世故老人"。本文批判那种不问是非的圆滑的处世哲学,揭示这种"世故"背后的社会文化心态,可谓入木三分。"三昧"原是佛教用语,指修身悟得真缔的方式,亦指深谙处世之道。鲁迅以"世故三昧"为题,属于正话反说,文章的反讽非常辛辣。

人世间真是难处的地方,说一个人"不通世故",固然不是好话,但说他"深于世故"也不是好话。"世故"似乎也像"革命之不可不革,而亦不可太革"一样,不可不通,而亦不可太通的。

然而据我的经验,得到"深于世故"的恶谥者,却还是因为"不通世故"的缘故。

现在我假设以这样的话,来劝导青年人——

"如果你遇见社会上有不平事,万不可挺身而出,讲公道话,否则,事情倒会移到你头上来,甚至于会被指作反动分子的。如果你遇见有人被冤枉,被诬陷的,即使明知道他是好人,也万不可挺身而出,去给他解释或分辩,否则,你就会被人说是他的亲戚,或得了他的贿赂;倘使那是女人,就要被疑为她的情人的;如果他较有名,那便是党羽。例如我自己罢,给一个毫不相干的女士做了一篇信札集的序[1],人们就说她是我的小姨;绍介一点科学的文艺理论,人们就说得了苏联的卢布。亲戚和金钱,在目下的中国,关系也真是大,事实给与了教训,人们看惯了,以为人人都脱不了这关系,原也无足深怪的。

"然而,有些人其实也并不真相信,只是说着玩玩,有趣有趣的。即使有人为了谣言,弄得凌迟碎剐,像明末的郑鄤[2]那样了,和自己也并不相干,总不如有趣的紧要。这时你如果去辨正,那就是使大家扫兴,结果还是你自己倒楣。我也有一个经验。那是十多年前,我在教育部里做'官僚',[3]常听得同事说,某女学校的学生,是可以叫出来嫖的[4],连机关的地址门牌,也说得明明白白。有一回我偶然走过这条街,一个人对于坏事情,是记性好一点的,我记起来了,便留心着那门牌,但这一号,却是一块小空地,有一口大井,一间很破烂的小屋,是几个山东人住着卖水的地方,决计做不了别用。待到他们又在谈着这事的时候,我便说出我的所见来,而不料大家竟笑容尽敛,不欢而散了,此后不和我谈天者两三月。我事后才悟到打断了他们的兴致,是不应该的。

"所以,你最好是莫问是非曲直,一味附和着大家;但更好是不开口;而在更好之上的是连脸上也不显出心里的是非的模样来……"

这是处世法的精义,只要黄河不流到脚下,炸弹不落在身边,可以保管一世没有挫折的。但我恐怕青年人未必以我的话为然;便是中年,老年人,也许要以为我是在教坏了他们的子弟。呜呼,那么,一片苦心,竟是白费了。

然而倘说中国现在正如唐虞盛世,却又未免是"世故"之谈。耳闻目睹的不算,单是看看报章,也就可以知道社会上有多少不平,人们有多少冤抑。但对于这些事,除了有时或有同业,同乡,同族的人们来说几句呼吁的话之外,利害无关的人的义愤的声音,我们是很少听到的。这很分明,是大家不开口;或者以为和自己不相干;或者连"以为和自己不相干"的意思也全没有。"世故"深到不自觉其"深于世故",这才真是"深于世故"的了。这是中国处世法的精义中的精义。

而且,对于看了我的劝导青年人的话,心以为非的人物,我还有一下反攻在这里。他是以我为狡猾的。但是,我的话里,一面固然显示着我的狡猾,而且无能,但一面也显示着社会的黑暗。他单责个人,正是最稳妥的办法,倘使兼责社会,可就得站出去战斗了。责人的"深于世故"而避开了"世"不谈,这是更"深于世故"的玩艺,倘若自己不觉得,那就更深更深了,离三昧[5]境盖不远矣。

不过凡事一说,即落言筌[6],不再能得三昧。说"世故三昧"者,即非"世故三昧"。三昧真谛,在行而不言;我现在一说"行而不言",却又失了真谛,离三昧境盖益远矣。

一切善知识[7],心知其意可也,唵[8]!

十月十三日。

注释：

〔1〕 毫不相干的女士　指金淑姿(1908—1931),浙江金华人。1932年程鼎兴为亡妻金淑姿刊行遗信集,托人请鲁迅写序。鲁迅所作的序,后编入《集外集》,题为《〈淑姿的信〉序》。

〔2〕 郑鄤(1594—1639)　字谦止,号峚阳,江苏武进(今常州市)人,明代天启年间进士。崇祯时温体仁诬告他不孝杖母,被凌迟处死。

〔3〕 "官僚"　陈西滢讥讽作者的话,见1926年1月30日北京《晨报副刊》所载《致志摩》。

〔4〕 在1925年女师大风潮中,陈西滢诬蔑女师大学生可以"叫局",1926年初,北京《晨报副刊》《语丝》等不断载有谈论此事的文字。

〔5〕 三昧　佛家语,梵文Samādhi的音译,意为"定"。佛家修身方法之一,指专意聚神于一境的状态。也用以泛指事物的诀要或精义。唐李肇《国史补》中："长沙僧怀素好草书,自言得草圣三昧。"

〔6〕 言筌　言语的迹象。《庄子·外物》："筌(筌)者所以在鱼,得鱼而忘筌；……言者所以意,得意而忘言。吾安得夫忘言之人而与之言哉！"

〔7〕 善知识　佛家语,据《法华文句》解释："闻名为知,见形为识,是人益我菩提(觉悟)之道,名善知识。"

〔8〕 唵　梵文om的音译,佛经咒语的发声词。

《北平笺谱》序

【题记】本文最初印入1933年12月印行的《北平笺谱》,后收入《集外集拾遗》。《北平笺谱》由鲁迅与西谛(郑振铎)合编,共收入木刻套印彩笺三百三十二幅,线装,六册一函。琉璃厂老荣宝斋刻印发行。旧时作诗填词或写信多用特殊的纸,叫笺纸,手工制作,用雕版木刻印有的山水花鸟佛像等图案,若结集成册,称为笺谱。鲁迅对木刻画有特别的喜爱,曾努力推动中国新兴木刻画创作风气。他和郑振铎搜访北平所刻的各类笺纸,汇成《北平笺谱》印行,意在张扬中国传统木刻艺术,为现代东方美术创作提供借鉴。这里特别选收《北平笺谱》序,有意让读者欣赏鲁迅文言写作的美感与神韵。

镂象于木,印之素纸,以行远而及众,盖实始于中国。法人伯希和氏[1]从敦煌千佛洞[2]所得佛象印本,论者谓当刊于五代之末,而宋初施以采色,其先于日耳曼最初木刻者,尚几四百年。宋人刻本,则由今所见医书佛典,时有图形;或以辨物,或以起信,图史之体具矣。降至明代,为用愈宏,小说传奇,每作出相[3],或拙如画沙,或细于擘发,亦有画谱,累次套印,文彩绚烂,夺人目睛,是为木刻之盛世。清尚朴学[4],兼斥纷华,而此道于是凌替。光绪初,吴友如[5]据点石斋,为小说作绣像,以西法印行,全像之书,颇复腾踊,然绣梓遂愈少,仅在新年花纸与日用信笺中,保其残喘而已。及近年,则印绘花纸,且并为西法与俗工所夺,老鼠嫁女与静女拈花之图,皆渺不复见;信笺亦渐失旧型,复无新意,惟日趋于鄙倍[6]。北京夙为文人所聚,颇珍楮墨,遗范未堕,尚存名笺。顾迫于时会,苓落将始,吾侪好事,亦多杞忧。于是搜索市廛,拔其尤异,各就原版,印造成书,名之曰《北平笺谱》。于中可见清光绪时纸铺,尚止取明季画谱,或前人小品之相宜者,镂以制笺,聊图悦

163

目;间亦有画工所作,而乏韵致,固无足观。宣统末,林琴南先生山水笺出,似为当代文人特作画笺之始[7],然未详。及中华民国立,义宁陈君师曾[8]入北京,初为镌铜者作墨合,镇纸画稿,俾其雕镂;既成拓墨,雅趣盎然。不久复廓其技于笺纸,才华蓬勃,笔简意饶,且又顾及刻工,省其奏刀之困,而诗笺乃开一新境。盖至是而画师梓人,神志暗会,同力合作,遂越前修矣。稍后有齐白石,吴待秋,陈半丁,王梦白[9]诸君,皆画笺高手,而刻工亦足以副之。辛未以后,始见数人分画一题,聚以成帙,格新神涣,异乎嘉祥。意者文翰之术将更,则笺素之道随尽;后有作者,必将别辟涂径,力求新生;其临睨夫旧乡[10],当远俟于暇日也。则此虽短书[11],所识者小,而一时一地,绘画刻镂盛衰之事,颇寓于中;纵非中国木刻史之丰碑,庶几小品艺术之旧苑,亦将为后之览古者所偶涉欤。

一九百三十三年十月三十日鲁迅记

注释：

〔1〕 伯希和(P. Pelliot, 1878—1945)　法国汉学家。1906年至1908年活动于中国新疆、甘肃一带,在敦煌千佛洞盗窃大量珍贵文物,运往巴黎。著有《敦煌千佛洞》等。

〔2〕 敦煌千佛洞　我国著名的佛教石窟之一。位于甘肃省敦煌市东南。始建于前秦建元二年(366),隋唐宋元均有修建。内存有大量壁画、造像、经卷、变文等珍贵文物。

〔3〕 出相　与下文的绣像、全像均指宋元以来小说、戏曲中的插图。参看《且介亭杂文·连环图画琐谈》。

〔4〕 朴学　语出《汉书·儒林传》："(倪)宽有俊材,初见武帝,语经学。上曰:'吾始以《尚书》为朴学,弗好,及闻宽说,可观。'乃从宽问一篇。"后来称汉儒考据训诂之学为朴学,也称汉学。到了清乾隆、嘉靖年间,朴学有很大发展,从经学训诂扩大到古籍史料整理和语言文字的研究,学术上形成了崇尚考据、排斥空论、重质朴、轻文藻的学风。

〔5〕 吴友如(？—约1893)　名猷(又作嘉猷),字友如,江苏元和(今江苏苏州)人,清末画家。光绪十年(1884)起在上海点石斋石印书局主绘《点石斋画报》。后自创《飞影阁画报》,又为木版年画绘制画稿,影响较大。

〔6〕 鄙倍　同鄙背,粗陋背理。《论语·泰伯》："出辞气,斯远鄙倍矣。"

〔7〕 林琴南　即林纾(1852—1924),近代著名的文学家、翻译家。1897年开始与人合作翻译欧美文学,共180余种,影响极大,有"林译小说"之称。他能诗画,宣统年间,曾取宋代吴文英《梦窗词》意,制为山水笺,刻版印行。

〔8〕 陈君师曾　指陈师曾（1876—1923），名衡恪，字师曾，江西义宁（今江西修水）人，书画家、篆刻家。

〔9〕 齐白石（1863—1957）　名璜，字濒生，号白石，湖南湘潭人，书画家、篆刻家。吴待秋（1878—1949），名澂，字待秋，浙江崇德人，画家。陈半丁（1876—1970），名年，字半丁，浙江绍兴人，画家。王梦白（1887—1934），名云，字梦白，江西丰城人，画家。

〔10〕 临睨夫旧乡　语出屈原《离骚》："陟升皇之赫戏兮，忽临睨夫旧乡。"

〔11〕 短书　指笺牍。宋代赵彦卫《云麓漫钞》："短书出晋宋兵革之际，时国禁书疏，非吊丧问疾不得行尺牍……启事论兵皆短而藏之。"

关于中国的两三件事

【题记】本文原用日文写作，发表于1934年3月号日本《改造》月刊，后由作者译成中文，编入《且介亭杂文》。文中三个话题，都广采历史材料做新的解读，在反讽中处处闪现卓见，针砭现实。关于"火"的一节讽刺古今侵略者多以烧杀抢掠而扬名；"王道"一节指出那不过是"妄言"或"新药"，本质上是实施"精神征服"；"监狱"一节嘲讽当时中国社会就如同监狱，所谓"反省"即"洗脑"，是思想控制。

一　关于中国的火

希腊人所用的火，听说是在一直先前，普洛美修斯[1]从天上偷来的，但中国的却和它不同，是燧人氏[2]自家所发见——或者该说是发明罢。因为并非偷儿，所以拴在山上，给老雕去啄的灾难是免掉了，然而也没有普洛美修斯那样的被传扬，被崇拜。

中国也有火神[3]的。但那可不是燧人氏，而是随意放火的莫名其妙的东西。

自从燧人氏发见，或者发明了火以来，能够很有味的吃火锅，点起灯来，夜里也可以工作了，但是，真如先哲之所谓"有一利必有一弊"罢，同时也开始了火灾，故意点上火，烧掉那有巢氏[4]所发明的巢的了不起的人物也出现了。

和善的燧人氏是该被忘却的。即使伤了食，这回是属于神农氏[5]的领域了，所以那神农氏，至今还被人们所记得。至于火灾，虽然不知道那发明家究竟是什么人，但祖师总归是有的，于是没有法，只好漫称之曰火神，而献以敬畏。看他的画像,是红面孔,红胡须,不过祭祀的时候,却须避去一切红色的东西,而代之以绿色。他大约像西班牙的牛一样,一看见红色,便会亢奋起来,做出一种可怕的行动的。[6]

他因此受着崇祀。在中国,这样的恶神还很多。

然而,在人世间,倒似乎因了他们而热闹。赛会[7]也只有火神的,燧人氏的却没有。倘有火灾,则被灾的和邻近的没有被灾的人们,都要祭火神,以表感谢之意。被了灾还要来表感谢之意,虽然未免有些出于意外,但若不祭,据说是第二回还会烧,所以还是感谢了的安全。而且也不但对于火神,就是对于人,有时也一样的这么办,我想,大约也是礼仪的一种罢。

其实,放火,是很可怕的,然而比起烧饭来,却也许更有趣。外国的事情我不知道,若在中国,则无论查检怎样的历史,总寻不出烧饭和点灯的人们的列传来。在社会上,即使怎样的善于烧饭,善于点灯,也毫没有成为名人的希望。然而秦始皇[8]一烧书,至今还俨然做着名人,至于引为希特拉[9]烧书事件的先例。假使希特拉太太善于开电灯,烤面包罢,那么,要在历史上寻一点先例,恐怕可就难了。但是,幸而那样的事,是不会哄动一世的。

烧掉房子的事,据宋人的笔记说,是开始于蒙古人的。因为他们住着帐篷,不知道住房子,所以就一路的放火。[10]然而,这是诳话。蒙古人中,懂得汉文的很少,所以不来更正的。其实,秦的末年就有着放火的名人项羽[11]在,一烧阿房宫,便天下闻名,至今还会在戏台上出现,连在日本也很有名。然而,在未烧以前的阿房宫里每天点灯的人们,又有谁知道他们的名姓呢?

现在是爆裂弹呀,烧夷弹呀之类的东西已经做出,加以飞机也很进步,如果要做名人,就更加容易了。而且如果放火比先前放得大,那么,那人就也更加受尊敬,从远处看去,恰如救世主[12]一样,而那火光,便令人以为是光明。

二 关于中国的王道

在前年,曾经拜读过中里介山氏[13]的大作《给支那及支那国民的信》。只记得那里面说,周汉都有着侵略者的资质。而支那人都讴歌他,欢迎他了。连对于朔北的元和清,也加以讴歌了。只要那侵略,有着安定国家之力,保护民生之实,那便是支那人民所渴望的王道,于是对于支那人的执迷不悟之点,愤慨得非常。

那"信",在满洲出版的杂志上,是被译载了的,但因为未曾输入中国,所以像是回信的东西,至今一篇也没有见。只在去年的上海报上所载的胡适[14]博士的谈话里,有的说,"只有一个方法可以征服中国,即彻底停止侵略,反过来征服中国民族的心。"不消说,那不过是偶然的,但也有些令人觉得好像是对于那信的答复。

征服中国民族的心,这是胡适博士给中国之所谓王道所下的定义,然而我想,他自己恐怕也未必相信自己的话的罢。在中国,其实是彻底的未曾有过王道,"有历史癖和考据癖"的胡博士,该是不至于不知道的。

不错,中国也有过讴歌了元和清的人们,但那是感谢火神之类,并非连心也全被征服了的证据。如果给与一个暗示,说是倘不讴歌,便将更加虐待,那么,即使加以或一程度的虐待,也还可以使人们来讴歌。四五年前,我曾经加盟于一个要求自由的团体[15],而那时的上海教育局长陈德征氏勃然大怒道,在三民主义的统治之下,还觉得不满么?那可连现在所给与着的一点自由也要收起了。而且,真的是收起了的。每当感到比先前更不自由的时候,我一面佩服着陈氏的精通王道的学识,一面有时也不免想,真该是讴歌三民主义的。然而,现在是已经太晚了。

在中国的王道,看去虽然好像是和霸道对立的东西,其实却是兄弟,[16]这之前和之后,一定要有霸道跑来的。人民之所讴歌,就为了希望霸道的减轻,或者不更加重的缘故。

汉的高祖[17],据历史家说,是龙种,但其实是无赖出身,说是侵略者,恐怕有些不对的。至于周的武王[18],则以征伐之名入中国,加以和殷似乎连民族也不同,用现代的话来说,那可是侵略者。然而那时的民众的声音,现在已经没有留存了。孔子和孟子确曾大大的宣传过那王道,但先生们不但是周朝的臣民而已,并且周游历国,有所活动,所以恐怕是为了想做官也难说。说得好看一点,就是因为要"行道",倘做了官,于行道就较为便当,而要做官,则不如称赞周朝之为便当的。然而,看起别的记载来,却虽是那王道的祖师而且专家的周朝,当讨伐之初,也有伯夷和叔齐扣马而谏[19],

非拖开不可;纣的军队也加反抗,非使他们的血流到漂杵[20]不可。接着是殷民又造了反,虽然特别称之曰"顽民"[21],从王道天下的人民中除开,但总之,似乎究竟有了一种什么破绽似的。好个王道,只消一个顽民,便将它弄得毫无根据了。

儒士和方士,是中国特产的名物。方士的最高理想是仙道,儒士的便是王道。但可惜的是这两件在中国终于都没有。据长久的历史上的事实所证明,则倘说先前曾有真的王道者,是妄言,说现在还有者,是新药。孟子生于周季,所以以谈霸道为羞[22],倘使生于今日,则跟着人类的智识范围的展开,怕要羞谈王道的罢。

三 关于中国的监狱

我想,人们是的确由事实而从新省悟,而事情又由此发生变化的。从宋朝到清朝的末年,许多年间,专以代圣贤立言的"制艺"[23]这一种烦难的文章取士,到得和法国打了败仗[24],这才省悟了这方法的错误。于是派留学生到西洋,开设兵器制造局,作为那改正的手段。省悟到这还不够,是在和日本打了败仗之后[25],这回是竭力开起学校来。于是学生们年年大闹了。从清朝倒掉,国民党掌握政权的时候起,才又省悟了这错误,作为那改正的手段的,是除了大造监狱之外,什么也没有了。

在中国,国粹式的监狱,是早已各处都有的,到清末,就也造了一点西洋式,即所谓文明式的监狱。那是为了示给旅行到此的外国人而建造,应该与为了和外国人好互相应酬,特地派出去,学些文明人的礼节的留学生,属于同一种类的。托了这福,犯人的待遇也还好,给洗澡,也给一定分量的饭吃,所以倒是颇为幸福的地方。但是,就在两三礼拜前,政府因为要行仁政了,还发过一个不准克扣囚粮的命令。从此以后,可更加幸福了。

至于旧式的监狱,则因为好像是取法于佛教的地狱的,所以不但禁锢犯人,此外还有给他吃苦的职掌。挤取金钱,使犯人的家属穷到透顶的职掌,有时也会兼带的。但大家都以为应该。如果有谁反对罢,那就等于替犯人说话,便要受恶党[26]的嫌疑。然而文明是出奇的进步了,所以去年也有了提倡每年该放犯人回家一趟,给以解决性欲的机会的,颇是人道主义气味之说的官吏。[27]其实,他也并非对于犯人的性欲,特别表着同情,不过因为总不愁竟会实行的,所以也就高声嚷一下,以见自己的作为官吏的存在。然而舆论颇为沸腾了。有一位批评家,还以为这么一来,大家便要不怕牢监,高高兴兴的进去了,很为世道人心愤慨了一下。[28]受了所谓圣贤之教那么久,竟还没有那位官吏的圆滑,固然也令人觉得诚实可靠,然而他的意见,是以为对于犯人,非加虐待不可,却也因此可见了。

从别一条路想,监狱确也并非没有不像以"安全第一"为标语的人们的理想乡的地方。火灾极少,偷儿不来,土匪也一定不来抢。即使打仗,也决没有以监狱为目标,施行轰炸的傻子;即使革命,有释放囚犯的例,而加以屠戮的是没有的。当福建独立[29]之初,虽有说是释放犯人,而一到外面,和他们自己意见不同的人们倒反而失踪了的谣言,然而这样的例子,以前是未曾有过的。总而言之,似乎也并非很坏的处所。只要准带家眷,则即使不是现在似的大水,饥荒,战争,恐怖的时候,请求搬进去住的人们,也未必一定没有的。于是虐待就成为必不可少了。

牛兰[30]夫妇,作为赤化宣传者而关在南京的监狱里,也绝食了三四回了,可是什么效力也没有。这是因为他不知道中国的监狱的精神的缘故。有一位官员诧异的说过:他自己不吃,和别人有什么关系呢?岂但和仁政并无关系而已呢,省些食料,倒是于监狱有益的。甘地[31]的把戏,倘不挑选兴行场[32],就毫无成效了。

然而,在这样的近于完美的监狱里,却还剩着一种缺点。至今为止,对于思想上的事,都没有很留心。为要弥补这缺点,是在近来新发明的叫作"反省院"的特种监狱里,施着教育。我还没有到那里面去反省过,所以并不知道详情,但要而言之,好像是将三民主义时时讲给犯人听,使他反省着自己的错误。听人说,此外还得做排击共产主义的论文。如果不肯做,或者不能做,那自然,非终身反省不可了,而做得不够格,也还是非反省到死则不可。现在是进去的也有,出来的也有,因为听说还得添造反省院,可见还是进去的多了。考完放出的良民,偶尔也可以遇见,但仿佛大抵是萎靡不振,恐怕是在反省和毕业论文上,将力气使尽了罢。那前途,是在没有希望这一面的。

注释：

〔1〕 普洛美修斯　通译普罗米修斯，希腊神话中的神。相传他从主神宙斯那里偷了火种给人类，受到宙斯的惩罚，被钉在高加索山的岩石上，让神鹰啄食他的肝脏。

〔2〕 燧人氏　我国传说中最早钻木取火、教人熟食的人，远古三王之一。

〔3〕 火神　传说不一。一说指祝融，见罗泌《路史·前纪》卷八；一说指回禄，见《左传·昭公十八年》及其注疏。

〔4〕 有巢氏　传说中发明树上搭巢居住的人，远古三王之一。

〔5〕 神农氏　传说中发明制作农具、教人耕种的人，远古三王之一。又传说他曾尝百草，发现药材，教人治病。

〔6〕 西班牙有斗牛的风俗，斗牛士手持红布刺激牛的野性勃发，斗牛士即持剑与之搏斗。

〔7〕 赛会　也称赛神，参见上卷《阿Q正传》注〔18〕。

〔8〕 秦始皇　参见本卷《忽然想到（五、六）》注〔3〕。始皇三十四年（前213），他采纳丞相李斯的建议，下令将秦以外的各国史书和民间所藏除农书和医书以外的古籍尽行焚毁。

〔9〕 希特拉（A. Hitler，1889—1945）　通译希特勒，德国纳粹党首领，德国元首。1933年他担任内阁总理后，实行法西斯统治，烧毁进步书籍和一切所谓"非德国思想"的书籍。

〔10〕 宋代庄季裕《鸡肋编》卷中载："靖康之后，金虏侵凌中国，露居异俗，凡所经过，尽皆焚燹。"按，靖康（1126—1127）是宋钦宗的年号。

〔11〕 项羽　参见本卷《忽然想到（五、六）》注〔4〕。据《史记·项羽本纪》载：他攻破咸阳后，"烧秦宫室，火三月不灭"。阿房宫，秦始皇时建筑的宫殿，遗址在今陕西西安市西阿房村。

〔12〕 救世主　基督教徒对耶稣的称呼。《新约·马太福音》说基督所在之处，都有大光照耀。

〔13〕 中里介山（1885—1944）　日本通俗小说家，著有历史小说《大菩萨峠》。他的《给支那和支那国民的一封信》，1931年（昭和六年）日本春阳堂出版。

〔14〕 这里所引胡适的话，是他1933年3月18日在北平对记者的谈话，载同年3月22日《申报·北平通讯》。下文的"有历史癖和考据癖"，是他在1920年7月所写的《〈水浒传〉考证》中的话："我最恨中国史家说的什么'作史笔法'，但我却有点'历史癖'；我又最恨人家咬文啮字的评文，但我却又有点'考据癖'！"

〔15〕 指中国自由运动大同盟，1930年2月成立于上海，宗旨是争取言论、出版、结社、集会等自由，反对国民党的专制统治。

〔16〕 关于王道和霸道之说，《孟子·公孙丑（上）》载有孟子的话："以力假仁者霸，霸必有大国；以德行仁者王，王不待大……以力服人者，非心服也，力不赡也；以德服人者，中心悦而诚服也。"又《汉书·元帝纪》载有汉宣帝刘询的话："汉家自有制度，本以霸王道杂之。"

〔17〕 汉的高祖　即刘邦，参见本卷《忽然想到（五、六）》注〔5〕。

〔18〕 周的武王　姓姬名发，殷末周族领袖。公元前11世纪，他联合西北和西南各族起兵进入中原，灭殷后建立周王朝。

〔19〕 伯夷和叔齐扣马而谏　据《史记·伯夷列传》载："伯夷、叔齐，孤竹君之二子也。……闻西伯昌善养老，盍往归焉。及至，西伯卒，武王载木主，号为文王，东伐纣。伯夷、叔齐叩马而谏曰：'父死不葬，爰及干戈，可谓孝乎？以臣弑君，可谓仁乎？'左右欲兵之。太公曰：'此义人也，扶而去之。'"

〔20〕 血流到漂杵　据《尚书·武成》载："甲子昧爽，受（纣）率其旅若林，会于牧野。罔有敌于我师，前徒倒戈，攻于后以北，血流漂杵。"

〔21〕 "顽民"　据《史记·殷本纪》载："周武王崩，武庚（商纣之子）与管叔、蔡叔作乱，成王命周公诛之。"又《尚书·多士》载："成周（今洛阳）既成，迁殷顽民。"据唐代孔颖达疏："顽民，谓殷之大夫、士从武庚叛者；以其无知，谓之顽民。"

〔22〕 以谈霸道为羞　据宋代朱熹《集注》："仲尼之门，五尺童子羞称五霸，为其先诈力而后仁义也。"

〔23〕 "制艺"　也称制义。参见上卷《阿长与〈山海经〉》注〔7〕。

〔24〕 指1884年至1885年的中法战争。战争的结果是清政府与法国签订了不平等的《中法新约》。

〔25〕 指1894年至1895年的中日战争（即甲午战争）。清政府在战败后与日本签订了丧权辱国的《马关条约》。

〔26〕 恶党　这里是反语，当时国民党当局曾用"匪党"等字眼诬称中国共产党。

〔27〕 1933年4月4日《申报》"南京专电"称："司法界某要人谈……壮年犯之性欲问题，依照理论，人民犯罪，失去自由，而性欲不在剥夺之列，欧美文明国家，定有犯人假期……每年得请假返家五天或七天，解决其性欲。"

〔28〕 1933年8月20日邵洵美在其编的《十日谈》第二期发表《自由监狱》（署名郭明）一文，其中说道："最近司法当局复有关于囚犯性欲问题之讨论……本来，囚禁制度……是国家给予犯罪者一个自省而改过的机会……监狱痛苦尽人皆知，不法犯罪，乃自讨苦吃，百姓既有戒心，或者可以不敢犯法；对付小人，此亦天机一条也。"

〔29〕 福建独立　指1933年11月在福建发生的政变。1932年1月28日在上海抗击进犯日军的十九路军，被蒋介石调往福建进行反共内战。1933年11月，十九路军将领蒋光

萧、蔡廷锴等联合国民党内一部分势力,在福建省成立"中华共和国人民革命政府",并与红军成立抗日反蒋协定,但不久即在蒋介石的兵力压迫下失败。

〔30〕 牛兰(Noulens,1894—1963) 本名雅科夫·马特维耶维奇·卢尼克(Яков Матвеевич Луник),牛兰是他在中国所用的化名之一。出生于乌克兰,苏联契卡(克格勃的前身)工作人员。1927年11月受共产国际派遣来中国从事秘密活动,负责中国联络站工作,公开身份之一是"泛太平洋产业同盟"上海办事处秘书。1931年6月15日,牛兰和妻子同在上海公共租界被英国巡捕拘捕,8月10日由中国方面引渡,14日押解南京,以"危害民国"罪受审。他们夫妇在狱中多次进行绝食斗争,宋庆龄、杨杏佛、沈钧儒曾赴监狱探视并组织营救。1937年8月日军攻占南京前不久出狱。

〔31〕 甘地(M. Gandhi,1869—1948) 印度民族独立运动的领袖。他主张"非暴力抵抗",倡导对英国殖民政府"不合作运动",曾屡遭监禁,在狱中多次以绝食表示反抗。

〔32〕 兴行场 日语,戏场的意思。

《准风月谈》前记

【题记】《自由谈》是上海《申报》的副刊之一,始于1911年8月24日,原以刊载鸳鸯蝴蝶派作品为主,1932年12月起,一度革新内容,常刊载进步作家的杂文、短论。鲁迅也常在上面发文。由于受国民党当局的压迫和言论检查管制,《自由谈》编者于1933年5月25日发表启事:"这年头,说话难,摇笔杆尤难","吁请海内文豪,从兹多谈风月,少发牢骚,庶作者编者,两蒙其休。"鲁迅为其杂文集命名《伪自由书》和《准风月谈》,都带有讥讽之意,抨击当时的言论钳制政策。

自从中华民国建国二十有二年五月二十五日《自由谈》的编者刊出了"吁请海内文豪,从兹多谈风月"的启事以来,很使老牌风月文豪摇头晃脑的高兴了一大阵,讲冷话的也有,说俏皮话的也有,连只会做"文探"的叭儿们也翘起了它尊贵的尾巴。但有趣的是谈风云的人,风月也谈得,谈风月就谈风月罢,虽然仍旧不能正如尊意。

想从一个题目限制了作家,其实是不能够的。假如出一个"学而时习之"[1]的试题,叫遗少和车夫来做八股,那做法就决定不一样。自然,车夫做的文章可以说是不通,是胡说,但这不通或胡说,就打破了遗少们的一统天下。古话里也有过:柳下惠看见糖水,说"可以养老",盗跖见了,却道可以粘门闩[2]。他们是弟兄,所见的又是同一的东西,想到的用法却有这么天差地远。"月白风清,如此良夜何?"[3]好的,风雅之至,举手赞成。但同是涉及风月的"月黑杀人夜,风高放火天"[4]呢,这不明明是一联古诗么?

我的谈风月也终于谈出了乱子来,不过也并非为了主张"杀人放火"。其实,以为"多谈风月",就是"莫谈国事"的意思,是误解。"漫谈国事"倒并不要紧,只是要"漫",发出去的箭石,不要正中了有些人物的鼻梁,因为这是他的武器,也是他的幌子。

从六月起的投稿,我就用种种的笔名了,一面固然为了省事,一面也省得有人骂读者们不管文字,只看作者的署名。然而这么一来,却又使一些看文字不用视觉,专靠嗅觉的"文学家"疑神疑鬼,而他们的嗅觉又没有和全体一同进化,至于看见一个新的作家的名字,就疑心是我的化名,对我呜呜不已,有时简直连读者都被他们闹得莫名其妙了。现在就将当时所用的笔名,仍旧留在每篇之下,算是负着应负的责任。

还有一点和先前的编法不同的,是将刊登时被删改的文字大概补上去了,而且旁加黑点,以清眉目。这删改,是出于编辑或总编辑,还是出于官派的检查员的呢,现在已经无从辨别,但推想起来,改点句子,去些讳忌,文章却还能连接的处所,大约是出于编辑的,而胡乱删削,不管文气的接不接,语意的完不完的,便是钦定的文章。

日本的刊物,也有禁忌,但被删之处,是留着空白,或加虚线,使读者能够知道的。中国的检查官却不许留空白,必须接起来,于是读者就看不见检查删削的痕迹,一切含胡和恍忽之点,都归在作者身上了。这一种办法,是比日本大有进步的,我现在提出来,以存中国文网史上极有价值的故实。

去年的整半年中,随时写一点,居然在不知不觉中又成一本了。当然,这不过是一些拉杂的文章,为"文学家"所不屑道。然而这样的文字,现在却也并不多,而且"拾荒"的人们,也还能从中检出东西来,我因此相信这书的暂时的生存,并且作为集印的缘故。

一九三四年三月十日,于上海记。

注释:

〔1〕 "学而时习之" 语出《论语·学而》:"子曰:'学而时习之,不亦说乎!'"

〔2〕 柳下惠与盗跖见糖水的事,见《淮南子·说林训》:"柳下惠见饴曰:'可以养老。'盗跖见饴曰:'可以黏牡。'见物同而用之异。"东汉高诱注:"牡,门户籥牡也。"按,柳下惠,春秋时鲁国人,《孟子·万章(下)》称他为"圣之和者"。盗跖,相传是柳下惠之弟,《史记·伯夷列传》说他是一个"日杀不辜,肝人之肉,暴戾恣睢,聚党数千人,横行天下"的大盗。

〔3〕 "月白风清,如此良夜何?" 语出宋代苏轼《后赤壁赋》。

〔4〕"月黑杀人夜,风高放火天" 语出元代辗然子《抓掌录》:"欧阳公(欧阳修)与人行令,各作诗两句,须犯徒(徒刑)以上罪者。一云:'持刀哄寡妇,下海劫人船。'一云:'月黑杀人夜,风高放火天。'欧云:'酒粘衫袖重,花压帽檐偏。'或问之,答云:'当此时,徒以上罪亦做了。'"

古人并不纯厚

【题记】本文最初发表于1934年4月26日上海《中华日报·动向》，署名翁隼，后收入《花边文学》。作者引证许多资料，摆出古今事实，以"挖老底"的方式，证明所谓"古人纯厚"无非是"后人选择"的结果。作者说古论今，揭示儒家所谓"温柔敦厚"所掩盖的历史阴暗，以讽刺当时政府当局借宣传儒教实施文化专制统治的行径。

老辈往往说：古人比今人纯厚，心好，寿长。我先前也有些相信，现在这信仰可是动摇了。达赖啦嘛总该比平常人心好，虽然"不幸短命死矣"，[1]但广州开的耆英会[2]，却明明收集过一大批寿翁寿媪，活了一百零六岁的老太太还能穿针，有照片为证。

古今的心的好坏，较为难以比较，只好求教于诗文。古之诗人，是有名的"温柔敦厚"的，而有的竟说："时日曷丧，予及汝偕亡！"[3]你看够多么恶毒？更奇怪的是孔子"校阅"之后，竟没有删，还说什么"诗三百，一言以蔽之，曰：思无邪"[4]哩，好像圣人也并不以为可恶。

还有现存的最通行的《文选》[5]，听说如果青年作家要丰富语汇，或描写建筑，是总得看它的，但我们倘一调查里面的作家，却至少有一半不得好死，当然，就因为心不好。经昭明太子一挑选，固然好像变成语汇祖师了，但在那时，恐怕还有个人的主张，偏激的文字。否则，这人是不传的，试翻唐以前的史上的文苑传，大抵是禀承意旨，草檄作颂的人，然而那些作者的文章，流传至今者偏偏少得很。

由此看来，翻印整部的古书，也就不无危险了。近来偶尔看见一部石印的《平斋文集》[6]，作者，宋人也，不可谓之不古，但其诗就不可为训。如咏《狐鼠》云："狐鼠擅一窟，虎蛇行九逵，不论天有眼，但管地无皮……。"又咏

《荆公》云:"养就祸胎身始去,依然钟阜向人青。"[7]那指斥当路的口气,就为今人所看不惯。"八大家"[8]中的欧阳修[9],是不能算作偏激的文学家的罢,然而那《读李翱文》中却有云:"呜呼,在位而不肯自忧,又禁它人使皆不得忧,可叹也夫!"也就悻悻得很。

但是,经后人一番选择,却就纯厚起来了。后人能使古人纯厚,则比古人更为纯厚也可见。清朝曾有钦定的《唐宋文醇》和《唐宋诗醇》[10],便是由皇帝将古人做得纯厚的好标本,不久也许会有人翻印,以"挽狂澜于既倒"[11]的。

四月十五日。

注释:

〔1〕 达赖啦嘛 这里指在 1933 年 12 月 17 日去世的达赖喇嘛第十三世阿旺罗桑土丹嘉措(1876—1933)。"不幸短命死矣",语出《论语·雍也》,是孔子惋惜门徒颜渊早死的话。

〔2〕 广州开的耆英会 1934 年 2 月 15 日,国民党政府广州市长刘纪文为纪念新建市署落成,举行耆英会;到八十岁以上的老人二百余人,其中有据说一百零六岁的张苏氏,尚能穿针,她表演穿针的照片曾刊在 3 月 19 日《申报·图画特刊》第二号。

〔3〕 "时日曷丧,予及汝偕亡!" 语出《尚书·汤誓》。时日,原指夏桀。

〔4〕 "诗三百,一言以蔽之,曰:思无邪" 孔丘的话,见《论语·为政》。

〔5〕 《文选》 南朝梁昭明太子萧统编,内选秦汉至齐梁间的诗文,共三十卷,是我国现存最早的一部诗文选集。唐代李善为之作注,分为六十卷。1933 年 9 月,施蛰存曾向青年推荐《文选》,说读了"可以扩大一点字汇",可以从中采用描写"宫室建筑"等的词语。

〔6〕 《平斋文集》 宋代洪咨夔著,共三十二卷。洪咨夔(1176—1236),字舜俞,浙江於潜人,嘉定二年(1202)进士,官至刑部尚书、翰林学士。石印的本子指 1934 年商务印书馆影印的《四部丛刊续编》本。

〔7〕 荆公 即王安石(1021—1086),北宋政治家和文学家。他官至宰相,封荆国公,故称王荆公。祸胎,指王安石曾经重用后来转而排斥王安石的吕惠卿等人。钟阜,指南京钟山,王安石晚年退居钟山半山堂。

〔8〕 "八大家" 即唐宋八大家,指唐代韩愈、柳宗元,宋代欧阳修、苏洵、苏轼、苏辙、王安石、曾巩八个散文名家,明代茅坤曾选辑他们的作品为《唐宋八大家文钞》,因有此称。

〔9〕 欧阳修(1007—1072) 字永叔,庐陵(今江西吉安)人,北宋文学家。曾任枢密

副使、参知政事。所作《读李翱文》,见《欧阳文忠集》卷七十三。李翱(772—841),字习之,陇西成纪(今甘肃秦安)人,唐代文学家。曾官中书舍人、山南东道节度使。

〔10〕 《唐宋文醇》 清代乾隆三年(1738)"御定",五十八卷,包括唐宋八大家及李翱、孙樵等十人的文章。《唐宋诗醇》,乾隆十五年(1750)"御定",四十七卷,包括唐代李白、杜甫、白居易、韩愈,宋代苏轼、陆游等六人的诗作。

〔11〕 "挽狂澜于既倒" 语出唐代韩愈《进学解》:"障百川而东之,回狂澜于既倒。"

拿 来 主 义

【题记】本文最初发表于1934年6月7日《中华日报·动向》,署名霍冲,后收入《且介亭杂文》。本文主旨是强调借鉴外来与继承传统文化中的开放胸襟与理性精神。题为"拿来主义",却从"闭关主义"这个反面立论,指出其荒谬的本质,为论证"拿来主义"铺垫。"拿来主义"和"五四"新文化运动的指向是一致的。当新文化运动成为历史陈迹,其精神难以赓续之时,鲁迅仍然强调"拿来"就变为非主流。唯其如此,愈显珍贵。

中国一向是所谓"闭关主义",自己不去,别人也不许来。自从给枪炮打破了大门之后,又碰了一串钉子,到现在,成了什么都是"送去主义"了。别的且不说罢,单是学艺上的东西,近来就先送一批古董到巴黎去展览,但终"不知后事如何";还有几位"大师"们捧着几张古画和新画,在欧洲各国一路的挂过去,叫作"发扬国光"[1]。听说不远还要送梅兰芳博士到苏联去,以催进"象征主义"[2],此后是顺便到欧洲传道。我在这里不想讨论梅博士演艺和象征主义的关系,总之,活人替代了古董,我敢说,也可以算得显出一点进步了。

但我们没有人根据了"礼尚往来"的仪节,说道:拿来!

当然,能够只是送出去,也不算坏事情,一者见得丰富,二者见得大度。尼采[3]就自诩过他是太阳,光热无穷,只是给与,不想取得。然而尼采究竟不是太阳,他发了疯。中国也不是,虽然有人说,掘起地下的煤来,就足够全世界几百年之用。但是,几百年之后呢?几百年之后,我们当然是化为魂灵,或上天堂,或落了地狱,但我们的子孙是在的,所以还应该给他们留下一点礼品。要不然,则当佳节大典之际,他们拿不出东西来,只好磕头贺喜,讨一点残羹冷炙做奖赏。

这种奖赏,不要误解为"抛来"的东西,这是"抛给"的,说得冠冕些,可以称之为"送来",我在这里不想举出实例[4]。

我在这里也并不想对于"送去"再说什么,否则太不"摩登"了。我只想鼓吹我们再吝啬一点,"送去"之外,还得"拿来",是为"拿来主义"。

但我们被"送来"的东西吓怕了。先有英国的鸦片,德国的废枪炮,后有法国的香粉,美国的电影,日本的印着"完全国货"的各种小东西。于是连清醒的青年们,也对于洋货发生了恐怖。其实,这正是因为那是"送来"的,而不是"拿来"的缘故。

所以我们要运用脑髓,放出眼光,自己来拿!

譬如罢,我们之中的一个穷青年,因为祖上的阴功(姑且让我这么说说罢),得了一所大宅子,且不问他是骗来的,抢来的,或合法继承的,或是做了女婿换来的。那么,怎么办呢?我想,首先是不管三七二十一,"拿来"!但是,如果反对这宅子的旧主人,怕给他的东西染污了,徘徊不敢走进门,是孱头;勃然大怒,放一把火烧光,算是保存自己的清白,则是昏蛋。不过因为原是羡慕这宅子的旧主人的,而这回接受一切,欣欣然的蹩进卧室,大吸剩下的鸦片,那当然更是废物。"拿来主义"者是全不这样的。

他占有,挑选。看见鱼翅,并不就抛在路上以显其"平民化",只要有养料,也和朋友们像萝卜白菜一样的吃掉,只不用它来宴大宾;看见鸦片,也不当众摔在毛厕里,以见其彻底革命,只送到药房里去,以供治病之用,却不弄"出售存膏,售完即止"的玄虚。只有烟枪和烟灯,虽然形式和印度,波斯,阿剌伯的烟具都不同,确可以算是一种国粹,倘使背着周游世界,一定会有人看,但我想,除了送一点进博物馆之外,其余的是大可以毁掉的了。还有一群姨太太,也大以请她们各自走散为是,要不然,"拿来主义"怕未免有些危机。

总之,我们要拿来。我们要或使用,或存放,或毁灭。那么,主人是新主人,宅子也就会成为新宅子。然而首先要这人沉着,勇猛,有辨别,不自私。没有拿来的,人不能自成为新人,没有拿来的,文艺不能自成为新文艺。

六月四日。

注释：

〔1〕 "发扬国光"　1932年至1934年间，美术家徐悲鸿、刘海粟曾分别去欧洲一些国家举办中国美术展览或个人美术作品展览。"发扬国光"是1934年5月28日《大晚报》报道这些消息时的用语。

〔2〕 "象征主义"　1934年5月28日《大晚报》报道："苏俄艺术界向分写实与象征两派，现写实主义已渐没落，而象征主义则经朝野一致提倡，引成欣欣向荣之概。自彼邦艺术家见我国之书画作品深合象征派后，即忆及中国戏剧亦必采取象征主义。因拟……邀中国戏曲名家梅兰芳等前往奏艺。"鲁迅曾在《花边文学·谁在没落》一文中批评《大晚报》的这种歪曲报道。

〔3〕 尼采　参见本卷《由聋而哑》注〔5〕。鼓吹"超人"哲学。这里所述尼采的话，见于他的《查拉图斯特拉如是说·序言》。

〔4〕 1933年6月4日，国民党政府和美国在华盛顿签订五千万美元的"棉麦借款"，购买美国的小麦、面粉和棉花。这里指的可能是这一类事。

从孩子的照相说起

【题记】本文最初发表于 1934 年 8 月 20 日《新语林》半月刊第四期,署名孺牛,后收入《且介亭杂文》。作者从孩子照相这种普通的事情中,发现了中外国民性的差异,进而论及文化教育的问题。鲁迅叙事的那种任意而谈,似乎散漫的节奏,以及好用反语,庄词谐用的口气,都是好读而有趣的地方。

因为长久没有小孩子,曾有人说,这是我做人不好的报应,要绝种的。房东太太讨厌我的时候,就不准她的孩子们到我这里玩,叫作"给他冷清冷清,冷清得他要死!"但是,现在却有了一个孩子,虽然能不能养大也很难说,然而目下总算已经颇能说些话,发表他自己的意见了。不过不会说还好,一会说,就使我觉得他仿佛也是我的敌人。

他有时对于我很不满,有一回,当面对我说:"我做起爸爸来,还要好……"甚而至于颇近于"反动",曾经给我一个严厉的批评道:"这种爸爸,什么爸爸!?"

我不相信他的话。做儿子时,以将来的好父亲自命,待到自己有了儿子的时候,先前的宣言早已忘得一干二净了。况且我自以为也不算怎么坏的父亲,虽然有时也要骂,甚至于打,其实是爱他的。所以他健康,活泼,顽皮,毫没有被压迫得瘟头瘟脑。如果真的是一个"什么爸爸",他还敢当面发这样反动的宣言么?

但那健康和活泼,有时却也使他吃亏,九一八事件后,就被同胞误认为日本孩子,骂了好几回,还挨过一次打——自然是并不重的。这里还要加一句说的听的,都不十分舒服的话:近一年多以来,这样的事情可是一次也没有了。

中国和日本的小孩子,穿的如果都是洋服,普通实在是很难分辨的。但我们这里的有些人,却有一种错误的速断法:温文尔雅,不大言笑,不大动弹的,是中国孩子;健壮活泼,不怕生人,大叫大跳的,是日本孩子。

然而奇怪,我曾在日本的照相馆里给他照过一张相,满脸顽皮,也真像日本孩子;后来又在中国的照相馆里照了一张相,相类的衣服,然而面貌很拘谨,驯良,是一个道地的中国孩子了。

为了这事,我曾经想了一想。

这不同的大原因,是在照相师的。他所指示的站或坐的姿势,两国的照相师先就不相同,站定之后,他就瞪了眼睛,觑机摄取他以为最好的一刹那的相貌。孩子被摆在照相机的镜头之下,表情是总在变化的,时而活泼,时而顽皮,时而驯良,时而拘谨,时而烦厌,时而疑惧,时而无畏,时而疲劳……。照住了驯良和拘谨的一刹那的,是中国孩子相;照住了活泼或顽皮的一刹那的,就好像日本孩子相。

驯良之类并不是恶德。但发展开去,对一切事无不驯良,却决不是美德,也许简直倒是没出息。"爸爸"和前辈的话,固然也要听的,但也须说得有道理。假使有一个孩子,自以为事事都不如人,鞠躬倒退;或者满脸笑容,实际上却总是阴谋暗箭,我实在宁可听到当面骂我"什么东西"的爽快,而且希望他自己是一个东西。

但中国一般的趋势,却只在向驯良之类——"静"的一方面发展,低眉顺眼,唯唯诺诺,才算一个好孩子,名之曰"有趣"。活泼,健康,顽强,挺胸仰面……凡是属于"动"的,那就未免有人摇头了,甚至于称之为"洋气"。又因为多年受着侵略,就和这"洋气"为仇;更进一步,则故意和这"洋气"反一调:他们活动,我偏静坐;他们讲科学,我偏扶乩[1];他们穿短衣,我偏着长衫;他们重卫生,我偏吃苍蝇;他们壮健,我偏生病……这才是保存中国固有文化,这才是爱国,这才不是奴隶性。

其实,由我看来,所谓"洋气"之中,有不少是优点,也是中国人性质中所本有的,但因了历朝的压抑,已经萎缩了下去,现在就连自己也莫名其妙,统统送给洋人了。这是必须拿它回来——恢复过来的——自然还得加一番慎重的选择。

即使并非中国所固有的罢,只要是优点,我们也应该学习。即使那老师是我们的仇敌罢,我们也应该向他学习。我在这里要提出现在大家所不高兴说的日本来,他的会摹仿,少创造,是为中国的许多论者所鄙薄的,但是,只要看看他们的出版物和工业品,早非中国所及,就知道"会摹仿"决不是劣点,我们正应该学习这"会摹仿"的。"会摹仿"又加以有创造,不是更好么?否则,只不过是一个"恨恨而死"[2]而已。

我在这里还要附一句像是多余的声明:我相信自己的主张,决不是"受了帝国主义者的指使"[3],要诱中国人做奴才;而满口爱国,满身国粹,也于实际上的做奴才并无妨碍。

八月七日。

注释:

〔1〕 扶乩 亦称扶箕、扶鸾,一种请神的迷信活动。由两人扶一丁字形木架,下垂的木杆在沙盘上画字,作为神示。

〔2〕 "恨恨而死" 指空自愤恨不平而不去进行实际的改革工作。参看本卷《随感录六十二 恨恨而死》。

〔3〕 "受了帝国主义者的指使" 1934年7月25日,作者在《申报·自由谈》发表《玩笑只当它玩笑(上)》一文,批评当时某些借口反对欧化句法而攻击白话文的人;8月7日,文公直在同刊发表致作者的公开信,说他主张采用欧化句法是"受了帝国主义者的指使"。参看《花边文学·玩笑只当它玩笑(上)》的附录。

中国人失掉自信力了吗

【题记】本文最初发表于1934年10月20日《太白》半月刊第一卷第三期,署名公汗,后收入《且介亭杂文》。当时正处于日本侵华之时,某些国人甚至主政者对于民族命运感到悲观,有的报纸也发表有关国人已失去"自信力"的论调。鲁迅此文即针对这种悲观论进行批驳。鲁迅认为失去"自信力"的只是国民中的一部分。他说:"我们从古以来,就有埋头苦干的人,有拼命硬干的人,有为民请命的人,有舍身求法的人,……虽是等于为帝王将相作家谱的所谓'正史',也往往掩不住他们的光耀,这就是中国的脊梁。"

从公开的文字上看起来:两年以前,我们总自夸着"地大物博",是事实;不久就不再自夸了,只希望着国联[1],也是事实;现在是既不夸自己,也不信国联,改为一味求神拜佛[2],怀古伤今了——却也是事实。

于是有人慨叹曰:中国人失掉自信力了[3]。

如果单据这一点现象而论,自信其实是早就失掉了的。先前信"地",信"物",后来信"国联",都没有相信过"自己"。假使这也算一种"信",那也只能说中国人曾经有过"他信力",自从对国联失望之后,便把这他信力都失掉了。

失掉了他信力,就会疑,一个转身,也许能够只相信了自己,倒是一条新生路,但不幸的是逐渐玄虚起来了。信"地"和"物",还是切实的东西,国联就渺茫,不过这还可以令人不久就省悟到依赖它的不可靠。一到求神拜佛,可就玄虚之至了,有益或是有害,一时就找不出分明的结果来,它可以令人更长久的麻醉着自己。

中国人现在是在发展着"自欺力"。

"自欺"也并非现在的新东西,现在只不过日见其明显,笼罩了一切罢了。然而,在这笼罩之下,我们有并不失掉自信力的中国人在。

我们从古以来,就有埋头苦干的人,有拚命硬干的人,有为民请命的人,有舍身求法的人,……虽是等于为帝王将相作家谱的所谓"正史"[4],也往往掩不住他们的光耀,这就是中国的脊梁。

这一类的人们,就是现在也何尝少呢?他们有确信,不自欺;他们在前仆后继的战斗,不过一面总在被摧残,被抹杀,消灭于黑暗中,不能为大家所知道罢了。说中国人失掉了自信力,用以指一部分人则可,倘若加于全体,那简直是诬蔑。

要论中国人,必须不被搽在表面的自欺欺人的脂粉所诓骗,却看看他的筋骨和脊梁。自信力的有无,状元宰相的文章是不足为据的,要自己去看地底下。

九月二十五日。

注释:

〔1〕 国联 "国际联盟"的简称,第一次世界大战后于1920年成立的国际政府间组织。它宣称以"促进国际合作,维持国际和平与安全"为宗旨,实际上是英法等国控制并为其国家利益服务的工具。1946年4月正式宣告解散,其财产移交给联合国。"九一八事变"后,蒋介石即于9月22日在南京发表讲话,声称"暂取逆来顺受态度,以待国联公理之判决"。国民党政府也多次向国联申诉,要求制止日本帝国主义的侵略,但国联并没采取有效的行动。它派出的调查团到我国东北调查后,在发表的《国联调查团报告书》中,认为日军发动"九一八事变""不能视为合法的自卫手段",但又承认日本在中国东北的特殊利益,提出在东北建立以日本为主、由英美等国组成的"顾问会议"共同控制的"满洲自治政府",不但偏袒日本,并阴谋乘机瓜分中国。

〔2〕 求神拜佛 当时一些国民党官僚和"社会名流",以祈祷"解救国难"为名,多次在一些大城市举办"时轮金刚法会""仁王护国法会"。

〔3〕 中国人失掉自信力了 当时舆论界曾有过这类论调,如1934年8月27日《大公报》社评《孔子诞辰纪念》中说:"民族的自尊心与自信力,既已荡焉无存,不待外侮之来,国家固早已濒于精神幻灭之域。"

〔4〕 "正史" 参见上卷《阿Q正传》注〔4〕。梁启超在《中国史界革命案》中说:"二十四史非史也,二十四姓之家谱而已。"

说 "面 子"

【题记】本文最初发表于1934年10月上海《漫画生活》月刊第二期,后收入《且介亭杂文》。讲"面子",给"面子",是人们日常生活中司空见惯的行为模式,鲁迅却从中看到了普遍的国民性,并借外国人看中国的印象,指出这是"中国精神的纲领"。似乎有点"上纲上线",但静下来想,何尝不是?只因为"集体无意识"罢了。鲁迅杂文有一类是闲话式,如同聊天,任意而谈,常插入趣事趣语,幽默而有刺,读来令人忍俊不禁,又不无思索。

"面子",是我们在谈话里常常听到的,因为好像一听就懂,所以细想的人大约不很多。

但近来从外国人的嘴里,有时也听到这两个音,他们似乎在研究。他们以为这一件事情,很不容易懂,然而是中国精神的纲领,只要抓住这个,就像二十四年前的拔住了辫子一样,全身都跟着走动了。相传前清时候,洋人到总理衙门[1]去要求利益,一通威吓,吓得大官们满口答应,但临走时,却被从边门送出去。不给他走正门,就是他没有面子;他既然没有了面子,自然就是中国有了面子,也就是占了上风了。这是不是事实,我断不定,但这故事,"中外人士"中是颇有些人知道的。

因此,我颇疑心他们想专将"面子"给我们。

但"面子"究竟是怎么一回事呢?不想还好,一想可就觉得胡涂。它像是很有好几种的,每一种身份,就有一种"面子",也就是所谓"脸"。这"脸"有一条界线,如果落到这线的下面去了,即失了面子,也叫作"丢脸"。不怕"丢脸",便是"不要脸"。但倘使做了超出这线以上的事,就"有面子",或曰"露脸"。而"丢脸"之道,则因人而不同,例如车夫坐在路边赤膊捉虱子,并不算什么,富家姑爷坐在路边赤膊捉虱子,才成为"丢脸"。但车夫也并非没有"脸",不过这时不算"丢",要给老婆踢了一脚,就躺倒哭起来,这才成为他的"丢脸"。这一条"丢脸"律,是也适用于上等人的。这样看来,"丢脸"的机会,似乎上等人比较的多,但也不一定,例如车夫偷一个钱袋,被人发见,是失了面子的,而上等人大捞一批金珠珍玩,却仿佛也不见得怎样"丢脸",况且还有"出洋考察"〔2〕,是改头换面的良方。

谁都要"面子",当然也可以说是好事情,但"面子"这东西,却实在有些怪。九月三十日的《申报》就告诉我们一条新闻:沪西有业木匠大包作头之罗立鸿,为其母出殡,邀开"贳器店之王树宝夫妇帮忙,因来宾众多,所备白衣,不敷分配,其时适有名王道才,绰号三喜子,亦到来送殡,争穿白衣不遂,以为有失体面,心中怀恨,……邀集徒党数十人,各执铁棍,据说尚有持手枪者多人,将王树宝家人乱打,一时双方有剧烈之战争,头破血流,多人受有重伤。……"白衣是亲族有服者所穿的,现在必须"争穿"而又"不遂",足见并非亲族,但竟以为"有失体面",演成这样的大战了。这时候,好像只要和普通有些不同便是"有面子",而自己成了什么,却可以完全不管。这类脾气,是"绅商"也不免发露的:袁世凯〔3〕将要称帝的时候,有人以列名于劝进表中为"有面子";有一国从青岛撤兵〔4〕的时候,有人以列名于万民伞〔5〕上为"有面子"。

所以,要"面子"也可以说并不一定是好事情——但我并非说,人应该"不要脸"。现在说话难,如果主张"非孝",就有人会说你在煽动打父母,主张男女平等,就有人会说你在提倡乱交——这声明是万不可少的。

况且,"要面子"和"不要脸"实在也可以有很难分辨的时候。不是有一个笑话么?一个绅士有钱有势,我假定他叫四大人罢,人们都以能够和他扳谈为荣。有一个专爱夸耀的小瘪三,一天高兴的告诉别人道:"四大人和我讲过话了!"人问他"说什么呢?"答道:"我站在他门口,四大人出来了,对我说:滚开去!"当然,这是笑话,是形容这人的"不要脸",但在他本人,是以为"有面子"的,如此的人一多,也就真成为"有面子"了。别的许多人,不是四大人连"滚开去"也不对他说么?

在上海,"吃外国火腿"〔6〕虽然还不是"有面子",却也不算怎么"丢脸"了,然而比起被一个本国的下等人所踢来,又仿佛近于"有面子"。

中国人要"面子",是好的,可惜的是这"面子"是"圆机活法"〔7〕,善于变化,于是就和"不要脸"混起来了。长谷川如是闲说"盗泉"[8]云:"古之君子,恶其名而不饮,今之君子,改其名而饮之。"也说穿了"今之君子"的"面子"的秘密。

十月四日。

注释:

　　[1]　总理衙门　"总理各国事务衙门"的简称。清政府管理外交事务的中央机构,咸丰十年(1860)设立,光绪二十七年(1901)改为外务部。

　　[2]　"出洋考察"　旧时的军阀、政客在失势或失意时,常以"出洋考察"作为暂时隐退、伺机再起的手段。其中也有并不真正"出洋",只用这句话来保全面子的。

　　[3]　袁世凯　参见上卷《关于太炎先生二三事》注[15]。

　　[4]　一国从青岛撤兵　指1922年12月日本撤走侵占青岛的军队。

　　[5]　旧时地方官员离任时,当地民众赠送仪仗伞一柄,上书所有赠送者的姓名,以示"爱戴""眷恋",称为"万民伞"。

　　[6]　"吃外国火腿"　旧时上海俗语,意指被外国人所踢。

　　[7]　圆机活法　随机应变的方法。"圆机",语出《庄子·盗跖》:"若是若非,执而圆机。"据唐代成玄英注:"圆机,犹环中也;执环中之道,以应是非。"

　　[8]　长谷川如是闲(1875—1969)　日本评论家。著有《现代社会批判》《日本的性格》等。不饮盗泉,原是中国的故事,见《尸子》(清代章宗源辑本)卷下:"孔子……过于盗泉,渴矣而不饮,恶其名也。"据《水经注》:盗泉出卞城(今山东泗水县东)东北卞山之阴。

运 命

【题记】本文最初发表于1934年11月20日《太白》半月刊第一卷第五期,署名公汗,后收入《且介亭杂文》。鲁迅感慨国人至今还是"用迷信来转移别的迷信"。那么改造这种国民性和迷信的出路何在？他认为只有提倡科学理性。到了中国真会尊重科学之时,就不必总是"见神见鬼"了。此文还有一关键词是"无特操",是指那种信仰实用化的投机心理。对寄植于这种普遍心理之上的社会文化进行深刻的剖析与反思,是鲁迅始终在坚持的工作。

有一天,我坐在内山书店[1]里闲谈——我是常到内山书店去闲谈的,我的可怜的敌对的"文学家",还曾经借此竭力给我一个"汉奸"的称号[2],可惜现在他们又不坚持了——才知道日本的丙午年生,今年二十九岁的女性,是一群十分不幸的人。大家相信丙午年生的女人要克夫,即使再嫁,也还要克,而且可以多至五六个,所以想结婚是很困难的。这自然是一种迷信,但日本社会上的迷信也还是真不少。

我问:可有方法解除这夙命呢？回答是:没有。

接着我就想到了中国。

许多外国的中国研究家,都说中国人是定命论者,命中注定,无可奈何;就是中国的论者,现在也有些人这样说。但据我所知道,中国女性就没有这样无法解除的命运。"命凶"或"命硬",是有的,但总有法子想,就是所谓"禳解";或者和不怕相克的命的男子结婚,制住她的"凶"或"硬"。假如有一种命,说是要连克五六个丈夫的罢,那就早有道士之类出场,自称知道妙法,用桃木刻成五六个男人,画上符咒,和这命的女人一同行"结俪之礼"后,烧掉或埋掉,于是真来订婚的丈夫,就算是第七个,毫无危险了。

中国人的确相信运命,但这运命是有方法转移的。所谓"没有法子",有时也就是一种另想道路——转移运命的方法。等到确信这是"运命",真真"没有法子"的时候,那是在事实上已经十足碰壁,或者恰要灭亡之际了。运命并不是中国人的事前的指导,乃是事后的一种不费心思的解释。

中国人自然有迷信,也有"信",但好像很少"坚信"。我们先前最尊皇帝,但一面想玩弄他,也尊后妃,但一面又有些想吊她的膀子;畏神明,而又烧纸钱作贿赂,佩服豪杰,却不肯为他作牺牲。崇孔的名儒,一面拜佛,信甲的战士,明天信丁。宗教战争是向来没有的,从北魏到唐末的佛道二教的此仆彼起,是只靠几个人在皇帝耳朵边的甘言蜜语。风水,符咒,拜祷……偌大的"运命",只要化一批钱或磕几个头,就改换得和注定的一笔大不相同了——就是并不注定。

我们的先哲,也有知道"定命"有这么的不定,是不足以定人心的,于是他说,这用种种方法之后所得的结果,就是真的"定命",而且连必须用种种方法,也是命中注定的。但看起一般的人们来,却似乎并不这样想。

人而没有"坚信",狐狐疑疑,也许并不是好事情,因为这也就是所谓"无特操"。但我以为信运命的中国人而又相信运命可以转移,却是值得乐观。不过现在为止,是在用迷信来转移别的迷信,所以归根结蒂,并无不同,以后倘能用正当的道理和实行——科学来替换了这迷信,那么,定命论的思想,也就和中国人离开了。

假如真有这一日,则和尚,道士,巫师,星相家,风水先生……的宝座,就都让给了科学家,我们也不必整年的见神见鬼了。

十月二十三日。

注释:

〔1〕 内山书店　日本人内山完造(1885—1959)在上海开设的书店,主要经售日文书籍。

〔2〕 给我一个"汉奸"的称号　1933年7月,曾今可主办的《文艺座谈》第一卷第一期刊登署名白羽遐的《内山书店小坐记》,影射鲁迅为日本的间谍(参看《伪自由书·后记》)。又1934年5月《社会新闻》第七卷第十二期刊登署名思的《鲁迅愿作汉奸》一稿,诬蔑鲁迅"与日本书局订定密约……乐于作汉奸矣"。

隔 膜

【题记】本文最初发表于1934年上海《新语林》半月刊第一期,署名杜德机,后收入《且介亭杂文》。该文在揭示清代文字狱的荒诞与凶残时,更指出那些受害者的愚昧,是他们的"奴性"遮蔽了对于封建统治者常有猜忌、偏狭、凶残本性之了解。这便是"隔膜"。鲁迅也是告诫当时一些知识分子对"忠而获咎"的不解,亦在"隔膜"。文章诙谐说史,例古讽今,趣味盎然。

清朝初年的文字之狱,到清朝末年才被从新提起。最起劲的是"南社"[1]里的有几个人,为被害者辑印遗集;还有些留学生,也争从日本搬回文证来[2]。待到孟森的《心史丛刊》[3]出,我们这才明白了较详细的状况,大家向来的意见,总以为文字之祸,是起于笑骂了清朝。然而,其实是不尽然的。

这一两年来,故宫博物院的故事似乎不大能够令人敬服[4],但它却印给了我们一种好书,曰《清代文字狱档》[5],去年已经出到八辑。其中的案件,真是五花八门,而最有趣的,则莫如乾隆四十八年二月"冯起炎注解易诗二经欲行投呈案"。

冯起炎是山西临汾县的生员,闻乾隆将谒泰陵[6],便身怀著作,在路上徘徊,意图呈进,不料先以"形迹可疑"被捕了。那著作,是以《易》解《诗》,实则信口开河,在这里犯不上抄录,惟结尾有"自传"似的文章一大段,却是十分特别的——

"又,臣之来也,不愿如何如何,亦别无愿求之事,惟有一事未决,请对陛下一叙其缘由。臣……名曰冯起炎,字是南州,尝到臣张三姨母家,见一女,可娶,而恨不足以办此。此女名曰小女,年十七岁,方当待字之年,而正在未字之时,乃原籍东关春牛厂长兴号张守忭之次女也。又到臣杜五姨母家,见一女,可娶,而恨力不足以办此。此女名小凤,年十三岁,虽非必字之年,而已在可字之时,乃本京东城闹市口瑞生号杜月之次女也。若以陛下之力,差干员一人,选快马一匹,克日长驱到临邑,问彼临邑之地方官:'其东关春牛厂长兴号中果有张守忭一人否?'诚如是也,则此事谐矣。再问:'东城闹市口瑞生号中果有杜月一人否?'诚如是也,则此事谐矣。二事谐,则臣之愿毕矣。然臣之来也,方不知陛下纳臣之言耶否耶,而必以此等事相强乎?特进言之际,一叙及之。"

这何尝有丝毫恶意?不过着了当时通行的才子佳人小说的迷,想一举成名,天子做媒,表妹入抱而已。不料事实的结局却不大好,署直隶总督袁守侗[7]拟奏的罪名是"阅其呈首,胆敢于圣主之前,混讲经书,而呈尾措词,尤属狂妄。核其情罪,较冲突仪仗为更重。冯起炎一犯,应从重发往黑龙江等处,给披甲人为奴。俟部复到日,照例解部刺字发遣。"这位才子,后来大约终于单身出关做西崑去了。

此外的案情,虽然没有这么风雅,但并非反动的还不少。有的是卤莽;有的是发疯;有的是乡曲迂儒,真的不识讳忌;有的则是草野愚民,实在关心皇家。而运命大概很悲惨,不是凌迟,灭族,便是立刻杀头,或者"斩监候"[8],也仍然活不出。

凡这等事,粗略的一看,先使我们觉得清朝的凶虐,其次,是死者的可怜。但再来一想,事情是并不这么简单的。这些惨案的来由,都只为了"隔膜"。

满洲人自己,就严分着主奴,大臣奏事,必称"奴才",而汉人却称"臣"就好。这并非因为是"炎黄之胄"[9],特地优待,锡以嘉名的,其实是所以别于满人的"奴才",其地位还下于"奴才"数等。奴隶只能奉行,不许言议;评论固然不可,妄自颂扬也不可,这就是"思不出其位"[10]。譬如说:主子,您这袍角有些儿破了,拖下去怕更要破烂,还是补一补好。进言者方自以为在尽忠,而其实却犯了罪,因为另有准其讲这样的话的人在,不是谁都可说的。一乱说,便是"越俎代谋",当然"罪有应得"。倘自以为是"忠而获咎",那不过是自己的胡涂。

但是,清朝的开国之君是十分聪明的,他们虽然打定了这样的主意,嘴里却并不照样说,用的是中国的古训:"爱民如子""一视同仁"。一部分的大臣,士大夫,是明白这奥妙的,并不敢相信。但有一些简单愚蠢的人们却上了当,真以为"陛下"是自己的老子,亲亲热热的撒娇讨好去了。他那里要这被征服者做儿子呢?于是乎杀掉。不久,儿子们吓得不再开口了,计划居然成功;直到光绪时康有为们的上书,才又冲破了"祖宗的成法"。然而这奥妙,好像至今还没有人来说明。

施蛰存先生在《文艺风景》创刊号里,很为"忠而获咎"者不平,[11]就因为还不免有些"隔膜"的缘故。这是《颜氏家训》或《庄子》《文选》里所没有的[12]。

六月十日。

注释:

〔1〕 "南社" 文学团体,1909年由柳亚子等人发起,成立于苏州。该社以诗文宣传反清革命,辛亥革命后社员发生分化,1923年无形解体。

〔2〕 清末有些留日学生从日本的图书馆中搜集明末遗民的著作,如《扬州十日记》《嘉定屠城记略》《朱舜水集》《张苍水集》等。印出后输入国内,以宣传反清革命。

〔3〕 孟森(1868—1937) 字莼荪,号心史,江苏武进人,历史学家。曾留学日本,后任北京大学史学系教授。《心史丛刊》,共三集,出版于1916年至1917年,内容都是有关考证的札记文字;其中关于清代文字狱的记载,有朱光旦案、科场案三(河南、山东、山西闱)附记之"查嗣庭典试江西命题有意讽刺"案、《字贯》案、《闲闲录》案。他在论述王锡侯因著《字贯》被杀一案时说:"锡侯之为人,盖亦一头巾气极重之腐儒,与戴名世略同,断非有菲薄清廷之意。戴则以古文自命,王则以理学自矜,俱好弄笔。弄笔既久,处处有学问面目。故于明季事而津津欲网罗其遗闻,此戴之所以杀身也。于字书而置《康熙字典》为一家言,与诸家均在平齐之列,此王之所以罹辟也。"

〔4〕 指故宫博物院文物被盗卖事。故宫博物院是管理清朝故宫及其所属各处的建筑物和古物、图书的机构。1932年至1933年间易培基任院长时,该院古物被盗卖者甚多,易培基曾因此被控告。

〔5〕 《清代文字狱档》 故宫博物院文献馆编,国立北平研究院出版,其中资料都从故宫博物院所藏的军机处档、宫中所存缴回朱批奏折、实录三种清代文书辑录。第一辑出版于1931年5月。冯起炎一案见《清代文字狱档》第八辑(1933年7月出版)。

〔6〕 泰陵　清朝雍正皇帝（胤禛）的陵墓，在河北易县。

〔7〕 袁守侗（1723—1783）　字执冲，山东长山（今邹平）人。乾隆时举人，曾任刑部侍郎、户部尚书、直隶总督。

〔8〕 "斩监候"　清朝法制：将被判死刑不立时处决的犯人暂行监禁，候秋审（每年八月中由刑部会同各官详议各省审册，请旨裁夺）再予决定，叫作"监候"，有"斩监候"与"绞监候"之别。

〔9〕 "炎黄之胄"　指汉族。炎黄，传说中的我国古代帝王炎帝和黄帝。

〔10〕 "思不出其位"　语见《易经·艮》："君子以思不出其位。"

〔11〕 施蛰存在《文艺风景》创刊号（1934年6月）《书籍禁止与思想左倾》一文中说："前一些时候，政府曾经根据于剿除共产主义文化这政策而突然禁止了一百余种文艺书籍的发行。……沈从文先生曾经在天津《国闻周报》第十一卷第九期上发表了一篇讨论这禁书问题的文字。……但是在上海的《社会新闻》第六卷第二十七八期上却连续刊载了一篇对于沈从文先生那篇文章的反驳。……沈从文先生正如我一样地引焚书坑儒为喻，原意也不过希望政府方面要以史实为殷鉴，出之审慎……他并非不了解政府的禁止'左倾'书籍之不得已，然而他还希望政府能有比这更妥当，更有效果的办法；……然而，在《社会新闻》的那位作者的笔下，却写下了这样的裁决：'我们从沈从文的……口吻中，早知道沈从文的立场究竟是什么立场了，沈从文既是站在反革命的立场，那沈从文的主张，究竟是什么主张，又何待我们来下断语呢？'"

〔12〕 1933年9月《大晚报》征求所谓"推荐书目"时，施蛰存曾提倡青年读这些书。

论 讽 刺

【题记】本文最初发表于1935年4月《文学》月刊第四卷第四号,署名敖,后收入《且介亭杂文二集》。鲁迅写作常用讽刺,也多次谈过讽刺,此文重在说明讽刺并不是作家用它和人为难的捏造和杜撰,而是生活中常见到的一种现象。讽刺必须是一种社会真实,由作者"用了精炼的,或者简直有些夸张的笔墨——但自然也必须是艺术的地——写出或一群人的或一面的真实"。其意思是要用典型化的方式写出被讽刺对象的本质特征。

我们常不免有一种先入之见,看见讽刺作品,就觉得这不是文学上的正路,因为我们先就以为讽刺并不是美德。但我们走到交际场中去,就往往可以看见这样的事实,是两位胖胖的先生,彼此弯腰拱手,满面油晃晃的正在开始他们的扳谈——

"贵姓?……"

"敝姓钱。"

"哦,久仰久仰!还没有请教台甫……"

"草字阔亭。"

"高雅高雅。贵处是……?"

"就是上海……"

"哦哦,那好极了,这真是……"

谁觉得奇怪呢?但若写在小说里,人们可就会另眼相看了,恐怕大概要被算作讽刺。有好些直写事实的作者,就这样的被蒙上了"讽刺家"——很难说是好是坏——的头衔。例如在中国,则《金瓶梅》写蔡御史的自谦和恭维西门庆道:"恐我不如安石之才,而君有王右军之高致矣!"还有《儒林外史》写范举人因为守孝,连象牙筷也不肯用,但吃饭时,他却"在燕窝碗里拣了一个大虾圆子送在嘴里",和这相似的情形是现在还可以遇见的;在外国,则如近来已被中国读者所注意了的果戈理的作品,他那《外套》[1](韦素园译,在《未名丛刊》中)里的大小官吏,《鼻子》[2](许遐译,在《译文》中)里的绅士,医生,闲人们之类的典型,是虽在中国的现在,也还可以遇见的。这分明是事实,而且是很广泛的事实,但我们皆谓之讽刺。

人大抵愿意有名,活的时候做自传,死了想有人分讣文,做行实,甚而至于还"宣付国史馆立传"。人也并不全不自知其丑,然而他不愿意改正,只希望随时消掉,不留痕迹,剩下的单是美点,如曾经施粥赈饥之类,却不是全般。"高雅高雅",他其实何尝不知道有些肉麻,不过他又知道说过就完,"本传"里决不会有,于是也就放心的"高雅"下去。如果有人记了下来,不给它消灭,他可要不高兴了。于是乎挖空心思的来一个反攻,说这些乃是"讽刺",向作者抹一脸泥,来掩藏自己的真相。但我们也每不免来不及思索,跟着说,"这些乃是讽刺呀!"上当真可是不浅得很。

同一例子的还有所谓"骂人"。假如你到四马路去,看见雏妓在拖住人,倘大声说:"野鸡在拉客",那就会被她骂你是"骂人"。骂人是恶德,于是你先就被判定在坏的一方面了;你坏,对方可就好。但事实呢,却的确是"野鸡在拉客",不过只可心里知道,说不得,在万不得已时,也只能说"姑娘勒浪[3]做生意",恰如对于那些弯腰拱手之辈,做起文章来,是要改作"谦以待人,虚以接物"的。——这才不是骂人,这才不是讽刺。

其实,现在的所谓讽刺作品,大抵倒是写实。非写实决不能成为所谓"讽刺";非写实的讽刺,即使能有这样的东西,也不过是造谣和诬蔑而已。

三月十六日。

注释:

〔1〕《外套》 中篇小说,韦素园译,《未名丛刊》之一。1926年9月出版。

〔2〕《鼻子》 中篇小说,鲁迅译,最初发表于《译文》第一卷第一期(1934年9月),署名许遐。后收入《译丛补》。

〔3〕 勒浪 上海方言,"在"的意思。

病 后 杂 谈

【题记】本文共四节,第一节最初发表于1935年2月《文学》月刊第四卷第二号,其他三节都被国民党书报检查官删去。后收入《且介亭杂文》。文中记载鲁迅病中翻阅古代一些野史和禁书,从中看到许多被一般正史抹去了的历史真实,比如酷刑和文字狱,等等,可见封建专制的残酷本质。此篇较长的"漫文",不讲究所谓中心与结构,漫话式的轻松散漫,没有他的一般杂感之明快,却也耐人寻味,可以读出鲁迅对当时"文艺上的暗杀政策"的鄙薄,也可以从鲁迅这里学会读史如何洞察幽微,如何看待传统中的阴暗面,以及如何警惕文人士大夫常见的奴性。

一

生一点病,的确也是一种福气。不过这里有两个必要条件:一要病是小病,并非什么霍乱吐泻,黑死病,或脑膜炎之类;二要至少手头有一点现款,不至于躺一天,就饿一天。这二者缺一,便是俗人,不足与言生病之雅趣的。

我曾经爱管闲事,知道过许多人,这些人物,都怀着一个大愿。大愿,原是每个人都有的,不过有些人却模模胡胡,自己抓不住,说不出。他们中最特别的有两位:一位是愿天下的人都死掉,只剩下他自己和一个好看的姑娘,还有一个卖大饼的;另一位是愿秋天薄暮,吐半口血,两个侍儿扶着,怅怅的到阶前去看秋海棠。这种志向,一看好像离奇,其实却照顾得很周到。第一位姑且不谈他罢,第二位的"吐半口血",就有很大的道理。才子本来多病,但要"多",就不能重,假使一吐就是一碗或几升,一个人的血,能有几回好吐呢?过不几天,就雅不下去了。

我一向很少生病,上月却生了一点点。开初是每晚发热,没有力,不想吃东西,一礼拜不肯好,只得看医生。医生说是流行性感冒。好罢,就是流行性感冒。但过了流行性感冒一定退热的时期,我的热却还不退。医生从他那大皮包里取出玻璃管来,要取我的血液,我知道他在疑心我生伤寒病了,自己也有些发愁。然而他第二天对我说,血里没有一粒伤寒菌;于是注意的听肺,平常;听心,上等。这似乎很使他为难。我说,也许是疲劳罢;他也不甚反对,只是沉吟着说,但是疲劳的发热,还应该低一点。……

好几回检查了全体,没有死症,不至于呜呼哀哉是明明白白的,不过是每晚发热,没有力,不想吃东西而已,这真无异于"吐半口血",大可享生病之福了。因为既不必写遗嘱,又没有大痛苦,然而可以不看正经书,不管柴米账,玩他几天,名称又好听,叫作"养病"。从这一天起,我就自己觉得好像有点儿"雅"了;那一位愿吐半口血的才子,也就是那时躺着无事,忽然记了起来的。

光是胡思乱想也不是事,不如看点不劳精神的书,要不然,也不成其为"养病"。像这样的时候,我赞成中国纸的线装书,这也就是有点儿"雅"起来了的证据。洋装书便于插架,便于保存,现在不但有洋装二十五六史,连《四部备要》也硬领而皮靴了,[1]——原是不为无见的。但看洋装书要年富力强,正襟危坐,有严肃的态度。假使你躺着看,那就好像两只手捧着一块大砖头,不多工夫,就两臂酸麻,只好叹一口气,将它放下。所以,我在叹气之后,就去寻线装书。

一寻,寻到了久不见面的《世说新语》[2]之类一大堆,躺着来看,轻飘飘的毫不费力了,魏晋人的豪放潇洒的风姿,也仿佛在眼前浮动。由此想起阮嗣宗[3]的听到步兵厨善于酿酒,就求为步兵校尉;陶渊明[4]的做了彭泽令,就教官田都种秫,以便做酒,因了太太的抗议,这才种了一点秔。这真是天趣盎然,决非现在的"站在云端里呐喊"[5]者们所能望其项背。但是,"雅"要想到适可而止,再想便不行。例如阮嗣宗可以求做步兵校尉,陶渊明补了彭泽令,他们的地位,就不是一个平常人,要"雅",也还是要地位。"采菊东篱下,悠然见南山"是渊明的好句,但我们在上海学起来可就难了。没有南山,我们还可以改作"悠然见洋房"或"悠然见烟囱"的,然而要租一所院子里有点竹篱,可以种菊的房子,租钱就每月总得一百两,水电在外;巡捕捐按房租百分之十四,每月十四两。单是这两项,每月就是一百十四两,每两作一元四角算,等于一百五十九元六。近来的文稿又不值钱,每千字最低的只有四五角,因为是学陶渊明的雅人的稿子,现在算他每千字三大元罢,但标点,洋文,空白除外。那么,单单为了采菊,他就得每月译作净五万三千二百字。吃饭呢?要另外想法子生发,否则,他只好"饥来驱我去,不知竟何之"了。

"雅"要地位,也要钱,古今并不两样的,但古代的买雅,自然比现在便宜;办法也并不两样,书要摆在书架上,或者抛几本在地板上,酒杯要摆在桌子上,但算盘却要收在抽屉里,或者最好是在肚子里。

此之谓"空灵"。

二

为了"雅",本来不想说这些话的。后来一想,这于"雅"并无伤,不过是在证明我自己的"俗"。王夷甫[6]口不言钱,还是一个不干不净人物,雅人打算盘,当然也无损其为雅人。不过他应该有时收起算盘,或者最妙是暂时忘却算盘,那么,那时的一言一笑,就都是灵机天成的一言一笑,如果念念不忘世间的利害,那可就成为"杭育杭育派"[7]了。这关键,只在一者能够忽而放开,一者却是永远执着,因此也就大有了雅俗和高下之分。我想,这和时而"敦伦"[8]者不失为圣贤,连白天也在想女人的就要被称为"登徒子"[9]的道理,大概是一样的。

所以我恐怕只好自己承认"俗",因为随手翻了一通《世说新语》,看过"姗隅跃清池"[10]的时候,千不该万不该的竟从"养病"想到"养病费"上去了,于是一骨碌爬起来,写信讨版税,催稿费。写完之后,觉得和魏晋人有点隔膜,自己想,假使此刻有阮嗣宗或陶渊明在面前出现,我们也一定谈不来的。于是另换了几本书,大抵是明末清初的野史,时代较近,看起来也许较有趣味。第一本拿在手里的是《蜀碧》[11]。

这是蜀宾[12]从成都带来送我的,还有一部《蜀龟鉴》[13],都是讲张献忠[14]祸蜀的书,其实是不但四川人,而是凡有中国人都该翻一下的著作,可惜刻的太坏,错字颇不少。翻了一遍,在卷三里看见了这样的一条——

"又,剥皮者,从头至尻,一缕裂之,张于前,如鸟展翅,率逾日始绝。有即毙者，行刑之人坐死。"

也还是为了自己生病的缘故罢，这时就想到了人体解剖。医术和虐刑，是都要生理学和解剖学智识的。中国却怪得很，固有的医书上的人身五脏图，真是草率错误到见不得人，但虐刑的方法，则往往好像古人早懂得了现代的科学。例如罢，谁都知道从周到汉，有一种施于男子的"宫刑"[15]，也叫"腐刑"，次于"大辟"一等。对于女性就叫"幽闭"，向来不大有人提起那方法，但总之，是决非将她关起来，或者将它缝起来。近时好像被我查出一点大概来了，那办法的凶恶，妥当，而又合乎解剖学，真使我不得不吃惊。但妇科的医书呢？几乎都不明白女性下半身的解剖学的构造，他们只将肚子看作一个大口袋，里面装着莫名其妙的东西。

单说剥皮法，中国就有种种。上面所抄的是张献忠式；还有孙可望[16]式，见于屈大均的《安龙逸史》[17]，也是这回在病中翻到的。其时是永历六年，即清顺治九年，永历帝已经躲在安隆（那时改为安龙），秦王孙可望杀了陈邦传父子，御史李如月就弹劾他"擅杀勋将，无人臣礼"，皇帝反打了如月四十板。可是事情还不能完，又给孙党张应科知道了，就去报告了孙可望。

"可望得应科报，即令应科杀如月，剥皮示众。俄缚如月至朝门，有负石灰一筐，稻草一捆，置于其前。如月问，'如何用此？'其人曰，'是揎你的草！'如月叱曰，'瞎奴！此株株是文章，节节是忠肠也！'既而应科立右角门阶，捧可望令旨，喝如月跪。如月叱曰，'我是朝廷命官，岂跪贼令!？'乃步至中门，向阙再拜。……应科促令仆地，剖脊，及臀，如月大呼曰：'死得快活，浑身清凉！'又呼可望名，大骂不绝。及断至手足，转前胸，犹微声恨骂；至颈绝而死。随以灰渍之，纫以线，后乃入草，移北城门通衢阁上，悬之。……"

张献忠的自然是"流贼"式；孙可望虽然也是流贼出身，但这时已是保明拒清的柱石，封为秦王，后来降了满洲，还是封为义王，所以他所用的其实是官式。明初，永乐皇帝剥那忠于建文帝的景清[18]的皮，也就是用这方法的。大明一朝，以剥皮始，以剥皮终，可谓始终不变；至今在绍兴戏文里和乡下人的嘴上，还偶然可以听到"剥皮揎草"的话，那皇泽之长也就可想而知了。

真也无怪有些慈悲心肠人不愿意看野史，听故事；有些事情，真也不像人世,要令人毛骨悚然,心里受伤,永不全愈的。残酷的事实尽有,最好莫如不闻,这才可以保全性灵,也是"是以君子远庖厨也"[19]的意思。比灭亡略早的晚明名家的潇洒小品在现在的盛行,实在也不能说是无缘无故。不过这一种心地晶莹的雅致,又必须有一种好境遇,李如月仆地"剖脊",脸孔向下,原是一个看书的好姿势[20],但如果这时给他看袁中郎的《广庄》[21],我想他是一定不要看的。这时他的性灵有些儿不对,不懂得真文艺了。

然而,中国的士大夫是到底有点雅气的,例如李如月说的"株株是文章,节节是忠肠",就很富于诗趣。临死做诗的,古今来也不知道有多少。直到近代,谭嗣同在临刑之前就做一绝"闭门投辖思张俭"[22],秋瑾女士也有一句"秋雨秋风愁杀人"[23],然而还雅得不够格,所以各种诗选里都不载,也不能卖钱。

三

清朝有灭族,有凌迟,却没有剥皮之刑,这是汉人应该惭愧的,但后来脍炙人口的虐政是文字狱。虽说文字狱,其实还含着许多复杂的原因,在这里不能细说;我们现在还直接受到流毒的,是他删改了许多古人的著作的字句,禁了许多明清人的书。

《安龙逸史》大约也是一种禁书,我所得的是吴兴刘氏嘉业堂[24]的新刻本。他刻的前清禁书还不止这一种,屈大均的又有《翁山文外》;还有蔡显的《闲渔闲闲录》[25],是作者因此"斩立决",还累及门生的,但我细看了一遍,却又寻不出什么忌讳。对于这种刻书家,我是很感激的,因为他传授给我许多知识——虽然从雅人看来,只是些庸俗不堪的知识。但是到嘉业堂去买书,可真难。我还记得,今年春天的一个下午,好容易在爱文义路找着了,两扇大铁门,叩了几下,门上开了一个小方洞,里面有中国门房,中国巡捕,白俄镖师各一位。巡捕问我来干什么的。我说买书。他说账房出去了,没有人管,明天再来罢。我告诉他我住得远,可能给我等一会呢?他说,不成!同时也堵住了那个小方洞。过了两天,我又去了,改作上午,以为此时账房也许不至于出去。但这回所得回答却更其绝望,巡捕曰:"书都没有了!卖完了!不卖了!"

我就没有第三次再去买,因为实在回复的斩钉截铁。现在所有的几种,是托朋友去辗转买来的,好像必须是熟人或走熟的书店,这才买得到。

每种书的末尾,都有嘉业堂主人刘承干先生的跋文,他对于明季的遗老很有同情,对于清初的文祸也颇不满。但奇怪的是他自己的文章却满是前清遗老的口风;书是民国刻的,"仪"字还缺着末笔[26]。我想,试看明朝遗老的著作,反抗清朝的主旨,是在异族的入主中夏的,改换朝代,倒还在其次。所以要顶礼明末的遗民,必须接受他的民族思想,这才可以心心相印。现在以明遗老之仇的满清的遗老自居,却又引明遗老为同调,只着重在"遗老"两个字,而毫不问遗于何族,遗在何时,这真可以说是"为遗老而遗老",和现在文坛上的"为艺术而艺术",成为一副绝好的对子了。

倘以为这是因为"食古不化"的缘故,那可也并不然。中国的士大夫,该化的时候,就未必决不化。就如上面说过的《蜀龟鉴》,原是一部笔法都仿《春秋》的书,但写到"圣祖仁皇帝康熙元年春正月",就有"赞"道:"……明季之乱甚矣!风终《豳》,雅终《召旻》,[27]托乱极思治之隐忧而无其实事,孰若于臣祖亲见之,臣身亲被之乎?是终以元年正月。终者,非徒谓体元表正[28],蔑以加兹;生逢 盛世,荡荡难名,一以寄没世不忘之恩,一以见太平之业所由始耳!"

《春秋》上是没有这种笔法的。满洲的肃王的一箭,不但射死了张献忠[29],也感化了许多读书人,而且改变了"春秋笔法"[30]了。

四

病中来看这些书,归根结蒂,也还是令人气闷。但又开始知道了有些聪明的士大夫,依然会从血泊里寻出闲适来。例如《蜀碧》,总可以说是够惨的书了,然而序文后面却刻着一位乐斋先生的批语道:"古穆有魏晋间人笔意。"

这真是天大的本领!那死似的镇静,又将我的气闷打破了。

我放下书,合了眼睛,躺着想想学这本领的方法,以为这和"君子远庖厨也"的法子是大两样的,因为这时是君子自己也亲到了庖厨里。瞑想的结果,拟定了两手太极拳。一,是对于世事要"浮光掠影",随时忘却,不甚了然,仿佛有些关心,却又并不恳切;二,是对于现实要"蔽聪塞明",麻木冷静,不受感触,先由努力,后成自然。第一种的名称不大好听,第二种却也是却病延年的要诀,连古之儒者也并不讳言的。这都是大道。还有一种轻捷的小道,是:彼此说谎,自欺欺人。

有些事情,换一句话说就不大合式,所以君子憎恶俗人的"道破"。其实,"君子远庖厨也"就是自欺欺人的办法:君子非吃牛肉不可,然而他慈悲,不忍见牛的临死的觳觫,于是走开,等到烧成牛排,然后慢慢的来咀嚼。牛排是决不会"觳觫"的了,也就和慈悲不再有冲突,于是他心安理得,天趣盎然,剔剔牙齿,摸摸肚子,"万物皆备于我矣"[31]了。彼此说谎也决不是伤雅的事情,东坡先生在黄州,有客来,就要客谈鬼,客说没有,东坡道:"姑妄言之!"[32]至今还算是一件韵事。

撒一点小谎,可以解无聊,也可以消闷气;到后来,忘却了真,相信了谎。也就心安理得,天趣盎然了起来。永乐的硬做皇帝,一部分士大夫是颇以为不大好的。尤其是对于他的惨杀建文的忠臣。和景清一同被杀的还有铁铉[33],景清剥皮,铁铉油炸,他的两个女儿则发付了教坊,叫她们做婊子。这更使士大夫不舒服,但有人说,后来二女献诗于原问官,被永乐所知,赦出,嫁给士人了。[34]

这真是"曲终奏雅"[35],令人如释重负,觉得天皇毕竟圣明,好人也终于得救。她虽然做过官妓,然而究竟是一位能诗的才女,她父亲又是大忠臣,为夫的士人,当然也不算辱没。但是,必须"浮光掠影"到这里为止,想不得下去。一想,就要想到永乐的上谕[36],有些是凶残猥亵,将张献忠祭梓潼神的"咱老子姓张,你也姓张,咱老子和你联了宗罢。尚飨!"的名文[37],和他的比起来,真是高华典雅,配登西洋的上等杂志,那就会觉得永乐皇帝决不像一位爱才怜弱的明君。况且那时的教坊是怎样的处所?罪人的妻女在那里是并非静候嫖客的,据永乐定法,还要她们"转营",这就是每一座兵营里都去几天,目的是在使她们为多数男性所凌辱,生出"小龟子"和"淫贱材儿"来!所以,现在成了问题的"守节",在那时,其实是只准"良民"专利的特典。在这样的治下,这样的地狱里,做一首诗就能超生的么?

我这回从杭世骏的《订讹类编》[38](续补卷上)里,这才确切的知道了这佳话的欺骗。他说:

"……考铁长女诗,乃吴人范昌期《题老妓卷》作也。诗云:'教坊落籍洗铅华,一片春心对落花。旧曲听来空有恨,故园归去却无家。云鬟半軃临青镜,雨泪频弹湿绛纱。安得江州司马在,尊前重为赋琵琶。'昌期,字鸣凤;诗见张士瀹《国朝文纂》。同时杜琼用嘉亦有次韵诗,题曰《无题》,则其非铁氏作明矣。次女诗所谓'春来雨露深如海,嫁得刘郎胜阮郎',其论尤为不伦。宗正睦㮮论革除事,谓建文流落西南诸诗,皆好事伪作,则铁女之诗可知。……"

《国朝文纂》[39]我没有见过,铁氏次女的诗,杭世骏也并未寻出根底,但我以为他的话是可信的,——虽然他败坏了口口相传的韵事。况且一则他也是一个认真的考证学者,二则我觉得凡是得到大杀风景的结果的考证,往往比表面说得好听,玩得有趣的东西近真。

首先将范昌期的诗嫁给铁氏长女,聊以自欺欺人的是谁呢?我也不知道。但"浮光掠影"的一看,倒也罢了,一经杭世骏道破,再去看时,就很明白的知道了确是咏老妓之作,那第一句就不像现任官妓的口吻。不过中国的有一些士大夫,总爱无中生有,移花接木的造出故事来,他们不但歌颂升平,还粉饰黑暗。关于铁氏二女的撒谎,尚其小焉者耳,大至胡元杀掠,满清焚屠之际,也还会有人单单捧出什么烈女绝命,难妇题壁的诗词来,这个艳传,那个步韵,比对于华屋丘墟,生民涂炭之惨的大事情还起劲。到底是刻了一本集,连自己们都附进去,而韵事也就完结了。

我在写着这些的时候,病是要算已经好了的了,用不着写遗书。但我想在这里趁便拜托我的相识的朋友,将来我死掉之后,即使在中国还有追悼的可能,也千万不要给我开追悼会或者出什么纪念册。因为这不过是活人的讲演或挽联的斗法场,为了造语惊人,对仗工稳起见,有些文豪们是简直不恤于胡说八道的。结果至多也不过印成一本书,即使有谁看了,于我死人,于读者活人,都无益处,就是对于作者,其实也并无益处,挽联做得好,不过是挽联做得好而已。

现在的意见,我以为倘有购买那些纸墨白布的闲钱,还不如选几部明人,清人或今人的野史或笔记来印印,倒是于大家很有益处的。但是要认真,用点工夫,标点不要错。

十二月十一日。

注释：

〔1〕 上海开明书店出版的《二十五史》（即原来的《二十四史》加上《新元史》），共精装九大册，另印行圣经纸本精装五册；上海书报合作社出版的《二十六史》（上述的《二十五史》加上《清史稿》），共精装二十大册。又上海中华书局印行的《四部备要》（经、史、子、集四部古籍三百三十六种）原订二千五百册，也有精装本，合订一百册。

〔2〕 《世说新语》 参见本卷《魏晋风度及文章与药及酒之关系》注〔39〕。

〔3〕 阮嗣宗（210—263） 名籍，字嗣宗，陈留尉氏（今属河南）人，三国魏诗人，曾任从事中郎。《晋书·阮籍传》载："籍闻步兵厨营人善酿，有贮酒三百斛，乃求为步兵校尉。"《三国志·魏书·阮籍传》注引《魏氏春秋》："（籍）闻步兵校尉缺，厨多美酒，营人善酿酒，求为校尉。"《世说新语·任诞》也有类此记载。

〔4〕 陶渊明（约372—427） 一名潜，字元亮，浔阳柴桑（今江西九江）人，晋代诗人。《晋书·陶潜传》载："陶潜……为彭泽令。在县公田悉令种秫谷，曰：'令吾常醉于酒足矣。'妻子固请种粳，乃使一顷五十亩种秫，五十亩种粳。"按，《宋书·隐逸传》及《南史·隐逸传》，"一顷五十亩"均作"二顷五十亩"。下文提到的"采菊东篱下""饥来驱我去"等诗句，分别见于陶潜的《饮酒》《乞食》两诗。

〔5〕 "站在云端里呐喊" 这原是林语堂说的话，他在《人间世》半月刊第十三期（1934年10月5日）《怎样洗炼白话入文》一文中说："今日既无人能用一二十字说明大众语是何物，又无人能写一二百字模范大众语，给我们见识见识，只管在云端呐喊，宜乎其为大众之谜也。"

〔6〕 王夷甫（256—311） 名衍，字夷甫，晋代琅琊临沂（今属山东）人。累官尚书令、太尉、太傅军司等职。《晋书·王戎传》："衍疾郭（按，即王衍妻郭氏）之贪鄙，故口未尝言钱。郭欲试之，令婢以钱绕床，使不得行。衍晨起见钱，谓婢曰：'举阿堵物却！'"又说："衍虽居宰辅之重，不以经国为念，而思自全之计。说东海王越曰：'中国已乱，当赖方伯，宜得文武兼资以任之。'乃以弟澄为荆州，族弟敦为青州。因谓澄、敦曰：'荆州有江、汉之固，青州有负海之险，卿二人在外，而吾留此，足以为三窟矣。'识者鄙之。……衍以太尉为太傅军司。及越薨，众共推为元帅。……俄而举军为石勒所破，勒呼王公，与之相见……衍自说少不豫事，欲求自免，因劝勒称尊号。勒怒曰：'君名盖四海，身居重任，少壮登朝，至于白首，何得言不豫世事邪！破坏天下，正是君罪。'……使人夜排墙填杀之。"

〔7〕 "杭育杭育派" 参见本卷《门外文谈》注〔32〕。

〔8〕 "敦伦" 指夫妇间的性交，因"夫妇"为五伦之一，所以说是"敦伦"。清代袁枚在《子不语》卷二十二中说："李刚主讲正心诚意之学，有日记一部，将所行事，必据实书之。每与其妻交媾，必楷书某月某日与老妻'敦伦'一次。"按，李塨（1659—1733），字刚主，清代

经学家。

〔9〕 "登徒子" 宋玉曾作有《登徒子好色赋》,后来就称好色的人为登徒子。按,宋玉文中所说的登徒子,是楚国的一个大夫,姓登徒。

〔10〕 "娵隅跃清池" 《世说新语·排调》载:"郝隆为桓公(按,即桓温)南蛮参军,三月三日会,作诗,不能者罚酒三升。隆初以不能受罚,既饮,揽笔便作一句云:'娵隅跃清池。'桓问:'娵隅是何物?'答曰:'蛮名鱼为娵隅。'桓公曰:'作诗何以作蛮语?'隆曰:'千里投公,始得蛮府参军,那得不作蛮语也?'"

〔11〕《蜀碧》 清代彭遵泗著,共四卷。内容是记述张献忠在四川时的事迹,书前有作者在康熙二十一年(1682)作的自序,说明全书是他根据幼年所闻张献忠遗事及杂采他人的记载而成。

〔12〕 蜀宾 许钦文的笔名。据鲁迅1934年12月1日日记:"晚钦文来,并赠《蜀碧》一部二本。"

〔13〕《蜀龟鉴》 清代刘景伯著,共八卷。内容杂录明季遗闻,与《蜀碧》大致相似。

〔14〕 张献忠(1606—1646) 延安柳树涧(今陕西定边东)人,明末农民起义领袖。崇祯三年(1630)起义,转战陕西、河南等地。崇祯十七年(1644)入川,在成都称帝,国号大西。清顺治三年(1646)出川途中,在川北盐亭界为清兵所杀。旧史书中多记有他杀人的事。

〔15〕 "宫刑" 《尚书·吕刑》"宫辟疑赦"传:"宫,淫刑也。男子割势,妇人幽闭,次死之刑。"关于幽闭,明遗民徐树丕《识小录》:"《传》谓'男子割势,妇人幽闭',皆不知幽闭之义,今得之:乃是于牝剔去其筋,如制马豕之类,使欲心消灭。国初常用此,而女往往多死,故不可行也。"

〔16〕 孙可望(?—1660) 陕西米脂人,张献忠的养子及部将。张败死后,他率部从四川转往贵州、云南。永历五年(1651)他向南明永历帝求封为秦王,后遣兵送永历帝到贵州安隆所(改名为安龙府),自己则驻在贵阳,定朝仪,设官制;最后投降清朝。

〔17〕 屈大均(1630—1696) 字翁山,广东番禺人,明末清初文学家,清兵入广州前后曾参加抗清活动,失败后一度削发为僧。著有《翁山文外》《翁山诗外》《广东新语》等。《安龙逸史》,清朝禁毁书籍之一,作者署名沧洲渔隐(据《禁书总目》,又一本署名溪上樵隐),被列入"军机处奉准全毁书"中。1916年吴兴刘氏嘉业堂刻本《安龙逸史》,分上下二卷,题屈大均撰;但内容与《残明纪事》(不署作者,也是"军机处奉准全毁书"之一)相同,字句小异。

〔18〕 景清(?—1402) 明代真宁(今甘肃正宁)人,洪武进士,授编修,建文帝(朱允炆)时官御史大夫。据《明史·景清传》载,成祖(朱棣)登位,他佯为归顺,后以谋刺成祖,磔死。他被剥皮事,见谷应泰《明史纪事本末·壬午殉难》:"八月望日早朝,清绯衣

入。……朝毕,出御门,清奋跃而前,将犯驾。文皇急命左右收之,得所佩剑。清知志不得遂,乃起植立嫚骂。抉其齿,且抉且骂,含血直噀御袍。乃命剥其皮,草棱之,械系长安门。"

〔19〕 "是以君子远庖厨也" 语出《孟子·梁惠王(上)》:"君子之于禽兽也,见其生,不忍见其死;闻其声,不忍食其肉。是以君子远庖厨也。"

〔20〕 看书的好姿势 《论语》第二十八期(1933年11月1日)载有黄嘉音作的一组画,题为《介绍几个读论语的好姿势》,共六图,其中之一为"游蛟伏地式",画的是一人伏在地上看书。作者在这里顺笔给以讽刺。

〔21〕 袁中郎(1568—1610) 名宏道,字中郎,湖广公安(今属湖北)人,明代文学家。他与兄宗道,弟中道,反对文学上的拟古主义,主张"独抒性灵,不拘格套",世称"公安派"。当时林语堂、周作人等提倡"公安派"文章,借明人小品以宣扬所谓"闲适""性灵"。《广庄》是袁中郎仿《庄子》文体谈道家思想的作品,共七篇,后收入《袁中郎全集》。

〔22〕 谭嗣同(1865—1898) 字复生,湖南浏阳人,清末维新运动的重要人物,戊戌政变中牺牲的"六君子"之一。"闭门投辖思张俭",原作"望门投止思张俭",是他被害前所作七绝《狱中题壁》的第一句。张俭,后汉山阳高平(今山东邹县)人,灵帝时官东部督邮。《后汉书·党锢列传》载:他的仇家"上书告俭与同郡二十四人为党,于是刊章讨捕。俭得亡命,困迫遁走,望门投止,莫不重其名行,破家相容。"("闭门投辖"是汉代陈遵好客的故事,见《汉书·游侠列传》。)

〔23〕 秋瑾(1875—1907) 字璿卿,号竞雄,别署鉴湖女侠,浙江绍兴人,反清革命团体光复会主要人物之一。1907年7月,她因筹划起义事泄,于14日被清政府逮捕,次日晨被害于绍兴城内轩亭口。陈去病在《鉴湖女侠秋瑾传》中叙述秋瑾受审时的情形说:"有见之者,谓初终无所供,惟于刑庭书'秋雨秋风愁杀人'句而已。"

〔24〕 吴兴刘氏嘉业堂 刘承干的私人藏书楼,在浙江吴兴南浔镇,藏书达六十万卷,并自行雕版印书,刻有《嘉业堂丛书》《求恕斋丛书》等。创办人刘承干(1882—1963),字翰怡,号贞一,浙江吴兴人。继承祖业为巨富。1914年为清皇陵植树捐巨款,得废帝溥仪赐"钦若嘉业"匾额,遂以"嘉业"为堂名。

〔25〕 蔡显(1697—1767) 字笠夫,号闲渔,江苏华亭(今上海松江)人。《清代文字狱档》第二辑收有"蔡显《闲渔闲闲录》案",此案发生于乾隆三十二年(1767),据当时的奏折称:蔡显系雍正时举人,年七十一岁,自号闲渔;所著《闲闲录》一书,语含诽谤,意多悖逆。后来的结果是蔡显被"斩决",他的儿子"斩监候秋后处决",门人等分别"杖流"及"发伊犁等处充当苦差"。《闲渔闲闲录》,九卷,是一部杂录朝典、时事、诗句的杂记,刘氏嘉业堂刻本于1915年印行。

〔26〕 缺着末笔 从唐代开始的一种避讳方法,即在书写或镌刻本朝皇帝或尊长的名字时省略最末一笔。刘承干对"儀"字缺末笔,是避清废帝溥仪的讳。

〔27〕 风终《豳》，雅终《召旻》 《诗经》计分"国风""小雅""大雅""颂"四类。《豳》列于"国风"的最后，共七篇。据《诗序》称：这些都是关于周公"遭变故""救乱""东征"的诗。《召旻》是"大雅"的最后一篇，据《诗序》称："《召旻》，凡伯（周大夫）刺幽王大坏也。"

〔28〕 体元表正 "体元"，见《春秋》隐公元年："元年，春，王正月。"晋代杜预注："凡人君即位，欲其体元以居正，故不言一年一月也。"据唐代孔颖达疏："元正实是始长之义，但因名以广之。元者：气之本也，善之长也；人君执大本，长庶物，欲其与元同体，故年称元年。""表正"，见《书经·仲虺之诰》："表正万邦。"汉代孔安国注："仪表天下，法正万国。"

〔29〕 关于张献忠之死，史书上的说法不一。据《明史·张献忠传》载：清顺治三年（1646）清肃亲王豪格进兵四川，"献忠尽焚成都宫殿庐舍，夷其城，率众出川北，……会我大清兵至汉中，……至盐亭界，大雾。献忠晓行，猝遇我兵于凤凰坡，中矢坠马，蒲伏积薪下。于是我兵擒献忠出，斩之。"但《明史纪事本末·张献忠之乱》说他是"以病死于蜀中"。

〔30〕 "春秋笔法" 参见本卷《答有恒先生》注〔10〕。

〔31〕 "万物皆备于我矣" 孟子的话。语出《孟子·尽心（上）》。

〔32〕 东坡 苏轼（1037—1101），字子瞻，号东坡居士，眉山（今属四川）人，宋代文学家。仁宗嘉祐进士，神宗初年曾因言官指摘其诗语为讪谤朝政，被贬黄州，绍圣中又贬谪惠州、琼州。他要客谈鬼的事，见宋代叶梦得《石林避暑录话》卷一："子瞻在黄州及岭表，每旦起，不招客相与语，则必出而访客。所与游者亦不尽择，各随其人高下，谈谐放荡，不复为畛畦。有不能谈者，则强之使说鬼，或辞无有，则曰'姑妄言之'，于是闻者无不绝倒，皆尽欢而后去。"

〔33〕 铁铉（1366—1402） 字鼎石，河南邓州人。明建文帝时任山东参政，燕王朱棣（即后来的永乐帝）起兵夺位，他在济南屡破燕王兵，升兵部尚书。燕王登位后被处死。据谷应泰《明史纪事本末·壬午殉难》载："铁铉被执至京陛见，背立庭中，正言不屈，令一顾不可得。割其耳鼻，竟不肯顾……遂寸磔之，至死，犹喃喃骂不绝。文皇（永乐）乃令舁大镬至，纳油数斛，熬之，投铉尸，顷刻成煤炭。"

〔34〕 关于铁铉两个女儿入教坊的事，据明代王鏊的《震泽纪闻》载："铉有二女，入教坊数月，终不受辱。有铉同官至，二女为诗以献。文皇曰：'彼终不屈乎？'乃赦出之，皆适士人。"教坊，唐代开始设立的掌管教练女乐的机构。后来封建统治者常把罪犯的妻女罚入教坊，实际上是一种官妓。

〔35〕 "曲终奏雅" 语出《汉书·司马相如传》："扬雄以为靡丽之赋劝百而讽一，犹骋郑卫之声，曲终而奏雅，不已戏乎？"

〔36〕 永乐的上谕 参看《且介亭杂文·病后杂谈之余》第一节。

〔37〕 张献忠祭梓潼神文见于《蜀碧》卷三和《蜀龟鉴》卷三，原文如下："咱老子姓张，尔也姓张，为甚吓咱老子？咱与尔联了宗罢。尚享。"（两书中个别字稍有不同）梓潼神，据

《明史·礼志四》,梓潼帝君姓张名亚子,晋时人。

〔38〕 杭世骏(1696—1773) 字大宗,浙江仁和(今余杭)人,清代考据家。乾隆时官御史。著有《订讹类编》《道古堂诗文集》等。《订讹类编》,六卷,又《续补》二卷,是一部考订古籍真伪异同的书。下面的引文是杭世骏照录钱谦益《列朝诗集》闰集卷四中的话。据《列朝诗集》:"其论"作"其语","好事"作"好事者"。

〔39〕 《国朝文纂》 明代诗文的汇编。据《明史·艺文志》载:"王稌《国朝文纂》四十卷",又"张士瀹《明文纂》五十卷"。

在现代中国的孔夫子

【题记】本文原以日文写作,发表在1935年6月号日本的《改造》月刊上。后经《杂文》月刊翻译发表,收入《且介亭杂文二集》。20世纪30年代日本帝国主义发动侵华战争时,曾鼓吹用"孔教"推进"大东亚新秩序"的建设,并在日本多地修筑孔庙。国民党当局也于1934年2月下令尊孔,定8月27日为孔诞纪念日,大力宣扬"孔孟之道"。鲁迅看透了这里边的政治企图,他在1935年4月28日致萧军的信里说:"我正在为日本杂志做一篇文章,骂孔子的,因为他们正在尊孔……"这就是《在现代中国的孔夫子》。鲁迅主要是要揭穿历史与现实中"尊孔"的反复出现这个文化现象背后的事实,那就是孔子总是被当作"敲门砖"。至于文中所流露的对于孔子的某些讥讽,应当联系特定历史的语境去理解。

新近的上海的报纸,报告着因为日本的汤岛[1],孔子的圣庙落成了,湖南省主席何键[2]将军就寄赠了一幅向来珍藏的孔子的画像。老实说,中国的一般的人民,关于孔子是怎样的相貌,倒几乎是毫无所知的。自古以来,虽然每一县一定有圣庙,即文庙,但那里面大抵并没有圣像。凡是绘画,或者雕塑应该崇敬的人物时,一般是以大于常人为原则的,但一到最应崇敬的人物,例如孔夫子那样的圣人,却好像连形象也成为亵渎,反不如没有的好。这也不是没有道理的。孔夫子没有留下照相来,自然不能明白真正的相貌,文献中虽然偶有记载,但是胡说白道也说不定。若是从新雕塑的话,则除了任凭雕塑者的空想而外,毫无办法,更加放心不下。于是儒者们也终于只好采取"全部,或全无"的勃兰特[3]式的态度了。

然而倘是画像,却也会间或遇见的。我曾经见过三次:一次是《孔子家语》[4]里的插画;一次是梁启超[5]氏亡命日本时,作为横滨出版的《清议报》上的卷头画,从日本倒输入中国来的;还有一次是刻在汉朝墓石上的孔子见老子的画像。说起从这些图画上所得的孔夫子的模样的印象来,则这位先生是一位很瘦的老头子,身穿大袖口的长袍子,腰带上插着一把剑,或者腋下挟着一枝杖,然而从来不笑,非常威风凛凛的。假使在他的旁边侍坐,那就一定得把腰骨挺的笔直,经过两三点钟,就骨节酸痛,倘是平常人,大约总不免急于逃走的了。

后来我曾到山东旅行。在为道路的不平所苦的时候,忽然想到了我们的孔夫子。一想起那具有俨然道貌的圣人,先前便是坐着简陋的车子,颠颠簸簸,在这些地方奔忙的事来,颇有滑稽之感。这种感想,自然是不好的,要而言之,颇近于不敬,倘是孔子之徒,恐怕是决不应该发生的。但在那时候,怀着我似的不规矩的心情的青年,可是多得很。

我出世的时候是清朝的末年,孔夫子已经有了"大成至圣文宣王"[6]这一个阔得可怕的头衔,不消说,正是圣道支配了全国的时代。政府对于读书的人们,使读一定的书,即四书和五经[7];使遵守一定的注释;使写一定的文章,即所谓"八股文"[8];并且使发一定的议论。然而这些千篇一律的儒者们,倘是四方的大地,那是很知道的,但一到圆形的地球,却什么也不知道,于是和四书上并无记载的法兰西和英吉利打仗而失败了。不知道为了觉得与其拜着孔夫子而死,倒不如保存自己们之为得计呢,还是为了什么,总而言之,这回是拚命尊孔的政府和官僚先就动摇起来,用官帑大翻起洋鬼子的书籍来了。属于科学上的古典之作的,则有侯失勒的《谈天》,雷侠儿的《地学浅释》,代那的《金石识别》[9],到现在也还作为那时的遗物,间或躺在旧书铺子里。

然而一定有反动。清末之所谓儒者的结晶,也是代表的大学士徐桐[10]氏出现了。他不但连算学也斥为洋鬼子的学问;他虽然承认世界上有法兰西和英吉利这些国度,但西班牙和葡萄牙的存在,是决不相信的,他主张这是法国和英国常常来讨利益,连自己也不好意思了,所以随便胡诌出来的国名。他又是一九〇〇年的有名的义和团的幕后的发动者,也是指挥者。但是义和团完全失败,徐桐氏也自杀了。政府就又以为外国的政治法律和学问技术颇有可取之处了。我的渴望到日本去留学,也就在那时候。达了目的,入学的地方,是嘉纳先生所设立的东京的弘文学院[11];在这里,三泽力太郎先生教我水是养气和轻气所合成,山内繁雄先生教我贝壳里的什么地方其名为"外套"。这是有一天的事情。学监大久保先生集合起大家来,说:因为你们都是孔子之徒,今天到御茶之水[12]的孔庙里去行礼罢!我大吃了一惊。现在还记得那时心里想,正因为绝望于孔夫子和他之徒,所以到日本来的,然而又是拜么?一时觉得很奇怪。而且发生这样感觉的,我想决不止我一个人。

但是,孔夫子在本国的不遇,也并不是始于二十世纪的。孟子批评他为"圣之时者也"[13],倘翻成现代语,除了"摩登圣人"实在也没有别的法。为他自己计,这固然是没有危险的尊号,但也不是十分值得欢迎的头衔。不过在实际上,却也许并不这样子。孔夫子的做定了"摩登圣人"是死了以后的事,活着的时候却是颇吃苦头的。跑来跑去,虽然曾经贵为鲁国的警视总监[14],而又立刻下野,失业了;并且为权臣所轻蔑,为野人所嘲弄,甚至于为暴民所包围,饿扁了肚子。弟子虽然收了三千名,中用的却只有七十二,然而真可以相信的又只有一个人。有一天,孔夫子愤慨道:"道不行,乘桴浮于海,从我者,其由与?"[15]从这消极的打算上,就可以窥见那消息。然而连这一位由,后来也因为和敌人战斗,被击断了冠缨,但真不愧为由呀,到这时候也还不忘记从夫子听来的教训,说道"君子死,冠不免"[16],一面系着冠缨,一面被人砍成肉酱了。连唯一可信的弟子也已经失掉,孔子自然是非常悲痛的,据说他一听到这信息,就吩咐去倒掉厨房里的肉酱云。[17]

孔夫子到死了以后,我以为可以说是运气比较的好一点。因为他不会噜苏了,种种的权势者便用种种的白粉给他来化妆,一直抬到吓人的高度。但比起后来输入的释迦牟尼[18]来,却实在可怜得很。诚然,每一县固然都有圣庙即文庙,可是一副寂寞的冷落的样子,一般的庶民,是决不去参拜的,要去,则是佛寺,或者是神庙。若向老百姓们问孔夫子是什么人,他们自然回答是圣人,然而这不过是权势者的留声机。他们也敬惜字纸,然而这是因为倘不敬惜字纸,会遭雷殛的迷信的缘故;南京的夫子庙固然是热闹的地方,然而这是因为另有各种玩耍和茶店的缘故。虽说孔子作《春秋》而乱臣贼子惧[19],然而现在的人们,却几乎谁也不知道一个笔伐了的乱臣贼子的名字。说到乱臣贼子,大概以为是曹操,但那并非圣人所教,却是写了小说和剧本的无名作家所教的。

总而言之,孔夫子之在中国,是权势者们捧起来的,是那些权势者或想做权势者们的圣人,和一般的民众并无什么关系。然而对于圣庙,那些权势者也不过一时的热心。因为尊孔的时候已经怀着别样的目的,所以目的一达,这器具就无用,如果不达呢,那可更加无用了。在三四十年以前,凡有企图获得权势的人,就是希望做官的人,都是读"四书"和"五经",做"八股",别一些人就将这些书籍和文章,统名之为"敲门砖"。这就是说,文官考试一及第,这些东西也就同时被忘却,恰如敲门时所用的砖头一样,门一开,这砖头也就被抛掉了。孔子这人,其实是自从死了以后,也总是当着"敲门砖"的差使的。

一看最近的例子,就更加明白。从二十世纪的开始以来,孔夫子的运气是很坏的,但到袁世凯[20]时代,却又被从新记得,不但恢复了祭典,还新做了古怪的祭服,使奉祀的人们穿起来。跟着这事而出现的便是帝制。然而那一道门终于没有敲开,袁氏在门外死掉了。余剩的是北洋军阀,当觉得渐近末路时,也用它来敲过另外的幸福之门。盘据着江苏和浙江,在路上随便砍杀百姓的孙传芳将军,一面复兴了投壶之礼;[21]钻进山东,连自己也数不清金钱和兵丁和姨太太的数目了的张宗昌[22]将军,则重刻了《十三经》,而且把圣道看作可以由肉体关系来传染的花柳病一样的东西,拿一个孔子后裔的谁来做了自己的女婿。然而幸福之门,却仍然对谁也没有开。

这三个人,都把孔夫子当作砖头用,但是时代不同了,所以都明明白白的失败了。岂但自己失败而已呢,还带累孔子也更加陷入了悲境。他们都是连字也不大认识的人物,然而偏要大谈什么《十三经》之类,所以使人们觉得滑稽;言行也太不一致了,就更加令人讨厌。既已厌恶和尚,恨及袈裟,而孔夫子之被利用为或一目的的器具,也从新看得格外清楚起来,于是要打倒他的欲望,也就越加旺盛。所以把孔子装饰得十分尊严时,就一定有找他缺点的论文和作品出现。即使是孔夫子,缺点总也有的,在平时谁也不理会,因为圣人也是人,本是可以原谅的。然而如果圣人之徒出来胡说一通,以为圣人是这样,是那样,是那样,所以你也非这样不可的话,人们可就禁不住要笑起来了。五六年前,曾经因为公演了《子见南子》[23]这剧本,引起过问题,在那个剧本里,有孔夫子登场,以圣人而论,固然不免略有欠稳重和呆头呆脑的地方,然而作为一个人,倒是可爱的好人物。但是圣裔们非常愤慨,把

215

问题一直闹到官厅里去了。因为公演的地点,恰巧是孔夫子的故乡,在那地方,圣裔们繁殖得非常多,成着使释迦牟尼和苏格拉第[24]都自愧弗如的特权阶级。然而,那也许又正是使那里的非圣裔的青年们,不禁特地要演《子见南子》的原因罢。

中国的一般的民众,尤其是所谓愚民,虽称孔子为圣人,却不觉得他是圣人;对于他,是恭谨的,却不亲密。但我想,能像中国的愚民那样,懂得孔夫子的,恐怕世界上是再也没有的了。不错,孔夫子曾经计划过出色的治国的方法,但那都是为了治民众者,即权势者设想的方法,为民众本身的,却一点也没有。这就是"礼不下庶人"[25]。成为权势者们的圣人,终于变了"敲门砖",实在也叫不得冤枉。和民众并无关系,是不能说的,但倘说毫无亲密之处,我以为怕要算是非常客气的说法了。不去亲近那毫不亲密的圣人,正是当然的事,什么时候都可以,试去穿了破衣,赤着脚,走上大成殿去看看罢,恐怕会像误进上海的上等影戏院或者头等电车一样,立刻要受斥逐的。谁都知道这是大人老爷们的物事,虽是"愚民",却还没有愚到这步田地的。

四月二十九日。

注释:

〔1〕 汤岛　东京的街名,建有日本最大的孔庙"汤岛圣堂"。该庙于1923年被烧毁,1935年4月重建落成时国民党政府曾派代表专程前往"参谒"。

〔2〕 何键(1887—1956)　字芸樵,湖南醴陵人。当时任国民党湖南省政府主席。

〔3〕 勃兰特　易卜生的诗剧《勃兰特》中的人物。"全部,或全无",是他所信奉的一句格言。

〔4〕 《孔子家语》　原书《汉书·艺文志》著录二十七卷,久佚。今本为三国魏王肃编,杂取《左传》《国语》《荀子》《孟子》《礼记》等书中有关孔子的遗文轶事而成,十卷,冒称孔子家传。《四库全书总目提要》说:"特其流传已久,且遗文轶事往往多见于其中,故自唐以来,知其伪而不能废也。"

〔5〕 梁启超　参见上卷《关于太炎先生二三事》注〔10〕。《清议报》是他在日本横滨发行的旬刊,1898年12月创刊,内容鼓吹君主立宪、保皇反后(保救光绪皇帝,反对那拉太后),1901年12月出至一百期停刊。

〔6〕 "大成至圣文宣王"　唐开元二十七年(739)追谥孔子为"文宣王",元大德十一

年(1307)又加谥为"大成至圣文宣王"。

〔7〕 四书 指《大学》《中庸》《论语》《孟子》。北宋时程颢、程颐特别推崇《礼记》中的《大学》《中庸》两篇,南宋朱熹又将这两篇和《论语》《孟子》合在一起,撰写《四书章句集注》,自此便有了"四书"这个名称。五经,即《诗经》《尚书》《礼记》《周易》《春秋》的合称,汉武帝时始有此称。

〔8〕 "八股文" 参见上卷《锁记》注〔4〕。

〔9〕 侯失勒(F. W. Herschel,1738—1822) 通译赫歇尔,英国天文学家、物理学家。《谈天》即《天文学纲要》,中译本共十八卷,附表一卷,出版于1859年。雷侠儿(C. Lyell,1797—1875),通译赖尔,英国地质学家。《地学浅释》即《地质学原理》,中译本共三十八卷,出版于1871年。代那(J. D. Dana,1813—1895),通译达纳,美国地质学家、矿物学家。《金石识别》即《矿物学手册》,中译本共十二卷,附表,出版于1871年。

〔10〕 徐桐(1819—1900) 字荫轩,汉军正蓝旗人,光绪间官至大学士。他反对维新变法,怂恿义和团围攻外国使馆。八国联军攻入北京时自缢而死。

〔11〕 弘文学院 一所专门为中国留学生设立的学习日语和基础课的预备学校。1902年1月建校,1909年停办。校址在东京牛达区西五轩町。创办人为嘉纳治五郎(1860—1938),学监为大久保高明。

〔12〕 御茶之水 日本东京的地名。汤岛圣堂即在御茶之水车站附近。

〔13〕 "圣之时者也" 语出《孟子·万章(下)》:"孔子,圣之时者也。"原指孔子做事依时依势而行:"可以速而速,可以久而久,可以处而处,可以仕而仕,孔子也。""时"指识时务之意。

〔14〕 警视总监 日本主管警察工作的最高长官。孔子曾一度任鲁国的司寇,掌管刑狱,相当于日本的这一官职。

〔15〕 "道不行,乘桴浮于海"等句,语出《论语·公冶长》。桴,用竹木编的筏子。由,孔子的弟子仲由,即子路。

〔16〕 "君子死,冠不免" 语出《左传》哀公十五年:"石乞、盂黡敌子路,以戈击之,断缨。子路曰:'君子死,冠不免。'结缨而死。"

〔17〕 关于孔丘因子路战死而倒掉肉酱的事,见《孔子家语·子贡问》:"子路……仕于卫,卫有蒯聩之难……既而卫使至,曰:'子路死焉。'夫子哭之于中庭……进使者而问故,使者曰:'醢之矣。'遂令左右皆覆醢,曰:'吾何忍食此!'"

〔18〕 释迦牟尼 参见上卷《我的第一个师父》注〔12〕。

〔19〕 孔子作《春秋》而乱臣贼子惧 语出《孟子·滕文公(下)》:"孔子成《春秋》而乱臣贼子惧。"

〔20〕 袁世凯 参见上卷《关于太炎先生二三事》注〔15〕。他曾于1914年2月通令全

国"祭孔",公布《崇圣典例》,同年9月28日他率领各部总长和一批文武官员,穿着新制的古祭服,在北京孔庙举行祀孔典礼。

〔21〕 孙传芳及投壶之礼,参见上卷《关于太炎先生二三事》注〔17〕。

〔22〕 张宗昌(1881—1932) 山东掖县(今山东莱州)人,北洋奉系军阀。1925年他任山东督军时提倡尊孔读经。

〔23〕 《子见南子》 林语堂作的独幕剧,发表于《奔流》第一卷第六期(1928年11月)。1929年山东曲阜第二师范学校学生排演此剧时,当地孔氏族人以"公然侮辱宗祖孔子"为由,联名向国民党政府教育部提出控告,结果该校校长被调职。参看《集外集拾遗补编·关于〈子见南子〉》。

〔24〕 苏格拉第 即苏格拉底,参见上卷《琐记》注〔31〕。

〔25〕 "礼不下庶人" 语出《礼记·曲礼》:"礼不下庶人,刑不上大夫。"

论"人言可畏"

【题记】本文发表于1935年5月20日《太白》半月刊第二卷第五期,署名赵令仪,后收入《且介亭杂文二集》。1935年上海有个当红的电影明星阮玲玉,因为不能忍受报纸传媒对她私生活的谣言,自杀了。一时非常轰动,似乎成为新闻界的盛大节日。鲁迅此文剖析这一社会热点背后的心理现象,批判庸俗的小市民文化,指出"新闻"的滥用可能具有的杀伤力,强调新闻的社会责任和伦理道德。

"人言可畏"是电影明星阮玲玉[1]自杀之后,发见于她的遗书中的话。这哄动一时的事件,经过了一通空论,已经渐渐冷落了,只要《玲玉香消记》一停演,就如去年的艾霞[2]自杀事件一样,完全烟消火灭。她们的死,不过像在无边的人海里添了几粒盐,虽然使扯淡的嘴巴们觉得有些味道,但不久也还是淡,淡,淡。

这句话,开初是也曾惹起一点小风波的。有评论者,说是使她自杀之咎,可见也在日报记事对于她的诉讼事件的张扬;不久就有一位记者公开的反驳,以为现在的报纸的地位,舆论的威信,可怜极了,那里还有丝毫主宰谁的运命的力量,况且那些记载,大抵采自经官的事实,绝非捏造的谣言,旧报具在,可以复按。所以阮玲玉的死,和新闻记者是毫无关系的。

这都可以算是真实话。然而——也不尽然。

现在的报章之不能像个报章,是真的;评论的不能逞心而谈,失了威力,也是真的,明眼人决不会过分的责备新闻记者。但是,新闻的威力其实是并未全盘坠地的,它对甲无损,对乙却会有伤;对强者它是弱者,但对更弱者它却还是强者,所以有时虽然吞声忍气,有时仍可以耀武扬威。于是阮玲玉之流,就成了发扬余威的好材料了,因为她颇有名,却无力。小市民总爱听人们的丑闻，尤其是有些熟识的人的丑闻。上海的街头巷尾的老虔婆，一知道近邻的阿二嫂家有野男人出入，津津乐道，但如果对她讲甘肃的谁在偷汉，新疆的谁在再嫁，她就不要听了。阮玲玉正在现身银幕，是一个大家认识的人，因此她更是给报章凑热闹的好材料，至少也可以增加一点销场。读者看了这些，有的想："我虽然没有阮玲玉那么漂亮，却比她正经"；有的想："我虽然不及阮玲玉的有本领，却比她出身高"；连自杀了之后，也还可以给人想："我虽然没有阮玲玉的技艺，却比她有勇气，因为我没有自杀"。化几个铜元就发见了自己的优胜，那当然是很上算的。但靠演艺为生的人，一遇到公众发生了上述的前两种的感想，她就够走到末路了。所以我们且不要高谈什么连自己也并不了然的社会组织或意志强弱的滥调，先来设身处地的想一想罢，那么，大概就会知道阮玲玉的以为"人言可畏"，是真的，或人的以为她的自杀，和新闻记事有关，也是真的。

但新闻记者的辩解，以为记载大抵采自经官的事实，却也是真的。上海的有些介乎大报和小报之间的报章，那社会新闻，几乎大半是官司已经吃到公安局或工部局去了的案件。但有一点坏习气，是偏要加上些描写，对于女性，尤喜欢加上些描写；这种案件，是不会有名公巨卿在内的，因此也更不妨加上些描写。案中的男人的年纪和相貌，是大抵写得老实的，一遇到女人，可就要发挥才藻了，不是"徐娘半老，风韵犹存"，就是"豆蔻年华，玲珑可爱"。一个女孩儿跑掉了，自奔或被诱还不可知，才子就断定道，"小姑独宿，不惯无郎"，你怎么知道？一个村妇再醮了两回，原是穷乡僻壤的常事，一到才子的笔下，就又赐以大字的题目道，"奇淫不减武则天"，这程度你又怎么知道？这些轻薄句子，加之村姑，大约是并无什么影响的，她不识字，她的关系人也未必看报。但对于一个智识者，尤其是对于一个出到社会上了的女性，却足够使她受伤，更不必说故意张扬，特别渲染的文字了。然而中国的习惯，这些句子是摇笔即来，不假思索的，这时不但不会想到这也是玩弄着女性，并且也不会想到自己乃是人民的喉舌。但是，无论你怎么描写，在强者是毫不要紧的，只消一封信，就会有正误或道歉接着登出来，不过无拳无勇如阮玲玉，可就正做了吃苦的材料了，她被额外的画上一脸花，没法洗刷。叫她奋斗吗？她没有机关报，怎么奋斗；有冤无头，有怨无主，和谁奋斗呢？我们又可以设身处地的想一想，那么，大概就又知她的以为"人言可畏",是真的,或人的以为她的自杀,和新闻记事有关,也是真的。

然而,先前已经说过,现在的报章的失了力量,却也是真的,不过我以为还没有到达如记者先生所自谦,竟至一钱不值,毫无责任的时候。因为它对于更弱者如阮玲玉一流人,也还有左右她命运的若干力量的,这也就是说,它还能为恶,自然也还能为善。"有闻必录"或"并无能力"的话,都不是向上的负责的记者所该采用的口头禅,因为在实际上,并不如此,——它是有选择的,有作用的。

至于阮玲玉的自杀,我并不想为她辩护。我是不赞成自杀,自己也不豫备自杀的。但我的不豫备自杀,不是不屑,却因为不能。凡有谁自杀了,现在是总要受一通强毅的评论家的呵斥,阮玲玉当然也不在例外。然而我想,自杀其实是不很容易,决没有我们不豫备自杀的人们所渺视的那么轻而易举的。倘有谁以为容易么,那么,你倒试试看!

自然,能试的勇者恐怕也多得很,不过他不屑,因为他有对于社会的伟大的任务。那不消说,更加是好极了,但我希望大家都有一本笔记簿,写下所尽的伟大的任务来,到得有了曾孙的时候,拿出来算一算,看看怎么样。

五月五日。

注释:

〔1〕 阮玲玉(1910—1935) 广东中山人,电影演员。因婚姻问题被一些报纸毁谤炒作,于1935年3月8日自杀。她在遗书中说:"唉,我一死何足惜,不过还是怕人言可畏,人言可畏罢了!"

〔2〕 艾霞(1912—1934) 福建厦门人,电影演员。1932年入上海明星影片公司,主演过《春蚕》《时代的女儿》等影片。1934年2月12日吞鸦片自杀。

评论

鲁迅一生除了写杂文、小说和散文,还写过大量评论。这些评论因为和杂文一起编入鲁迅的一些集子,容易被看作杂文。其实两者是有区别的。特别是有关古籍整理所写的考证,以及在北京大学等校讲授课程的讲义,都是学术性很强的论文。有些演讲比较深入讨论某一问题,其记录经过整理,其实也可归于论文。这些论文虽然也可能带有鲁迅式的杂文笔法,而且也切入现实,有强烈的批判意识,但和一般杂文比起来,篇幅较长,又比较系统,讲求学理性,有的还倾注了鲁迅很多研究的心得与学术发现。这里专门列为一个部分,选收了十篇,供大家阅读。

摩罗诗力说（节选）

【题记】本文写于1907年，最初发表于1908年2月和3月《河南》月刊（当时留学日本的爱国学生刊物）第二、三号，署名令飞，后收《坟》。全文用文言文写作，四万五千多字，分九节，这里选收的是第一节和第九节的后半部分。该文是"五四运动"之前思想启蒙的重要著作。所谓"摩罗诗力说"，就是"论恶魔派诗歌的力量"。摩罗，梵文，通作魔罗。文中介绍了尼采、拜伦、雪莱、普希金、莱蒙托夫、密茨凯维支、斯洛伐斯基、克拉辛斯基和裴多菲九位浪漫派诗人，赞扬他们"无不刚健不挠，抱诚守真，不取媚于群，以随顺旧俗"，而又发出爱国反抗之声。鲁迅在赞扬浪漫、叛逆的现代审美精神的同时，对中和虚静的传统审美多有批评，鲁迅是希望借此唤起中国"立人"的"新声"，振奋民族精神。该文壮怀激越，体现鲁迅早期文学思想。

人有读古国文化史者，循代而下，至于卷末，必凄以有所觉，如脱春温而入秋肃，勾萌绝朕[1]，枯槁在前，吾无以名，姑谓之萧条而止。盖人文之留遗后世者，最有力莫如心声[2]。古民神思，接天然之閟宫，冥契万有，与之灵会，道其能道，爰为诗歌。其声度时劫而入人心，不与缄口同绝；且益曼衍，视其种人[3]。递文事式微，则种人之运命亦尽，群生辍响，荣华收光；读史者萧条之感，即以怒起，而此文明史记，亦渐临末页矣。凡负令誉于史初，开文化之曙色，而今日转为影国[4]者，无不如斯。使举国人所习闻，最适莫如天竺。天竺古有《韦陀》[5]四种，瑰丽幽夐，称世界大文；其《摩诃波罗多》暨《罗摩衍那》二赋[6]，亦至美妙。厥后有诗人加黎陀萨（Kalidasa）[7]者出，以传奇鸣世，间染抒情之篇；日耳曼诗宗瞿提（W. von Goethe），至崇为两间之绝唱。降及种人失力，而文事亦共零夷，至大之声，渐不生于彼国民之灵府，流转异域，如亡人也。次为希伯来[8]，虽多涉信仰教诫，而文章以幽邃庄严胜,教宗文术,此其源泉,灌溉人心,迄今兹未艾。特在以色列族,则止耶利米(Jeremiah)[9]之声;列王荒矣,帝怒以赫,耶路撒冷遂隳[10],而种人之舌亦默。当彼流离异地,虽不遽忘其宗邦,方言正信,拳拳未释,然《哀歌》而下,无赓响矣。复次为伊兰埃及[11],皆中道废弛,有如断绠,灿烂于古,萧瑟于今。若震旦而逸斯列,则人生大戚,无逾于此。何以故?英人加勒尔(Th. Carlyle)[12]曰,得昭明之声,洋洋乎歌心意而生者,为国民之首义。意太利分崩矣,然实一统也,彼生但丁(Dante Alighieri)[13],彼有意语。大俄罗斯之札尔[14],有兵刃炮火,政治之上,能辖大区,行大业。然奈何无声?中或有大物,而其为大也暗。(中略)迨兵刃炮火,无不腐蚀,而但丁之声依然。有但丁者统一,而无声兆之俄人,终支离而已。

尼佉(Fr. Nietzsche)不恶野人,谓中有新力,言亦确凿不可移。盖文明之朕,固孕于蛮荒,野人狉獉[15]其形,而隐曜即伏于内。文明如华,蛮野如蕾,文明如实,蛮野如华,上征在是,希望亦在是。惟文化已止之古民不然:发展既央,隳败随起,况久席古宗祖之光荣,尝首出周围之下国,暮气之作,每不自知,自用而愚,污如死海。其煌煌居历史之首,而终匿形于卷末者,殆以此欤?俄之无声,激响在焉。俄如孺子,而非喑人;俄如伏流,而非古井。十九世纪前叶,果有鄂戈理(N. Gogol)[16]者起,以不可见之泪痕悲色,振其邦人,或以拟英之狭斯丕尔(W. Shakespeare),即加勒尔所赞扬崇拜者也。顾瞻人间,新声争起,无不以殊特雄丽之言,自振其精神而绍介其伟美于世界;若渊默而无动者,独前举天竺以下数古国而已。嗟夫,古民之心声手泽,非不庄严,非不崇大,然呼吸不通于今,则取以供览古之人,使摩挲咏叹而外,更何物及其子孙?否亦仅自语其前此光荣,即以形迹来之寂寞,反不如新起之邦,纵文化未昌,而大有望于方来之足致敬也。故所谓古文明国者,悲凉之语耳,嘲讽之辞耳!中落之胄,故家荒矣,则喋喋语人,谓厥祖在时,其为智慧武怒[17]者何似,尝有闳宇崇楼,珠玉犬马,尊显胜于凡人。有闻其言,孰不腾笑?夫国民发展,功虽有在于怀古,然其怀也,思理朗然,如鉴明镜,时时上征,时时反顾,时时进光明之长途,时时念辉煌之旧有,故其新者日新,而其古亦不死。若不知所以然,漫夸耀以自悦,则长夜之始,即在斯时。今试履中国之大衢,当有见军人蹀躞而过市者,张口作军歌,痛斥印度波阑之奴性[18];有漫为国歌者亦然。盖中国今日,亦颇思历举前有之耿光,特未能言,则姑曰左邻已奴,右邻且死,择亡国而较量之,冀自显其佳胜。夫二国与震旦究孰劣,今姑弗言;若云颂美之什[19],国民之声,则天下之咏者虽多,固未见有此作法矣。诗人绝迹,事若甚微,而萧条之感,辄以来袭。意者欲扬宗邦之真大,首在审己,亦必知人,比较既周,爰生自觉。自觉之声发,每响必中于人心,清晰昭明,不同凡响。非然者,口舌一结,众语俱沦,沉默之来,倍于前此。盖魂意方梦,何能有言?即震于外缘,强自扬厉,不惟不大,徒增欷耳。故曰国民精神之发扬,与世界识见之广博有所属。

今且置古事不道,别求新声于异邦,而其因即动于怀古。新声之别,不可究详;至力足以振人,且语之较有深趣者,实莫如摩罗[20]诗派。摩罗之言,假自天竺,此云天魔,欧人谓之撒但[21],人本以目裴伦(G. Byron)[22]。今则举一切诗人中,凡立意在反抗,指归在动作,而为世所不甚愉悦者悉入之,为传其言行思惟,流别影响,始宗主裴伦,终以摩迦(匈加利)文士[23]。凡是群人,外状至异,各禀自国之特色,发为光华;而要其大归,则趣于一:大都不为顺世和乐之音,动吭一呼,闻者兴起,争天拒俗,而精神复深感后世人心,绵延至于无已。虽未生以前,解脱而后,或以其声为不足听;若其生活两间,居天然之掌握,辗转而未得脱者,则使之闻之,固声之最雄桀伟美者矣。然以语平和之民,则言者滋惧。

上述诸人,其为品性言行思惟,虽以种族有殊,外缘多别,因现种种状,而实统于一宗:无不刚健不挠,抱诚守真;不取媚于群,以随顺旧俗;发为雄声,以起其国人之新生,而大其国于天下。求之华土,孰比之哉?夫中国之立于亚洲也,文明先进,四邻莫之与伦,蹇视高步,因益为特别之发达;及今日虽彫苓,而犹与西欧对立,此其幸也。顾使往昔以来,不事闭关,能与世界大势相接,思想为作,日趣于新,则今日方卓立宇内,无所愧逊于他邦,荣光俨然,可无苍黄变革之事,又从可知尔。故一为相度其位置,稽考其邂逅,则震旦为国,得失滋不云微。得者以文化不受影响于异邦,自具特异之光采,近虽中衰,亦世希有。失者则以孤立自是,不遇校雠,终至堕落而之实利;为时既久,精神沦亡,逮蒙新力一击,即砉然冰泮,莫有起而与之抗。加以旧染既深,辄以习惯之目光,观察一切,凡所然否,谬解为多,此所为呼维新既二十年,而新声迄不起于中国也。夫如是,则精神界之战士贵矣。英当十八世纪时,社会习于伪,宗教安于陋,其为文章,亦摹故旧而事涂饰,不能闻真之心声。于是哲人洛克[24]首出,力排政治宗教之积弊,唱思想言议之自由,转轮之兴,此其播种。而在文界,则有农人朋思生苏格阑,举全力以抗社会,宣众生平等之音,不惧权威,不跽金帛,洒其热血,注诸韵言;然精神界之伟人,非遂即人群之骄子,轗轲流落,终以夭亡。而裴伦修黎继起,转战反抗,具如前陈。其力如巨涛,直薄旧社会之柱石。余波流衍,入俄则起国民诗人普式庚,至波阑则作报复诗人密克威支,入匈加利则觉爱国诗人裴彖飞;其他宗徒,不胜具道。顾裴伦修黎,虽蒙摩罗之谥,亦第人焉而已。凡其同人,实亦不必曰摩罗宗,苟在人间,必有如是。此盖聆热诚之声而顿觉者也,此盖同怀热诚而互契者也。故其平生,亦甚神肖,大都执兵流血,如角剑之士,转辗于众之目前,使抱战栗与愉快而观其鏖扑。故无流血于众之目前者,其群祸矣;虽有而众不之视,或且进而杀之,斯其为群,乃愈益祸而不可救也!

今索诸中国,为精神界之战士者安在?有作至诚之声,致吾人于善美刚健者乎?有作温煦之声,援吾人出于荒寒者乎?家国荒矣,而赋最末哀歌,以诉天下贻后人之耶利米,且未之有也。非彼不生,即生而贼于众,居其一或兼其二,则中国遂以萧条。劳劳独躯壳之事是图,而精神日就于荒落;新潮来袭,遂以不支。众皆曰维新,此即自白其历来罪恶之声也,犹云改悔焉尔。顾既维新矣,而希望亦与偕始,吾人所待,则有介绍新文化之士人。特十余年来,介绍无已,而究其所携将以来归者;乃又舍治饼饵守囹圄之术[25]而外,无他有也。则中国尔后,且永续其萧条,而第二维新之声,亦将再举,盖可准前事而无疑者矣。俄文人凯罗连珂(V. Korolenko)作《末光》[26]一书,有记老人教童子读书于鲜卑者,曰,书中述樱花黄鸟,而鲜卑沍寒,不有此也。翁则解之曰,此鸟即止于樱木,引吭为好音者耳。少年乃沉思。然夫,少年处萧条之中,即不诚闻其好音,亦当得先觉之诠解;而先觉之声,乃又不来破中国之萧条也。然则吾人,其亦沉思而已夫,其亦惟沉思而已夫!

一九〇七年作。

注释：

〔1〕 勾萌绝朕　毫无生机的意思。勾萌，草木萌生时的幼苗。朕，先兆。白居易《进士策问·第二道》："雷一发，而蛰虫苏，勾萌达。"

〔2〕 心声　指语言。扬雄《法言·问神》："言，心声也；书，心画也。"这里指诗歌及其他文学创作。

〔3〕 种人　指种族或民族。

〔4〕 影国　指名存实亡或已经消失了的文明古国。

〔5〕 《韦陀》　通译《吠陀》，印度最古老的宗教、哲学、文学的经典。约为公元前2500 年至前 500 年间的作品。内容包括颂诗、祈祷文、咒文及祭祀仪式的记载等。共分《黎俱》《娑摩》《耶柔》《阿闼婆》四部分。

〔6〕 《摩诃波罗多》和《罗摩衍那》，印度古代两大叙事诗。《摩诃波罗多》，一译《玛哈帕腊达》，约为公元前 7 世纪至前 4 世纪的作品，叙述诸神及英雄的故事。《罗摩衍那》，一译《腊玛延那》，约为 5 世纪的作品，叙述古代王子罗摩的故事。

〔7〕 加黎陀萨（约公元 5 世纪）　通译迦梨陀婆，印度古代诗人、戏剧家。他的诗剧《沙恭达罗》，描写《摩诃波罗多》中国王杜虚孟多和沙恭达罗恋爱的故事。1789 年曾由琼斯译成英文，传至德国，歌德读后，于 1791 年题诗赞美："春华瑰丽，亦扬其芬；秋实盈衍，亦蕴其珍；悠悠天隅，恢恢地轮；彼美一人，沙恭达纶。"（据苏曼殊译文）

〔8〕 希伯来　犹太民族的又一名称。公元前 1446 年，其民族领袖摩西率领本族人民从埃及归巴勒斯坦，约公元前 930 年，分建北国以色列和南国犹太。希伯来人的典籍《旧约全书》，包括文学作品、历史传说以及有关宗教的记载等，后来成为基督教《圣经》的一部分。

〔9〕 耶利米　以色列的预言家。《旧约全书》中有《耶利米书》五十二章记载他的言行；又有《耶利米哀歌》五章，哀悼犹太故都耶路撒冷的陷落，相传也是他的作品。

〔10〕 耶路撒冷遂隳　公元前 586 年犹太王国为巴比伦所灭，耶路撒冷被毁。《旧约全书·列王纪下》说，这是由于犹太诸王不敬上帝，引起上帝震怒的结果。

〔11〕 伊兰埃及　都是古代文化发达的国家。伊兰，即伊朗，古称波斯。

〔12〕 加勒尔　即卡莱尔。这里所引的一段话见于他的《论英雄和英雄崇拜》第三讲《作为英雄的诗人：但丁、莎士比亚》的最后一段。

〔13〕 但丁（1265—1321）　意大利诗人，欧洲文艺复兴时期在文学上的代表人物之一。作品多暴露封建专制和教皇统治的罪恶。他最早用意大利语言从事写作，对意大利语文的丰富和提炼有重大贡献。主要作品有《神曲》《新生》。

〔14〕 札尔　通译沙皇。

〔15〕 狂獉　这里形容远古时代人类未开化的情景。原作榛狉。唐代柳宗元《封建

论》:"草木榛榛,鹿豕狉狉。"

〔16〕 鄂戈理(Н.В.Гоголь,1809—1852) 通译果戈理,俄国作家。作品多揭露和讽刺俄国农奴制度下黑暗、停滞、落后的社会生活。著有剧本《钦差大臣》、长篇小说《死魂灵》等。

〔17〕 武怒 武功显赫。怒,形容气势显赫。

〔18〕 清末流行的军歌和文人诗作中常有这样的内容,例如张之洞所作的《军歌》中就有这样的句子:"请看印度国土并非小,为奴为马不得脱笼牢。"他作的《学堂歌》中也说:"波兰灭,印度亡,犹太遗民散四方。"

〔19〕 什 《诗经》中雅颂部分以十篇编为一卷,称"什"。这里指篇章。

〔20〕 摩罗 通作魔罗,梵文 Mára 音译。佛教传说中的魔鬼。

〔21〕 撒旦 希伯来文 Sātan 音译,原意为"仇敌"。《圣经》中用作魔鬼的名称。

〔22〕 裴伦 通译拜伦,参见本卷《〈出了象牙之塔〉后记》注〔5〕。他曾参加意大利资产阶级民主革命活动和希腊民族独立战争。作品多表现对封建专制的憎恨和对自由的向往,充满积极浪漫主义精神,对欧洲诗歌的发展有很大影响。主要作品有长诗《唐璜》、诗剧《曼弗雷特》等。

〔23〕 摩迦文士 指裴多菲。摩迦(Magyar),通译马加尔,匈牙利的主要民族。

〔24〕 洛克(J.Locke,1632—1704) 英国哲学家。他认为知识起源于感觉,后天经验是认识的源泉,反对天赋观念论和君权神授说。著有《人类理解力论》《政府论》等。

〔25〕 治饼饵守囹圄之术 指当时留学生从日文翻译的关于家政和警察学一类的书。

〔26〕 凯罗连珂(В.Г.Короленко,1853—1921) 通译柯罗连科,俄国作家。1880年因参加革命运动被捕,流放西伯利亚六年。写过不少关于流放地的中篇和短篇小说。著有小说集《西伯利亚故事》和文学回忆录《我的同时代人的故事》等。《末光》是《西伯利亚故事》中的一篇,中译本题为《最后的光芒》(韦素园译)。

文化偏至论（节选）

【题记】本文写于1907年。最初发表于1908年8月《河南》月刊第七号，署名迅行，后收入《坟》。该文用文言文写成，八千多字，这里节选的是后半部分。文中提出中国放入复兴"其首在立人，人立而后凡事举"，因此必须"掊物质而张灵明，任个性而排众数"。文章又敏感意识到19世纪后叶西方世界出现的通弊，即"诸凡事物，无不质化""物欲来蔽，社会憔悴，进步以停，于是一切诈伪罪恶，蔑弗乘之而萌，使性灵之光，愈益就于黯淡"。本文体现鲁迅早期启蒙主义思想。

若夫非物质主义者，犹个人主义然，亦兴起于抗俗。盖唯物之倾向，固以现实为权舆，浸润人心，久而不止。故在十九世纪，爰为大潮，据地极坚，且被来叶，一若生活本根，舍此将莫有在者。不知纵令物质文明，即现实生活之大本，而崇奉逾度，倾向偏趋，外此诸端，悉弃置而不顾，则按其究竟，必将缘偏颇之恶因，失文明之神旨，先以消耗，终以灭亡，历世精神，不百年而具尽矣。递夫十九世纪后叶，而其弊果益昭，诸凡事物，无不质化，灵明日以亏蚀，旨趣流于平庸，人惟客观之物质世界是趋，而主观之内面精神，乃舍置不之一省。重其外，放其内，取其质，遗其神，林林众生，物欲来蔽，社会憔悴，进步以停，于是一切诈伪罪恶，蔑弗乘之而萌，使性灵之光，愈益就于黯淡：十九世纪文明一面之通弊，盖如此矣。时乃有新神思宗徒出，或崇奉主观，或张皇意力[1]，匡纠流俗，厉如电霆，使天下群伦，为闻声而摇荡。即其他评骘之士，以至学者文家，虽意主和平，不与世迕，而见此唯物极端，且杀精神生活，则亦悲观愤叹，知主观与意力主义之兴，功有伟于洪水之有方舟[2]者焉。主观主义者，其趣凡二：一谓惟以主观为准则，用律诸物；一谓视主观之心灵界，当较客观之物质界为尤尊。前者为主观倾向之极端，力特著于十九世纪末叶,然其趋势,颇与主我及我执殊途,仅于客观之习惯,无所盲从,或不置重,而以自有之主观世界为至高之标准而已。以是之故,则思虑动作,咸离外物,独往来于自心之天地,确信在是,满足亦在是,谓之渐自省其内曜之成果可也。若夫兴起之由,则原于外者,为大势所向,胥在平庸之客观习惯,动不由己,发如机械[3],识者不能堪,斯生反动;其原于内者,乃实以近世人心,日进于自觉,知物质万能之说,且逸个人之情意,使独创之力,归于槁枯,故不得不以自悟者悟人,冀挽狂澜于方倒耳。如尼佉伊勃生诸人,皆据其所信,力抗时俗,示主观倾向之极致;而契开迦尔则谓真理准则,独在主观,惟主观性,即为真理,至凡有道德行为,亦可弗问客观之结果若何,而一任主观之善恶为判断焉。其说出世,和者日多,于是思潮为之更张,鹜外者渐转而趣内,渊思冥想之风作,自省抒情之意苏,去现实物质与自然之樊,以就其本有心灵之域;知精神现象实人类生活之极颠,非发挥其辉光,于人生为无当;而张大个人之人格,又人生之第一义也。然尔时所要求之人格,有甚异于前者。往所理想,在知见情操,两皆调整,若主智一派,则在聪明睿智,能移客观之大世界于主观之中者。如是思惟,迨黑该尔(F. Hegel)[4]出而达其极。若罗曼暨尚古[5]一派,则息乎支培黎(Shaftesbury)[6]承卢骚(J. Rousseau)[7]之后,尚容情感之要求,特必与情操相统一调和,始合其理想之人格。而希籁(Fr. Schiller)[8]氏者,乃谓必知感两性,圆满无间,然后谓之全人。顾至十九世纪垂终,则理想为之一变。明哲之士,反省于内面者深,因以知古人所设具足调协之人,决不能得之今世;惟有意力轶众,所当希求,能于情意一端,处现实之世,而有勇猛奋斗之才,虽屡踣屡僵,终得现其理想:其为人格,如是焉耳。故如勖宾霍尔所张主,则以内省诸己,豁然贯通,因曰意力为世界之本体也;尼佉之所希冀,则意力绝世,几近神明之超人也;伊勃生之所描写,则以更革为生命,多力善斗,即迕万众不慑之强者也。夫诸凡理想,大致如斯者,诚以人丁转轮之时,处现实之世,使不若是,每至舍己从人,沉溺逝波,莫知所届,文明真髓,顷刻荡然;惟有刚毅不挠,虽遇外物而弗为移,始足作社会桢干。排斥万难,黾勉上征,人类尊严,于此攸赖,则具有绝大意力之士贵耳。虽然,此又特其一端而已。试察其他,乃亦以见末叶人民之弱点,盖往之文明流弊,浸灌性灵,众庶率纤弱颓靡,日益以甚,渐乃反观诸己,为之欿然[9],于是刻意求意力之人,冀倚为将来之柱石。此正犹洪水横流，自将灭顶，乃神驰彼岸，出全力以呼善没者尔，悲夫！

　　由是观之，欧洲十九世纪之文明，其度越前古，凌驾亚东，诚不俟明察而见矣。然既以改革而胎，反抗为本，则偏于一极，固理势所必然。洎夫末流，弊乃自显。于是新宗蹶起，特反其初，复以热烈之情，勇猛之行，起大波而加之涤荡。直至今日，益复浩然。其将来之结果若何，盖未可以率测。然作旧弊之药石，造新生之津梁，流衍方长，曼不遽已，则相其本质，察其精神，有可得而征信者。意者文化常进于幽深，人心不安于固定，二十世纪之文明，当必沉邃庄严，至与十九世纪之文明异趣。新生一作，虚伪道消，内部之生活，其将愈深且强欤？精神生活之光耀，将愈兴起而发扬欤？成然以觉，出客观梦幻之世界，而主观与自觉之生活，将由是而益张欤？内部之生活强，则人生之意义亦愈邃，个人尊严之旨趣亦愈明，二十世纪之新精神，殆将立狂风怒浪之间，恃意力以辟生路者也。中国在今，内密既发，四邻竞集而迫拶，情状自不能无所变迁。夫安弱守雌，笃于旧习，固无以争存于天下。第所以匡救之者，缪而失正，则虽日易故常，哭泣叫号之不已，于忧患又何补矣？此所为明哲之士，必洞达世界之大势，权衡校量，去其偏颇，得其神明，施之国中，翕合无间。外之既不后于世界之思潮，内之仍弗失固有之血脉，取今复古，别立新宗，人生意义，致之深邃，则国人之自觉至，个性张，沙聚之邦，由是转为人国。人国既建，乃始雄厉无前，屹然独见于天下，更何有于肤浅凡庸之事物哉？顾今者翻然思变，历岁已多，青年之所思惟，大都归罪恶于古之文物，甚或斥言文为蛮野，鄙思想为简陋，风发浡起，皇皇焉欲进欧西之物而代之，而于适所言十九世纪末之思潮，乃漠然不一措意。凡所张主，惟质为多，取其质犹可也，更按其实，则又质之至伪而偏，无所可用。虽不为将来立计，仅图救今日之贴危，而其术其心，违戾亦已甚矣。况乎凡造言任事者，又复有假改革公名，而阴以遂其私欲者哉？今敢问号称志士者曰，将以富有为文明欤，则犹太遗黎，性长居积，欧人之善贾者，莫与比伦，然其民之遭遇何如矣？将以路矿为文明欤，则五十年来非澳二洲，莫不兴铁路矿事，顾此二洲土著之文化何如矣？将以众治为文明欤，则西班牙波陀牙[10]二国，立宪且久，顾其国之情状又何如矣？若曰惟物质为文化之基也，则列机括[11]，陈粮食，遂足以雄长天下欤？曰惟多数得是非之正也，则以一人与众禺处，其亦将木居而芋食欤[12]？此虽妇竖，必否之矣。然欧美之强，莫不以是炫天下者，则根柢在人，而此特现象之末，本原深而难见，荣华昭而易识也。是故将生存两间，角逐列国是务，其首在立人，人立而后凡事举；若其道术，乃必尊个性而张精神。假不如是，槁丧且不俟夫一世。夫中国在昔，本尚物质而疾天才矣，先王之泽，日以殄绝，逮蒙外力，乃退然不可自存。而轻才小慧之徒，则又号召张皇，重杀之物质而囿之以多数，个人之性，剥夺无余。往者为本体自发之偏枯，今则获以交通传来之新疫，二患交伐，而中国之沉沦遂以益速矣。呜呼，眷念方来，亦已焉哉！

一九〇七年作。

注释：

〔1〕 意力　即唯意志论。

〔2〕 方舟　即诺亚方舟。《旧约全书·创世记》第六至九章载：上古洪水泛滥，生物尽灭；诺亚（Noah）得上帝启示，造方舟避难，此后地球上的生物，包括人类，都是方舟中的生物传下来的。

〔3〕 机械　即机关，能制动的器械。《庄子·天运》："意者其有机械而不得已邪？意者其运转而不能自止邪？"

〔4〕 黑该尔（1770—1831）　通译黑格尔，德国哲学家。是德国古典唯心主义哲学的集大成者，建立了庞大的客观唯心主义思想体系。他认为世界万物都是由独立的主体"绝对精神"所产生，英雄人物是"绝对精神"的体现者，因此创造人类历史的是他们。黑格尔的主要功绩在于发展了辩证法的思维形式，第一次把自然的和精神的世界描写为一个不断运动发展的辩证过程，并力求找出它们之间的内在联系。主要著作有《逻辑学》《精神现象学》和《美学》等。

〔5〕 罗曼　指浪漫主义。尚古，指古典主义。

〔6〕 息孛支培黎（1671—1713）　通译沙弗斯伯利，英国哲学家，自然神论者。他主张"道德直觉论"，认为人天然具有道德感，强调个人利益和社会利益不相矛盾，二者的统一调和就是道德的基础。著有《德性研究论》。

〔7〕 卢骚（1712—1778）　通译卢梭，法国启蒙思想家，"天赋人权"学说的倡导者。在哲学上，他承认感觉是认识的根源，但又强调人有"天赋的感情"和天赋的"道德观念"，并承认自然神论者的所谓上帝的存在。主要著作有《社会契约论》《爱弥儿》等。按，卢梭的生活年代在沙弗斯伯利之后。

〔8〕 希籁(1759—1805)　通译席勒,德国诗人、戏剧家。德国浪漫主义文学的代表作家之一。他的哲学观点倾向于康德的唯心主义,认为支配物质的是"自由精神",只要摆脱物质的限制,追求感觉和理性的完美的结合,人就能达到自由和理想的王国。著有剧本《强盗》《阴谋与爱情》《华伦斯坦》等。

〔9〕 欿然　不满足的意思。《孟子·尽心(上)》:"附之以韩魏之家,如其自视欿然,则过人远矣。"

〔10〕 波陀牙　即葡萄牙。

〔11〕 机括　也作机栝,弩上发矢的机件。《庄子·齐物论》:"其发若机栝。"这里指武器。

〔12〕 禺　大猴子。芧,橡实。《庄子·齐物论》有"狙(猴)公赋芧"的寓言。

我们现在怎样做父亲

【题记】本文最初发表于1919年11月《新青年》月刊第六卷第六号,署名唐俟,后收入《坟》。当时"五四"新文化运动正在批判旧礼教,提倡思想解放,本文的宗旨是批判父权,解放儿童,改革家庭。文中以进化论的立场剖析封建伦理钳制儿童和青年个性发展之荒谬,直指过分的违反人性的"孝道",是造成民族精神禁锢的"退婴的病根"。鲁迅呼吁觉醒的人们,应先解放了自己的孩子,"自己背着因袭的重担,肩住了黑暗的闸门,放他们到宽阔光明的地方去;此后幸福的度日,合理的做人"。这提法耐人寻味,足可以针砭那些把无休止的竞争过早放到孩子肩上的蠢行,对于现今应当如何"做父母",养育健全的后代,仍然有针对性和很高的认识价值。

我作这一篇文的本意,其实是想研究怎样改革家庭;又因为中国亲权重,父权更重,所以尤想对于从来认为神圣不可侵犯的父子问题,发表一点意见。总而言之:只是革命要革到老子身上罢了。但何以大模大样,用了这九个字的题目呢?这有两个理由:

第一,中国的"圣人之徒"[1],最恨人动摇他的两样东西。一样不必说,也与我辈绝不相干;一样便是他的伦常[2],我辈却不免偶然发几句议论,所以株连牵扯,很得了许多"铲伦常""禽兽行"之类的恶名。他们以为父对于子,有绝对的权力和威严;若是老子说话,当然无所不可,儿子有话,却在未说之前早已错了。但祖父子孙,本来各各都只是生命的桥梁的一级,决不是固定不易的。现在的子,便是将来的父,也便是将来的祖。我知道我辈和读者,若不是现任之父,也一定是候补之父,而且也都有做祖宗的希望,所差只在一个时间。为想省却许多麻烦起见,我们便该无须客气,尽可先行占住了上风,摆出父亲的尊严,谈谈我们和我们子女的事;不但将来着手实行,可以减少困难,在中国也顺理成章,免得"圣人之徒"听了害怕,总算是一举两得之至的事了。所以说,"我们怎样做父亲。"

第二,对于家庭问题,我在《新青年》的《随感录》[3](二五,四十,四九)中,曾经略略说及,总括大意,便只是从我们起,解放了后来的人。论到解放子女,本是极平常的事,当然不必有什么讨论。但中国的老年,中了旧习惯旧思想的毒太深了,决定悟不过来。譬如早晨听到乌鸦叫,少年毫不介意,迷信的老人,却总须颓唐半天。虽然很可怜,然而也无法可救。没有法,便只能先从觉醒的人开手,各自解放了自己的孩子。自己背着因袭的重担,肩住了黑暗的闸门,放他们到宽阔光明的地方去;此后幸福的度日,合理的做人。

还有,我曾经说,自己并非创作者,便在上海报纸的《新教训》里,挨了一顿骂[4]。但我辈评论事情,总须先评论了自己,不要冒充,才能像一篇说话,对得起自己和别人。我自己知道,不特并非创作者,并且也不是真理的发见者。凡有所说所写,只是就平日见闻的事理里面,取了一点心以为然的道理;至于终极究竟的事,却不能知。便是对于数年以后的学说的进步和变迁,也说不出会到如何地步,单相信比现在总该还有进步还有变迁罢了。所以说,"我们现在怎样做父亲。"

我现在心以为然的道理,极其简单。便是依据生物界的现象,一,要保存生命;二,要延续这生命;三,要发展这生命(就是进化)。生物都这样做,父亲也就是这样做。

生命的价值和生命价值的高下,现在可以不论。单照常识判断,便知道既是生物,第一要紧的自然是生命。因为生物之所以为生物,全在有这生命,否则失了生物的意义。生物为保存生命起见,具有种种本能,最显著的是食欲。因有食欲才摄取食品,因有食品才发生温热,保存了生命。但生物的个体,总免不了老衰和死亡,为继续生命起见,又有一种本能,便是性欲。因性欲才有性交,因有性交才发生苗裔,继续了生命。所以食欲是保存自己,保存现在生命的事;性欲是保存后裔,保存永久生命的事。饮食并非罪恶,并非不净;性交也就并非罪恶,并非不净。饮食的结果,养活了自己,对于自己没有恩;性交的结果,生出子女,对于子女当然也算不了恩。——前前后后,都向生命的长途走去,仅有先后的不同,分不出谁受谁的恩典。

可惜的是中国的旧见解,竟与这道理完全相反。夫妇是"人伦之中",却说是"人伦之始"[5];性交是常事,却以为不净;生育也是常事,却以为天大的大功。人人对于婚姻,大抵先夹带着不净的思想。亲戚朋友有许多戏谑,自己也有许多羞涩,直到生了孩子,还是躲躲闪闪,怕敢声明;独有对于孩子,却威严十足。这种行径,简直可以说是和偷了钱发迹的财主,不相上下了。我并不是说,——如他们攻击者所意想的,——人类的性交也应如别种动物,随便举行;或如无耻流氓,专做些下流举动,自鸣得意。是说,此后觉醒的人,应该先洗净了东方固有的不净思想,再纯洁明白一些,了解夫妇是伴侣,是共同劳动者,又是新生命创造者的意义。所生的子女,固然是受领新生命的人,但他也不永久占领,将来还要交付子女,像他们的父母一般。只是前前后后,都做一个过付的经手人罢了。

生命何以必需继续呢?就是因为要发展,要进化。个体既然免不了死亡,进化又毫无止境,所以只能延续着,在这进化的路上走。走这路须有一种内的努力,有如单细胞动物有内的努力,积久才会繁复,无脊椎动物有内的努力,积久才会发生脊椎。所以后起的生命,总比以前的更有意义,更近完全,因此也更有价值,更可宝贵;前者的生命,应该牺牲于他。

但可惜的是中国的旧见解,又恰恰与这道理完全相反。本位应在幼者,却反在长者;置重应在将来,却反在过去。前者做了更前者的牺牲,自己无力生存,却苛责后者又来专做他的牺牲,毁灭了一切发展本身的能力。我也不是说,——如他们攻击者所意想的,——孙子理应终日痛打他的祖父,女儿必须时时咒骂他的亲娘。是说,此后觉醒的人,应该先洗净了东方古传的谬误思想,对于子女,义务思想须加多,而权利思想却大可切实核减,以准备改作幼者本位的道德。况且幼者受了权利,也并非永久占有,将来还要对于他们的幼者,仍尽义务。只是前前后后,都做一切过付的经手人罢了。

"父子间没有什么恩"这一个断语,实是招致"圣人之徒"面红耳赤的一大原因。[6]他们的误点,便在长者本位与利己思想,权利思想很重,义务思想和责任心却很轻。以为父子关系,只须"父兮生我"[7]一件事,幼者的全部,便应为长者所有。尤其堕落的,是因此责望报偿,以为幼者的全部,理该做长者的牺牲。殊不知自然界的安排,却件件与这要求反对,我们从古以来,逆天行事,于是人的能力,十分萎缩,社会的进步,也就跟着停顿。我们虽不能说停顿便要灭亡,但较之进步,总是停顿与灭亡的路相近。

　　自然界的安排,虽不免也有缺点,但结合长幼的方法,却并无错误。他并不用"恩",却给与生物以一种天性,我们称他为"爱"。动物界中除了生子数目太多——爱不周到的如鱼类之外,总是挚爱他的幼子,不但绝无利益心情,甚或至于牺牲了自己,让他的将来的生命,去上那发展的长途。

　　人类也不外此,欧美家庭,大抵以幼者弱者为本位,便是最合于这生物学的真理的办法。便在中国,只要心思纯白,未曾经过"圣人之徒"作践的人,也都自然而然的能发现这一种天性。例如一个村妇哺乳婴儿的时候,决不想到自己正在施恩;一个农夫娶妻的时候,也决不以为将要放债。只是有了子女,即天然相爱,愿他生存;更进一步的,便还要愿他比自己更好,就是进化。这离绝了交换关系利害关系的爱,便是人伦的索子,便是所谓"纲"。倘如旧说,抹煞了"爱",一味说"恩",又因此责望报偿,那便不但败坏了父子间的道德,而且也大反于做父母的实际的真情,播下乖剌的种子。有人做了乐府,说是"劝孝",大意是什么"儿子上学堂,母亲在家磨杏仁,预备回来给他喝,你还不孝么"之类,[8]自以为"拚命卫道"。殊不知富翁的杏酪和穷人的豆浆,在爱情上价值同等,而其价值却正在父母当时并无求报的心思;否则变成买卖行为,虽然喝了杏酪,也不异"人乳喂猪"[9],无非要猪肉肥美,在人伦道德上,丝毫没有价值了。

　　所以我现在心以为然的,便只是"爱"。

　　无论何国何人,大都承认"爱己"是一件应当的事。这便是保存生命的要义,也就是继续生命的根基。因为将来的运命,早在现在决定,故父母的缺点,便是子孙灭亡的伏线,生命的危机。易卜生做的《群鬼》(有潘家洵君译本,载在《新潮》一卷五号)虽然重在男女问题,但我们也可以看出遗传的可怕。欧士华本是要生活,能创作的人,因为父亲的不检,先天得了病毒,中途不能做人了。他又很爱母亲,不忍劳他服侍,便藏着吗啡,想待发作时候,由使女瑞琴帮他吃下,毒杀了自己;可是瑞琴走了。他于是只好托他母亲了。

　　欧　"母亲,现在应该你帮我的忙了。"

　　阿夫人　"我吗?"

　　欧　"谁能及得上你。"

阿夫人　"我！你的母亲！"

欧　"正为那个。"

阿夫人　"我,生你的人！"

欧　"我不曾教你生我。并且给我的是一种什么日子？我不要他！你拿回去罢！"

这一段描写,实在是我们做父亲的人应该震惊戒惧佩服的;决不能昧了良心,说儿子理应受罪。这种事情,中国也很多,只要在医院做事,便能时时看见先天梅毒性病儿的惨状;而且傲然的送来的,又大抵是他的父母。但可怕的遗传,并不只是梅毒;另外许多精神上体质上的缺点,也可以传之子孙,而且久而久之,连社会都蒙着影响。我们且不高谈人群,单为子女说,便可以说凡是不爱己的人,实在欠缺做父亲的资格。就令硬做了父亲,也不过如古代的草寇称王一般,万万算不了正统。将来学问发达,社会改造时,他们侥幸留下的苗裔,恐怕总不免要受善种学(Eugenics)[10]者的处置。

倘若现在父母并没有将什么精神上体质上的缺点交给子女,又不遇意外的事,子女便当然健康,总算已经达到了继续生命的目的。但父母的责任还没有完,因为生命虽然继续了,却是停顿不得,所以还须教这新生命去发展。凡动物较高等的,对于幼雏,除了养育保护以外,往往还教他们生存上必需的本领。例如飞禽便教飞翔,鸷兽便教搏击。人类更高几等,便也有愿意子孙更进一层的天性。这也是爱,上文所说的是对于现在,这是对于将来。只要思想未遭锢蔽的人,谁也喜欢子女比自己更强,更健康,更聪明高尚,——更幸福;就是超越了自己,超越了过去。超越便须改变,所以子孙对于祖先的事,应该改变,"三年无改于父之道可谓孝矣"[11],当然是曲说,是退婴的病根。假使古代的单细胞动物,也遵着这教训,那便永远不敢分裂繁复,世界上再也不会有人类了。

幸而这一类教训,虽然害过许多人,却还未能完全扫尽了一切人的天性。没有读过"圣贤书"的人,还能将这天性在名教的斧钺底下,时时流露,时时萌蘖;这便是中国人虽然凋落萎缩,却未灭绝的原因。

所以觉醒的人,此后应将这天性的爱,更加扩张,更加醇化;用无我的爱,自己牺牲于后起新人。开宗第一,便是理解。往昔的欧人对于孩子的误解,是以为成人的预备;中国人的误解,是以为缩小的成人。直到近来,经过许多学者的研究,才知道孩子的世界,与成人截然不同;倘不先行理解,一味蛮做,便大碍于孩子的发达。所以一切设施,都应该以孩子为本位,日本近来,觉悟的也很不少;对于儿童的设施,研究儿童的事业,都非常兴盛了。第二,便是指导。时势既有改变,生活也必须进化;所以后起的人物,一定尤异于前,决不能用同一模型,无理嵌定。长者须是指导者协商者,却不该是命令者。不但不该责幼者供奉自己;而且还须用全副精神,专为他们自己,养成他们有耐劳作的体力,纯洁高尚的道德,广博自由能容纳新潮流的精神,也就是能在世界新潮流中游泳,不被淹没的力量。第三,便是解放。子女是即我非我的人,但既已分立,也便是人类中的人。因为即我,所以更应该尽教育的义务,交给他们自立的能力;因为非我,所以也应同时解放,全部为他们自己所有,成一个独立的人。

这样,便是父母对于子女,应该健全的产生,尽力的教育,完全的解放。

但有人会怕,仿佛父母从此以后,一无所有,无聊之极了。这种空虚的恐怖和无聊的感想,也即从谬误的旧思想发生;倘明白了生物学的真理,自然便会消灭。但要做解放子女的父母,也应预备一种能力。便是自己虽然已经带着过去的色采,却不失独立的本领和精神,有广博的趣味,高尚的娱乐。要幸福么?连你的将来的生命都幸福了。要"返老还童",要"老复丁"〔12〕么?子女便是"复丁",都已独立而且更好了。这才是完了长者的任务,得了人生的慰安。倘若思想本领,样样照旧,专以"勃谿"〔13〕为业,行辈自豪,那便自然免不了空虚无聊的苦痛。

或者又怕,解放之后,父子间要疏隔了。欧美的家庭,专制不及中国,早已大家知道;往者虽有人比之禽兽,现在却连"卫道"的圣徒,也曾替他们辩护,说并无"逆子叛弟"了。〔14〕因此可知:惟其解放,所以相亲;惟其没有"拘挛"子弟的父兄,所以也没有反抗"拘挛"的"逆子叛弟"。若威逼利诱,便无论如何,决不能有"万年有道之长"〔15〕。例便如我中国,汉有举孝,唐有孝悌力田科,清末也还有孝廉方正,〔16〕都能换到官做。父恩谕之于先,皇恩施之于后,然而割股〔17〕的人物,究属寥寥。足可证明中国的旧学说旧手段,实在从古以来,并无良效,无非使坏人增长些虚伪,好人无端的多受些人我都无利益的苦痛罢了。

独有"爱"是真的。路粹引孔融说,"父之于子,当有何亲?论其本意,实为情欲发耳。子之于母,亦复奚为,譬如寄物瓶中,出则离矣。"(汉末的孔府上,很出过几个有特色的奇人,不像现在这般冷落,这话也许确是北海先生所说;只是攻击他的偏是路粹和曹操,教人发笑罢了。)[18]虽然也是一种对于旧说的打击,但实于事理不合。因为父母生了子女,同时又有天性的爱,这爱又很深广很长久,不会即离。现在世界没有大同,相爱还有差等,子女对于父母,也便最爱,最关切,不会即离。所以疏隔一层,不劳多虑。至于一种例外的人,或者非爱所能钩连。但若爱力尚且不能钩连,那便任凭什么"恩威,名分,天经,地义"之类,更是钩连不住。

或者又怕,解放之后,长者要吃苦了。这事可分两层:第一,中国的社会,虽说"道德好",实际却太缺乏相爱相助的心思。便是"孝""烈"这类道德,也都是旁人毫不负责,一味收拾幼者弱者的方法。在这样社会中,不独老者难于生活,即解放的幼者,也难于生活。第二,中国的男女,大抵未老先衰,甚至不到二十岁,早已老态可掬,待到真实衰老,便更须别人扶持。所以我说,解放子女的父母,应该先有一番预备;而对于如此社会,尤应该改造,使他能适于合理的生活。许多人预备着,改造着,久而久之,自然可望实现了。单就别国的往时而言,斯宾塞[19]未曾结婚,不闻他侘傺无聊;瓦特早没有了子女,也居然"寿终正寝",何况在将来,更何况有儿女的人呢?

或者又怕,解放之后,子女要吃苦了。这事也有两层,全如上文所说,不过一是因为老而无能,一是因为少不更事罢了。因此觉醒的人,愈觉有改造社会的任务。中国相传的成法,谬误很多:一种是锢闭,以为可以与社会隔离,不受影响。一种是教给他恶本领,以为如此才能在社会中生活。用这类方法的长者,虽然也含有继续生命的好意,但比照事理,却决定谬误。此外还有一种,是传授些周旋方法,教他们顺应社会。这与数年前讲"实用主义"[20]的人,因为市上有假洋钱,便要在学校里遍教学生看洋钱的法子之类,同一错误。社会虽然不能不偶然顺应,但决不是正当办法。因为社会不良,恶现象便很多,势不能一一顺应;倘都顺应了,又违反了合理的生活,倒走了进化的路。所以根本方法,只有改良社会。

就实际上说,中国旧理想的家族关系父子关系之类,其实早已崩溃。这也非"于今为烈",正是"在昔已然"。历来都竭力表彰"五世同堂",便足见实际上同居的为难;拚命的劝孝,也足见事实上孝子的缺少。而其原因,便全在一意提倡虚伪道德,蔑视了真的人情。我们试一翻大族的家谱,便知道始迁祖宗,大抵是单身迁居,成家立业;一到聚族而居,家谱出版,却已在零落的中途了。况在将来,迷信破了,便没有哭竹,卧冰;医学发达了,也不必尝秽[21],割股。又因为经济关系,结婚不得不迟,生育因此也迟,或者子女才能自存,父母已经衰老,不及依赖他们供养,事实上也就是父母反尽了义务。世界潮流逼拶着,这样做的可以生存,不然的便都衰落;无非觉醒者多,加些人力,便危机可望较少就是了。

但既如上言,中国家庭,实际久已崩溃,并不如"圣人之徒"纸上的空谈,则何以至今依然如故,一无进步呢?这事很容易解答。第一,崩溃者自崩溃,纠缠者自纠缠,设立者又自设立;毫无戒心,也不想到改革,所以如故。第二,以前的家庭中间,本来常有勃谿,到了新名词流行之后,便都改称"革命",然而其实也仍是讨嫖钱至于相骂,要赌本至于相打之类,与觉醒者的改革,截然两途。这一类自称"革命"的勃谿子弟,纯属旧式,待到自己有了子女,也决不解放;或者毫不管理,或者反要寻出《孝经》[22],勒令诵读,想他们"学于古训"[23],都做牺牲。这只能全归旧道德旧习惯旧方法负责,生物学的真理决不能妄任其咎。

既如上言,生物为要进化,应该继续生命,那便"不孝有三无后为大"[24],三妻四妾,也极合理了。这事也很容易解答。人类因为无后,绝了将来的生命,虽然不幸,但若用不正当的方法手段,苟延生命而害及人群,便该比一人无后,尤其"不孝"。因为现在的社会,一夫一妻制最为合理,而多妻主义,实能使人群堕落。堕落近于退化,与继续生命的目的,恰恰完全相反。无后只是灭绝了自己,退化状态的有后,便会毁到他人。人类总有些为他人牺牲自己的精神,而况生物自发生以来,交互关联,一人的血统,大抵总与他人有多少关系,不会完全灭绝。所以生物学的真理,决非多妻主义的护符。

总而言之,觉醒的父母,完全应该是义务的,利他的,牺牲的,很不易做;而在中国尤不易做。中国觉醒的人,为想随顺长者解放幼者,便须一面清结旧账,一面开辟新路。就是开首所说的"自己背着因袭的重担,肩住了黑暗的闸门,放他们到宽阔光明的地方去;此后幸福的度日,合理的做人。"这是一件极伟大的要紧的事,也是一件极困苦艰难的事。

但世间又有一类长者，不但不肯解放子女，并且不准子女解放他们自己的子女；就是并要孙子曾孙都做无谓的牺牲。这也是一个问题；而我是愿意平和的人，所以对于这问题，现在不能解答。

一九一九年十月。

注释：

〔1〕 "圣人之徒" 这里指当时竭力维护旧道德和旧文学的林琴南等人。林琴南在1919年3月给北京大学校长蔡元培的信中，曾以"必覆孔孟、铲伦常为快""拾李卓吾之余唾""卓吾有禽兽行"等语，攻击新文化运动的参加者。按，李卓吾（1527—1602），名赞，字卓吾，泉州晋江（今属福建）人，明代思想家。他反对当时的道学派，主张男女婚姻自主，曾被人诬蔑有"挟妓女白昼同浴，勾引士人妻女"等"禽兽行"。

〔2〕 伦常 封建社会的伦理道德。以君臣、父子、夫妇、兄弟、朋友为五伦，认为制约他们各自之间关系的道德准则是不可改变的常道，因此称为伦常。

〔3〕 《随感录》 《新青年》从1918年4月第四卷第四号起发表的关于社会和文化短评的总题。

〔4〕 指《时事新报》对作者的谩骂。作者曾在《新青年》第六卷第一、二、三号（1919年1月、2月、3月），发表《随感录》四十三、四十六、五十三，批评上海《时事新报》副刊《泼克》所载讽刺画的恶劣形象和错误倾向，并对新的美术创作表达了自己的意见，在《随感录四十六》中有"我辈即使才能不及，不能创作，也该当学习"的话；1919年4月27日《时事新报》发表署名"记者"的《新教训》一文，骂鲁迅"轻佻""狂妄""头脑未免不清楚，可怜！"等等。

〔5〕 "人伦之始" 语出《南史·阮孝绪传》：孝绪年十五，"冠而见其父，彦之诫曰：'三加弥尊，人伦之始，宜思自勖，以庇尔躬。'"冠，参见上卷《我的第一个师父》注〔11〕。

〔6〕 这是针对林琴南而发的，林琴南在1919年3月给蔡元培的信中曾说："乃近来尤有所谓新道德者，斥父母为自感情欲，于己无恩，……仆方以为儗于不伦。"

〔7〕 "父兮生我" 语出《诗经·小雅·蓼莪》："父兮生我，母兮鞠我。"鞠，哺育。

〔8〕 这里说的"劝孝"的乐府，指1919年3月24日《公言报》所载林琴南作《劝世白话新乐府》的《母送儿》篇，其中说："母送儿，儿往学堂母心悲。……娘亲方自磨杏仁，儿来儿来来尝新。娇儿含泪将娘近，儿近退学娘休嗔。……儿言往就教，那想教师不教

孝。……再读孝经一卷终,不去学堂倒罢了。"

〔9〕 "人乳喂猪" 《世说新语·汰侈》载:"武帝(司马炎)尝降王武子(济)家,武子供馔,……烝豚肥美,异于常味。帝怪而问之,答曰:'以人乳饮豚。'"

〔10〕 善种学 即优生学,是英国高尔顿在1883年提出的"改良人种"的学说。他认为人或人种在生理和智力上的差别是由遗传决定的,借助遗传手段发展"优等人",淘汰"劣等人",社会问题才能解决。鲁迅对这种把生物学照搬到社会生活上来的学说采取了否定态度,参看《二心集·"硬译"与"文学的阶级性"》。

〔11〕 "三年无改于父之道可谓孝矣" 语出《论语·学而》:"父在,观其志,父殁,观其行,三年无改于父之道,可谓孝矣。"

〔12〕 "老复丁" 从老年回复壮年。语出汉代史游《急就篇》:"长乐无极老复丁。"

〔13〕 "勃谿" 指婆媳争吵。语出《庄子·外物》:"室无空虚,则妇姑勃谿。"

〔14〕 欧美家庭并无"逆子叛弟"之说,见于林琴南所译小说《孝友镜》(比利时恩海贡斯翁士著)的《译余小识》:"此书为西人辨诬也。中国人之习西者恒曰:'男子二十一外必自立,父母之力不能簪约而拘挛之;兄弟各立门户,不相恤也。是名社会主义,国因以强。'然近年所见,家庭革命,逆子叛弟,接踵而起,国胡不强?是果真奉西人之圭臬?抑凶顽之气中于腑焦,用以自便其所为,与西俗胡涉?此书……父以友传,女以孝传,足为人伦之鉴矣。命曰《孝友镜》,亦以醒吾中国人勿诬人而打妄语也。"

〔15〕 "万年有道之长" 久远的意思。这是封建臣子颂扬朝廷的一句常用语。

〔16〕 举孝 是汉代选拔官吏的办法之一,由各地推荐"善事父母"的孝子到朝中做官。孝悌力田,是汉唐科举名目之一,由地方官向朝廷推荐所谓有"孝悌"德行和努力耕作的人,中选者分别给予任用或赏赐。孝廉方正,是清代特设的科举名目,由地方官荐举孝、廉、方正的人,经礼部考试,授以知县等官。

〔17〕 割股 参见上卷《狂人日记》注〔15〕。

〔18〕 路粹引孔融说 见《后汉书·孔融传》。路粹(?—214),字文蔚,陈留(今河南)人,建安初官尚书郎,迁军谋祭酒。他承曹操的意旨,"枉奏"孔融"跌荡放言",对祢衡讲过这几句话,曹操便用"不孝"的罪名杀掉孔融。但曹操在《求贤令》中又说只要有才能,"不仁不孝"的人也可任用,在这件事上自相矛盾,因此鲁迅说"教人发笑"。孔融(153—208),字文举,鲁国(今山东曲阜)人,汉献帝时曾为北海相,因而有"北海先生"之称。

〔19〕 斯宾塞(H. Spencer,1820—1903) 英国哲学家。终身未婚。主要著作有《综合哲学体系》等。

〔20〕 "实用主义" 又称实验主义或经验自然主义,西方现代哲学学说与流派。19世纪末产生于美国,20世纪初在西方国家广泛流行。主要代表人物有美国的詹姆斯、皮尔斯、杜威等。他们认为客观现实和主观意识都包括在"经验"之中,"经验"是二者的交互作

用;思想不是客观世界的反映,而是人根据自身的需要提出的"假设"和设计的"工具",能"兑现价值"和有"效用"就是真理。强调个人应付环境的"实践"活动。

〔21〕 哭竹、卧冰 参见上卷《〈二十四孝图〉》注〔20〕〔21〕。尝秽,南朝梁庾黔娄的故事。《梁书·庾黔娄传》说,他的父亲庾易"疾始二日,医云:'欲知差剧,但尝粪甜苦。'易泄痢,黔娄辄取尝之,味转甜滑,心逾忧苦。"这三个故事都收在《二十四孝》中。

〔22〕 《孝经》 儒家经典之一,共十八章,战国时孔门后学所述。汉代列入"七经"之一,后来又列入"十三经"。

〔23〕 "学于古训" 语出《尚书·说命》:"学于古训乃有获。"

〔24〕 "不孝有三无后为大" 参见上卷《阿Q正传》注〔23〕。

中国小说的历史的变迁（节选）

【题记】《中国小说的历史的变迁》是鲁迅1924年7月在西安讲学时的记录稿，经作者本人修订后，收入西北大学出版部1925年印行的《国立西北大学、陕西教育厅合办暑期学校讲演集（二）》，后作为作者《中国小说史略》的附录。鲁迅1920年12月开始在北京大学授课，自编讲义，讲授《中国小说史略》，直至1926年8月离开北京为止。《中国小说的历史的变迁》部分内容和北大讲授的《中国小说史略》相同。这里节选其中两节，也是考虑其为讲课记录，较为浅近可读，亦可借以想象鲁迅昔日授课的风采。

第一讲　从神话到神仙传

考小说之名，最古是见于庄子所说的"饰小说以干县令"。"县"是高，言高名；"令"是美，言美誉。但这是指他所谓琐屑之言，不关道术的而说，和后来所谓的小说并不同。因为如孔子，杨子[1]，墨子[2]各家的学说，从庄子看来，都可以谓之小说；反之，别家对庄子，也可称他的著作为小说。至于《汉书》《艺文志》上说："小说者，街谈巷语之说也。"这才近似现在的所谓小说了，但也不过古时稗官采集一般小民所谈的小话，借以考察国之民情，风俗而已，并无现在所谓小说之价值。

小说是如何起源的呢？据《汉书》《艺文志》上说："小说家者流，盖出于稗官。"稗官采集小说的有无，是另一问题；即使真有，也不过是小说书之起源，不是小说之起源。至于现在一班研究文学史者，却多认小说起源于神话。因为原始民族，穴居野处，见天地万物，变化不常——如风，雨，地震等——有非人力所可捉摸抵抗，很为惊怪，以为必有个主宰万物者在，因之拟名为神；并想像神的生活，动作，如中国有盘古氏开天辟地之说，这便成功了"神话"。从神话演进,故事渐近于人性,出现的大抵是"半神",如说古来建大功的英雄,其才能在凡人以上,由于天授的就是。例如简狄吞燕卵而生商,尧时"十日并出",尧使羿射之的话,都是和凡人不同的。这些口传,今人谓之"传说"。由此再演进,则正事归为史;逸史即变为小说了。

我想,在文艺作品发生的次序中,恐怕是诗歌在先,小说在后的。诗歌起于劳动和宗教。其一,因劳动时,一面工作,一面唱歌,可以忘却劳苦,所以从单纯的呼叫发展开去,直到发挥自己的心意和感情,并偕有自然的韵调;其二,是因为原始民族对于神明,渐因畏惧而生敬仰,于是歌颂其威灵,赞叹其功烈,也就成了诗歌的起源。至于小说,我以为倒是起于休息的。人在劳动时,既用歌吟以自娱,借它忘却劳苦了,则到休息时,亦必要寻一种事情以消遣闲暇。这种事情,就是彼此谈论故事,而这谈论故事,正就是小说的起源。——所以诗歌是韵文,从劳动时发生的;小说是散文,从休息时发生的。

但在古代,不问小说或诗歌,其要素总离不开神话。印度,埃及,希腊都如此,中国亦然。只是中国并无含有神话的大著作;其零星的神话,现在也还没有集录为专书的。我们要寻求,只可从古书上得到一点,而这种古书最重要的,便推《山海经》。不过这书也是无系统的,其中最要的,和后来有关系的记述,有西王母的故事,现在举一条出来:

"玉山,是西王母所居也。西王母其状如人,豹尾虎齿而善啸,蓬发戴胜,是司天之厉及五残。"

如此之类还不少。这个古典,一直流行到唐朝,才被骊山老母夺了位置去。此外还有一种《穆天子传》,讲的是周穆王驾八骏西征的故事,是汲郡古冢中杂书之一篇。——总之中国古代的神话材料很少,所有者,只是些断片的,没有长篇的,而且似乎也并非后来散亡,是本来的少有。我们在此要推求其原因,我以为最要的有两种:

一、太劳苦 因为中华民族先居在黄河流域,自然界底情形并不佳,为谋生起见,生活非常勤苦,因之重实际,轻玄想,故神话就不能发达以及流传下来。劳动虽说是发生文艺的一个源头,但也有条件:就是要不过度。劳逸均适,或者小觉劳苦,才能发生种种的诗歌,略有余暇,就讲小说。假使劳动太多,休息时少,没有恢复疲劳的余裕,则眠食尚且不暇,更不必提什么文艺了。

二、易于忘却　因为中国古时天神,地祇,人,鬼,往往淆杂,则原始的信仰存于传说者,日出不穷,于是旧者僵死,后人无从而知。如神荼,郁垒,为古之大神,传说上是手执一种苇索,以缚虎,且御凶魅的,所以古代将他们当作门神。但到后来又将门神改为秦琼,尉迟敬德,并引说种种事实,以为佐证,于是后人单知道秦琼和尉迟敬德为门神,而不复知神荼,郁垒,更不消说造作他们的故事了。此外这样的还很不少。

中国的神话既没有什么长篇的,现在我们就再来看《汉书》《艺文志》上所载的小说:《汉书》《艺文志》上所载的许多小说目录,现在一样都没有了,但只有些遗文,还可以看见。如《大戴礼》《保傅篇》中所引《青史子》说:

"古者年八岁而出就外舍,学小艺焉,履小节焉;束发而就大学,学大艺焉,履大节焉。居则习礼文,行则鸣佩玉,升车则闻和鸾之声,是以非僻之心无自入也。……"

《青史子》这种话,就是古代的小说;但就我们看去,同《礼记》所说是一样的,不知何以当作小说?或者因其中还有许多思想和儒家的不同之故吧。至于现在所有的所谓汉代小说,却有称东方朔所做的两种:一、《神异经》;二、《十洲记》。班固做的,也有两种:一、《汉武故事》;二、《汉武帝内传》。此外还有郭宪做的《洞冥记》,刘歆做的《西京杂记》。《神异经》的文章,是仿《山海经》的,其中所说的多怪诞之事。现在举一条出来:

"西南荒山中出讹兽,其状若菟,人面能言,常欺人,言东而西,言恶而善。其肉美,食之,言不真矣。"(《西南荒经》)

《十洲记》是记汉武帝闻十洲于西王母之事,也仿《山海经》的,不过比较《神异经》稍微庄重些。《汉武故事》和《汉武帝内传》,都是记武帝初生以至崩葬的事情。《洞冥记》是说神仙道术及远方怪异的事情。《西京杂记》则杂记人间琐事。然而《神异经》《十洲记》,为《汉书》《艺文志》上所不载,可知不是东方朔做的,乃是后人假造的。《汉武故事》《汉武帝内传》则与班固别的文章,笔调不类,且中间夹杂佛家语,——彼时佛教尚不盛行,且汉人从来不喜说佛语——可知也是假的。至于《洞冥记》《西京杂记》又已经为人考出是六朝人做的。——所以上举的六种小说,全是假的。惟此外有刘向的《列仙传》[3]是真的。晋的葛洪又作《神仙传》[4],唐宋更多,于后来的思想及小说,很有影响。但刘向的《列仙传》,在当时并非有意作小说,乃是当作真实事情做的,不过我们以现在的眼光看去,只可作小说观而已。《列仙传》《神仙传》中片断的神话,到现在还多拿它做儿童读物的材料。现在常有一问题发生:即此种神话,可否拿它做儿童的读物?我们顺便也说一说。在反对一方面的人说:以这种神话教儿童,只能养成迷信,是非常有害的;而赞成一方面的人说:以这种神话教儿童,正合儿童的天性,很感趣味,没有什么害处的。在我以为这要看社会上教育的状况怎样,如果儿童能继续更受良好的教育,则将来一学科学,自然会明白,不至迷信,所以当然没有害的;但如果儿童不能继续受稍深的教育,学识不再进步,则在幼小时所教的神话,将永信以为真,所以也许是有害的。

第二讲　六朝时之志怪与志人

上次讲过:一、神话是文艺的萌芽。二、中国的神话很少。三、所有的神话,没有长篇的。四、《汉书》《艺文志》上载的小说都不存在了。五、现存汉人的小说,多是假的。现在我们再看六朝时的小说怎样?中国本来信鬼神的,而鬼神与人乃是隔离的,因欲人与鬼神交通,于是乎就有巫出来。巫到后来分为两派:一为方士;一仍为巫。巫多说鬼,方士多谈炼金及求仙,秦汉以来,其风日盛,到六朝并没有息,所以志怪之书特多,像《博物志》上说:

"燕太子丹质于秦,……欲归,请于秦王。王不听,谬言曰,'令乌头白,马生角,乃可。'丹仰而叹,乌即头白,俯而嗟,马生角。秦王不得已而遣之……"(卷八《史补》)

这全是怪诞之说,是受了方士思想的影响。再如刘敬叔的《异苑》上说:

"义熙中,东海徐氏婢兰忽患羸黄,而拂拭异常,共伺察之,见扫帚从壁角来趋婢床,乃取而焚之,婢即平复。"(卷八)

这可见六朝人视一切东西,都可成妖怪,这正就是巫底思想,即所谓"万有神教"。此种思想,到了现在,依然留存,像:常见在树上挂着"有求必应"的匾,便足以证明社会上还将树木当神,正如六朝人一样的迷信。其实这种思想,本来是无论何国,古时候都有的,不过后来渐渐地没有罢了,但中国还很盛。

六朝志怪的小说，除上举《博物志》《异苑》而外，还有干宝的《搜神记》，陶潜的《搜神后记》。但《搜神记》多已佚失，现在所存的，乃是明人辑各书引用的话，再加别的志怪书而成，是一部半真半假的书籍。至于《搜神后记》，亦记灵异变化之事，但陶潜旷达，未必作此，大约也是别人的托名。

此外还有一种助六朝人志怪思想发达的，便是印度思想之输入。因为晋，宋，齐，梁四朝，佛教大行，当时所译的佛经很多，而同时鬼神奇异之谈也杂出，所以当时合中，印两国底鬼怪到小说里，使它更加发达起来，如阳羡鹅笼的故事，就是：

"阳羡许彦于绥安山行，遇一书生，……卧路侧，云脚痛，求寄鹅笼中。彦以为戏言，书生便入笼，……宛然与双鹅并坐，鹅亦不惊。彦负笼而去，都不觉重。前行息树下，书生乃出笼谓彦曰：'欲为君薄设。'彦曰：'善。'乃口中吐出一铜奁子，中具肴馔。……酒数行，谓彦曰：'向将一妇人自随，今欲暂邀之。'……又于口中吐一女子，……共坐宴。俄而书生醉卧，此女谓彦曰：'……向亦窃得一男子同行，……暂唤之……'……女子于口中吐出一男子……"

此种思想，不是中国所故有的，乃完全受了印度思想的影响。就此也可知六朝的志怪小说，和印度怎样相关的大概了。但须知六朝人之志怪，却大抵一如今日之记新闻，在当时并非有意做小说。

六朝时志怪的小说，既如上述，现在我们再讲志人的小说。六朝志人的小说，也非常简单，同志怪的差不多，这有宋刘义庆做的《世说新语》，可以做代表。现在待我举出一两条来看：

"阮光禄在剡，曾有好车，借者无不皆给。有人葬母，意欲借而不敢言。阮后闻之，叹曰：'吾有车而使人不敢借，何以车为？'遂焚之。"（卷上《德行篇》）

"刘伶恒纵酒放达，或脱衣裸形在屋中。人见讥之，伶曰：'我以天地为栋宇，屋室为裈衣，诸君何为入我裈中？'"（卷下《任诞篇》）

这就是所谓晋人底风度。以我们现在的眼光看去，阮光禄之烧车，刘伶之放达，是觉得有些奇怪的，但在晋人却并不以为奇怪，因为那时所贵的是奇特的举动和玄妙的清谈。这种清谈，本从汉之清议而来。汉末政治黑暗，一般名士议论政事，其初在社会上很有势力，后来遭执政者之嫉视，渐渐被害，如孔融,祢衡等都被曹操设法害死[5],所以到了晋代底名士,就不敢再议论政事,而一变为专谈玄理;清议而不谈政事,这就成了所谓清谈了。但这种清谈的名士,当时在社会上却仍旧很有势力,若不能玄谈的,好似不够名士底资格;而《世说》这部书,差不多就可以看做一部名士底教科书。

前乎《世说》尚有《语林》《郭子》,不过现在都没有了。而《世说》乃是纂辑自后汉至东晋底旧文而成的。后来有刘孝标给《世说》作注,注中所引的古书多至四百余种,而今又不多存在了;所以后人对于《世说》看得更贵重,到现在还很通行。

此外还有一种魏邯郸淳做的《笑林》,也比《世说》早。它的文章,较《世说》质朴些,现在也没有了,不过在唐宋人的类书上所引的遗文,还可以看见一点,我现在把它也举一条出来:

"甲父母在,出学三年而归,舅氏问其学何所得,并序别父久。乃答曰:'渭阳之思,过于秦康。'(秦康父母已死)既而父数之,'尔学奚益。'答曰:'少失过庭之训,故学无益。'"(《广记》二百六十二)

就此可知《笑林》中所说,大概不外俳谐之谈。

上举《笑林》《世说》两种书,到后来都没有什么发达,因为只有模仿,没有发展。如社会上最通行的《笑林广记》,当然是《笑林》的支派,但是《笑林》所说的多是知识上的滑稽;而到了《笑林广记》[6],则落于形体上的滑稽,专以鄙言就形体上谑人,涉于轻薄,所以滑稽的趣味,就降低多了。至于《世说》,后来模仿的更多,从刘孝标的《续世说》——见《唐志》——一直到清之王晫所做的《今世说》,现在易宗夔所做的《新世说》等,都是仿《世说》的书。但是晋朝和现代社会底情状,完全不同,到今日还模仿那时底小说,是很可笑的。因为我们知道从汉末到六朝为篡夺时代,四海骚然,人多抱厌世主义;加以佛道二教盛行一时,皆讲超脱现世,晋人先受其影响,于是有一派人去修仙,想飞升,所以喜服药;有一派人欲永游醉乡,不问世事,所以好饮酒。服药者——晋人所服之药,我们知道的有五石散,是用五种石料做的,其性燥烈——身上常发炎,适于穿旧衣——因新衣容易擦坏皮肤——又常不洗,虱子生得极多,所以说:"扪虱而谈。"饮酒者,放浪形骸之外,醉生梦死。——这就是晋时社会底情状。而生在现代底人,生活情形完全不同了,却要去模仿那时社会背景所产生的小说,岂非笑话?

我在上面说过：六朝人并非有意作小说，因为他们看鬼事和人事，是一样的，统当作事实；所以《旧唐书》《艺文志》，把那种志怪的书，并不放在小说里，而归入历史的传记一类，一直到了宋欧阳修才把它归到小说里。可是志人底一部，在六朝时看得比志怪底一部更重要，因为这和成名很有关系；像当时乡间学者想要成名，他们必须去找名士，这在晋朝，就得去拜访王导，谢安一流人物，正所谓"一登龙门，则身价十倍"。但要和这流名士谈话，必须要能够合他们的脾胃，而要合他们的脾胃，则非看《世说》《语林》这一类的书不可。例如：当时阮宣子见太尉王夷甫[7]，夷甫问老庄之异同，宣子答说："将毋同。"夷甫就非常佩服他，给他官做，即世所谓"三语掾"。但"将毋同"三字，究竟怎样讲？有人说是"殆不同"的意思；有人说是"岂不同"的意思——总之是一种两可、飘渺恍惚之谈罢了。要学这一种飘渺之谈，就非看《世说》不可。

注释：

〔1〕 杨子　即杨朱，战国初期魏国人。主张"贵生重己"，"全性葆真，不以物累形"的"为我"思想。其言论事迹，散见《孟子》《庄子》《韩非子》《吕氏春秋》等书。《列子》中虽有《杨朱》篇，但系后人伪托。

〔2〕 墨子　参见上卷《非攻》注〔3〕。他主张"爱无差等"的"兼爱"思想。现存《墨子》五十三篇。

〔3〕《列仙传》　《隋书·经籍志》著录二卷，题刘向撰。叙写赤松子等七十一个仙人的故事。

〔4〕《神仙传》　《隋书·经籍志》著录十卷，题葛洪撰。叙写许由、巢父等八十四人名列仙班的故事。

〔5〕 孔融　参见本卷《我们现在怎样做父亲》注〔18〕。曾任北海相，后因反对曹操，为曹操所杀。祢衡（173—198），字正平，东汉末平原般（今山东临邑）人。因反对曹操被送至刘表处，刘表又将他送至黄祖处，终为黄祖所杀。

〔6〕《笑林广记》　参见本卷《这个与那个》注〔15〕。

〔7〕 阮宣子（270—311）　名修，字宣子，西晋陈留尉氏（今属河南）人，曾官太子洗马。王夷甫（256—311），名衍，字夷甫，西晋琅琊临沂（今属山东）人，官至尚书令、司空、太尉。

革命时代的文学

——四月八日在黄埔军官学校[1]讲

【题记】本篇演讲记录稿最初发表于1927年6月12日广州黄埔军官学校出版的《黄埔生活》周刊第四期，后收入《而已集》，作者有修改。因为是给军校士官讲演，鲁迅着重讲文学并没有什么实用性，以当时中国的社会情状，"止有实地的革命战争，一首诗吓不走孙传芳，一炮就把孙传芳轰走了"。但在演讲中还是回应了当时创造社、太阳社掀起的"革命文学"热潮，认为当时中国并没有"革命文学"，只有纸上写下的打打杀杀的"空嚷"而已。文学毕竟是"余裕的产物"，不应当夸大其革命的伟力。然而，当"革命文学"成为一股潮流并受到当时政权压迫时，鲁迅从现实的角度还是肯定"革命文学"作为一种反抗性思潮的存在理由。

今天要讲几句的话是就将这"革命时代的文学"算作题目。这学校是邀过我好几次了，我总是推宕着没有来。为什么呢？因为我想，诸君的所以来邀我，大约是因为我曾经做过几篇小说，是文学家，要从我这里听文学。其实我并不是的，并不懂什么。我首先正经学习的是开矿，叫我讲掘煤，也许比讲文学要好一些。自然，因为自己的嗜好，文学书是也时常看看的，不过并无心得，能说出于诸君有用的东西来。加以这几年，自己在北京所得的经验，对于一向所知道的前人所讲的文学的议论，都渐渐的怀疑起来。那是开枪打杀学生的时候[2]罢，文禁也严厉了，我想：文学文学，是最不中用的，没有力量的人讲的；有实力的人并不开口，就杀人，被压迫的人讲几句话，写几个字，就要被杀；即使幸而不被杀，但天天呐喊，叫苦，鸣不平，而有实力的人仍然压迫，虐待，杀戮，没有方法对付他们，这文学于人们又有什么益处呢？

在自然界里也这样,鹰的捕雀,不声不响的是鹰,吱吱叫喊的是雀;猫的捕鼠,不声不响的是猫,吱吱叫喊的是老鼠;结果,还是只会开口的被不开口的吃掉。文学家弄得好,做几篇文章,也许能够称誉于当时,或者得到多少年的虚名罢,——譬如一个烈士的追悼会开过之后,烈士的事情早已不提了,大家倒传诵着谁的挽联做得好:这实在是一件很稳当的买卖。

但在这革命地方的文学家,恐怕总喜欢说文学和革命是大有关系的,例如可以用这来宣传,鼓吹,煽动,促进革命和完成革命。不过我想,这样的文章是无力的,因为好的文艺作品,向来多是不受别人命令,不顾利害,自然而然地从心中流露的东西;如果先挂起一个题目,做起文章来,那又何异于八股,在文学中并无价值,更说不到能否感动人了。为革命起见,要有"革命人","革命文学"倒无须急急,革命人做出东西来,才是革命文学。所以,我想:革命,倒是与文章有关系的。革命时代的文学和平时的文学不同,革命来了,文学就变换色彩。但大革命可以变换文学的色彩,小革命却不,因为不算什么革命,所以不能变换文学的色彩。在此地是听惯了"革命"了,江苏浙江谈到革命二字,听的人都很害怕,讲的人也很危险。其实"革命"是并不稀奇的,惟其有了它,社会才会改革,人类才会进步,能从原虫到人类,从野蛮到文明,就因为没有一刻不在革命。生物学家告诉我们:"人类和猴子是没有大两样的,人类和猴子是表兄弟。"但为什么人类成了人,猴子终于是猴子呢?这就因为猴子不肯变化——它爱用四只脚走路。也许曾有一个猴子站起来,试用两脚走路的罢,但许多猴子就说:"我们底祖先一向是爬的,不许你站!"咬死了。它们不但不肯站起来,并且不肯讲话,因为它守旧。人类就不然,他终于站起,讲话,结果是他胜利了。现在也还没有完。所以革命是并不稀奇的,凡是至今还未灭亡的民族,还都天天在努力革命,虽然往往不过是小革命。

大革命与文学有什么影响呢?大约可以分开三个时候来说:

(一)大革命之前,所有的文学,大抵是对于种种社会状态,觉得不平,觉得痛苦,就叫苦,鸣不平,在世界文学中关于这类的文学颇不少。但这些叫苦鸣不平的文学对于革命没有什么影响,因为叫苦鸣不平,并无力量,压迫你们的人仍然不理,老鼠虽然吱吱地叫,尽管叫出很好的文学,而猫儿吃起它来,还是不客气。所以仅仅有叫苦鸣不平的文学时,这个民族还没有希望,因为止于叫苦和鸣不平。例如人们打官司,失败的方面到了分发冤单的时候,对手就知道他没有力量再打官司,事情已经了结了;所以叫苦鸣不平的文学等于喊冤,压迫者对此倒觉得放心。有些民族因为叫苦无用,连苦也不叫了,他们便成为沉默的民族,渐渐更加衰颓下去。埃及,阿拉伯,波斯,印度就都没有什么声音了!至于富有反抗性,蕴有力量的民族,因为叫苦没用,他便觉悟起来,由哀音而变为怒吼。怒吼的文学一出现,反抗就快到了;他们已经很愤怒,所以与革命爆发时代接近的文学每每带有愤怒之音;他要反抗,他要复仇。苏俄革命将起时,即有些这类的文学。但也有例外,如波兰,虽然早有复仇的文学[3],然而他的恢复,是靠着欧洲大战的。

(二)到了大革命的时代,文学没有了,没有声音了,因为大家受革命潮流的鼓荡,大家由呼喊而转入行动,大家忙着革命,没有闲空谈文学了。还有一层,是那时民生凋敝,一心寻面包吃尚且来不及,那里有心思谈文学呢?守旧的人因为受革命潮流的打击,气得发昏,也不能再唱所谓他们底文学了。有人说:"文学是穷苦的时候做的",其实未必,穷苦的时候必定没有文学作品的;我在北京时,一穷,就到处借钱,不写一个字,到薪俸发放时,才坐下来做文章。忙的时候也必定没有文学作品,挑担的人必要把担子放下,才能做文章;拉车的人也必要把车子放下,才能做文章。大革命时代忙得很,同时又穷得很,这一部分人和那一部分人斗争,非先行变换现代社会底状态不可,没有时间也没有心思做文章;所以大革命时代的文学便只好暂归沉寂了。

(三)等到大革命成功后,社会底状态缓和了,大家底生活有余裕了,这时候就又产生文学。这时候底文学有二:一种文学是赞扬革命,称颂革命,——讴歌革命,因为进步的文学家想到社会改变,社会向前走,对于旧社会的破坏和新社会的建设,都觉得有意义,一方面对于旧制度的崩坏很高兴,一方面对于新的建设来讴歌。另有一种文学是吊旧社会的灭亡——挽歌——也是革命后会有的文学。有些的人以为这是"反革命的文学",我想,倒也无须加以这么大的罪名。革命虽然进行,但社会上旧人物还很多,决不能一时变成新人物,他们的脑中满藏着旧思想旧东西;环境渐变,影响到他们自身的一切,于是回想旧时的舒服,便对于旧社会眷念不已,恋恋不舍,因而讲出很古的话,陈旧的话,形成这样的文学。这种文学都是悲哀的调子,表示他心里不舒服,一方面看见新的建设胜利了,一方面看见旧的制度灭亡了,所以唱起挽歌来。但是怀旧,唱挽歌,就表示已经革命了,如果没有革命,旧人物正得势,是不会唱挽歌的。

不过中国没有这两种文学——对旧制度挽歌,对新制度讴歌;因为中国革命还没有成功,正是青黄不接,忙于革命的时候。不过旧文学仍然很多,报纸上的文章,几乎全是旧式。我想,这足见中国革命对于社会没有多大的改变,对于守旧的人没有多大的影响,所以旧人仍能超然物外。广东报纸所讲的文学,都是旧的,新的很少,也可以证明广东社会没有受革命影响;没有对新的讴歌,也没有对旧的挽歌,广东仍然是十年前底广东。不但如此,并且也没有叫苦,没有鸣不平;止看见工会参加游行,但这是政府允许的,不是因压迫而反抗的,也不过是奉旨革命。中国社会没有改变,所以没有怀旧的哀词,也没有崭新的进行曲,只在苏俄却已产生了这两种文学。他们的旧文学家逃亡外国,所作的文学,多是吊亡挽旧的哀词;新文学则正在努力向前走,伟大的作品虽然还没有,但是新作品已不少,他们已经离开怒吼时期而过渡到讴歌的时期了。赞美建设是革命进行以后的影响,再往后去的情形怎样,现在不得而知,但推想起来,大约是平民文学罢,因为平民的世界,是革命的结果。

现在中国自然没有平民文学,世界上也还没有平民文学,所有的文学,歌呀,诗呀,大抵是给上等人看的;他们吃饱了,睡在躺椅上,捧着看。一个才子出门遇见一个佳人,两个人很要好,有一个不才子从中捣乱,生出差迟来,但终于团圆了。这样地看看,多么舒服。或者讲上等人怎样有趣和快乐,下等人怎样可笑。前几年《新青年》载过几篇小说,描写罪人在寒地里的生活,大学教授看了就不高兴,因为他们不喜欢看这样的下流人[4]。如果诗歌描写车夫,就是下流诗歌;一出戏里,有犯罪的事情,就是下流戏。他们的戏里的脚色,止有才子佳人,才子中状元,佳人封一品夫人,在才子佳人本身很欢喜,他们看了也很欢喜,下等人没奈何,也只好替他们一同欢喜欢喜。在现在,有人以平民——工人农民——为材料,做小说做诗,我们也称之为平民文学,其实这不是平民文学,因为平民还没有开口。这是另外的人从旁看见平民的生活,假托平民底口吻而说的。眼前的文人有些虽然穷,但总比工人农民富足些,这才能有钱去读书,才能有文章;一看好像是平民所说的,其实不是;这不是真的平民小说。平民所唱的山歌野曲,现在也有人写下来,以为是平民之音了,因为是老百姓所唱。但他们间接受古书的影响很大,他们对于乡下的绅士有田三千亩,佩服得不了,每每拿绅士的思想,做自己的思想,绅士们惯吟五言诗、七言诗;因此他们所唱的山歌野曲,大半也是五言或七言。这是就格律而言,还有构思取意,也是很陈腐的,不能称是真正的平民文学。现在中国底小说和诗实在比不上别国,无可奈何,只好称之曰文学;谈不到革命时代的文学,更谈不到平民文学。现在的文学家都是读书人,如果工人农民不解放,工人农民的思想,仍然是读书人的思想,必待工人农民得到真正的解放,然后才有真正的平民文学。有些人说:"中国已有平民文学",其实这是不对的。

诸君是实际的战争者,是革命的战士,我以为现在还是不要佩服文学的好。学文学对于战争,没有益处,最好不过作一篇战歌,或者写得美的,便可于战余休憩时看看,倒也有趣。要讲得堂皇点,则譬如种柳树,待到柳树长大,浓阴蔽日,农夫耕作到正午,或者可以坐在柳树底下吃饭,休息休息。中国现在的社会情状,止有实地的革命战争,一首诗吓不走孙传芳,一炮就把孙传芳轰走了[5]。自然也有人以为文学于革命是有伟力的,但我个人总觉得怀疑,文学总是一种余裕的产物,可以表示一民族的文化,倒是真的。

人大概是不满于自己目前所做的事的,我一向只会做几篇文章,自己也做得厌了,而捏枪的诸君,却又要听讲文学。我呢,自然倒愿意听听大炮的声音,仿佛觉得大炮的声音或者比文学的声音要好听得多似的。我的演说只有这样多,感谢诸君听完的厚意!

注释:

〔1〕 黄埔军官学校 孙中山在国民党改组后所创立的陆军军官学校,校址在广州黄埔,1924 年 6 月正式开学,蒋介石任校长,为北伐军培养过大批军事骨干。在第一次国共合作期间,周恩来、叶剑英、恽代英、萧楚女等许多共产党人都曾在该校担任过政治工作和教学工作。

〔2〕 指"三一八惨案"。

〔3〕 复仇的文学 指 19 世纪上半期波兰爱国诗人密茨凯维支、斯洛伐支奇等人的作品。当时波兰处于俄、奥、普三国瓜分之下,第一次世界大战后于 1918 年 11 月恢复独立。

〔4〕 大学教授 指吴宓,参见本卷《关于知识阶级》注〔3〕。鲁迅在《上海文艺之一瞥》中说:"那时吴宓先生就曾经发表过文章,说是真不懂为什么有些人竟喜欢描写下流社会。"

〔5〕 孙传芳军队的主力于 1926 年冬在江西南昌、九江一带为国民革命军击溃。

文艺与政治的歧途

——十二月二十一日在上海暨南大学讲

【题记】本篇记录稿最初发表于1928年1月29日、30日上海《新闻报·学海》第一八二、一八三期,后收入《集外集》,经作者校阅。1927年国民党发动"四一二"政变,大规模搜捕和屠杀共产党人和革命者。鲁迅这次讲演涉及的政治与文艺的关系,应当放在当时历史背景中去解读。鲁迅认为文艺创作有其独立性和批判性,和革命有共同处,就是不安于现状,但文艺和政治则不同,因为彼此的功能与目标不同:"政治想维系现状使它统一,文艺催促社会进化使它渐渐分离;文艺虽使社会分裂,但是社会这样才进步起来。"还特别讲到文艺是现实生活的反映,带有个人的感受,又持有批判的态度,在阶级社会里,就很容易为政治所不容。

我是不大出来讲演的;今天到此地来,不过因为说过了好几次,来讲一回也算了却一件事。我所以不出来讲演,一则没有什么意见可讲,二则刚才这位先生说过,在座的很多读过我的书,我更不能讲什么。书上的人大概比实物好一点,《红楼梦》里面的人物,像贾宝玉林黛玉这些人物,都使我有异样的同情;后来,考究一些当时的事实,到北京后,看看梅兰芳姜妙香[1]扮的贾宝玉林黛玉,觉得并不怎样高明。

我没有整篇的鸿论,也没有高明的见解,只能讲讲我近来所想到的。我每每觉到文艺和政治时时在冲突之中;文艺和革命原不是相反的,两者之间,倒有不安于现状的同一。惟政治是要维持现状,自然和不安于现状的文艺处在不同的方向。不过不满意现状的文艺,直到十九世纪以后才兴起来,只有一段短短历史。政治家最不喜欢人家反抗他的意见,最不喜欢人家要想,要开口。而从前的社会也的确没有人想过什么,又没有人开过口。且看动物中的猴子,它们自有它们的首领;首领要它们怎样,它们就怎样。在部落里,他们有一个酋长,他们跟着酋长走,酋长的吩咐,就是他们的标准。酋长要他们死,也只好去死。那时没有什么文艺,即使有,也不过赞美上帝(还没有后人所谓 God[2]那么玄妙)罢了!那里会有自由思想?后来,一个部落一个部落你吃我吞,渐渐扩大起来,所谓大国,就是吞吃那多多少少的小部落;一到了大国,内部情形就复杂得多,夹着许多不同的思想,许多不同的问题。这时,文艺也起来了,和政治不断地冲突;政治想维系现状使它统一,文艺催促社会进化使它渐渐分离;文艺虽使社会分裂,但是社会这样才进步起来。文艺既然是政治家的眼中钉,那就不免被挤出去。外国许多文学家,在本国站不住脚,相率亡命到别个国度去;这个方法,就是"逃"。要是逃不掉,那就被杀掉,割掉他的头;割掉头那是最好的方法,既不会开口,又不会想了。俄国许多文学家,受到这个结果,还有许多充军到冰雪的西伯利亚去。

有一派讲文艺的,主张离开人生,讲些月呀花呀鸟呀的话(在中国又不同,有国粹的道德,连花呀月呀都不许讲,当作别论),或者专讲"梦",专讲些将来的社会,不要讲得太近。这种文学家,他们都躲在象牙之塔里面;但是"象牙之塔"毕竟不能住得很长久的呀!象牙之塔总是要安放在人间,就免不掉还要受政治的压迫。打起仗来,就不能不逃开去。北京有一班文人[3],顶看不起描写社会的文学家,他们想,小说里面连车夫的生活都可以写进去,岂不把小说应该写才子佳人一首诗生爱情的定律都打破了吗?现在呢,他们也不能做高尚的文学家了,还是要逃到南边来;"象牙之塔"的窗子里,到底没有一块一块面包递进来的呀!

等到这些文学家也逃出来了,其他文学家早已死的死,逃的逃了。别的文学家,对于现状早感到不满意,又不能不反对,不能不开口,"反对""开口"就是有他们的下场。我以为文艺大概由于现在生活的感受,亲身所感到的,便影印到文艺中去。挪威有一文学家[4],他描写肚子饿,写了一本书,这是依他所经验的写的。对于人生的经验,别的且不说,"肚子饿"这件事,要是欢喜,便可以试试看,只要两天不吃饭,饭的香味便会是一个特别的诱惑;要是走过街上饭铺子门口,更会觉得这个香味一阵阵冲到鼻子来。我们有钱的时候,用几个钱不算什么;直到没有钱,一个钱都有它的意味。那本描写肚子饿的书里,它说起那人饿得久了,看见路人个个是仇人,即是穿一件单裤子的,在他眼里也见得那是骄傲。我记起我自己曾经写过这样一个人,他身边什么都光了,时常抽开抽屉看看,看角上边上可以找到什么;路上一处一处去找,看有什么可以找得到;这个情形,我自己是体验过来的。

  从生活窘迫过来的人,一到了有钱,容易变成两种情形:一种是理想世界,替处同一境遇的人着想,便成为人道主义;一种是什么都是自己挣起来,从前的遭遇,使他觉得什么都是冷酷,便流为个人主义。我们中国大概是变成个人主义者多。主张人道主义的,要想替穷人想想法子,改变改变现状,在政治家眼里,倒还不如个人主义的好;所以人道主义者和政治家就有冲突。俄国文学家托尔斯泰讲人道主义,反对战争,写过三册很厚的小说——那部《战争与和平》,他自己是个贵族,却是经过战场的生活,他感到战争是怎么一个惨痛。尤其是他一临到长官的铁板前(战场上重要军官都有铁板挡住枪弹),更有刺心的痛楚。而他又眼见他的朋友们,很多在战场上牺牲掉。战争的结果,也可以变成两种态度:一种是英雄,他见别人死的死伤的伤,只有他健存,自己就觉得怎样了不得,这么那么夸耀战场上的威雄。一种是变成反对战争的,希望世界上不要再打仗了。托尔斯泰便是后一种,主张用无抵抗主义来消灭战争。他这么主张,政府自然讨厌他;反对战争,和俄皇的侵掠欲望冲突;主张无抵抗主义,叫兵士不替皇帝打仗,警察不替皇帝执法,审判官不替皇帝裁判,大家都不去捧皇帝;皇帝是全要人捧的,没有人捧,还成什么皇帝,更和政治相冲突。这种文学家出来,对于社会现状不满意,这样批评,那样批评,弄得社会上个个都自己觉到,都不安起来,自然非杀头不可。

  但是,文艺家的话其实还是社会的话,他不过感觉灵敏,早感到早说出来(有时,他说得太早,连社会也反对他,也排轧他)。譬如我们学兵式体操,行举枪礼,照规矩口令是"举……枪"这般叫,一定要等"枪"字令下,才可以举起。有些人却是一听到"举"字便举起来,叫口令的要罚他,说他做错。文艺家在社会上正是这样;他说得早一点,大家都讨厌他。政治家认定文学家是社会扰乱的煽动者,心想杀掉他,社会就可平安。殊不知杀了文学家,社会还是要革命;俄国的文学家被杀掉的充军的不在少数,革命的火焰不是到处燃着吗?文学家生前大概不能得到社会的同情,潦倒地过了一生,直到死后四五十年,才为社会所认识,大家大闹起来。政治家因此更厌恶文学家,以为文学家早就种下大祸根;政治家想不准大家思想,而那野蛮时代早已过去了。在座诸位的见解,我虽然不知道;据我推测,一定和政治家是不相同;政治家既永远怪文艺家破坏他们的统一,偏见如此,所以我从来不肯和政治家去说。

到了后来,社会终于变动了;文艺家先时讲的话,渐渐大家都记起来了,大家都赞成他,恭维他是先知先觉。虽是他活的时候,怎样受过社会的奚落。刚才我来讲演,大家一阵子拍手,这拍手就见得我并不怎样伟大;那拍手是很危险的东西,拍了手或者使我自以为伟大不再向前了,所以还是不拍手的好。上面我讲过,文学家是感觉灵敏了一点,许多观念,文学家早感到了,社会还没有感到。譬如今天衣萍[5]先生穿了皮袍,我还只穿棉袍;衣萍先生对于天寒的感觉比我灵。再过一月,也许我也感到非穿皮袍不可,在天气上的感觉,相差到一个月,在思想上的感觉就得相差到三四十年。这个话,我这么讲,也有许多文学家在反对。我在广东,曾经批评一个革命文学家——现在的广东,是非革命文学不能算做文学的,是非"打打打,杀杀杀,革革革,命命命",不能算做革命文学的——我以为革命并不能和文学连在一块儿,虽然文学中也有文学革命。但做文学的人总得闲定一点,正在革命中,那有功夫做文学。我们且想想:在生活困乏中,一面拉车,一面"之乎者也",到底不大便当。古人虽有种田做诗的,那一定不是自己在种田;雇了几个人替他种田,他才能吟他的诗;真要种田,就没有功夫做诗。革命时候也是一样;正在革命,那有功夫做诗?我有几个学生,在打陈炯明[6]时候,他们都在战场;我读了他们的来信,只见他们的字与词一封一封生疏下去。俄国革命以后,拿了面包票排了队一排一排去领面包;这时,国家既不管你什么文学家艺术家雕刻家;大家连想面包都来不及,那有功夫去想文学?等到有了文学,革命早成功了。革命成功以后,闲空了一点;有人恭维革命,有人颂扬革命,这已不是革命文学。他们恭维革命颂扬革命,就是颂扬有权力者,和革命有什么关系?

这时,也许有感觉灵敏的文学家,又感到现状的不满意,又要出来开口。从前文艺家的话,政治革命家原是赞同过;直到革命成功,政治家把从前所反对那些人用过的老法子重新采用起来,在文艺家仍不免于不满意,又非被排轧出去不可,或是割掉他的头。割掉他的头,前面我讲过,那是顶好的法子咾,——从十九世纪到现在,世界文艺的趋势,大都如此。

十九世纪以后的文艺,和十八世纪以前的文艺大不相同。十八世纪的英国小说,它的目的就在供给太太小姐们的消遣,所讲的都是愉快风趣的话。十九世纪的后半世纪,完全变成和人生问题发生密切关系。我们看了,总觉得十二分的不舒服,可是我们还得气也不透地看下去。这因为以前的文艺,好像写别一个社会,我们只要鉴赏;现在的文艺,就在写我们自己的社会,连我们自己也写进去;在小说里可以发见社会,也可以发见我们自己;以前的文艺,如隔岸观火,没有什么切身关系;现在的文艺,连自己也烧在这里面,自己一定深深感觉到;一到自己感觉到,一定要参加到社会去!

十九世纪,可以说是一个革命的时代;所谓革命,那不安于现在,不满意于现状的都是。文艺催促旧的渐渐消灭的也是革命(旧的消灭,新的才能产生),而文学家的命运并不因自己参加过革命而有一样改变,还是处处碰钉子。现在革命的势力已经到了徐州[7],在徐州以北文学家原站不住脚;在徐州以南,文学家还是站不住脚,即共了产,文学家还是站不住脚。革命文学家和革命家竟可说完全两件事。诋斥军阀怎样怎样不合理,是革命文学家;打倒军阀是革命家;孙传芳[8]所以赶走,是革命家用炮轰掉的,决不是革命文艺家做了几句"孙传芳呀,我们要赶掉你呀"的文章赶掉的。在革命的时候,文学家都在做一个梦,以为革命成功将有怎样怎样一个世界;革命以后,他看看现实全不是那么一回事,于是他又要吃苦了。照他们这样叫,啼,哭都不成功;向前不成功,向后也不成功,理想和现实不一致,这是注定的运命;正如你们从《呐喊》上看出的鲁迅和讲坛上的鲁迅并不一致;或许大家以为我穿洋服头发分开,我却没有穿洋服,头发也这样短短的。所以以革命文学自命的,一定不是革命文学,世间那有满意现状的革命文学?除了吃麻醉药!苏俄革命以前,有两个文学家,叶遂宁和梭波里[9],他们都讴歌过革命,直到后来,他们还是碰死在自己所讴歌希望的现实碑上,那时,苏维埃是成立了!

不过,社会太寂寞了,有这样的人,才觉得有趣些。人类是欢喜看看戏的,文学家自己来做戏给人家看,或是绑出去砍头,或是在最近墙脚下枪毙,都可以热闹一下子。且如上海巡捕用棒打人,大家围着去看,他们自己虽然不愿意挨打,但看见人家挨打,倒觉得颇有趣的。文学家便是用自己的皮肉在挨打的啦!

今天所讲的,就是这么一点点,给它一个题目,叫做……《文艺与政治的歧途》。

注释:

〔1〕 姜妙香(1890—1972) 北京人,京剧演员。梅兰芳与姜妙香二人自1916年起同台演出《黛玉葬花》。

〔2〕 God 英语:上帝。

〔3〕 指新月社的一些人。梁实秋在1926年3月27日《晨报副刊》发表的《现代中国文学之浪漫的趋势》中说:"近年来新诗中产出了一个'人力车夫派'。这一派是专门为人力车夫抱不平,以为神圣的人力车夫被经济制度压迫过甚,……其实人力车夫……既没有什么可怜恤的,更没有什么可赞美。"

〔4〕 指汉姆生,参见本卷《论"他妈的!"》注〔3〕。挪威小说家。曾两度流落美国,生活在社会底层,当过水手和木工。著有长篇小说《饥饿》《老爷》《大地的生长物》等。获1920年诺贝尔文学奖。"写了一本书"指汉姆生著长篇小说《饥饿》。

〔5〕 衣萍 章鸿熙(1900—1946),字衣萍。曾在北京大学文学院旁听,是《语丝》撰稿人之一。

〔6〕 陈炯明(1875—1933) 字竞存,广东海丰人,广东军阀。1917年任广东省省长兼粤军总司令。1922年企图谋害孙中山发动武装叛乱,被击败后退守东江。1925年所部被广东革命军消灭。鲁迅的学生李秉中等曾参加讨伐陈炯明的战争。鲁迅在1926年6月17日致李秉中信中说:"这一年来,不闻消息,我可是历来没有忘记,但常有两种推测,一是在东江负伤或战死了,一是你已经变了一个武人,不再写字,因为去年你从梅县给我的信,内中已很有几个空白及没有写全的字了。"

〔7〕 革命的势力已经到了徐州 国民党发动清党反共之后仍以"北伐革命"为旗帜,1927年12月16日何应钦指挥的第一路军占领徐州,山东军阀张宗昌溃退。

〔8〕 孙传芳 参见上卷《关于太炎先生二三事》注〔17〕。1925年盘踞东南五省,自任五省联军总司令。1926年冬其主力在江西南昌、九江一带被北伐军击溃。

〔9〕 叶遂宁(С. А. Есенин,1895—1925) 通译叶赛宁,苏联诗人。他以描写宗法制度下田园生活的抒情诗著称。十月革命时曾向往革命,写过一些赞美革命的诗,如《天上的鼓手》等。但革命后陷入苦闷,最后自杀。著有长诗《四旬祭》《苏维埃俄罗斯》等。梭波里(А. Соболь,1888—1926),苏联作家。十月革命后曾接近革命,但终因不满于现实生活而自杀。著有长篇小说《尘土》,短篇小说集《樱桃开花的时候》。

魏晋风度及文章与药及酒之关系

——九月间在广州夏期学术演讲会[1]讲

【题记】1927 年 7 月 23 日和 26 日,鲁迅两次到广州夏期学术演讲会讲演,题目均为《魏晋风度及文章与药及酒之关系》,都由许广平即时翻译成粤语。后整理成文,发表于 1927 年 8 月 11、12、13、15、16、17 日广州《民国日报》副刊《现代青年》第一七三至一七八期;改定稿发表于 1927 年 11 月 16 日《北新》半月刊第二卷第二号。后收入《而已集》。演讲的精彩在于"知人心","道破"所谓"名士""礼教"背后的隐秘心理。在论及魏晋文坛风气从清峻、通脱、清谈、慷慨,再到平淡的变化过程,聚焦于"吃药"与"饮酒"的现象,追溯当时的社会状况与文人心理,推测古人内心和行为方式的特殊性,知人论世,知人论文,揭开一些文学史之谜,其实就是一部简明的魏晋"文学生活史"。这是个大题目,鲁迅举重若轻,也不完全是谈学术,而是带进有现实的感慨与批判。该文对后起的中国文学史研究有巨大的影响。

我今天所讲的,就是黑板上写着的这样一个题目。

中国文学史,研究起来,可真不容易,研究古的,恨材料太少,研究今的,材料又太多,所以到现在,中国较完全的文学史尚未出现。今天讲的题目是文学史上的一部分,也是材料太少,研究起来很有困难的地方。因为我们想研究某一时代的文学,至少要知道作者的环境,经历和著作。

汉末魏初这个时代是很重要的时代,在文学方面起一个重大的变化,因当时正在黄巾[2]和董卓[3]大乱之后,而且又是党锢[4]的纠纷之后,这时曹操[5]出来了。——不过我们讲到曹操,很容易就联想起《三国志演义》[6],更而想起戏台上那一位花面的奸臣,但这不是观察曹操的真正方法。现在我们再看历史,在历史上的记载和论断有时也是极靠不住的,不能相信的地方很多,因为通常我们晓得,某朝的年代长一点,其中必定好人多;某朝的年代短一点,其中差不多没有好人。为什么呢?因为年代长了,做史的是本朝人,当然恭维本朝的人物,年代短了,做史的是别朝人,便很自由地贬斥其异朝的人物,所以在秦朝,差不多在史的记载上半个好人也没有。曹操在史上年代也是颇短的,自然也逃不了被后一朝人说坏话的公例。其实,曹操是一个很有本事的人,至少是一个英雄,我虽不是曹操一党,但无论如何,总是非常佩服他。

研究那时的文学,现在较为容易了,因为已经有人做过工作:在文集一方面有清严可均辑的《全上古三代秦汉三国晋南北朝文》[7]。其中于此有用的,是《全汉文》《全三国文》《全晋文》。

在诗一方面有丁福保辑的《全汉三国晋南北朝诗》[8]。——丁福保是做医生的,现在还在。

辑录关于这时代的文学评论有刘师培编的《中国中古文学史》[9]。这本书是北大的讲义,刘先生已死,此书由北大出版。

上面三种书对于我们的研究有很大的帮助。能使我们看出这时代的文学的确有点异彩。

我今天所讲,倘若刘先生的书里已详的,我就略一点;反之,刘先生所略的,我就较详一点。

董卓之后,曹操专权。在他的统治之下,第一个特色便是尚刑名。他的立法是很严的,因为当大乱之后,大家都想做皇帝,大家都想叛乱,故曹操不能不如此。曹操曾自己说过:"倘无我,不知有多少人称王称帝!"[10]这句话他倒并没有说谎。因此之故,影响到文章方面,成了清峻的风格。——就是文章要简约严明的意思。

此外还有一个特点,就是尚通脱。他为什么要尚通脱呢?自然也与当时的风气有莫大的关系。因为在党锢之祸以前,凡党中人都自命清流,不过讲"清"讲得太过,便成固执,所以在汉末,清流的举动有时便非常可笑了。

比方有一个有名的人,普通的人去拜访他,先要说几句话,倘这几句话说得不对,往往会遭倨傲的待遇,叫他坐到屋外去,甚而至于拒绝不见。

又如有一个人,他和他的姊夫是不对的,有一回他到姊姊那里去吃饭之后,便要将饭钱算回给姊姊。她不肯要,他就于出门之后,把那些钱扔在街上,算是付过了。[11]

个人这样闹闹脾气还不要紧,若治国平天下也这样闹起执拗的脾气来,那还成甚么话?所以深知此弊的曹操要起来反对这种习气,力倡通脱。通脱即随便之意。此种提倡影响到文坛,便产生多量想说甚么便说甚么的文章。

更因思想通脱之后,废除固执,遂能充分容纳异端和外来的思想,故孔教以外的思想源源引入。

总括起来,我们可以说汉末魏初的文章是清峻,通脱。在曹操本身,也是一个改造文章的祖师,可惜他的文章传的很少。他胆子很大,文章从通脱得力不少,做文章时又没有顾忌,想写的便写出来。

所以曹操征求人才时也是这样说,不忠不孝不要紧,只要有才便可以。[12]这又是别人所不敢说的。曹操做诗,竟说是"郑康成行酒伏地气绝"[13],他引出离当时不久的事实,这也是别人所不敢用的。还有一样,比方人死时,常常写点遗令,这是名人的一件极时髦的事。当时的遗令本有一定的格式,且多言身后当葬于何处何处,或葬于某某名人的墓旁;操独不然,他的遗令不但没有依着格式,内容竟讲到遗下的衣服和伎女怎样处置等问题[14]。

陆机虽然评曰"贻尘谤于后王"[15],然而我想他无论如何是一个精明人,他自己能做文章,又有手段,把天下的方士文士统统搜罗起来,省得他们跑在外面给他捣乱。所以他帷幄里面,方士文士就特别地多。

孝文帝曹丕[16],以长子而承父业,篡汉而即帝位。他也是喜欢文章的。其弟曹植[17],还有明帝曹叡[18],都是喜欢文章的。不过到那个时候,于通脱之外,更加上华丽。丕著有《典论》,现已失散无全本,那里面说:"诗赋欲丽","文以气为主"。《典论》的零零碎碎,在唐宋类书中;一篇整的《论文》,在《文选》[19]中可以看见。

后来有一般人很不以他的见解为然。他说诗赋不必寓教训,反对当时那些寓训勉于诗赋的见解,用近代的文学眼光看来,曹丕的一个时代可说是"文学的自觉时代",或如近代所说是为艺术而艺术[20](Art for Art's Sake)的一派。所以曹丕做的诗赋很好,更因他以"气"为主,故于华丽以外,加上壮大。归纳起来,汉末,魏初的文章,可说是:"清峻,通脱,华丽,壮大。"在文学的意见上,曹丕和曹植表面上似乎是不同的。曹丕说文章事可以留名声于千载[21];但子建却说文章小道[22],不足论的。据我的意见,子建大概是违心之论。这里有两个原因,第一,子建的文章做得好,一个人大概总是不满意自己所做而羡慕他人所为的,他的文章已经做得好,于是他便敢说文章是小道;第二,子建活动的目标在于政治方面,政治方面不甚得志[23],遂说文章是无用了。

曹操曹丕以外,还有下面的七个人:孔融,陈琳,王粲,徐幹,阮瑀,应玚,刘桢,都很能做文章,后来称为"建安七子"[24]。七人的文章很少流传,现在我们很难判断;但,大概都不外是"慷慨""华丽"罢。华丽即曹丕所主张,慷慨就因当天下大乱之际,亲戚朋友死于乱者特多,于是为文就不免带着悲凉,激昂和"慷慨"了。

七子之中,特别的是孔融,他专喜和曹操捣乱。曹丕《典论》里有论孔融的,因此他也被拉进"建安七子"一块儿去。其实不对,很两样的。不过在当时,他的名声可非常之大。孔融作文,喜用讥嘲的笔调,曹丕很不满意他。孔融的文章现在传的也很少,就他所有的看起来,我们可以瞧出他并不大对别人讥讽,只对曹操。比方操破袁氏兄弟,曹丕把袁熙的妻甄氏拿来,归了自己,孔融就写信给曹操,说当初武王伐纣,将妲己给了周公了。操问他的出典,他说,以今例古,大概那时也是这样的。又比方曹操要禁酒,说酒可以亡国,非禁不可,孔融又反对他,说也有以女人亡国的,何以不禁婚姻?[25]

其实曹操也是喝酒的。我们看他的"何以解忧?惟有杜康"[26]的诗句,就可以知道。为什么他的行为会和议论矛盾呢?此无他,因曹操是个办事人,所以不得不这样做;孔融是旁观的人,所以容易说些自由话。曹操见他屡屡反对自己,后来借故把他杀了。[27]他杀孔融的罪状大概是不孝。因为孔融有下列的两个主张:

第一,孔融主张母亲和儿子的关系是如瓶之盛物一样,只要在瓶内把东西倒了出来,母亲和儿子的关系便算完了。第二,假使有天下饥荒的一个时候,有点食物,给父亲不给呢?孔融的答案是:倘若父亲是不好的,宁可给别人。——曹操想杀他,便不惜以这种主张为他不忠不孝的根据,把他杀了。倘若曹操在世,我们可以问他,当初求才时就说不忠不孝也不要紧,为何又以不孝之名杀人呢？然而事实上纵使曹操再生，也没人敢问他，我们倘若去问他，恐怕他把我们也杀了！

与孔融一同反对曹操的尚有一个祢衡[28]，后来给黄祖杀掉的。祢衡的文章也不错，而且他和孔融早是"以气为主"来写文章的了。故在此我们又可知道，汉文慢慢壮大起来，是时代使然，非专靠曹操父子之功的。但华丽好看，却是曹丕提倡的功劳。

这样下去一直到明帝的时候，文章上起了个重大的变化，因为出了一个何晏[29]。

何晏的名声很大，位置也很高，他喜欢研究《老子》和《易经》。至于他是怎样的一个人呢？那真相现在可很难知道，很难调查。因为他是曹氏一派的人，司马氏很讨厌他，所以他们的记载对何晏大不满。因此产生许多传说，有人说何晏的脸上是搽粉的，又有人说他本来生得白，不是搽粉的。[30]但究竟何晏搽粉不搽粉呢？我也不知道。

但何晏有两件事我们是知道的。第一，他喜欢空谈，是空谈的祖师；第二，他喜欢吃药，是吃药的祖师。[31]

此外，他也喜欢谈名理。他身子不好，因此不能不服药。他吃的不是寻常的药，是一种名叫"五石散"的药。

"五石散"是一种毒药，是何晏吃开头的。汉时，大家还不敢吃，何晏或者将药方略加改变，便吃开头了。五石散的基本，大概是五样药：石钟乳，石硫黄，白石英，紫石英，赤石脂；另外怕还配点别样的药。但现在也不必细细研究它，我想各位都是不想吃它的。

从书上看起来，这种药是很好的，人吃了能转弱为强。因此之故，何晏有钱，他吃起来了；大家也跟着吃。那时五石散的流毒就同清末的鸦片的流毒差不多，看吃药与否以分阔气与否的。现在由隋巢元方做的《诸病源候论》[32]的里面可以看到一些。据此书，可知吃这药是非常麻烦的，穷人不能吃，假使吃了之后，一不小心，就会毒死。先吃下去的时候，倒不怎样的，后来药的效验既显，名曰"散发"。倘若没有"散发"，就有弊而无利。因此吃了之后不能休息，非走路不可，因走路才能"散发"，所以走路名曰"行散"。比方我们看六朝人的诗，有云："至城东行散"，就是此意。后来做诗的人不知其故，以为"行散"即步行之意，所以不服药也以"行散"二字入诗，这是很笑话的。

走了之后,全身发烧,发烧之后又发冷。普通发冷宜多穿衣,吃热的东西。但吃药后的发冷刚刚要相反:衣少,冷食,以冷水浇身。倘穿衣多而食热物,那就非死不可。因此五石散一名寒食散。只有一样不必冷吃的,就是酒。

吃了散之后,衣服要脱掉,用冷水浇身;吃冷东西;饮热酒。这样看起来,五石散吃的人多,穿厚衣的人就少;比方在广东提倡,一年以后,穿西装的人就没有了。因为皮肉发烧之故,不能穿窄衣。为豫防皮肤被衣服擦伤,就非穿宽大的衣服不可。现在有许多人以为晋人轻裘缓带,宽衣,在当时是人们高逸的表现,其实不知他们是吃药的缘故。一班名人都吃药,穿的衣都宽大,于是不吃药的也跟着名人,把衣服宽大起来了!

还有,吃药之后,因皮肤易于磨破,穿鞋也不方便,故不穿鞋袜而穿屐。所以我们看晋人的画像或那时的文章,见他衣服宽大,不鞋而屐,以为他一定是很舒服,很飘逸的了,其实他心里都是很苦的。

更因皮肤易破,不能穿新的而宜于穿旧的,衣服便不能常洗。因不洗,便多虱。所以在文章上,虱子的地位很高,"扪虱而谈"[33],当时竟传为美事。比方我今天在这里演讲的时候,扪起虱来,那是不大好的。但在那时不要紧,因为习惯不同之故。这正如清朝是提倡抽大烟的,我们看见两肩高耸的人,不觉得奇怪。现在就不行了,倘若多数学生,他的肩成为一字样,我们就觉得很奇怪了。

此外可见服散的情形及其他种种的书,还有葛洪的《抱朴子》[34]。

到东晋以后,作假的人就很多,在街旁睡倒,说是"散发"以示阔气。[35]就像清时尊读书,就有人以墨涂唇,表示他是刚才写了许多字的样子。故我想,衣大,穿屐,散发等等,后来效之,不吃也学起来,与理论的提倡实在是无关的。

又因"散发"之时,不能肚饿,所以吃冷物,而且要赶快吃,不论时候,一日数次也不可定。因此影响到晋时"居丧无礼"。——本来魏晋时,对于父母之礼是很繁多的。比方想去访一个人,那么,在未访之前,必先打听他父母及其祖父母的名字,以便避讳。否则,嘴上一说出这个字音,假如他的父母是死了的,主人便会大哭起来[36]——他记得父母了——给你一个大大的没趣。晋礼居丧之时,也要瘦,不多吃饭,不准喝酒。但在吃药之后,为生命计,不能管得许多,只好大嚼,所以就变成"居丧无礼"了。

居丧之际,饮酒食肉,由阔人名流倡之,万民皆从之,因为这个缘故,社会上遂尊称这样的人叫作名士派。

吃散发源于何晏,和他同志的,有王弼和夏侯玄[37]两个人,与晏同为服药的祖师。有他三人提倡,有多人跟着走。他们三人多是会做文章,除了夏侯玄的作品流传不多外,王何二人现在我们尚能看到他们的文章。他们都是生于正始的,所以又名曰"正始名士"[38]。但这种习惯的末流,是只会吃药,或竟假装吃药,而不会做文章。

东晋以后,不做文章而流为清谈,由《世说新语》[39]一书里可以看到。此中空论多而文章少,比较他们三个差得远了。三人中王弼二十余岁便死了,夏侯何二人皆为司马懿[40]所杀。因为他二人同曹操有关系,非死不可,犹曹操之杀孔融,也是借不孝做罪名的。

二人死后,论者多因其与魏有关而骂他,其实何晏值得骂的就是因为他是吃药的发起人。这种服散的风气,魏,晋,直到隋,唐,还存在着,因为唐时还有"解散方"[41],即解五石散的药方,可以证明还有人吃,不过少点罢了。唐以后就没有人吃,其原因尚未详,大概因其弊多利少,和鸦片一样罢?

晋名人皇甫谧[42]作一书曰《高士传》,我们以为他很高超。但他是服散的,曾有一篇文章,自说吃散之苦。因为药性一发,稍不留心,即会丧命,至少也会受非常的苦痛,或要发狂;本来聪明的人,因此也会变成痴呆。所以非深知药性,会解救,而且家里的人多深知药性不可。晋朝人多是脾气很坏,高傲,发狂,性暴如火的,大约便是服药的缘故。比方有苍蝇扰他,竟至拔剑追赶;[43]就是说话,也要胡胡涂涂地才好,有时简直是近于发疯。但在晋朝更有以痴为好的,这大概也是服药的缘故。

魏末,何晏他们以外,又有一个团体新起,叫做"竹林名士",也是七个,所以又称"竹林七贤"[44]。正始名士服药,竹林名士饮酒。竹林的代表是嵇康[45]和阮籍[46]。但究竟竹林名士不纯粹是喝酒的,嵇康也兼服药,而阮籍则是专喝酒的代表。但嵇康也饮酒,刘伶[47]也是这里面的一个。他们七人中差不多都是反抗旧礼教的。

这七人中,脾气各有不同。嵇阮二人的脾气都很大;阮籍老年时改得很好,嵇康就始终都是极坏的。

阮年青时,对于访他的人有加以青眼和白眼的分别[48]。白眼大概是全然看不见眸子的,恐怕要练习很久才能够。青眼我会装,白眼我却装不好。

后来阮籍竟做到"口不臧否人物"[49]的地步,嵇康却全不改变。结果阮得终其天年,而嵇竟丧于司马氏之手,与孔融何晏等一样,遭了不幸的杀害。这大概是因为吃药和吃酒之分的缘故:吃药可以成仙,仙是可以骄视俗人的;饮酒不会成仙,所以敷衍了事。

他们的态度,大抵是饮酒时衣服不穿,帽也不带。若在平时,有这种状态,我们就说无礼,但他们就不同。居丧时不一定按例哭泣;子之于父,是不能提父的名,但在竹林名士一流人中,子都会叫父的名号[50]。旧传下来的礼教,竹林名士是不承认的。即如刘伶——他曾做过一篇《酒德颂》,谁都知道——他是不承认世界上从前规定的道理的,曾经有这样的事,有一次有客见他,他不穿衣服。人责问他;他答人说,天地是我的房屋,房屋就是我的衣服,你们为什么进我的裤子中来?[51]至于阮籍,就更甚了,他连上下古今也不承认,在《大人先生传》[52]里有说:"天地解兮六合开,星辰陨兮日月颓,我腾而上将何怀?"他的意思是天地神仙,都是无意义,一切都不要,所以他觉得世上的道理不必争,神仙也不足信,既然一切都是虚无,所以他便沉湎于酒了。然而他还有一个原因,就是他的饮酒不独由于他的思想,大半倒在环境。其时司马氏已想篡位,而阮籍名声很大,所以他讲话就极难,只好多饮酒,少讲话,而且即使讲话讲错了,也可以借醉得到人的原谅。只要看有一次司马懿求和阮籍结亲,而阮籍一醉就是两个月,没有提出的机会,[53]就可以知道了。

阮籍作文章和诗都很好,他的诗文虽然也慷慨激昂,但许多意思都是隐而不显的。宋的颜延之[54]已经说不大能懂,我们现在自然更很难看得懂他的诗了。他诗里也说神仙,但他其实是不相信的。嵇康的论文,比阮籍更好,思想新颖,往往与古时旧说反对。孔子说:"学而时习之,不亦说乎?"嵇康做的《难自然好学论》[55],却道,人是并不好学的,假如一个人可以不做事而又有饭吃,就随便闲游不喜欢读书了,所以现在人之好学,是由于习惯和不得已。还有管叔蔡叔[56],是疑心周公,率殷民叛,因而被诛,一向公认为坏人的。而嵇康做的《管蔡论》,就也反对历代传下来的意思,说这两个人是忠臣,他们的怀疑周公,是因为地方相距太远,消息不灵通。

但最引起许多人的注意,而且于生命有危险的,是《与山巨源绝交书》中的"非汤武而薄周孔"。司马懿因这篇文章,就将嵇康杀了[57]。非薄了汤武周孔,在现时代是不要紧的,但在当时却关系非小。汤武是以武定天下的;周公是辅成王的;孔子是祖述尧舜,而尧舜是禅让天下的。嵇康都说不好,那么,教司马懿篡位的时候,怎么办才是好呢？没有办法。在这一点上,嵇康于司马氏的办事上有了直接的影响,因此就非死不可了。嵇康的见杀,是因为他的朋友吕安不孝,连及嵇康,罪案和曹操的杀孔融差不多。魏晋,是以孝治天下的,不孝,故不能不杀。为什么要以孝治天下呢？因为天位从禅让,即巧取豪夺而来,若主张以忠治天下,他们的立脚点便不稳,办事便棘手,立论也难了,所以一定要以孝治天下。但倘只是实行不孝,其实那时倒不很要紧的,嵇康的害处是在发议论;阮籍不同,不大说关于伦理上的话,所以结局也不同。

但魏晋也不全是这样的情形,宽袍大袖,大家饮酒。反对的也很多。在文章上我们还可以看见裴𬱟的《崇有论》[58],孙盛的《老子非大贤论》[59],这些都是反对王何们的。在史实上,则何曾劝司马懿杀阮籍有好几回[60],司马懿不听他的话,这是因为阮籍的饮酒,与时局的关系少些的缘故。

然而后人就将嵇康阮籍骂起来,人云亦云,一直到现在,一千六百多年。季札说:"中国之君子,明于礼义而陋于知人心。"[61]这是确的,大凡明于礼义,就一定要陋于知人心的,所以古代有许多人受了很大的冤枉。例如嵇阮的罪名,一向说他们毁坏礼教。但据我个人的意见,这判断是错的。魏晋时代,崇奉礼教的看来似乎很不错,而实在是毁坏礼教,不信礼教的。表面上毁坏礼教者,实则倒是承认礼教,太相信礼教。因为魏晋时所谓崇奉礼教,是用以自利,那崇奉也不过偶然崇奉,如曹操杀孔融,司马懿杀嵇康,都是因为他们和不孝有关,但实在曹操司马懿何尝是著名的孝子,不过将这个名义,加罪于反对自己的人罢了。于是老实人以为如此利用,褒黩了礼教,不平之极,无计可施,激而变成不谈礼教,不信礼教,甚至于反对礼教。——但其实不过是态度,至于他们的本心,恐怕倒是相信礼教,当作宝贝,比曹操司马懿们要迂执得多。现在说一个容易明白的比喻罢,譬如有一个军阀,在北方——在广东的人所谓北方和我常说的北方的界限有些不同,我常称山东山西直隶河南之类为北方——那军阀从前是压迫民党的,后来北伐军势力一大,他便挂起了青天白日旗,说自己已经信仰三民主义了,是总理的信徒。这样还不够,他还要做总理的纪念周。这时候,真的三民主义的信徒,去呢,不去呢?不去,他那里就可以说你反对三民主义,定罪,杀人。但既然在他的势力之下,没有别法,真的总理的信徒,倒会不谈三民主义,或者听人假惺惺的谈起来就皱眉,好像反对三民主义模样。所以我想,魏晋时所谓反对礼教的人,有许多大约也如此。他们倒是迂夫子,将礼教当作宝贝看待的。

还有一个实证,凡人们的言论,思想,行为,倘若自己以为不错的,就愿意天下的别人,自己的朋友都这样做。但嵇康阮籍不这样,不愿意别人来模仿他。竹林七贤中有阮咸,是阮籍的侄子,一样的饮酒。阮籍的儿子阮浑也愿加入时,阮籍却道不必加入,吾家已有阿咸在,够了。[62]假若阮籍自以为行为是对的,就不当拒绝他的儿子,而阮籍却拒绝自己的儿子,可知阮籍并不以他自己的办法为然。至于嵇康,一看他的《绝交书》,就知道他的态度很骄傲的;有一次,他在家打铁——他的性情是很喜欢打铁的——钟会来看他了,他只打铁,不理钟会。[63]钟会没有意味,只得走了。其时嵇康就问他:"何所闻而来,何所见而去?"钟会答道:"闻所闻而来,见所见而去。"这也是嵇康杀身的一条祸根。但我看他做给他的儿子看的《家诫》[64]——当嵇康被杀时,其子方十岁,算来当他做这篇文章的时候,他的儿子是未满十岁的——就觉得宛然是两个人。他在《家诫》中教他的儿子做人要小心,还有一条一条的教训。有一条是说长官处不可常去,亦不可住宿;官长送人们出来时,你不要在后面,因为恐怕将来官长惩办坏人时,你有暗中密告的嫌疑。又有一条是说宴饮时候有人争论,你可立刻走开,免得在旁批评,因为两者之间必有对与不对,不批评则不像样,一批评就总要是甲非乙,不免受一方见怪。还有人要你饮酒,即使不愿饮也不要坚决地推辞,必须和和气气的拿着杯子。我们就此看来,实在觉得很希奇:嵇康是那样高傲的人,而他教子就要他这样庸碌。因此我们知道,嵇康自己对于他自己的举动也是不满足的。所以批评一个人的言行实在难,社会上对于儿子不像父亲,称为"不肖",以为是坏事,殊不知世上正有不愿意他的儿子像自己的父亲哩。试看阮籍嵇康,就是如此。这是,因为他们生于乱世,不得已,才有这样的行为,并非他们的本态。但又于此可见魏晋的破坏礼教者,实在是相信礼教到固执之极的。

不过何晏王弼阮籍嵇康之流,因为他们的名位大,一般的人们就学起来,而所学的无非是表面,他们实在的内心,却不知道。因为只学他们的皮毛,于是社会上便很多了没意思的空谈和饮酒。许多人只会无端的空谈和饮酒,无力办事,也就影响到政治上,弄得玩"空城计",毫无实际了。在文学上也这样,嵇康阮籍的纵酒,是也能做文章的,后来到东晋,空谈和饮酒的遗风还在,而万言的大文如嵇阮之作,却没有了。刘勰[65]说:"嵇康师心以遣论,阮籍使气以命诗。"这"师心"和"使气",便是魏末晋初的文章的特色。正始名士和竹林名士的精神灭后,敢于师心使气的作家也没有了。

到东晋,风气变了。社会思想平静得多,各处都夹入了佛教的思想。再至晋末,乱也看惯了,篡也看惯了,文章便更和平。代表平和的文章的人有陶潜[66]。他的态度是随便饮酒,乞食,高兴的时候就谈论和作文章,无尤无怨。所以现在有人称他为"田园诗人",是个非常和平的田园诗人。他的态度是不容易学的,他非常之穷,而心里很平静。家常无米,就去向人家门口求乞。他穷到有客来见,连鞋也没有,那客人给他从家丁取鞋给他,他便伸了足穿上了。虽然如此,他却毫不为意,还是"采菊东篱下,悠然见南山"。这样的自然状态,实在不易模仿。他穷到衣服也破烂不堪,而还在东篱下采菊,偶然抬起头来,悠然的见了南山,这是何等自然。现在有钱的人住在租界里,雇花匠种数十盆菊花,便做诗,叫作"秋日赏菊效陶彭泽体",自以为合于渊明的高致,我觉得不大像。

陶潜之在晋末,是和孔融于汉末与嵇康于魏末略同,又是将近易代的时候。但他没有什么慷慨激昂的表示,于是便博得"田园诗人"的名称。但《陶集》里有《述酒》一篇,是说当时政治的。[67]这样看来,可见他于世事也并没有遗忘和冷淡,不过他的态度比嵇康阮籍自然得多,不至于招人注意罢了。还有一个原因,先已说过,是习惯。因为当时饮酒的风气相沿下来,人见了也不觉得奇怪,而且汉魏晋相沿,时代不远,变迁极多,既经见惯,就没有大感触,陶潜之比孔融嵇康和平,是当然的。例如看北朝的墓志,官位升进,往往详细写着,再仔细一看,他是已经经历过两三个朝代了,但当时似乎并不为奇。

据我的意思，即使是从前的人，那诗文完全超于政治的所谓"田园诗人""山林诗人"，是没有的。完全超出于人间世的，也是没有的。既然是超出于世，则当然连诗文也没有。诗文也是人事，既有诗，就可以知道于世事未能忘情。譬如墨子兼爱，杨子为我。[68]墨子当然要著书；杨子就一定不著，这才是"为我"。因为若做出书来给别人看，便变成"为人"了。

由此可知陶潜总不能超于尘世，而且，于朝政还是留心，也不能忘掉"死"，这是他诗文中时时提起的[69]。用别一种看法研究起来，恐怕也会成一个和旧说不同的人物罢。

自汉末至晋末文章的一部分的变化与药及酒之关系，据我所知的大概是这样。但我学识太少，没有详细的研究，在这样的热天和雨天费去了诸位这许多时光，是很抱歉的。现在这个题目总算是讲完了。

注释：

[1] 广州夏期学术演讲会 国民党政府广州市教育局主办，1927 年 7 月 18 日在广州市立师范学校礼堂举行开幕式。当时的广州市市长林云陔、教育局长刘懋初等均在会上做反共演说。他们打着"学术"的旗号，也"邀请"学者演讲。作者这篇演讲是在 7 月 23 日、26 日的会上所作的（题下注"九月间"有误）。作者后来说过："在广州之谈魏晋事，盖实有慨而言。"（1928 年 12 月 30 日致陈濬信）他在这次关于中国古典文学的演讲里，曲折地对国民党当局进行了揭露和讽刺。

[2] 黄巾 指东汉末年巨鹿人张角领导的农民起义军。汉灵帝中平元年（184）起义，参加的人都以黄巾缠头为标志，称为"黄巾军"。他们提出"苍天已死，黄天当立"的口号，攻占城邑，焚烧官府，旬日之间，全国响应，给东汉政权以沉重的打击。后来在官军和地主武装的镇压下失败。

[3] 董卓（？—192） 字仲颖，陇西临洮（今甘肃岷县）人。东汉末灵帝时为并州牧，灵帝死后，外戚首领大将军何进为了对抗宦官，召他率兵入朝相助，他到洛阳后，即废少帝（刘辩），立献帝（刘协），自任丞相，专断朝政。献帝初平元年（190），山东河北等地军阀袁绍、韩馥等为了和董卓争权，联合起兵讨卓，他便劫持献帝迁都长安，自为太师。后为王允、吕布所杀。他在离洛阳时，焚烧宫殿府库民房，二百里内尽成墟土；又驱数百万人口入关，积尸盈途。在他被杀以后，他的部将李傕、郭汜等又攻破长安，焚掠屠杀，人民受害甚烈。

[4] 党锢 东汉末年，宦官擅权，政治黑暗，民生痛苦。一部分比较正直的官员与太学生互通声气，议论朝政，揭露宦官集团的罪恶。汉桓帝延熹九年（166），宦官诬告司隶校尉李膺、太仆杜密和太学生领袖郭泰、贾彪等人结党为乱，桓帝便捕李膺、范滂等下狱，株连

二百余人。以后又于灵帝建宁二年(169)、熹平元年(172)、熹平五年(176)三次捕杀党人,更诏各州郡凡党人的门生、故吏、父子、兄弟有做官的,都免官禁锢。直到灵帝中平元年(184)黄巾起义,才下诏将他们赦免。这件事,史称"党锢之祸"。

〔5〕 曹操(155—220) 字孟德,沛国谯(今安徽亳县)人。二十岁举孝廉,汉献帝时官至丞相,封魏王。曹丕篡汉后追尊为武帝。他是政治家、军事家,又是诗人。他和其子曹丕、曹植,都喜欢延揽文士,奖励文学,为当时文坛的领袖人物。后人把他的诗文编为《魏武帝集》。

〔6〕 《三国志演义》 即长篇小说《三国演义》,元末明初罗贯中著。书中将曹操描写为"奸雄"。

〔7〕 严可均(1762—1843) 字景文,号铁桥,浙江乌程(今湖州)人。清嘉庆举人,曾任建德教谕。他自嘉庆十三年(1808)起,开始搜集唐以前的文章,历二十余年,成《全上古三代秦汉三国六朝文》,内收作者三千四百多人,分代编辑为十五集,总计七百四十六卷。稍后,他的同乡蒋壑为其作编目一百零三卷,并以为原书题名不能概括全书,故将书名改为《全上古三代秦汉三国晋南北朝文》。原书于1894年(光绪二十年)由黄冈王毓藻刊于广州。

〔8〕 丁福保(1874—1952) 字仲祜,江苏无锡人。清末肄业于江阴南菁书院,曾任京师大学堂和译学馆教习。后习医,曾至日本考察医学,归国后在上海创办医学书局。他所辑的《全汉三国晋南北朝诗》,收入作者七百余人,依时代分为十一集,总计五十四卷。1916年上海医学书局出版。

〔9〕 刘师培(1884—1919) 字申叔,江苏仪征人。1907年在日本加入同盟会,后成为清朝两江总督端方的幕僚。民国后与杨度、孙毓筠等人组织筹安会,助袁世凯实行帝制。他的著作很多,《中国中古文学史》是他在民国初年任北京大学教授时所编的讲义,后收入《刘申叔先生遗书》中。

〔10〕 《三国志·魏书·武帝纪》裴松之注引《魏武故事》,曹操于汉献帝建安十五年(210)下令"自明本志",表白自己并无篡汉的意图,内有"设使国家无有孤,不知当几人称帝,几人称王!"的话。

〔11〕 《太平御览》卷四二五引谢承《后汉书》:"范丹姊病,往看之,姊设食;丹以姊婿不德,出门留二百钱,姊使人追索还之,丹不得已受之。闻里中乌藜童仆更相怒曰:'言汝清高,岂范史云辈而云不盗我菜乎?'丹闻之,曰:'吾之微志,乃在童竖之口,不可不勉。'遂投钱去。"按,范丹(112—185),一作范冉,字史云,后汉陈留外黄(今河南杞县东北)人。

〔12〕 曹操曾于建安十五年(210)、二十二年(217)下求贤令,又于建安十九年(214)令有取士毋废"偏短",均强调以才能为用人的标准。《魏书·武帝纪》载建安十五年令说:"今天下尚未定,此特求贤之急时也。……若必廉士而后可用,则齐桓其何以霸世!今

天下得无有被褐怀玉而钓于渭滨者乎？又得无盗嫂受金而未遇无知者乎？二三子其佐我明扬仄陋，唯才是举，吾得而用之。"又裴注引王沈《魏书》所载二十二年令说："今天下得无有至德之人，放在民间？及果勇不顾，临敌力战，若文俗之吏，高才异质，或堪为将守；负污辱之名，见笑之行，或不仁不孝，而有治国用兵之术：其各举所知，勿有所遗。"

〔13〕"郑康成行酒伏地气绝" 语出《三国志·魏书·袁绍传》裴注引《英雄记》载曹操《董卓歌》："德行不亏缺，变故自难常。郑康成行酒伏地气绝，郭景图命尽于园桑。"按，郑康成（127—200），名玄，字康成，北海高密（今山东高密）人，东汉经学家。曾聚徒讲学，建安中官拜大司农，寻卒。其生活时代较曹操约早二十余年。

〔14〕曹操的遗令，散见于《三国志·魏书·武帝纪》及其他古书中，严可均缀合为一篇，收入《全三国文》卷三，其中有这样的话："吾婢妾与伎人皆勤苦，使著铜雀台，善待之。……余香可分与诸夫人……诸舍中（按，指诸妾）无所为，可学作履组卖也。吾历官所得绶（印绶），皆著藏中，吾余衣裘，可别为一藏，不能者兄弟可共分之。"

〔15〕陆机（261—303） 字士衡，吴郡吴县（今江苏苏州）人，晋代诗人。陆逊之孙，在吴为牙门将，入晋后曾任相国参军、平原内史等职，后为成都王司马颖所杀。他评曹操的话，见萧统《文选》卷六十《吊魏武帝文》："彼裴绂于何有，贻尘谤于后王。"唐代李善注："言裴绂轻微何所有，而空贻尘谤而及后王。"

〔16〕曹丕（187—226） 字子桓，曹操的次子（按，操长子名昂字子修，随操征张绣阵亡，故一般都以曹丕为操的长子）。建安二十五年（220）废汉献帝自立为帝，即魏文帝。他爱好文学，创作之外，兼擅批评，所著《典论》，《隋书·经籍志》著录五卷，已佚，严可均《全三国文》内有辑佚一卷。其中《论文》篇论及各种文体的特征说："奏议宜雅，书论宜理，铭诔尚实，诗赋欲丽。"又论文气说："文以气为主，气之清浊有体，不可力强而致。"

〔17〕曹植（192—232） 字子建，曹操的第三子。曾封东阿王，后封陈王，死谥思，后世称陈思王。他是建安时代重要诗人之一，流传下来的著作，以清代丁晏所编的《曹集诠评》搜罗较为完备。

〔18〕曹叡（204—239） 字元仲，曹丕的儿子，即魏明帝。

〔19〕《文选》 参见本卷《古人并不纯厚》注〔5〕。曹丕《典论·论文》，见该书第五十二卷。

〔20〕"为艺术而艺术" 最早由19世纪法国诗人戈蒂叶（T. Gautier, 1811—1872）提出的一种文艺观点（见小说《莫班小姐·序》）。他认为艺术可以超越一切功利而存在，创作的目的就在于艺术作品的本身，与社会政治无关。

〔21〕文章事可以留名声于千载 曹丕《典论·论文》："盖文章经国之大业，不朽之盛事。年寿有时而尽，荣乐止乎其身，二者必至之常期，未若文章之无穷。是以古之作者，寄身于翰墨，见意于篇籍，不假良史之辞，不托飞驰之势，而声名自传于后。"

〔22〕 文章小道　曹植《与杨德祖(修)书》:"辞赋小道,固未足以揄扬大义,彰示来世也。昔扬子云先朝执戟之臣耳,犹称壮夫不为也;吾虽德薄,位为藩侯,犹庶几戮力上国,流惠下民,建永世之业,留金石之功;岂徒以翰墨为勋绩,辞赋为君子哉!"

〔23〕 曹植早年以文才为曹操所爱,屡次想立他为太子;他也结纳杨修、丁仪、丁廙等为羽翼,在曹操面前和曹丕争宠。但他后来因为任性骄纵,失去了曹操的欢心,终于未得嗣立。到了曹丕即位以后,他常被猜忌,更觉雄才无所施展。明帝时又一再上表求"自试",希望能够用他带兵去征吴伐蜀,建功立业,但他的要求也未实现。

〔24〕 "建安七子"　这个名称始于曹丕的《典论·论文》:"今之文人,鲁国孔融文举,广陵陈琳孔璋,山阳王粲仲宣,北海徐幹伟长,陈留阮瑀元瑜,汝南应玚德琏,东平刘桢公干:斯七子者,于学无所遗,于辞无所假,咸以自骋骥骤于千里,仰齐足而并驰。"后人据此便称孔融等为"建安七子"。按,孔融,参见本卷《我们现在怎样做父亲》注〔18〕。陈琳(？—217),广陵(今江苏江都)人,曾任司空(曹操)军谋祭酒。王粲(177—217),山阳高平(今山东邹县)人,曾任丞相(曹操)军谋祭酒、侍中。徐幹(171—217),北海(今山东潍坊西南)人,曾任司空军谋祭酒、五官将(曹丕)文学。阮瑀(？—212),陈留尉氏(今河南尉氏)人,曾任司空军谋祭酒。应玚(？—217),汝南(今河南汝南)人,曾任丞相掾属、五官将文学。刘桢(？—217),东平(今山东东平)人,曾任丞相掾属。

〔25〕 曹丕在《典论·论文》中评论孔融的文章说:"孔融体气高妙,有过人者。然不能持论,理不胜词,以至乎杂以嘲戏;及其所善,扬、班俦也。"按,"建安七子"中,陈琳等都是曹操下的属官,只有孔融例外;在年龄上,他比其余六人约长十余岁而又最先逝世,年辈也不相同。他没有应酬和颂扬曹氏父子的作品,而且还常常讽刺曹操。《后汉书·孔融传》载:"曹操攻屠邺城,袁氏妇子多见侵略,而操子丕私纳袁熙(按,为袁绍子)妻甄氏。融乃与操书,称'武王伐纣,以妲己赐周公'。操不悟,后问出何经典。对曰:'以今度之,想当然耳。'……时年饥兵兴,操表制酒禁,融频书争之,多侮慢之辞。"唐代章怀太子(李贤)注引孔融与曹操论酒禁书,其中有"夏商亦以妇人失天下,今令不断婚姻。而将酒独急者,疑但惜谷耳"等语。

〔26〕 "何以解忧？惟有杜康"　见曹操的《短歌行》。杜康,相传为周代人,善造酒。

〔27〕 关于曹操杀孔融的经过,《后汉书·孔融传》说:"曹操既积嫌忌,而郗虑复构成其罪,遂令丞相军谋祭酒路粹枉状奏融曰:'……(融)前与白衣祢衡跌荡放言,云:"父之于子,当有何亲？论其本意,实为情欲发耳。子之于母,亦复奚为？譬如寄物瓶中,出则离矣。"……大逆不道,宜极重诛。'书奏,下狱弃市。"又《三国志·魏书·崔琰传》注引孙盛《魏氏春秋》,内载曹操宣布孔融罪状的令文说:"平原祢衡受传融论,以为父母与人无亲,譬若甑器,寄盛其中。又言若遭饿馑,而父不肖,宁赡活余人。融违天反道,败伦乱理,虽肆市朝,犹恨其晚。"

〔28〕 祢衡(173—198) 字正平,平原般(今山东临邑)人,汉末文学家。他恃才不仕,性刚傲慢,与孔融、杨修友善,曾屡次羞辱曹操;因为他文名很大,曹操虽想杀他却又有所顾忌,便将他送与刘表,后因侮慢刘表,又被送给江夏太守黄祖,终为黄祖所杀,死时年二十六岁。

〔29〕 何晏(？—249) 字平叔,南阳宛(今河南南阳)人。曹操的女婿。齐王曹芳时,曹爽执政,用他为吏部尚书,后与曹爽同时被司马懿所杀。《三国志·魏书·曹爽传》说他"少以才秀知名,好老庄言,作《道德论》及诸文赋著述凡数十篇"。

〔30〕 关于何晏搽粉的事,《三国志·魏书·曹爽传》注引鱼豢《魏略》说:"晏性自喜,动静粉白不去手,行步顾影。"但晋代人裴启所著《语林》则说:"(晏)美姿仪,面绝白,魏文帝疑其著粉;后正夏月,唤来,与热汤饼,既啖,大汗出,随以朱衣自拭,色转皎洁,帝始信之。"

〔31〕 关于何晏服药的事,《世说新语·言语》载:"何平叔云:服五石散,非唯治病,亦觉神明开朗。"刘孝标注引秦丞相(按,当作秦承祖)《寒食散论》说:"然寒食散之方,虽出汉代,而用之者寡,靡有传焉。魏尚书何晏首获神效,由是大行于世,服者相寻。"又隋代巢元方《诸病源候论》卷六《寒食散发候》篇说:"皇甫(谧)云:然寒食药者,世莫知焉,或言华佗,或曰仲景(张机)。……近世尚书何晏,耽声好色,始服此药。心加开朗,体力转强。京师翕然,传以相授。……晏死之后,服者弥繁,于时不辍。"

〔32〕 巢元方 隋代人,炀帝时任太医博士,大业六年奉诏撰《诸病源候论》五十卷。关于寒食散的服法与解法,详见该书卷六《寒食散发候》篇。

〔33〕 "扪虱而谈" 这是王猛的故事。王猛(325—375),字景略,北海剧(今山东寿光)人,隐居华山。《晋书·王猛传》说:"桓温入关,猛被褐而诣之,一面谈当世之事,扪虱而言,旁若无人。"

〔34〕 葛洪(约283—363) 字稚川,号抱朴子,句容(今江苏句容)人。晋惠帝时拜伏波将军,赐关内侯。《晋书·葛洪传》说他"为人木讷,不好荣利,……究览典籍,尤好神仙导养之法"。所著《抱朴子》,共八卷,分内外二篇,内篇论神仙方药,外篇论时政人事。关于服散的记载,见该书内篇。

〔35〕 关于服散作假的事,《太平广记》卷二四七引侯白《启颜录》载:"后魏孝文帝时,诸王及贵臣多服石药,皆称石发。乃有热者,非富贵者,亦云服石发热,时人多嫌其诈作富贵体。有一人于市门前卧,宛转称热,众人竞看,同伴怪之,报曰:'我石发。'同伴人曰:'君何时服石,今得石发?'曰:'我昨市得米,米中有石,食之乃发。'众人大笑。自后少有人称患石发者。"

〔36〕 关于闻讳而哭的事,《世说新语·任诞》载:"桓南郡(桓玄)被召作太子洗马,船泊荻渚。王大(王忱)服散后已小醉,往看桓,桓为设酒,不能冷饮,频语左右,令温酒来。桓

乃流涕呜咽,王便欲去。桓以手巾掩泪,因谓王曰:'犯我家讳,何预卿事。'王叹曰:'灵宝(桓玄小名)故自达。'"按,桓玄的父亲名温,所以他听见王忱叫人温酒便哭泣起来。

〔37〕 王弼(226—249) 字辅嗣,魏国山阳(今河南焦作)人。王粲的族孙。《三国志·魏书·钟会传》说:"弼好论儒道,辞才逸辩,注《易》及《老子》,为尚书郎。"夏侯玄(209—254),字太初,沛国谯(今安徽亳州)人。《三国志·魏书·夏侯尚传》说:"(玄)少知名,弱冠为散骑黄门侍郎……正始初,曹爽辅政。玄,爽之姑子也。累迁散骑常侍、中护军。……顷之,为征西将军,假节都督雍、凉州诸军事。"曹爽被司马懿所杀后,他也为司马师所杀。

〔38〕 "正始名士" 《世说新语·文学》"袁彦伯作《名士传》成"条下梁刘孝标注:"宏(彦伯名)以夏侯太初、何平叔、王辅嗣为正始名士。阮嗣宗、嵇叔夜、山巨源、向子期、刘伯伦、阮仲容、王浚仲为竹林名士。"按,正始(240—249),魏废帝齐王曹芳的年号。

〔39〕《世说新语》 南朝宋刘义庆撰,共三卷。内容是记述东汉至东晋间一般文士学士的言谈风貌轶事等。有南朝梁刘孝标所作注释。今本共三卷,三十六篇。按,刘义庆(403—444),彭城(今江苏徐州)人,宋武帝刘裕的侄子,袭爵为临川王,曾任南兖州刺史。

〔40〕 司马懿(179—251) 字仲达,河内温县(今河南温县)人。初为曹操主簿,魏明帝时迁大将军。齐王曹芳即位后,他专断国政;死后其子司马昭继为大将军,日谋篡位。咸熙二年(265),昭子司马炎代魏称帝,建立晋朝。按,夏侯玄是被司马师所杀,作者误记为司马懿。

〔41〕 "解散方" 《唐书·经籍志》著录《解寒食散方》十三卷,徐叔和撰;《新唐书·艺文志》著录《解寒食方》十五卷,徐叔向撰。

〔42〕 皇甫谧(215—282) 字士安,安定朝那(今甘肃平凉)人。晋朝初年屡征不出,著有《高士传》《逸士传》《玄晏春秋》等。《晋书·皇甫谧传》载有他的一篇上司马炎疏,其中自述因吃散而得的种种苦痛说:"臣以尫弊,迷于道趣。……又服寒食药,违错节度,辛苦荼毒,于今七年。隆冬裸袒食冰,当暑烦闷,加以咳逆,或若温疟,或类伤寒,浮气流肿,四肢酸重。于今困劣,救命呼噏,父兄见出,妻息长诀。"

〔43〕 关于拔剑逐蝇的故事,《三国志·魏书·梁习传》注引《魏略》:"(王)思又性急,尝执笔作书,蝇集笔端,驱去复来,如是再三。思恚怒,自起逐蝇,不能得,还取笔掷地,蹋坏之。"按,清代张英等所编《渊鉴类函》卷三一五《褊急》门载王思事,有"思自起拔剑逐蝇"的话,但未注明引用书名。按,王思,济阴(今山东定陶)人,正始中为大司农。

〔44〕 "竹林七贤" 《三国志·魏书·王粲传》内附述嵇康事略,裴注引《魏氏春秋》说:"康寓居河内之山阳县,……与陈留阮籍、河内山涛、河南向秀、籍兄子咸、琅琊王戎、沛人刘伶相与友善,游于竹林,号为'七贤'。"《世说新语·任诞》亦有一则,说七人"常集于竹林之下,肆意酣畅,故世谓'竹林七贤'"。参看本文注〔38〕。

〔45〕 嵇康(223—262) 字叔夜,谯国铚(今安徽宿县)人,诗人。《晋书·嵇康传》说:"康早孤,有奇才,远迈不群。……学不师受,博览无不该通,长好老庄。与魏宗室婚,拜中散大夫。常修养性服食(服药)之事,弹琴咏诗,自足于怀。……康善谈理,又能属文,其高情远趣,率然玄远。"他的著作,现存《嵇康集》十卷,有鲁迅校本。

〔46〕 阮籍(210—263) 字嗣宗,陈留尉氏(今河南尉氏)人,阮瑀之子,诗人,与嵇康齐名。仕魏为从事中郎、步兵校尉。《晋书·阮籍传》说他"博览群籍,尤好庄老。嗜酒能啸,善弹琴"。又说:"籍本有济世志,属魏晋之际,天下多故,名士少有全者,籍由是不与世事,遂酣饮为常。"他的著作,现存《阮籍集》十卷。

〔47〕 刘伶 参见本卷《写在〈坟〉后面》注〔2〕。仕魏为建威参军。性放纵嗜酒,著有《酒德颂》,托言有大人先生,"止则操卮执觚,动则挈榼提壶,唯酒是务,焉知其余。"有"贵介公子,搢绅处士"在他的面前"陈说礼法",而他"方捧罂承槽,衔杯漱醪,奋髯箕踞,枕曲藉糟,无思无虑,其乐陶陶"。

〔48〕 关于阮籍能为青白眼,见《晋书·阮籍传》:"籍又能为青白眼,见礼俗之士,以白眼对之。"他的母亲死了,"嵇喜来吊,籍作白眼,喜不怿而退。喜弟康闻之,乃赍酒挟琴造焉,籍大悦,乃见青眼。由是礼法之士疾之若雠。"

〔49〕 "口不臧否人物" 语出《晋书·阮籍传》:"籍虽不拘礼教,然发言玄远,口不臧否人物。"

〔50〕 晋代常有子呼父名的例子,如《晋书·胡母辅之传》:"辅之正酣饮,谦之(辅之的儿子)窥而厉声曰:'彦国(辅之的号),年老不得为尔!将令我尻背东壁。'辅之欢笑,呼入与共饮。"又《王蒙传》:"王蒙,字仲祖……美姿容,尝览镜自照,称其父字曰:'王文开生如此儿耶!'"

〔51〕 关于刘伶裸形见客的事,《世说新语·任诞》载:"刘伶恒纵酒放达,或脱衣裸形在屋中,人见讥之。伶曰:'我以天地为栋宇,屋室为裈衣,诸君何为入我裈中?'"刘孝标注引邓粲《晋纪》所记略同。

〔52〕 《大人先生传》 阮籍借"大人先生"之口来抒写自己胸怀的一篇文章。这里所引的三句是"大人先生"所作的歌。

〔53〕 关于阮籍借醉辞婚的故事,《晋书·阮籍传》载:"文帝(司马昭,鲁迅误记为司马懿)初欲为武帝(司马炎)求婚于籍,籍醉六十日,不得言而止。"

〔54〕 颜延之(384—456) 字延年,琅琊临沂(今山东临沂)人,南朝宋诗人。官至金紫光禄大夫。《文选》卷二十三阮籍《咏怀》诗下,李善注引颜延之的话:"嗣宗身仕乱朝,常恐罹谤遇祸,因兹发咏,故每有忧生之嗟;虽志在刺讥,而文多隐避,百代之下,难以情测,故粗明大意,略其幽旨也。"

〔55〕 《难自然好学论》 嵇康为反驳张邈(字辽叔)的《自然好学论》而作的一篇

论文。

〔56〕 管叔蔡叔　是周武王的两个兄弟。《史记·管蔡世家》说："武王已克殷纣,平天下,封功臣昆弟。于是封叔鲜于管,封叔度于蔡,二人相纣子武庚禄父(按,禄父为武庚之名),治殷遗民。封叔旦于鲁而相周,为周公。……武王既崩,成王少,周公旦专王室。管叔、蔡叔疑周公之为不利于成王,乃挟武庚以作乱。周公旦承成王命伐诛武庚,杀管叔,而放蔡叔,迁之。"嵇康的《管蔡论》为管、蔡辩解,说"管、蔡皆服教殉义,忠诚自然。……周公践政,率朝诸侯。……而管、蔡服教,不达圣权,卒遇大变,不能自通。忠于乃心,思在王室。遂乃抗言率众,欲除国患"。

〔57〕《与山巨源绝交书》　山巨源,即"竹林七贤"之一的山涛(205—283),河内怀(今河南武陟)人。他在魏元帝(曹奂)景元年间投靠司马昭,曾任选曹郎,后将去职,欲举嵇康代任,康作书拒绝,并表示和他绝交,书中自说不堪受礼法的束缚,"又每非汤武而薄周孔,在人间不止,此事会显,世教所不容。"后来嵇康受朋友吕安案的牵连,钟会便乘机劝司马昭把他杀了。《三国志·魏书·王粲传》注引《魏氏春秋》叙述他被杀的经过说:"大将军(司马昭)尝欲辟(征召)康。康既有绝世之言,又从子不善,避之河东,或云避世。及山涛为选曹郎,举康自代,康答书拒绝,因自说不堪流俗而非薄汤武。大将军闻而怒焉。初,康与东平吕昭子巽及巽弟安亲善。会巽淫安妻徐氏,而诬安不孝,囚之。安引康为证,康义不负心,保明其事。安亦至烈,有济世志力。钟会劝大将军因此除之,遂杀安及康。康临刑自若,援琴而鼓,既而叹曰:'雅音于是绝矣!'时人莫不哀之。"按,杀嵇康的是司马昭,鲁迅误记为司马懿。

〔58〕 裴𬱟(267—300)　字逸民,河东闻喜(今山西闻喜)人。晋惠帝时为国子祭酒,兼右军将军,迁尚书左仆射,后为司马伦(赵王)所杀。《晋书·裴𬱟传》说:"𬱟深患时俗放荡,不尊儒术。何晏、阮籍素有高名于世,口谈浮虚,不遵礼法,尸禄耽宠,仕不事事;至王衍之徒,声誉太盛,位高势重,不以物务自婴,遂相仿效,风教陵迟,乃著《崇有》之论以释其蔽。"

〔59〕 孙盛(约306—378)　字安国,太原中都(今山西平遥)人。曾任桓温参军,官至给事中。著有《魏氏春秋》《晋阳秋》等。他的《老聃非大贤论》,批评当时清谈家奉为宗主的老聃,用老聃自己的话证明他的学说的自相矛盾、不切实际,从而断定老聃并非大贤。

〔60〕 何曾(197—278)　字颖考,陈国阳夏(今河南太康)人。司马炎篡魏,他因劝进有功,拜太尉,封公爵。《晋书·何曾传》说:"时(按,当为魏高贵乡公即位初年)步兵校尉阮籍负才放诞,居丧无礼。曾面质籍于文帝(鲁迅误记为司马懿)座曰:'卿纵情背礼,败俗之人。今忠贤执政,综核名实,若卿之曹,不可长也。'因言于帝曰:'公方以孝治天下,而听阮籍以重哀(母丧)饮酒食肉于公座。宜摈四裔,无令污染华夏。'帝曰:'此子羸病若此,君不能为吾忍邪!'曾重引据,辞理甚切。帝虽不从,时人敬惮之。"

〔61〕 "明于礼义而陋于知人心"二句，见《庄子·田子方》："温伯雪子适齐，舍于鲁，鲁人有请见之者，温伯雪子曰：'不可，吾闻中国之君子，明乎礼义而陋于知人心，吾不欲见也。'"据唐代成玄英注：温伯，字雪子，春秋时楚国人。鲁迅误记为季札。

〔62〕 阮籍不愿儿子效法自己的事，见《晋书·阮籍传》："（籍）子浑，字长成，有父风，少慕通达，不饰小节，籍谓曰：'仲容已豫吾此流，汝不得复尔。'"又《世说新语·任诞》也载有此事。按，阮咸，字仲容，阮籍兄阮熙之子。

〔63〕 嵇康怠慢钟会，见《晋书·嵇康传》："（康）性绝巧而好锻（打铁）。宅中有一柳树甚茂，乃激水圜之，每夏月，居其下以锻。"又说："初，康居贫，尝与向秀共锻于大树之下，以自赡给。颍川钟会，贵公子也，精练有才辩，故往造焉。康不为之礼，而锻不辍。良久会去，康谓曰：'何所闻而来，何所见而去？'会曰：'闻所闻而来，见所见而去。'会以此憾之。"按，钟会（225—264），字士季，颍川长社（今河南长葛）人。司马昭的重要谋士，官至左徒。魏常道乡公景元三年（262）拜镇西将军，次年统兵伐蜀，蜀平后谋反，被杀。

〔64〕 《家诫》 见《嵇康集》卷十。鲁迅所举的这几条的原文是："君子用心，所欲准行，自当量其善者，必拟议而后动。……所居长吏，但宜敬之而已矣，不当极亲密，不宜数往；往当有时。其有众人，又不可独在后，又不当宿。所以然者，长吏喜问外事，或时发举，则怨者谓人所说，无以自免也。……若会酒坐，见人争语，其形势似欲转盛，便当无何舍去之。此将斗之兆也。坐视必见曲直，傥不能不有言，有言必是在一人；其不是者方自谓为直，则谓曲我者有私于彼，便怨恶之情生矣；或便获悖辱之言。……又慎不须离楼，强劝人酒，不饮自己；若人来劝己，辄当为持之，勿稍逆也。"（据鲁迅校本）按，嵇康的儿子名绍，字延祖，《晋书·嵇绍传》说他"十岁而孤"。

〔65〕 刘勰（约465—约532） 字彦和，南朝梁文艺理论家。曾任步兵校尉，晚年出家。著有《文心雕龙》。这里所引的两句，见于该书《才略》篇。

〔66〕 陶潜（约372—427） 又名渊明，字元亮，浔阳柴桑（今江西九江）人，晋代诗人。曾任彭泽令，因不满当时政治的黑暗和官场的虚伪，辞官归隐。著作有《陶渊明集》。梁代钟嵘在《诗品》中称他为"古今隐逸诗人之宗"，"五四"以后又常被人称为"田园诗人"。他在《乞食》一诗中说："饥来驱我去，不知竟何之。行行至斯里，叩门拙言辞。主人解余意，遗赠岂虚来。谈谐终日夕，觞至辄倾杯。……衔戢知何谢，冥报以相贻。"又南朝宋檀道鸾《续晋阳秋》说："江州刺史王弘造渊明，无履，弘从人脱履以给之。弘语左右为彭泽作履，左右请履度，渊明于众坐伸脚，及履至，著而不疑。""采菊东篱下"句见他所作的《饮酒》诗第五首。

〔67〕 陶潜的《述酒》诗，据南宋汤汉的注语，以为它是为当时最重大的政治事变——晋宋易代而作，注语中说："晋元熙二年（420）六月，刘裕废恭帝（司马德文）为零陵王，明年，以毒酒一罂授张伟使酖王，伟自饮而卒；继又令兵人逾垣进药，王不肯饮，遂掩杀之。此诗

所为作,故以《述酒》名篇也。诗辞尽隐语,故观者弗省。……予反复详考,而后知决为零陵哀诗也。"(见《陶靖节诗注》卷三)

〔68〕 墨子　参见上卷《非攻》注〔3〕。他认为"天下兼相爱则治,交相恶则乱",提倡"兼爱"的学说。现存《墨子》书中有《兼爱》上中下三篇。杨子(约前395—约前335),即杨朱,战国时代思想家。他的学说的中心是"为我",《孟子·尽心(上)》说:"杨子取为我,拔一毛而利天下,不为也。"他没有著作留传下来,后人仅能从先秦书中略知他的学说的大概。

〔69〕 陶潜诗文中提到"死"的地方很多,如《己酉岁九月九日》中说:"万化相寻绎,人生岂不劳。从古皆有没,念之心中焦。"又《与子俨等疏》中说:"天地赋命,生必有死;自古圣贤,谁能独免。"等等。

对于左翼作家联盟的意见

——三月二日在左翼作家联盟[1]成立大会讲

【题记】中国左翼作家联盟1930年3月2日在上海中华艺术大学成立，鲁迅出席大会，当选常务委员，并发表演说。冯雪峰记录，后经补充，发表于4月1日《萌芽》第一卷第四期，收入《二心集》。鲁迅当时思想上倾向革命，却并非"左联"的盟主，鲁迅的独立性与"左联"是有矛盾的。所以他在成立会上即针对当时左翼文学运动的情况，指出要警惕"左翼"容易变为"右翼"，批评幼稚的罗曼蒂克情绪，告诫要充分认识社会实际斗争的残酷性，准备接受革命过程"混有污秽和血"的现实。并提请注意克服左翼文艺阵营内部的关门主义、宗派主义和急躁情绪，造就大批新人，坚持韧性斗争。虽是成立大会的讲话，却不见空洞的口号和八股的言辞，鞭辟入里，生动幽默，体现鲁迅思想一贯的现实感、批判性与前瞻性。

有许多事情，有人在先已经讲得很详细了，我不必再说。我以为在现在，"左翼"作家是很容易成为"右翼"作家的。为什么呢？第一，倘若不和实际的社会斗争接触，单关在玻璃窗内做文章，研究问题，那是无论怎样的激烈，"左"，都是容易办到的；然而一碰到实际，便即刻要撞碎了。关在房子里，最容易高谈彻底的主义，然而也最容易"右倾"。西洋的叫做"Salon的社会主义者"，便是指这而言。"Salon"是客厅的意思，坐在客厅里谈谈社会主义，高雅得很，漂亮得很，然而并不想到实行的。这种社会主义者，毫不足靠。并且在现在，不带点广义的社会主义的思想的作家或艺术家，就是说工农大众应该做奴隶，应该被虐杀，被剥削的这样的作家或艺术家，是差不多没有了，除非墨索里尼[2]，但墨索里尼并没有写过文艺作品。（当然，这样的作家，也还不能说完全没有，例如中国的新月派诸文学家，以及所说的墨索里尼所宠爱的邓南遮[3]便是。)

第二，倘不明白革命的实际情形，也容易变成"右翼"。革命是痛苦，其中也必然混有污秽和血，决不是如诗人所想像的那般有趣，那般完美；革命尤其是现实的事，需要各种卑贱的，麻烦的工作，决不如诗人所想像的那般浪漫；革命当然有破坏，然而更需要建设，破坏是痛快的，但建设却是麻烦的事。所以对于革命抱着浪漫谛克的幻想的人，一和革命接近，一到革命进行，便容易失望。听说俄国的诗人叶遂宁，当初也非常欢迎十月革命，当时他叫道，"万岁，天上和地上的革命！"又说"我是一个布尔塞维克了！"然而一到革命后，实际上的情形，完全不是他所想像的那么一回事，终于失望，颓废。叶遂宁后来是自杀了的，听说这失望是他的自杀的原因之一。[4]又如毕力涅克和爱伦堡[5]，也都是例子。在我们辛亥革命时也有同样的例，那时有许多文人，例如属于"南社"[6]的人们，开初大抵是很革命的，但他们抱着一种幻想，以为只要将满洲人赶出去，便一切都恢复了"汉官威仪"，人们都穿大袖的衣服，峨冠博带，大步地在街上走。谁知赶走满清皇帝以后，民国成立，情形却全不同，所以他们便失望，以后有些人甚至成为新的运动的反动者。但是，我们如果不明白革命的实际情形，也容易和他们一样的。

还有，以为诗人或文学家高于一切人，他底工作比一切工作都高贵，也是不正确的观念。举例说，从前海涅[7]以为诗人最高贵，而上帝最公平，诗人在死后，便到上帝那里去，围着上帝坐着，上帝请他吃糖果。在现在，上帝请吃糖果的事，是当然无人相信的了，但以为诗人或文学家，现在为劳动大众革命，将来革命成功，劳动阶级一定从丰报酬，特别优待，请他坐特等车，吃特等饭，或者劳动者捧着牛油面包来献他，说："我们的诗人，请用吧！"这也是不正确的；因为实际上决不会有这种事，恐怕那时比现在还要苦，不但没有牛油面包，连黑面包都没有也说不定，俄国革命后一二年的情形便是例子。如果不明白这情形，也容易变成"右翼"。事实上，劳动者大众，只要不是梁实秋所说"有出息"者，也决不会特别看重知识阶级者的，如我所译的《溃灭》中的美谛克（知识阶级出身），反而常被矿工等所嘲笑。不待说，知识阶级有知识阶级的事要做，不应特别看轻，然而劳动阶级决无特别例外地优待诗人或文学家的义务。

现在，我说一说我们今后应注意的几点。

第一，对于旧社会和旧势力的斗争，必须坚决，持久不断，而且注重实力。旧社会的根柢原是非常坚固的，新运动非有更大的力不能动摇它什么。并且旧社会还有它使新势力妥协的好办法，但它自己是决不妥协的。在中国也有过许多新的运动了，却每次都是新的敌不过旧的，那原因大抵是在新的一面没有坚决的广大的目的，要求很小，容易满足。譬如白话文运动，当初旧社会是死力抵抗的，但不久便容许白话文底存在，给它一点可怜地位，在报纸的角头等地方可以看见用白话写的文章了，这是因为在旧社会看来，新的东西并没有什么，并不可怕，所以就让它存在，而新的一面也就满足，以为白话文已得到存在权了。又如一二年来的无产文学运动，也差不多一样，旧社会也容许无产文学，因为无产文学并不厉害，反而他们也来弄无产文学，拿去做装饰，仿佛在客厅里放着许多古董磁器以外，放一个工人用的粗碗，也很别致；而无产文学者呢，他已经在文坛上有个小地位，稿子已经卖得出去了，不必再斗争，批评家也唱着凯旋歌："无产文学胜利！"但除了个人的胜利，即以无产文学而论，究竟胜利了多少？况且无产文学，是无产阶级解放斗争底一翼，它跟着无产阶级的社会的势力的成长而成长，在无产阶级的社会地位很低的时候，无产文学的文坛地位反而很高，这只是证明无产文学者离开了无产阶级，回到旧社会去罢了。

第二，我以为战线应该扩大。在前年和去年，文学上的战争是有的，但那范围实在太小，一切旧文学旧思想都不为新派的人所注意，反而弄成了在一角里新文学者和新文学者的斗争，旧派的人倒能够闲舒地在旁边观战。

第三，我们应当造出大群的新的战士。因为现在人手实在太少了，譬如我们有好几种杂志[8]，单行本的书也出版得不少，但做文章的总同是这几个人，所以内容就不能不单薄。一个人做事不专，这样弄一点，那样弄一点，既要翻译，又要做小说，还要做批评，并且也要做诗，这怎么弄得好呢？这都因为人太少的缘故，如果人多了，则翻译的可以专翻译，创作的可以专创作，批评的专批评；对敌人应战，也军势雄厚，容易克服。关于这点，我可带便地说一件事。前年创造社和太阳社向我进攻的时候，那力量实在单薄，到后来连我都觉得有点无聊，没有意思反攻了，因为我后来看出了敌军在演"空城计"。那时候我的敌军是专事于吹擂，不务于招兵练将的，攻击我的文章当然很多，然而一看就知道都是化名，骂来骂去都是同样的几句话。我那时就等待有一个能操马克斯主义批评的枪法的人来狙击我的,然而他终于没有出现。在我倒是一向就注意新的青年战士底养成的,曾经弄过好几个文学团体[9],不过效果也很小。但我们今后却必须注意这点。

我们急于要造出大群的新的战士,但同时,在文学战线上的人还要"韧"。所谓韧,就是不要像前清做八股文的"敲门砖"似的办法。前清的八股文[10],原是"进学"[11]做官的工具,只要能做"起承转合",借以进了"秀才举人",便可丢掉八股文,一生中再也用不到它了,所以叫做"敲门砖",犹之用一块砖敲门,门一敲进,砖就可抛弃了,不必再将它带在身边。这种办法,直到现在,也还有许多人在使用,我们常常看见有些人出了一二本诗集或小说集以后,他们便永远不见了,到那里去了呢?是因为出了一本或二本书,有了一点小名或大名,得到了教授或别的什么位置,功成名遂,不必再写诗写小说了,所以永远不见了。这样,所以在中国无论文学或科学都没有东西,然而在我们是要有东西的,因为这于我们有用。(卢那卡尔斯基是甚至主张保存俄国的农民美术[12],因为可以造出来卖给外国人,在经济上有帮助。我以为如果我们文学或科学上有东西拿得出去给别人,则甚至于脱离帝国主义的压迫的政治运动上也有帮助。)但要在文化上有成绩,则非韧不可。

最后,我以为联合战线是以有共同目的为必要条件的。我记得好像曾听到过这样一句话:"反动派且已经有联合战线了,而我们还没有团结起来!"其实他们也并未有有意的联合战线,只因为他们的目的相同,所以行动就一致,在我们看来就好像联合战线。而我们战线不能统一,就证明我们的目的不能一致,或者只为了小团体,或者还其实只为了个人,如果目的都在工农大众,那当然战线也就统一了。

注释:

〔1〕 左翼作家联盟 即中国左翼作家联盟(简称"左联"),中国共产党领导下的革命文学团体。1930年3月在上海成立(并先后在北平、天津等地及日本东京设立分会),领导成员有鲁迅、夏衍、冯雪峰、冯乃超、周扬等。"左联"曾有组织地致力于马克思主义文艺理论的宣传和研究,批评各种错误的文艺思想,提倡革命文学创作,进行文艺大众化的探讨,培养了一批革命文艺工作者,促进了革命文学运动的发展。它在国民党统治区内领导

革命文学工作者和进步作家,对国民党的文化"围剿"进行了英勇顽强的斗争。但由于受到当时党内"左倾"路线的影响,"左联"的一些领导人在工作中有过教条主义和宗派主义的倾向。1935年底,为了适应抗日救亡运动,"左联"自行解散。

〔2〕 墨索里尼(B. Mussolini,1833—1945) 意大利的独裁者和法西斯党党魁,第二次世界大战的罪魁之一。

〔3〕 邓南遮(G. D'Annunzio,1863—1938) 意大利唯美主义作家。著有长篇小说《死的胜利》等。晚年成为民族主义者,深受墨索里尼的宠爱,获得"亲王"称号;墨索里尼还曾悬赏征求他的传记(见1930年3月《萌芽月刊》第一卷第三期《国内外文坛消息》)。

〔4〕 叶遂宁 参见本卷《文艺与政治的歧途》注〔9〕。这里所引的诗句,分别见于他在1918年所作的《天上的鼓手》和《约旦河上的鸽子》。

〔5〕 毕力涅克(Б. А. Пильняк,1894—1937) 通译皮利尼亚克,又译皮涅克,苏联作家。1929年,他在国外的白俄报刊上发表长篇小说《红木》,因歪曲苏维埃现实而受到批评。爱伦堡(И. Г. Эренбург,1891—1967),苏联作家。

〔6〕 "南社" 参见本卷《隔膜》注〔1〕。

〔7〕 海涅(H. Heine,1794—1856) 德国诗人,著有长诗《德国——一个冬天的童话》等。

〔8〕 好几种杂志 指当时出版的《萌芽月刊》《拓荒者》《大众文艺》《文艺研究》等。

〔9〕 好几个文学团体 指莽原社、未名社、朝花社等。

〔10〕 八股文 参见上卷《琐记》注〔4〕。下文所说的"起承转合",指作八股文的一种公式,即所谓"起要平起,承要春(从)容,转要变化,合要渊永"。

〔11〕 "进学" 参见上卷《孔乙己》注〔4〕。

〔12〕 关于卢那察尔斯基主张保存俄国农民美术的观点,见鲁迅翻译的卢那察尔斯基论文集《文艺与批评》中的《苏维埃国家与艺术》。

上海文艺之一瞥

——八月十二日在社会科学研究会讲

【题记】本文是鲁迅1931年7月20日(副标题所记8月12日有误)为上海暑期学校(社会科学研究会)所作的演讲稿。初发表于1931年7月27日、8月3日上海《文艺新闻》第二十期、二十一期,后收入《二心集》。演讲概述从晚清到20世纪30年代上海文坛的变迁,重点是批评革命文艺队伍中的"左"倾现象。之前创造社和太阳社倡导革命文学运动时,曾把鲁迅当作"封建余孽"进行抨击,鲁迅反驳,遂引起论争。演讲重提此事,也是从上海文艺的流脉中来看左翼文坛仍然存在的一些小资产阶级文人的弊病,容易"突变",脚踏两只船,即使做"革命文学",也会"将革命写歪"。这"一瞥"仍带有论争的情绪,但的确抓住了某些知识者在时代大潮中所表现的弱点。

上海过去的文艺,开始的是《申报》[1]。要讲《申报》,是必须追溯到六十年以前的,但这些事我不知道。我所能记得的,是三十年以前,那时的《申报》,还是用中国竹纸的,单面印,而在那里做文章的,则多是从别处跑来的"才子"。

那时的读书人,大概可以分他为两种,就是君子和才子。君子是只读四书五经,做八股,非常规矩的。而才子却此外还要看小说,例如《红楼梦》,还要做考试上用不着的古今体诗[2]之类。这是说,才子是公开的看《红楼梦》的,但君子是否在背地里也看《红楼梦》,则我无从知道。有了上海的租界,——那时叫作"洋场",也叫"夷场",后来有怕犯讳的,便往往写作"彝场"——有些才子们便跑到上海来,因为才子是旷达的,那里都去;君子则对于外国人的东西总有点厌恶,而且正在想求正路的功名,所以决不轻易的乱跑。孔子曰,"道不行,乘桴浮于海"[3],从才子们看来,就是有点才子气的,所以君子们的行径,在才子就谓之"迂"。

才子原是多愁多病,要闻鸡生气,见月伤心的。一到上海,又遇见了婊子。去嫖的时候,可以叫十个二十个的年青姑娘聚集在一处,样子很有些像《红楼梦》,于是他就觉得自己好像贾宝玉;自己是才子,那么婊子当然是佳人,于是才子佳人的书就产生了。内容多半是,惟才子能怜这些风尘沦落的佳人,惟佳人能识坎轲不遇的才子,受尽千辛万苦之后,终于成了佳偶,或者是都成了神仙。

他们又帮申报馆印行些明清的小品书出售,自己也立文社,出灯谜,有入选的,就用这些书做赠品,所以那流通很广远。也有大部书,如《儒林外史》[4]《三宝太监西洋记》[5]《快心编》[6]等。现在我们在旧书摊上,有时还看见第一页印有"上海申报馆仿聚珍板印"字样的小本子,那就都是的。

佳人才子的书盛行的好几年,后一辈的才子的心思就渐渐改变了。他们发现了佳人并非因为"爱才若渴"而做婊子的,佳人只为的是钱。然而佳人要才子的钱,是不应该的,才子于是想了种种制伏婊子的妙法,不但不上当,还占了她们的便宜。叙述这各种手段的小说就出现了,社会上也很风行,因为可以做嫖学教科书去读。这些书里面的主人公,不再是才子+(加)呆子,而是在婊子那里得了胜利的英雄豪杰,是才子+流氓。

在这之前,早已出现了一种画报,名目就叫《点石斋画报》,是吴友如[7]主笔的,神仙人物,内外新闻,无所不画,但对于外国事情,他很不明白,例如画战舰罢,是一只商船,而舱面上摆着野战炮;画决斗则两个穿礼服的军人在客厅里拔长刀相击,至于将花瓶也打落跌碎。然而他画"老鸨虐妓","流氓拆梢"之类,却实在画得很好的,我想,这是因为他看得太多了的缘故;就是在现在,我们在上海也常常看到和他所画一般的脸孔。这画报的势力,当时是很大的,流行各省,算是要知道"时务"——这名称在那时就如现在之所谓"新学"——的人们的耳目。前几年又翻印了,叫作《吴友如墨宝》,而影响到后来也实在利害,小说上的绣像[8]不必说了,就是在教科书的插画上,也常常看见所画的孩子大抵是歪戴帽,斜视眼,满脸横肉,一副流氓气。在现在,新的流氓画家又出了叶灵凤[9]先生,叶先生的画是从英国的毕亚兹莱(Aubrey Beardsley)剥来的,毕亚兹莱是"为艺术的艺术"派,他的画极受日本的"浮世绘"（Ukiyoe）[10]的影响。浮世绘虽是民间艺术，但所画的多是妓女和戏子，胖胖的身体，斜视的眼睛——Erotic（色情的）眼睛。不过毕亚兹莱画的人物却瘦瘦的，那是因为他是颓废派（Decadence）的缘故。颓废派的人们多是瘦削的，颓丧的，对于壮健的女人他有点惭愧，所以不喜欢。我们的叶先生的新斜眼画，正和吴友如的老斜眼画合流，那自然应该流行好几年。但他也并不只画流氓的，有一个时期也画过普罗列塔利亚，不过所画的工人也还是斜视眼，伸着特别大的拳头。但我以为画普罗列塔利亚应该是写实的，照工人原来的面貌，并不须画得拳头比脑袋还要大。

现在的中国电影，还在很受着这"才子+流氓"式的影响，里面的英雄，作为"好人"的英雄，也都是油头滑脑的，和一些住惯了上海，晓得怎样"拆梢""揩油""吊膀子"[11]的滑头少年一样。看了之后，令人觉得现在倘要做英雄，做好人，也必须是流氓。

才子+流氓的小说，但也渐渐的衰退了。那原因，我想，一则因为总是这一套老调子——妓女要钱，嫖客用手段，原不会写不完的；二则因为所用的是苏白，如什么倪＝我，耐＝你，阿是＝是否之类，除了老上海和江浙的人们之外，谁也看不懂。

然而才子+佳人的书，却又出了一本当时震动一时的小说，那就是从英文翻译过来的《迦茵小传》（H. R. Haggard: *Joan Haste*）[12]。但只有上半本，据译者说，原本从旧书摊上得来，非常之好，可惜觅不到下册，无可奈何了。果然，这很打动了才子佳人们的芳心，流行得很广很广。后来还至于打动了林琴南先生，将全部译出，仍旧名为《迦茵小传》。而同时受了先译者的大骂[13]，说他不该全译，使迦茵的价值降低，给读者以不快的。于是才知道先前之所以只有半部，实非原本残缺，乃是因为记着迦茵生了一个私生子，译者故意不译的。其实这样的一部并不很长的书，外国也不至于分印成两本。但是，即此一端，也很可以看出当时中国对于婚姻的见解了。

这时新的才子+佳人小说便又流行起来，但佳人已是良家女子了，和才子相悦相恋，分拆不开，柳阴花下，像一对胡蝶，一双鸳鸯一样，但有时因为严亲，或者因为薄命，也竟至于偶见悲剧的结局，不再都成神仙了，——这实在不能不说是一个大进步。到了近来是在制造兼可擦脸的牙粉了的天虚我生先生所编的月刊杂志《眉语》[14]出现的时候，是这鸳鸯胡蝶式文学[15]的极盛时期。后来《眉语》虽遭禁止,势力却并不消退,直待《新青年》盛行起来,这才受了打击。这时有伊孛生的剧本的绍介[16]和胡适之先生的《终身大事》[17]的别一形式的出现,虽然并不是故意的,然而鸳鸯胡蝶派作为命根的那婚姻问题,却也因此而诺拉(Nora)似的跑掉了。

这后来,就有新才子派的创造社[18]的出现。创造社是尊贵天才的,为艺术而艺术的,专重自我的,崇创作,恶翻译,尤其憎恶重译的,与同时上海的文学研究会[19]相对立。那出马的第一个广告[20]上,说有人"垄断"着文坛,就是指着文学研究会。文学研究会却也正相反,是主张为人生的艺术的,是一面创作,一面也看重翻译的,是注意于绍介被压迫民族文学的,这些都是小国度,没有人懂得他们的文字,因此也几乎全都是重译的。并且因为曾经声援过《新青年》,新仇夹旧仇,所以文学研究会这时就受了三方面的攻击。一方面就是创造社,既然是天才的艺术,那么看那为人生的艺术的文学研究会自然就是多管闲事,不免有些"俗"气,而且还以为无能,所以倘被发现一处误译,有时竟至于特做一篇长长的专论[21]。一方面是留学过美国的绅士派,他们以为文艺是专给老爷太太们看的,所以主角除老爷太太之外,只配有文人,学士,艺术家,教授,小姐等等,要会说Yes,No,这才是绅士的庄严,那时吴宓[22]先生就曾经发表过文章,说是真不懂为什么有些人竟喜欢描写下流社会。第三方面,则就是以前说过的鸳鸯胡蝶派,我不知道他们用的是什么方法,到底使书店老板将编辑《小说月报》[23]的一个文学研究会会员撤换,还出了《小说世界》[24],来流布他们的文章。这一种刊物,是到了去年才停刊的。

创造社的这一战,从表面看来,是胜利的。许多作品,既和当时的自命才子们的心情相合,加以出版者的帮助,势力雄厚起来了。势力一雄厚,就看见大商店如商务印书馆,也有创造社员的译著的出版,——这是说,郭沫若和张资平两位先生的稿件。这以来,据我所记得,是创造社也不再审查商务印书馆出版物的误译之处,来作专论了。这些地方,我想,是也有些才子+流氓式的。然而,"新上海"是究竟敌不过"老上海"的,创造社员在凯歌声中,终于觉到了自己就在做自己们的出版者的商品,种种努力,在老板看来,就等于眼镜铺大玻璃窗里纸人的睒眼,不过是"以广招徕"。待到希图独立出版的时候,老板就给吃了一场官司,虽然也终于独立,说是一切书籍,大加改订,另行印刷,从新开张了,然而旧老板却还是永远用了旧版子,只是印,卖,而且年年是什么纪念的大廉价。

商品固然是做不下去的,独立也活不下去。创造社的人们的去路,自然是在较有希望的"革命策源地"的广东。在广东,于是也有"革命文学"这名词的出现,然而并无什么作品,在上海,则并且还没有这名词。

到了前年,"革命文学"这名目这才旺盛起来了,主张的是从"革命策源地"回来的几个创造社元老和若干新份子。革命文学之所以旺盛起来,自然是因为由于社会的背景,一般群众,青年有了这样的要求。当从广东开始北伐的时候,一般积极的青年都跑到实际工作去了,那时还没有什么显著的革命文学运动,到了政治环境突然改变,革命遭了挫折,阶级的分化非常显明,国民党以"清党"之名,大戮共产党及革命群众,而死剩的青年们再入于被迫压的境遇,于是革命文学在上海这才有了强烈的活动。所以这革命文学的旺盛起来,在表面上和别国不同,并非由于革命的高扬,而是因为革命的挫折;虽然其中也有些是旧文人解下指挥刀来重理笔墨的旧业,有些是几个青年被从实际工作排出,只好借此谋生,但因为实在具有社会的基础,所以在新份子里,是很有极坚实正确的人存在的。但那时的革命文学运动,据我的意见,是未经好好的计划,很有些错误之处的。例如,第一,他们对于中国社会,未曾加以细密的分析,便将在苏维埃政权之下才能运用的方法,来机械地运用了。再则他们,尤其是成仿吾先生,将革命使一般人理解为非常可怕的事,摆着一种极左倾的凶恶的面貌,好似革命一到,一切非革命者就都得死,令人对革命只抱着恐怖。其实革命是并非教人死而是教人活的。这种令人"知道点革命的厉害",只图自己说得畅快的态度,也还是中了才子+流氓的毒。

激烈得快的,也平和得快,甚至于也颓废得快。倘在文人,他总有一番辩护自己的变化的理由,引经据典。譬如说,要人帮忙时候用克鲁巴金的互助论,要和人争闹的时候就用达尔文的生存竞争说。无论古今,凡是没有一定的理论,或主张的变化并无线索可寻,而随时拿了各种各派的理论来作武器的人,都可以称之为流氓。例如上海的流氓,看见一男一女的乡下人在走路,他就说,"喂,你们这样子,有伤风化,你们犯了法了!"他用的是中国法。倘看见一个乡下人在路旁小便呢,他就说,"喂,这是不准的,你犯了法,该捉到捕房去!"这时所用的又是外国法。但结果是无所谓法不法,只要被他敲去了几个钱就都完事。

在中国,去年的革命文学者和前年很有点不同了。这固然由于境遇的改变,但有些"革命文学者"的本身里,还藏着容易犯到的病根。"革命"和"文学",若断若续,好像两只靠近的船,一只是"革命",一只是"文学",而作者的每一只脚就站在每一只船上面。当环境较好的时候,作者就在革命这一只船上踏得重一点,分明是革命者,待到革命一被压迫,则在文学的船上踏得重一点,他变了不过是文学家了。所以前年的主张十分激烈,以为凡非革命文学,统得扫荡的人,去年却记得了列宁爱看冈却罗夫(I. A. Gontcharov)[25]的作品的故事,觉得非革命文学,意义倒也十分深长;还有最彻底的革命文学家叶灵凤先生,他描写革命家,彻底到每次上茅厕时候都用我的《呐喊》去揩屁股[26],现在却竟会莫名其妙的跟在所谓民族主义文学家屁股后面了。

类似的例,还可以举出向培良[27]先生来。在革命渐渐高扬的时候,他是很革命的;他在先前,还曾经说,青年人不但嗥叫,还要露出狼牙来。这自然也不坏,但也应该小心,因为狼是狗的祖宗,一到被人驯服的时候,是就要变而为狗的。向培良先生现在在提倡人类的艺术了,他反对有阶级的艺术的存在,而在人类中分出好人和坏人来,这艺术是"好坏斗争"的武器。狗也是将人分为两种的,豢养它的主人之类是好人,别的穷人和乞丐在它的眼里就是坏人,不是叫,便是咬。然而这也还不算坏,因为究竟还有一点野性,如果再一变而为吧儿狗,好像不管闲事,而其实在给主子尽职,那就正如现在的自称不问俗事的为艺术而艺术的名人们一样,只好去点缀大学教室了。

这样的翻着筋斗的小资产阶级,即使是在做革命文学家,写着革命文学的时候,也最容易将革命写歪;写歪了,反于革命有害,所以他们的转变,是毫不足惜的。当革命文学的运动勃兴时,许多小资产阶级的文学家忽然变过来了,那时用来解释这现象的,是突变之说。但我们知道,所谓突变者,是说 A 要变 B,几个条件已经完备,而独缺其一的时候,这一个条件一出现,于是就变成了 B。譬如水的结冰,温度须到零点,同时又须有空气的振动,倘没有这,则即便到了零点,也还是不结冰,这时空气一振动,这才突变而为冰了。所以外面虽然好像突变,其实是并非突然的事。倘没有应具的条件的,那就是即使自说已变,实际上却并没有变,所以有些忽然一天晚上自称突变过来的小资产阶级革命文学家,不久就又突变回去了。

去年左翼作家联盟在上海的成立,是一件重要的事实。因为这时已经输入了蒲力汗诺夫,卢那卡尔斯基等的理论,给大家能够互相切磋,更加坚实而有力,但也正因为更加坚实而有力了,就受到世界上古今所少有的压迫和摧残,因为有了这样的压迫和摧残,就使那时以为左翼文学将大出风头,作家就要吃劳动者供献上来的黄油面包了的所谓革命文学家立刻现出原形,有的写悔过书,有的是反转来攻击左联,以显出他今年的见识又进了一步。这虽然并非左联直接的自动,然而也是一种扫荡,这些作者,是无论变与不变,总写不出好的作品来的。

但现存的左翼作家,能写出好的无产阶级文学来么?我想,也很难。这是因为现在的左翼作家还都是读书人——智识阶级,他们要写出革命的实际来,是很不容易的缘故。日本的厨川白村(H. Kuriyagawa)曾经提出过一个问题,说:作家之所描写,必得是自己经验过的么?他自答道,不必,因为他能够体察。[28]所以要写偷,他不必亲自去做贼,要写通奸,他不必亲自去私通。但我以为这是因为作家生长在旧社会里,熟悉了旧社会的情形,看惯了旧社会的人物的缘故,所以他能够体察;对于和他向来没有关系的无产阶级的情形和人物,他就会无能,或者弄成错误的描写了。所以革命文学家,至少是必须和革命共同着生命,或深切地感受着革命的脉搏的。(最近左联的提出了"作家的无产阶级化"的口号,就是对于这一点的很正确的理解。)

在现在中国这样的社会中,最容易希望出现的,是反叛的小资产阶级的反抗的,或暴露的作品。因为他生长在这正在灭亡着的阶级中,所以他有甚深的了解,甚大的憎恶,而向这刺下去的刀也最为致命与有力。固然,有些貌似革命的作品,也并非要将本阶级或资产阶级推翻,倒在憎恨或失望于他们的不能改良,不能较长久的保持地位,所以从无产阶级的见地看来,不过是"兄弟阋于墙",两方一样是敌对。但是,那结果,却也能在革命的潮流中,成为一粒泡沫的。对于这些的作品,我以为实在无须称之为无产阶级文学,作者也无须为了将来的名誉起见,自称为无产阶级的作家的。

但是,虽是仅仅攻击旧社会的作品,倘若知不清缺点,看不透病根,也就于革命有害,但可惜的是现在的作家,连革命的作家和批评家,也往往不能,或不敢正视现社会,知道它的底细,尤其是认为敌人的底细。随手举一个例罢,先前的《列宁青年》[29]上,有一篇评论中国文学界的文章,将这分为三派,首先是创造社,作为无产阶级文学派,讲得很长,其次是语丝社,作为小资产阶级文学派,可就说得短了,第三是新月社,作为资产阶级文学派,却说得更短,到不了一页。这就在表明:这位青年批评家对于愈认为敌人的,就愈是无话可说,也就是愈没有细看。自然,我们看书,倘看反对的东西,总不如看同派的东西的舒服,爽快,有益;但倘是一个战斗者,我以为,在了解革命和敌人上,倒是必须更多的去解剖当面的敌人的。要写文学作品也一样,不但应该知道革命的实际,也必须深知敌人的情形,现在的各方面的状况,再去断定革命的前途。惟有明白旧的,看到新的,了解过去,推断将来,我们的文学的发展才有希望。我想,这是在现在环境下的作家,只要努力,还可以做得到的。

在现在,如先前所说,文艺是在受着少有的压迫与摧残,广泛地现出了饥馑状态。文艺不但是革命的,连那略带些不平色彩的,不但是指摘现状的,连那些攻击旧来积弊的,也往往就受迫害。这情形,即在说明至今为止的统治阶级的革命,不过是争夺一把旧椅子。去推的时候,好像这椅子很可恨,一夺到手,就又觉得是宝贝了,而同时也自觉了自己正和这"旧的"一气。二十多年前,都说朱元璋(明太祖)是民族的革命者,其实是并不然的,他做了皇帝以后,称蒙古朝为"大元",杀汉人比蒙古人还利害。奴才做了主人,是决不肯废去"老爷"的称呼的,他的摆架子,恐怕比他的主人还十足,还可笑。这正如上海的工人赚了几文钱,开起小小的工厂来,对付工人反而凶到绝顶一样。

在一部旧的笔记小说——我忘了它的书名了——上,曾经载有一个故事,说明朝有一个武官叫说书人讲故事,他便对他讲檀道济——晋朝的一个将军,讲完之后,那武官就吩咐打说书人一顿,人问他什么缘故,他说道:"他既然对我讲檀道济,那么,对檀道济是一定去讲我的了。"[30]现在的统治者也神经衰弱到像这武官一样,什么他都怕,因而在出版界上也布置了比先前更进步的流氓,令人看不出流氓的形式而却用着更厉害的流氓手段:用广告,用诬陷,用恐吓;甚至于有几个文学者还拜了流氓做老子[31],以图得到安稳和利益。因此革命的文学者,就不但应该留心迎面的敌人,还必须防备自己一面的三翻四复的暗探了,较之简单地用着文艺的斗争,就非常费力,而因此也就影响到文艺上面来。

现在上海虽然还出版着一大堆的所谓文艺杂志,其实却等于空虚。以营业为目的的书店所出的东西,因为怕遭殃,就竭力选些不关痛痒的文章,如说"命固不可以不革,而亦不可以太革"之类,那特色是在令人从头看到末尾,终于等于不看。至于官办的,或对官场去凑趣的杂志呢,作者又都是乌合之众,共同的目的只在捞几文稿费,什么"英国维多利亚朝的文学"呀,"论刘易士得到诺贝尔奖金"呀,连自己也并不相信所发的议论,连自己也并不看重所做的文章。所以,我说,现在上海所出的文艺杂志都等于空虚,革命者的文艺固然被压迫了,而压迫者所办的文艺杂志上也没有什么文艺可见。然而,压迫者当真没有文艺么?有是有的,不过并非这些,而是通电,告示,新闻,民族主义的"文学"[32],法官的判词等。例如前几天,《申报》上就记着一个女人控诉她的丈夫强迫鸡奸并殴打得皮肤上成了青伤的事,而法官的判词却道,法律上并无禁止丈夫鸡奸妻子的明文,而皮肤打得发青,也并不算毁损了生理的机能,所以那控诉就不能成立。现在是那男人反在控诉他的女人的"诬告"了。法律我不知道,至于生理学,却学过一点,皮肤被打得发青,肺,肝,或肠胃的生理的机能固然不至于毁损,然而发青之处的皮肤的生理的机能却是毁损了的。这在中国的现在,虽然常常遇见,不算什么稀奇事,但我以为这就已经能够很明白的知道社会上的一部分现象,胜于一篇平凡的小说或长诗了。

除以上所说之外,那所谓民族主义文学,和闹得已经很久了的武侠小说之类,是也还应该详细解剖的。但现在时间已经不够,只得待将来有机会再讲了。今天就这样为止罢。

注释:

〔1〕 《申报》 中国近代历史最久的综合性报纸,1872年(清同治十一年)4月30日由英商创办于上海,1909年后几度易主,至1949年5月26日停刊。

〔2〕 古今体诗 古体诗和今体诗。律诗、绝句和排律等诗歌体式形成于唐代,唐代人称之为今体诗(或近体诗);而对之前产生的、格律较自由的古诗为古体诗。后人也沿用

这一称呼。

〔3〕 道不行,乘桴浮于海　语出《论语·公冶长》。意思是如果自己的学说得不到国君的理解和重视,就乘小船到海上漂流。

〔4〕《儒林外史》　长篇小说,清代吴敬梓著。书中对科举制度和封建礼教做了讽刺和批判。

〔5〕《三宝太监西洋记》　即《三宝太监西洋记通俗演义》,明代罗懋登著。

〔6〕《快心编》　清末流行的通俗小说,天花才子编,四桔居士评点。

〔7〕《点石斋画报》　一种石印画报,旬刊,吴友如主编,附属《申报》发行。1884年创刊,1898年停刊。吴友如,参见《〈北平笺谱〉序》注〔5〕。

〔8〕 绣像　参见上卷《从百草园到三味书屋》注〔23〕。

〔9〕 叶灵凤(1905—1975)　现代作家、画家。曾参加创造社。1926年与潘汉年合编《幻洲》半月刊,后来还主编过《现代小说》《戈壁》《文艺画报》等刊。主要著作有《女娲氏的造孽》《永久的女性》等

〔10〕 "浮世绘"　日本德川幕府时代(1603—1867)兴起的一种民间版画,题材多取自下层市民社会的生活,以色彩鲜明、线条简练为特点。"浮世",现世的意思。

〔11〕 "拆梢"　即敲诈。"揩油",指对妇女的猥亵行为。"吊膀子",即勾引妇女。这些都是上海方言。

〔12〕《迦茵小传》　英国哈葛德所作长篇小说。该书最初有署名蟠溪子(杨紫麟)的译文,仅为原著的下半部,1903年上海文明书局出版,当时流行很广。后由林琴南根据魏易口述,译出全文,1905年商务印书馆出版。

〔13〕 先译者的大骂　当指寅半生作《读〈迦因小传〉两译本书后》一文(载1906年杭州出版的《游戏世界》第十一期),其中说:"蟠溪子不知几费踌躇,几费斟酌,始将有孕一节为迦因隐去。……不意有林畏庐者,不知与迦因何仇,凡蟠溪子百计所弥缝而曲为迦因讳者,必欲另补之以彰其丑。……呜呼!迦因何幸而得蟠溪子为之讳其短而显其长,而使读《迦因小传》者咸神往于迦因也;迦因何不幸而复得林畏庐为之暴其行而贡其丑,而使读《迦因小传》者咸轻薄夫迦因也。"按,寅半生(1865—?),原名钟骏文,浙江萧山人,当时为《游戏世界》编辑。

〔14〕 天虚我生　即陈蝶仙(1878—1940),鸳鸯蝴蝶派作家。"九一八事变"后,他经营的家庭工业社制造了"无敌牌"牙粉,盛销各地。按,天虚我生曾于1920年编辑《申报·自由谈》,不是主编。《眉语》,鸳鸯蝴蝶派的月刊,高剑华主编,1914年10月创刊,1916年出至第十八期停刊。这里说是天虚我生主编,当是误记。

〔15〕 鸳鸯胡蝶式文学　指鸳鸯蝴蝶派作品,多用文言文描写才子佳人故事,故有"鸳鸯蝴蝶"的喻称。鸳鸯蝴蝶派兴起于清末民初,先后办过《小说时报》《民权素》《小说丛报》

《礼拜六》等刊物;因《礼拜六》影响较大,故又称礼拜六派。代表作家有包天笑、陈蝶仙、徐枕亚、周瘦鹃、张恨水等。

〔16〕 伊孛生　即易卜生。他的剧本《玩偶之家》,写娜拉(诺拉)不甘做丈夫的玩偶而离家出走的故事,"五四"时期译成中文并上演,产生较大影响。其他主要剧作也曾在当时译成中文,《新青年》第四卷第六号(1918年6月)曾出版介绍他生平、思想及作品的专号。

〔17〕 《终身大事》　以婚姻问题为题材的剧本,发表于《新青年》第六卷第三号(1919年3月)。

〔18〕 创造社　文学团体,1921年6月成立于日本东京。主要成员有郭沫若、郁达夫、成仿吾等。初期创作倾向于浪漫主义,提倡个性解放,呼应"五四"新文学运动。第一次国内革命战争时期,郭沫若、成仿吾等参加过革命实际工作。1927年该社增加了冯乃超、李初梨等新成员,倡导革命文学运动。1928年,创造社和另一革命文学社团太阳社发起对鲁迅的批评,引起鲁迅对他们的批驳,形成了革命文学论争。1929年创造社被查封。

〔19〕 文学研究会　文学团体,1921年1月成立于北京,由沈雁冰、郑振铎、叶绍钧等人发起,主张"为人生的艺术",提倡现实主义的为改造社会服务的新文学,反对把文学当作游戏或消遣品。同时着力介绍俄国和东欧、北欧及其他"弱小民族"的文学作品。该会当时的活动,对于中国新文学运动,曾起了很大的推动作用。编有《小说月报》《文学旬刊》《文学周报》和《文学研究会丛书》多种。鲁迅是这个文学团体的支持者。

〔20〕 创造社"出马的第一个广告",指《创造》季刊的出版广告,载于1921年9月29日《时事新报》,其中有"自文化运动发生后,我国新文艺为一、二偶像所垄断"等话。

〔21〕 这里说的批评误译的专论,指成仿吾在《创造季刊》第二卷第一期(1923年5月)发表的《"雅典主义"》的文章。它对佩韦(王统照,一说为茅盾)的《今年纪念的几个文学家》(载1922年12月《小说月报》)一文中将无神论(Atheism)误译为"雅典主义"加以批评。

〔22〕 吴宓　参见本卷《关于知识阶级》注〔3〕。

〔23〕 《小说月报》　1910年(清宣统二年)创刊于上海,商务印书馆出版,开始由王蕴章、恽铁樵先后主编,是礼拜六派的主要刊物之一。1921年1月第十二卷第一期起,由沈雁冰主编,内容大加改革,因此遭到礼拜六派的攻击。1923年1月第十四卷起改由郑振铎主编。1931年12月出至第二十二卷第十二期,因侵华日军炸毁商务印书馆而停刊。

〔24〕 《小说世界》　周刊,鸳鸯蝴蝶派为对抗革新后的《小说月报》而创办的刊物,叶劲风主编。1923年1月创刊于上海,商务印书馆出版。1929年12月停刊。

〔25〕 冈却罗夫(И.А.Гончаров,1812—1891)　通译冈察洛夫,俄国作家。著有长篇小说《奥勃洛摩夫》等。列宁在《论苏维埃共和国的国内外形势》等文中曾多次提到奥勃洛

摩夫这个艺术形象。

〔26〕 指叶灵凤的小说《穷愁的自传》，载《现代小说》第三卷第二期（1929年11月）。小说中的主角魏日青说："照着老例，起身后我便将十二枚铜元从旧货摊上买来的一册《呐喊》撕下三页到露台上去大便。"

〔27〕 向培良（1905—1959） 湖南黔阳人，狂飙社主要成员。他在《狂飙》第五期（1926年11月）《论孤独者》一文中曾说：青年们"愤怒而且嗥叫，像一个被追逐的狼，回过头来，露出牙……。"1929年他在上海主编《青春月刊》，提倡"民族主义文学"及"人类底艺术"。所著《人类的艺术》一书，1930年5月由国民党南京拔提书店出版。

〔28〕 厨川白村的这些话，见于他所作《苦闷的象征》第三部分中的《短篇〈项链〉》一节。

〔29〕 《列宁青年》 中国共产主义青年团的机关刊物。1923年10月在上海创刊，原名《中国青年》，1927年11月改为《无产青年》，1928年10月又改为《列宁青年》，1932年停刊。这里所说的文章，指载于该刊第一卷第十一期（1929年3月）得钊的《一年来中国文艺界述评》。

〔30〕 按，这里说的檀道济当为韩信，见宋代江少虞著《事实类苑》。

〔31〕 拜了流氓做老子 指和上海流氓帮口头子有勾结，并拜他们做师父和干爹的所谓"文学家"。

〔32〕 民族主义的"文学" 当时由国民党当局策划的反动文学。

门外文谈

【题记】本文最初发表于1934年8月至9月的《申报·自由谈》，后收入《且介亭杂文》。20世纪30年代，文化界有些保守势力提出"文言复兴"，反对白话文，提倡读经。针对这种逆流，1934年在上海一些进步的文化人发起了关于"大众语"的讨论，倡导更加接近大众口语的白话文写作。鲁迅是支持这一改革意见的。《门外文谈》站位很高，视野开阔，探讨了文字的产生与发展变化的历史，以及对大众语、新文字的提倡等，最后引入对于新文学的反思，探讨如何通过语言变革和文学变革，来推进社会变革。可以说是一部简明精要的汉语文字发展史。鲁迅在"闲聊"中不时闪现独特的发现，给人很深的印象。

一 开 头

听说今年上海的热，是六十年来所未有的。白天出去混饭，晚上低头回家，屋子里还是热，并且加上蚊子。这时候，只有门外是天堂。因为海边的缘故罢，总有些风，用不着挥扇。虽然彼此有些认识，却不常见面的寓在四近的亭子间或搁楼里的邻人也都坐出来了，他们有的是店员，有的是书局里的校对员，有的是制图工人的好手。大家都已经做得筋疲力尽，叹着苦，但这时总还算有闲的，所以也谈闲天。

闲天的范围也并不小：谈旱灾，谈求雨，谈吊膀子，谈三寸怪人干，谈洋米，谈裸腿，[1]也谈古文，谈白话，谈大众语。因为我写过几篇白话文，所以关于古文之类他们特别要听我的话，我也只好特别说的多。这样的过了两三夜，才给别的话岔开，也总算谈完了。不料过了几天之后，有几个还要我写出来。

他们里面,有的是因为我看过几本古书,所以相信我的,有的是因为我看过一点洋书,有的又因为我看古书也看洋书;但有几位却因此反不相信我,说我是蝙蝠。我说到古文,他就笑道,你不是唐宋八大家[2],能信么?我谈到大众语,他又笑道:你又不是劳苦大众,讲什么海话呢?

这也是真的。我们讲旱灾的时候,就讲到一位老爷下乡查灾,说有些地方是本可以不成灾的,现在成灾,是因为农民懒,不戽水。但一种报上,却记着一个六十老翁,因儿子戽水乏力而死,灾象如故,无路可走,自杀了。老爷和乡下人,意见是真有这么的不同的。那么,我的夜谈,恐怕也终不过是一个门外闲人的空话罢了。

飓风过后,天气也凉爽了一些,但我终于照着希望我写的几个人的希望,写出来了,比口语简单得多,大致却无异,算是抄给我们一流人看的。当时只凭记忆,乱引古书,说话是耳边风,错点不打紧,写在纸上,却使我很踌躇,但自己又苦于没有原书可对,这只好请读者随时指正了。

一九三四年,八月十六夜,写完并记。

二　字是什么人造的?

字是什么人造的?

我们听惯了一件东西,总是古时候一位圣贤所造的故事,对于文字,也当然要有这质问。但立刻就有忘记了来源的答话:字是仓颉[3]造的。

这是一般的学者的主张,他自然有他的出典。我还见过一幅这位仓颉的画像,是生着四只眼睛的老头陀。可见要造文字,相貌先得出奇,我们这种只有两只眼睛的人,是不但本领不够,连相貌也不配的。

然而做《易经》[4]的人(我不知道是谁),却比较的聪明,他说:"上古结绳而治,后世圣人易之以书契。"他不说仓颉,只说"后世圣人",不说创造,只说掉换,真是谨慎得很;也许他无意中就不相信古代会有一个独自造出许多文字来的人的了,所以就只是这么含含胡胡的来一句。

但是,用书契来代结绳的人,又是什么脚色呢?文学家?不错,从现在的所谓文学家的最要卖弄文字,夺掉笔杆便一无所能的事实看起来,的确首先就要想到他;他也的确应该给自己的吃饭家伙出点力。然而并不是的。

有史以前的人们,虽然劳动也唱歌,求爱也唱歌,他却并不起草,或者留稿子,因为他做梦也想不到卖诗稿,编全集,而且那时的社会里,也没有报馆和书铺子,文字毫无用处。据有些学者告诉我们的话来看,这在文字上用了一番工夫的,想来该是史官了。

原始社会里,大约先前只有巫,待到渐次进化,事情繁复了,有些事情,如祭祀,狩猎,战争……之类,渐有记住的必要,巫就只好在他那本职的"降神"之外,一面也想法子来记事,这就是"史"的开头。况且"升中于天"[5],他在本职上,也得将记载酋长和他的治下的大事的册子,烧给上帝看,因此一样的要做文章——虽然这大约是后起的事。再后来,职掌分得更清楚了,于是就有专门记事的史官。文字就是史官必要的工具,古人说:"仓颉,黄帝史。"[6]第一句未可信,但指出了史和文字的关系,却是很有意思的。至于后来的"文学家"用它来写"阿呀呀,我的爱哟,我要死了!"那些佳句,那不过是享享现成的罢了,"何足道哉"!

三　字是怎么来的?

照《易经》说,书契之前明明是结绳;我们那里的乡下人,碰到明天要做一件紧要事,怕得忘记时,也常常说:"裤带上打一个结!"那么,我们的古圣人,是否也用一条长绳,有一件事就打一个结呢?恐怕是不行的。只有几个结还记得,一多可就糟了。或者那正是伏羲皇上的"八卦"[7]之流,三条绳一组,都不打结是"乾",中间各打一结是"坤"罢?恐怕也不对。八组尚可,六十四组就难记,何况还会有五百十二组呢。只有在秘鲁还有存留的"打结字"(Quippus)[8],用一条横绳,挂上许多直绳,拉来拉去的结起来,网不像网,倒似乎还可以表现较多的意思。我们上古的结绳,恐怕也是如此的罢。但它既然被书契掉换,又不是书契的祖宗,我们也不妨暂且不去管它了。

夏禹的"岣嵝碑"[9]是道士们假造的;现在我们能在实物上看见的最古的文字,只有商朝的甲骨和钟鼎文。但这些,都已经很进步了,几乎找不出一个原始形态。只在铜器上,有时还可以看见一点写实的图形,如鹿,如象,而从这图形上,又能发见和文字相关的线索:中国文字的基础是"象形"。

画在西班牙的亚勒泰米拉(Altamira)洞[10]里的野牛,是有名的原始人的遗迹,许多艺术史家说,这正是"为艺术的艺术",原始人画着玩玩的。但这解释未免过于"摩登",因为原始人没有十九世纪的文艺家那么有闲,他的画一只牛,是有缘故的,为的是关于野牛,或者是猎取野牛,禁咒野牛的事。现在上海墙壁上的香烟和电影的广告画,尚且常有人张着嘴巴看,在少见多怪的原始社会里,有了这么一个奇迹,那轰动一时,就可想而知了。他们一面看,知道了野牛这东西,原来可以用线条移在别的平面上,同时仿佛也认识了一个"牛"字,一面也佩服这作者的才能,但没有人请他作自传赚钱,所以姓氏也就湮没了。但在社会里,仓颉也不止一个,有的在刀柄上刻一点图,有的在门户上画一些画,心心相印,口口相传,文字就多起来,史官一采集,便可以敷衍记事了。中国文字的由来,恐怕也逃不出这例子的。

自然,后来还该有不断的增补,这是史官自己可以办到的,新字夹在熟字中,又是象形,别人也容易推测到那字的意义。直到现在,中国还在生出新字来。但是,硬做新仓颉,却要失败的,吴的朱育,唐的武则天,都曾经造过古怪字,[11]也都白费力。现在最会造字的是中国化学家,许多原质和化合物的名目,很不容易认得,连音也难以读出来了。老实说,我是一看见就头痛的,觉得远不如就用万国通用的拉丁名来得爽快,如果二十来个字母都认不得,请恕我直说:那么,化学也大抵学不好的。

四　写字就是画画

《周礼》和《说文解字》[12]上都说文字的构成法有六种,这里且不谈罢,只说些和"象形"有关的东西。

象形,"近取诸身,远取诸物"[13],就是画一只眼睛是"目",画一个圆圈,放几条毫光是"日",那自然很明白,便当的。但有时要碰壁,譬如要画刀口,怎么办呢?不画刀背,也显不出刀口来,这时就只好别出心裁,在刀口上加一条短棍,算是指明"这个地方"的意思,造了"刃"。这已经颇有些办事棘手的模样了,何况还有无形可象的事件,于是只得来"象意"[14],也叫作"会意"。一只手放在树上是"采",一颗心放在屋子和饭碗之间是"宧",有吃有住,安宧了。但要写"宁可"的宁,却又得在碗下面放一条线,表明这不过是用了"滔"的声音的意思。"会意"比"象形"更麻烦,它至少要画两样。如"寶"字,则要画一个屋顶,一串玉,一个缶,一个貝,计四样;我看"缶"字还是杵臼两形合成的,那么一共有五样。单单为了画这一个字,就很要破费些工夫。

不过还是走不通,因为有些事物是画不出,有些事物是画不来,譬如松柏,叶样不同,原是可以分出来的,但写字究竟是写字,不能像绘画那样精工,到底还是硬挺不下去。来打开这僵局的是"谐声",意义和形象离开了关系。这已经是"记音"了,所以有人说,这是中国文字的进步。不错,也可以说是进步,然而那基础也还是画画儿。例如"菜,从草,采声",画一窠草,一个爪,一株树:三样;"海,从水,每声",画一条河,一位戴帽(?)的太太,也三样。总之:你如果要写字,就非永远画画不成。

但古人是并不愚蠢的,他们早就将形象改得简单,远离了写实。篆字圆折,还有图画的余痕,从隶书到现在的楷书[15],和形象就天差地远。不过那基础并未改变,天差地远之后,就成为不象形的象形字,写起来虽然比较的简单,认起来却非常困难了,要凭空一个一个的记住。而且有些字,也至今并不简单,例如"鸞"或"鑿",去叫孩子写,非练习半年六月,是很难写在半寸见方的格子里面的。

还有一层,是"谐声"字也因为古今字音的变迁,很有些和"声"不大"谐"的了。现在还有谁读"滑"为"骨",读"海"为"每"呢?

古人传文字给我们,原是一份重大的遗产,应该感谢的。但在成了不象形的象形字,不十分谐声的谐声字的现在,这感谢却只好踌躇一下了。

五　古时候言文一致么?

到这里,我想来猜一下古时候言文是否一致的问题。

对于这问题,现在的学者们虽然并没有分明的结论,但听他口气,好像大概是以为一致的;越古,就越一致。[16]不过我却很有些怀疑,因为文字愈容易写,就愈容易写得和口语一致,但中国却是那么难画的象形字,也许我们的古人,向来就将不关重要的词摘去了的。

《书经》[17]有那么难读,似乎正可作照写口语的证据,但商周人的的确的口语,现在还没有研究出,还要繁也说不定的。至于周秦古书,虽然作者也用一点他本地的方言,而文字大致相类,即使和口语还相近罢,用的也是周秦白话,并非周秦大众语。汉朝更不必说了,虽是肯将《书经》里难懂的字眼,翻成今字的司马迁[18],也不过在特别情况之下,采用一点俗语,例如陈涉的老朋友看见他为王,惊异道:"夥颐,涉之为王沉沉者"[19],而其中的"涉之为王"四个字,我还疑心太史公加过修剪的。

那么,古书里采录的童谣,谚语,民歌,该是那时的老牌俗语罢。我看也很难说。中国的文学家,是颇有爱改别人文章的脾气的。最明显的例子是汉民间的《淮南王歌》[20],同一地方的同一首歌,《汉书》和《前汉纪》[21]记的就两样。

一面是——

　　一尺布,尚可缝;

　　一斗粟,尚可舂。

　　兄弟二人,不能相容。

一面却是——

　　一尺布,暖童童;

　　一斗粟,饱蓬蓬。

　　兄弟二人不相容。

比较起来,好像后者是本来面目,但已经删掉了一些也说不定的:只是一个提要。后来宋人的语录,话本,元人的杂剧和传奇里的科白,也都是提要,只是它用字较为平常,删去的文字较少,就令人觉得"明白如话"了。

我的臆测,是以为中国的言文,一向就并不一致的,大原因便是字难写,只好节省些。当时的口语的摘要,是古人的文;古代的口语的摘要,是后人的古文。所以我们的做古文,是在用了已经并不象形的象形字,未必一定谐声的谐声字,在纸上描出今人谁也不说,懂的也不多的,古人的口语的摘要来。你想,这难不难呢?

六　于是文章成为奇货了

文字在人民间萌芽,后来却一定为特权者所收揽。据《易经》的作者所推测,"上古结绳而治",则连结绳就已是治人者的东西。待到落在巫史的手里的时候,更不必说了,他们都是酋长之下,万民之上的人。社会改变下去,学习文字的人们的范围也扩大起来,但大抵限于特权者。至于平民,那是不识字的,并非缺少学费,只因为限于资格,他不配。而且连书籍也看不见。中国在刻版还未发达的时候,有一部好书,往往是"藏之秘阁,副在三馆"[22],连做了士子,也还是不知道写着什么的。

因为文字是特权者的东西,所以它就有了尊严性,并且有了神秘性。中国的字,到现在还很尊严,我们在墙壁上,就常常看见挂着写上"敬惜字纸"的篓子;至于符的驱邪治病,那是靠了它的神秘性的。文字既然含着尊严性,那么,知道文字,这人也就连带的尊严起来了。新的尊严者日出不穷,对于旧的尊严者就不利,而且知道文字的人们一多,也会损伤神秘性的。符的威力,就因为这好像是字的东西,除道士以外,谁也不认识的缘故。所以,对于文字,他们一定要把持。

欧洲中世,文章学问,都在道院里;克罗蒂亚(Kroatia)[23],是到了十九世纪,识字的还只有教士的,人民的口语,退步到对于旧生活刚够用。他们革新的时候,就只好从外国借进许多新语来。

我们中国的文字,对于大众,除了身分,经济这些限制之外,却还要加上一条高门槛:难。单是这条门槛,倘不费他十来年工夫,就不容易跨过。跨过了的,就是士大夫,而这些士大夫,又竭力的要使文字更加难起来,因为这可以使他特别的尊严,超出别的一切平常的士大夫之上。汉朝的杨雄的喜欢奇字,就有这毛病的,刘歆想借他的《方言》稿子,他几乎要跳黄浦。[24]唐朝呢,樊宗师的文章做到别人点不断[25],李贺的诗做到别人看不懂[26],也都为了这缘故。还有一种方法是将字写得别人不认识,下焉者,是从《康熙字典》[27]上查出几个古字来,夹进文章里面去;上焉者是钱坫的用篆字来写刘熙的《释名》[28],最近还有钱玄同先生的照《说文》字样给太炎先生抄《小学答问》[29]。

文字难,文章难,这还都是原来的;这些上面,又加以士大夫故意特制的难,却还想它和大众有缘,怎么办得到。但士大夫们也正愿其如此,如果文字易识,大家都会,文字就不尊严,他也跟着不尊严了。说白话不如文言的人,就从这里出发的;现在论大众语,说大众只要教给"千字课"[30]就够的人,那意思的根柢也还是在这里。

七　不识字的作家

用那么艰难的文字写出来的古语摘要,我们先前也叫"文",现在新派一点的叫"文学",这不是从"文学子游子夏"[31]上割下来的,是从日本输入,他们的对于英文 Literature 的译名。会写写这样的"文"的,现在是写白话也可以了,就叫作"文学家",或者叫"作家"。

文学的存在条件首先要会写字,那么,不识字的文盲群里,当然不会有文学家的了。然而作家却有的。你们不要太早的笑我,我还有话说。我想,人类是在未有文字之前,就有了创作的,可惜没有人记下,也没有法子记下。我们的祖先的原始人,原是连话也不会说的,为了共同劳作,必需发表意见,才渐渐的练出复杂的声音来,假如那时大家抬木头,都觉得吃力了,却想不到发表,其中有一个叫道"杭育杭育",那么,这就是创作;大家也要佩服,应用的,这就等于出版;倘若用什么记号留存了下来,这就是文学;他当然就是作家,也是文学家,是"杭育杭育派"[32]。不要笑,这作品确也幼稚得很,但古人不及今人的地方是很多的,这正是其一。就是周朝的什么"关关雎鸠,在河之洲,窈窕淑女,君子好逑"罢,它是《诗经》[33]里的头一篇,所以吓得我们只好磕头佩服,假如先前未曾有过这样的一篇诗,现在的新诗人用这意思做一首白话诗,到无论什么副刊上去投稿试试罢,我看十分之九是要被编辑者塞进字纸篓去的。"漂亮的好小姐呀,是少爷的好一对儿!"什么话呢?

就是《诗经》的《国风》里的东西,好许多也是不识字的无名氏作品,因为比较的优秀,大家口口相传的。王官[34]们检出它可作行政上参考的记录了下来,此外消灭的正不知有多少。希腊人荷马——我们姑且当作有这样一个人——的两大史诗[35],也原是口吟,现存的是别人的记录。东晋到齐陈的《子夜歌》和《读曲歌》[36]之类,唐朝的《竹枝词》和《柳枝词》[37]之类,原都是无名氏的创作,经文人的采录和润色之后,留传下来的。这一润色,留传固然留传了,但可惜的是一定失去了许多本来面目。到现在,到处还有民谣,山歌,渔歌等,这就是不识字的诗人的作品;也传述着童话和故事,这就是不识字的小说家的作品;他们,就都是不识字的作家。

但是，因为没有记录作品的东西，又很容易消灭，流布的范围也不能很广大，知道的人们也就很少了。偶有一点为文人所见，往往倒吃惊，吸入自己的作品中，作为新的养料。旧文学衰颓时，因为摄取民间文学或外国文学而起一个新的转变，这例子是常见于文学史上的。不识字的作家虽然不及文人的细腻，但他却刚健，清新。

要这样的作品为大家所共有，首先也就是要这作家能写字，同时也还要读者们能识字以至能写字，一句话：将文字交给一切人。

八　怎么交代？

将文字交给大众的事实，从清朝末年就已经有了的。

"莫打鼓，莫打锣，听我唱个太平歌……"是钦颁的教育大众的俗歌；[38]此外，士大夫也办过一些白话报，[39]但那主意，是只要大家听得懂，不必一定写得出。《平民千字课》就带了一点写得出的可能，但也只够记账，写信。倘要写出心里所想的东西，它那限定的字数是不够的。譬如牢监，的确是给了人一块地，不过它有限制，只能在这圈子里行立坐卧，断不能跑出设定了的铁栅外面去。

劳乃宣和王照[40]他两位都有简字，进步得很，可以照音写字了。民国初年，教育部要制字母，他们俩都是会员，劳先生派了一位代表，王先生是亲到的，为了入声存废问题，曾和吴稚晖[41]先生大战，战得吴先生肚子一凹，棉裤也落了下来。但结果总算几经斟酌，制成了一种东西，叫作"注音字母"。那时很有些人，以为可以替代汉字了，但实际上还是不行，因为它究竟不过简单的方块字，恰如日本的"假名"[42]一样，夹上几个，或者注在汉字的旁边还可以，要它拜帅，能力就不够了。写起来会混杂，看起来要眼花。那时的会员们称它为"注音字母"，是深知道它的能力范围的。再看日本，他们有主张减少汉字的，有主张拉丁拼音的，但主张只用"假名"的却没有。

再好一点的是用罗马字拼法，研究得最精的是赵元任先生罢，我不大明白。用世界通用的罗马字拼起来——现在是连土耳其也采用了——一词一串，非常清晰，是好的。但教我似的门外汉来说，好像那拼法还太繁。要精密，当然不得不繁，但繁得很，就又变了"难"，有些妨碍普及了。最好是另有一种简而不陋的东西。

这里我们可以研究一下新的"拉丁化"法,《每日国际文选》里有一小本《中国语书法之拉丁化》[43],《世界》第二年第六七号合刊附录的一份《言语科学》[44],就都是绍介这东西的。价钱便宜,有心的人可以买来看。它只有二十八个字母,拼法也容易学。"人"就是 Rhen,"房子"就是 Fangz,"我吃果子"是 Wo ch goz,"他是工人"是 Ta sh gungrhen。现在在华侨里实验,见了成绩的,还只是北方话。但我想,中国究竟还是讲北方话——不是北京话——的人们多,将来如果真有一种到处通行的大众语,那主力也恐怕还是北方话罢。为今之计,只要酌量增减一点,使它合于各该地方所特有的音,也就可以用到无论什么穷乡僻壤去了。

那么,只要认识二十八个字母,学一点拼法和写法,除懒虫和低能外,就谁都能够写得出,看得懂了。况且它还有一个好处,是写得快。美国人说,时间就是金钱;但我想:时间就是性命。无端的空耗别人的时间,其实是无异于谋财害命的。不过像我们这样坐着乘风凉,谈闲天的人们,可又是例外。

九　专化呢,普遍化呢?

到了这里,就又碰着了一个大问题:中国的言语,各处很不同,单给一个粗枝大叶的区别,就有北方话,江浙话,两湖川贵话,福建话,广东话这五种,而这五种中,还有小区别。现在用拉丁字来写,写普通话,还是写土话呢?要写普通话,人们不会;倘写土话,别处的人们就看不懂,反而隔阂起来,不及全国通行的汉字了。这是一个大弊病!

我的意思是:在开首的启蒙时期,各地方各写它的土话,用不着顾到和别地方意思不相通。当未用拉丁写法之前,我们的不识字的人们,原没有用汉字互通着声气,所以新添的坏处是一点也没有的,倒有新的益处,至少是在同一语言的区域里,可以彼此交换意见,吸收智识了——那当然,一面也得有人写些有益的书。问题倒在这各处的大众语文,将来究竟要它专化呢,还是普通化?

方言土语里,很有些意味深长的话,我们那里叫"炼话",用起来是很有意思的,恰如文言的用古典,听者也觉得趣味津津。各就各处的方言,将语法和词汇,更加提炼,使他发达上去的,就是专化。这于文学,是很有益处的,它可以做得比仅用泛泛的话头的文章更加有意思。但专化又有专化的危险。言语学我不知道,看生物,是一到专化,往往要灭亡的。未有人类以前的许多动植物,就因为太专化了,失其可变性,环境一改,无法应付,只好灭亡。——幸而我们人类还不算专化的动物,请你们不要愁。大众,是有文学,要文学的,但决不该为文学做牺牲,要不然,他的荒谬和为了保存汉字,要十分之八的中国人做文盲来殉难的活圣贤就并不两样。所以,我想,启蒙时候用方言,但一面又要渐渐的加入普通的语法和词汇去。先用固有的,是一地方的语文的大众化,加入新的去,是全国的语文的大众化。

几个读书人在书房里商量出来的方案,固然大抵行不通,但一切都听其自然,却也不是好办法。现在在码头上,公共机关中,大学校里,确已有着一种好像普通话模样的东西,大家说话,既非"国语",又不是京话,各各带着乡音,乡调,却又不是方言,即使说的吃力,听的也吃力,然而总归说得出,听得懂。如果加以整理,帮它发达,也是大众语中的一支,说不定将来还简直是主力。我说要在方言里"加入新的去",那"新的"的来源就在这地方。待到这一种出于自然,又加人工的话一普遍,我们的大众语文就算大致统一了。

此后当然还要做。年深月久之后,语文更加一致,和"炼话"一样好,比"古典"还要活的东西,也渐渐的形成,文学就更加精采了。马上是办不到的。你们想,国粹家当作宝贝的汉字,不是化了三四千年工夫,这才有这么一堆古怪成绩么?

至于开手要谁来做的问题,那不消说:是觉悟的读书人。有人说:"大众的事情,要大众自己来做!"[45]那当然不错的,不过得看看说的是什么脚色。如果说的是大众,那有一点是对的,对的是要自己来,错的是推开了帮手。倘使说的是读书人呢,那可全不同了:他在用漂亮话把持文字,保护自己的尊荣。

十　不必恐慌

但是，这还不必实做，只要一说，就又使另一些人发生恐慌了。

首先是说提倡大众语文的，乃是"文艺的政治宣传员如宋阳之流"[46]，本意在于造反。给带上一顶有色帽，是极简单的反对法。不过一面也就是说，为了自己的太平，宁可中国有百分之八十的文盲。那么，倘使口头宣传呢，就应该使中国有百分之八十的聋子了。但这不属于"谈文"的范围，这里也无须多说。

专为着文学发愁的，我现在看见有两种。一种是怕大众如果都会读，写，就大家都变成文学家了[47]。这真是怕天掉下来的好人。上次说过，在不识字的大众里，是一向就有作家的。我久不到乡下去了，先前是，农民们还有一点余闲，譬如乘凉，就有人讲故事。不过这讲手，大抵是特定的人，他比较的见识多，说话巧，能够使人听下去，懂明白，并且觉得有趣。这就是作家，抄出他的话来，也就是作品。倘有语言无味，偏爱多嘴的人，大家是不要听的，还要送给他许多冷话——讥刺。我们弄了几千年文言，十来年白话，凡是能写的人，何尝个个是文学家呢？即使都变成文学家，又不是军阀或土匪，于大众也并无害处的，不过彼此互看作品而已。

还有一种是怕文学的低落。大众并无旧文学的修养，比起士大夫文学的细致来，或者会显得所谓"低落"的，但也未染旧文学的痼疾，所以它又刚健，清新。无名氏文学如《子夜歌》之流，会给旧文学一种新力量，我先前已经说过了；现在也有人介绍了许多民歌和故事。还有戏剧，例如《朝花夕拾》所引《目连救母》里的无常鬼[48]的自传，说是因为同情一个鬼魂，暂放还阳半日，不料被阎罗责罚，从此不再宽纵了——

"那怕你铜墙铁壁！

那怕你皇亲国戚！……"

何等有人情，又何等知过，何等守法，又何等果决，我们的文学家做得出来么？

这是真的农民和手业工人的作品，由他们闲中扮演。借目连的巡行来贯串许多故事，除《小尼姑下山》外，和刻本的《目连救母记》[49]是完全不同的。其中有一段《武松打虎》,是甲乙两人,一强一弱,扮着戏玩。先是甲扮武松,乙扮老虎,被甲打得要命,乙埋怨他了,甲道:"你是老虎,不打,不是给你咬死了?"乙只得要求互换,却又被甲咬得要命,一说怨话,甲便道:"你是武松,不咬,不是给你打死了?"我想:比起希腊的伊索[50],俄国的梭罗古勃[51]的寓言来,这是毫无逊色的。

如果到全国的各处去收集,这一类的作品恐怕还很多。但自然,缺点是有的。是一向受着难文字,难文章的封锁,和现代思潮隔绝。所以,倘要中国的文化一同向上,就必须提倡大众语,大众文,而且书法更必须拉丁化。

十一 大众并不如读书人所想像的愚蠢

但是,这一回,大众语文刚一提出,就有些猛将趁势出现了,来路是并不一样的,可是都向白话,翻译,欧化语法,新字眼进攻。他们都打着"大众"的旗,说这些东西,都为大众所不懂,所以要不得。其中有的是原是文言余孽,借此先来打击当面的白话和翻译的,就是祖传的"远交近攻"的老法术;有的是本是懒惰分子,未尝用功,要大众语未成,白话先倒,让他在这空场上夸海口的,其实也还是文言文的好朋友,我都不想在这里多谈。现在要说的只是那些好意的,然而错误的人,因为他们不是看轻了大众,就是看轻了自己,仍旧犯着古之读书人的老毛病。

读书人常常看轻别人,以为较新,较难的字句,自己能懂,大众却不能懂,所以为大众计,是必须彻底扫荡的;说话作文,越俗,就越好。这意见发展开来,他就要不觉的成为新国粹派。或则希图大众语文在大众中推行得快,主张什么都要配大众的胃口,甚至于说要"迎合大众",故意多骂几句,以博大众的欢心。这当然自有他的苦心孤诣,但这样下去,可要成为大众的新帮闲的。

说起大众来,界限宽泛得很,其中包括着各式各样的人,但即使"目不识丁"的文盲,由我看来,其实也并不如读书人所推想的那么愚蠢。他们是要智识,要新的智识,要学习,能摄取的。当然,如果满口新语法,新名词,他们是什么也不懂;但逐渐的检必要的灌输进去,他们却会接受;那消化的力量,也许还赛过成见更多的读书人。初生的孩子,都是文盲,但到两岁,就懂许多话,能说许多话了,这在他,全部是新名词,新语法。他那里是从《马氏文通》或《辞源》[52]里查来的呢,也没有教师给他解释,他是听过几回之后,从比较而明白了意义的。大众的会摄取新词汇和语法,也就是这样子,他们会这样的前进。所以,新国粹派的主张,虽然好像为大众设想,实际上倒尽了拖住的任务。不过也不能听大众的自然,因为有些见识,他们究竟还在觉悟的读书人之下,如果不给他们随时拣选,也许会误拿了无益的,甚而至于有害的东西。所以,"迎合大众"的新帮闲,是绝对的要不得的。

由历史所指示,凡有改革,最初,总是觉悟的智识者的任务。但这些智识者,却必须有研究,能思索,有决断,而且有毅力。他也用权,却不是骗人,他利导,却并非迎合。他不看轻自己,以为是大家的戏子,也不看轻别人,当作自己的喽罗。他只是大众中的一个人,我想,这才可以做大众的事业。

十二 煞 尾

话已经说得不少了。总之,单是话不行,要紧的是做。要许多人做:大众和先驱;要各式的人做:教育家,文学家,言语学家……。这已经迫于必要了,即使目下还有点逆水行舟,也只好拉纤;顺水固然好得很,然而还是少不得把舵的。

这拉纤或把舵的好方法,虽然也可以口谈,但大抵得益于实验,无论怎么看风看水,目的只是一个:向前。

各人大概都有些自己的意见,现在还是给我听听你们诸位的高论罢。

注释:

〔1〕 这些是常见于当时上海报刊的新闻。1934年夏,我国南方大旱,国民党政府于7月间邀请第九世班禅喇嘛和安钦活佛在南京、汤山等地"作法求雨"。8月初,国民党政府行政院秘书长褚民谊为女游泳选手杨秀琼打扇、驾车,被称为"吊膀子秘书长"。上海"大世界"游艺场利用旱灾展出一个所谓"旱魃"的矮人,称"三寸怪人干",以招揽游客。5月,美国政府颁布《白银法案》后,国际银价上升,国民党官僚资本集团趁国内粮价飞涨,大量输出白银,从国外购进大米,牟取暴利。6月,国民党江西省政府根据蒋介石"手令",颁布《取缔妇女奇装异服办法》,规定"裤长最短须过膝四寸,不得露腿赤足",当时重庆、北平等地也禁止"女子裸膝露肘"。

〔2〕 唐宋八大家　明代茅坤曾选辑唐代的韩愈、柳宗元和宋代的欧阳修、苏洵、苏轼、苏辙、王安石、曾巩八个古文家的文章编为《唐宋八大家文抄》，因有"唐宋八大家"的说法。

〔3〕 仓颉　相传为黄帝的史官，汉字的创造者，东汉许慎《说文解字·叙》："黄帝之史仓颉……初造书契"。《荀子·解蔽》中则说"好书者众矣，而仓颉独传者壹也"，认为仓颉是文字的搜集和整理者之一。又《太平御览》卷三六六引《春秋孔演图》："苍颉四目，是谓并明。"

〔4〕 《易经》　即《周易》，是我国古代记载占卜的书。儒家经典之一。可能萌芽于殷周之际，并非出自一人之手。这里引的两句，见该书《系辞》篇。

〔5〕 "升中于天"　语出《礼记·礼器》："升中于天，因吉土，以飨帝于郊。"据汉代郑玄注："升，上也；中，犹成也；燔柴祭天，告以诸侯之成功也。"

〔6〕 "仓颉，黄帝史"　语出《汉书·古今人表》。史，即史官。

〔7〕 伏羲　我国传说中的上古帝王，相传他教民结网，从事渔猎畜牧。"八卦"，相传为他所作。《易经·系辞》说："古者包牺氏（按，即伏羲）之王天下也……近取诸身，远取诸物，于是始作八卦，以通神明之德，以类万物之情。"卦，即挂，悬挂物象以示人吉凶，有乾（☰）、坤（☷）、震（☳）、艮（☶）、离（☲）、坎（☵）、兑（☱）、巽（☴）八种式样。《易传》认为八卦主要象征天、地、雷、风、水、火、山、泽八种自然现象。

〔8〕 "打结字"　古代秘鲁印第安人用以帮助记忆的一种线结，以结绳的方式记录天气、日期、数目等等的变化。线的颜色、线结的大小和多少，都表示着不同的意义。

〔9〕 "岣嵝碑"　又称禹碑，在湖南衡山岣嵝峰，相传为夏禹治水时所刻；碑文共七十七字，难于辨识。清末叶昌炽《语石》卷二载："（韩愈诗）'岣嵝山尖神禹碑，字青石赤形模奇。'郎瑛、杨用修诸家各有释文，灵怪杳冥，难可凭信。不知韩诗又云：'千搜万索何处有，森森绿树猿猱悲。'是但凭道士所言，未尝目睹。"此碑在明朝以前，不见于记载，故多疑为伪造。

〔10〕 亚勒泰米拉洞　在西班牙北部散坦特尔省境，发现于1879年。洞窟中有旧石器时代用红黑紫三种颜色画成的壁画，画的都是野牛、野鹿、野猪和长毛巨象等动物。

〔11〕 关于朱育、武则天造字，据《三国志·吴书·虞翻传》注引《会稽典录》："孙亮时，有山阴朱育，少好奇字，凡所特达，依体象类，造作异字千名以上。"《新唐书·后妃列传》：武则天于"载初中，……作瞾、而埊、……十有二文。太后自名瞾。"但《资治通鉴·唐纪二十》载：天授元年，"凤阁侍郎河东宗秦客，改造'天''地'等十二字以献，丁亥，行之。太后自名'瞾'"。

〔12〕 《周礼》　儒家经典之一，记述周王朝官制和战国时代各国制度的资料汇编，大约成书于战国时期。《说文解字》，东汉许慎撰，我国第一部系统介绍汉字形、音、义的著作。

这里讲的汉字六种构成法,即《周礼》和《说文解字》中所记载的"六书"。《周礼》中所说的有:象形、会意、转注、处事、假借、谐声。《说文解字》中所说的稍有不同,是:指事、象形、形声、会意、转注、假借。

〔13〕 "近取诸身,远取诸物" 语出《易经·系辞》。

〔14〕 "象意" 《汉书·艺文志》:"六书,谓象形、象事、象意、象声、转注、假借,造字之本也。"据唐代颜师古注:"象意即会意也。"

〔15〕 篆、隶、楷是汉字演进过程中先后出现的几种字体的名称。篆书分大篆小篆,大篆是从西周到战国通行的字体,但各国有异。秦始皇时统一字体,称为小篆。隶书开始于秦代,把小篆匀圆的笔画稍改平直,到汉代才出现平直扁正的正式的隶书。楷书始于汉末,以后取代隶书,通行至今。

〔16〕 这里指胡适。胡适著的《国语文学史》于1927年出版时,黎锦熙在该书的《代序》中说,这部文学史所以始于战国秦汉而不包括《诗经》,是因为胡适要从他认为语言文字开始分歧的时代写起。《代序》不同意战国前语文合一的看法。1928年胡适将此书修订,抽去《代序》,改名《白话文学史》出版,在第一章说:"我们研究古代文字,可以推知当战国的时候中国的文体已经不能与语体一致了。"仍坚持他的战国前言文一致的看法。

〔17〕《书经》 即《尚书》,儒家经典之一。我国上古历史文件和部分追述古代事迹的著作的汇编。

〔18〕 司马迁(约前145—约前86) 字子长,夏阳(今陕西韩城)人,西汉史学家、文学家。曾任太史令。他所撰的《史记》,是我国第一部纪传体通史(从上古起到汉武帝止)。

〔19〕 "夥颐,涉之为王沉沉者" 语出《史记·陈涉世家》。据唐代司马贞《索隐》:"服虔云:楚人谓多为夥。按,又言'颐'者,助声之辞也。"又据南朝宋裴骃《集解》:"应劭曰:'沈沈,宫室深邃之貌也。'"

〔20〕《淮南王歌》 淮南王指汉文帝之弟刘长,他因谋反为文帝所废,流放蜀郡,中途绝食而死。后来民间就流传出这首歌谣。

〔21〕《汉书》 东汉班固编撰的西汉史,是我国第一部纪传体断代史。《前汉纪》,即《汉纪》,东汉荀悦撰,编年体西汉史,内容多取材于《汉书》,有所增补。这里所引的前一首见《汉书·淮南王传》,末句无"能"字,《史记·淮南衡山列传》所载与引文同;后一首未见于《前汉纪》,汉代高诱的《淮南鸿烈解叙》载有此歌,首句作"一尺缯,好童童",末句作"兄弟二人,不能相容"。

〔22〕 "藏之秘阁,副在三馆" 秘阁、三馆都是藏书的地方。《宋史·职官志》载:"国初以史馆、昭文馆、集贤院为三馆,皆寓崇文院。太宗端拱元年(988)诏就崇文院中堂建秘阁,择三馆真本书籍万余卷,及内出古画墨迹,藏其中。"

〔23〕 克罗蒂亚 通译克罗地亚,巴尔干半岛北部的国家,西濒亚得里亚海。

〔24〕 扬雄（前53—18） 一作扬雄，字子云，蜀郡成都（今属四川）人。西汉文学家、语言文字学家。著有《法言》《太玄经》及其他文赋。《汉书·扬雄传》载，"刘棻尝从雄学作奇字"，据唐代颜师古注，奇字即"古文之异者"。《方言》，全名《輶轩使者绝代语释别国方言》，相传为扬雄所作，共十三卷，内容杂录中国各地同义异字之字一万一千余。刘歆（约前53—23），字子骏，沛（今江苏沛县）人，西汉学者。他在《与扬雄从取方言书》中说："属闻子云独采集先代绝言，异国殊语，以为十五卷，其所解略多矣，而不知其目……今谨使密人奉手书，愿颇与其目，得使入箓，令圣朝留明明之典。"扬雄在《答刘歆书》中却说："敕以殊言十五卷，君何由知之？……天下上计孝廉及内郡卫卒会者，雄常把三寸弱翰，赍油素四尺，以问其异语，归即以铅摘次之于椠，二十七岁于今矣；而语言或交错相反方复论思详悉集之……诚欲崇而就之，不可以遗，不可以怠。即君必欲胁之以威，陵之以武，欲令人之于此；此又未定，未可以见，今君又终之，则缢死以从命也。而可且宽假延期，必不敢有爱。""跳黄浦"是通行于上海的俗语，意即自杀。

〔25〕 樊宗师（？—约823） 字绍述，河中（今山西永济）人，唐代散文家。曾任绵州、绛州刺史。他的文章艰涩，难以断句，如《绛守居园池记》的第一句"绛即东雍为守理所"，有人断为"绛即东雍，为守理所"，也有人断为"绛，即东雍为守理所"。按，理所即治所，避唐高宗李治讳改作理所。

〔26〕 李贺（790—816） 字长吉，昌谷（今河南宜阳）人，唐代诗人。他的诗立意新巧，用语奇特。《新唐书·李贺传》说他"辞尚奇诡，所得皆惊迈绝去翰墨畦径，当时无能效者。"

〔27〕 《康熙字典》 参见上卷《祝福》注〔9〕。

〔28〕 钱坫（1744—1806） 字献之，江苏嘉定（今属上海市）人，清代汉学家。善写小篆。刘熙，字成国，东汉北海（今山东潍坊）人，训诂学家。所著《释名》，八卷，共二十七篇，是一部解释字义的书。

〔29〕 钱玄同 文字音韵学家，参见本卷《〈呐喊〉自序》注〔13〕。他曾用《说文解字》中的篆体字样抄写章太炎的《小学答问》，由浙江官书局刊刻行世。太炎，参见上卷《关于太炎先生二三事》注〔1〕。他所作的《小学答问》是据《说文解字》解释本字和借字的流变的书。

〔30〕 "千字课" 1922年陶行知等人创办的中华平民教育促进会编纂的《平民千字课》，朱经农、陶行知编著，全四册，每册二十四课，读完可识一千二百余字，用作成年人补习常用汉字的读本。后来一些书店也仿照编印了类似读本。1934年8月15日《社会月报》第一卷第三期发表彭子蕴的《大众语与大众文化的水准问题》一文，其中说："现在市场上有一种叫作《平民千字课》的书，是真用来教育所谓大众的。"

〔31〕 "文学子游子夏" 语出《论语·先进》，据宋代邢昺疏："若'文章博学'，则有子游、子夏二人也。"子游、子夏，即孔子的弟子言偃、卜商。

〔32〕 "杭育杭育派" 意指大众文学。这里是针对林语堂而发的。林语堂在 1934 年 4 月 28 日、30 日及 5 月 3 日《申报·自由谈》所载《方巾气研究》一文中说:"在批评方面,近来新旧卫道派颇一致,方巾气越来越重。凡非哼哼唧唧文学,或杭育杭育文学,皆在鄙视之列。"又说:"《人间世》出版,动起杭育杭育派的方巾气,七手八脚,乱吹乱摇,却丝毫没有打动了《人间世》。"

〔33〕《诗经》 我国最早的诗歌总集,总共三百零五篇。编成于春秋时代,大抵是周初到春秋中期的作品,相传曾经孔子删定。为儒家经典之一。

〔34〕 王官 王朝的职官,这里指"采诗之官"。《汉书·艺文志》说:"古有采诗之官,王者所以观风俗、知得失、自考正也。"

〔35〕 荷马的两大史诗指《伊利亚特》和《奥德赛》,约产生于公元前 9 世纪。荷马的生平以至是否确有其人,欧洲的文学史家颇多争论,所以这里说"姑且当作有这样一个人"。

〔36〕《子夜歌》 据《晋书·乐志》:"《子夜歌》者,女子名子夜造此声。"《乐府诗集》列为"吴声歌曲",收入"晋、宋、齐辞"的《子夜歌》四十二首和《子夜四时歌》七十五首。《读曲歌》,据《宋书·乐志》:"《读曲哥(歌)》者,民间为彭城王义康所作也。"又《乐府诗集》引《古今乐录》:"读曲歌者,元嘉十七年(440)袁后崩,百官不敢作声歌;或因酒宴,止窃声读曲细吟而已,以此为名。"《乐府诗集》收入《读曲歌》八十九首,也列为"吴声歌曲"。

〔37〕《竹枝词》 据《乐府诗集》:"《竹枝》,本出于巴渝。唐贞元中,刘禹锡在沅湘,以俚歌鄙陋,乃依骚人《九歌》作《竹枝》新辞九章,教里中儿歌之,由是盛于贞元、元和之间(785—820)。"《柳枝词》,即《杨柳枝》,唐代教坊曲名。白居易有《杨柳枝词》八首,其中有"古歌旧曲君休听,听取新翻《杨柳枝》"的句子。他又在《杨柳枝二十韵》题下自注:"《杨柳枝》,洛下新声也。"

〔38〕 光绪三十二年(1906)起,清政府为了推行所谓"通俗教育",将一些官方发布的政治时事材料,用白话编成通俗的故事和歌谣进行宣讲。"太平歌"以"莲花落"形式编写,一般都用文中所引的三句开头,是当时钦颁的通俗歌谣之一。

〔39〕 白话报 清末各地出版过不少白话报,如《无锡白话报》(1897)、《杭州白话报》(1903)、上海的《中国白话报》(1903)、《扬子江白话报》(1904)等。

〔40〕 劳乃宣(1843—1921) 字季瑄,号玉初,浙江桐乡人。清末任京师大学堂总监督兼署学部副大臣,民国初年主张复辟,后来避居青岛。他的《简字全谱》系以王照的《官话字母》为依据,成于 1907 年。其他著作有《等韵一得》《古筹算考释》等。王照(1859—1933),字小航,河北宁河人。清末维新运动者,戊戌政变时逃往日本,后又自行投案下狱,不久被释。他的《官话合声字母》于 1900 年刊行。其他著作有《水东集上下编》八种。

〔41〕 吴稚晖(1865—1953) 名敬恒,江苏武进人,早年参加同盟会,后任国民党中央监察委员等职。1913 年 2 月,北洋政府教育部召集的读音统一会正式开会,由他和王照分

321

任正副议长。因为浊音字母和入声存废问题，南北两方会员争论了一个多月。后来该会除审定六千五百余字的读音以外，还正式将通过审定字音时所用的"记音字母"，定名为"注音字母"。到1930年，"注音字母"又改称"注音符号"。

〔42〕"假名" 日文的字母，因为是从"真名"（即汉字）假借而来的，所以称为"假名"。分片假名（楷体）和平假名（草体）二种。

〔43〕《每日国际文选》 一种"每日提供世界新闻杂志间各种论文之汉译"的刊物，1933年8月1日创刊，孙师毅、明耀五、包可华编选，上海中外出版公司印行。《中国语书法之拉丁化》，萧爱梅（萧三）作，原刊苏联的世界语刊物《新阶段》，后由焦风（方善境）译出，作为《每日国际文选》的第十二号，1933年8月12日出版。

〔44〕《世界》 上海世界语者协会编印的世界语月刊，1932年12月到1936年12月出刊。《言语科学》是《世界》的每月增刊，创刊于1933年10月；它的第九、十号合刊（即《世界》1934年6、7月号合刊的增刊）上载有应人（霍应人）作的《中国语书法拉丁化方案之介绍》一文。

〔45〕"大众的事情，要大众自己来做！" 在当时大众语文学的论争中，报刊上曾有过不少这类议论，如吴稚晖在1934年8月1日《申报·自由谈》发表的《大众语万岁》一文中说："让大众自己来创造，不要代办。"章克标在《人言》第二十一期（1934年7月7日）中说："大众语文学是要由大众自己创造出来的，才算是真正的大众语文学。"

〔46〕"文艺的政治宣传员如宋阳之流" 《社会月报》第一卷第三期（1934年8月15日）发表李焰生的《由大众语文文学到国民语文文学》一文中说，"所谓大众语文，意义是模糊的，提倡不是始自现在，那些文艺的政治宣传员如宋阳之流，数年前已经很热闹的讨论过"。宋阳，即瞿秋白（1899—1935），江苏常州人，中国共产党早期领导人之一。1931年至1933年在上海从事革命文化工作，与鲁迅结下友谊。1934年到中央苏区，任苏维埃政府教育人民委员。1935年3月在福建长汀被国民党当局逮捕，6月被杀害。他曾在《文学月报》第一卷第一号、第三号（1932年6月、10月）先后发表《大众文艺的问题》和《再论大众文艺答止敬》两文。

〔47〕大家都变成文学家了 1934年8月1日、2日《申报·电影专刊》发表米同的《"大众语"根本上的错误》一文中说："要是照他们所说，用'大众语'来写作一切文艺作品的话，到了那个时限，一切的人都可以说出就是文章，记下来就是作品，那时不是文学毁灭的时候，就是大家都成了文学家了。"

〔48〕《目连救母》 参见上卷《社戏》注〔2〕。唐代已有《大目乾连冥间救母变文》，以后曾被编成多种戏曲，这里是指绍兴戏。无常鬼，即迷信传说中的"勾魂使者"，参看上卷《无常》。

〔49〕《目连救母记》 明代新安郑之珍作。刻本卷首有"主江南试者冯"写于清光绪

二十年（1894）的序言，其中说："此书出自安徽，或云系瞽者所作，余亦未敢必也。"序言中也说到《小尼姑下山》："惟《下山》一折，较为憾事；不知清磬场中，杂此妙舞，更觉可观，大有画家绚染之法焉，余不为之咎。"

〔50〕 伊索（Aesop，约前6世纪） 相传是古希腊寓言作家，现在流传的《伊索寓言》，共有三百余篇，系后人编集。

〔51〕 梭罗古勃（Ф.Сологуб，1863—1927） 一译索洛古勃，俄国诗人和小说家，著有长篇小说《老屋》《小鬼》等。《域外小说集》（1921年上海群益书社版）中曾译载他的寓言十篇。

〔52〕 《马氏文通》 清代马建忠著，共十卷，1898年出版，是我国最早的一部较有系统的研究汉语语法的专著。《辞源》，陆尔奎等编辑，1915年上海商务印书馆印行，1931年增出"续编"，是一部说明汉语词义及其渊源、演变的工具书。

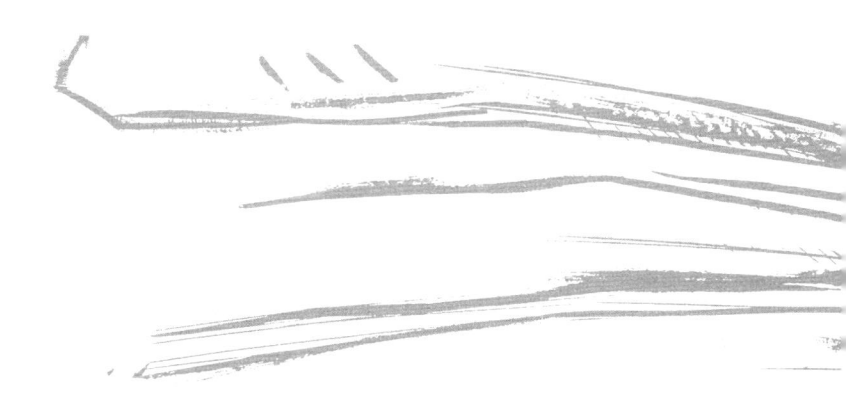

书信

书信一般带有私密性,特别是亲朋之间的通信,比较自由、坦诚与随性,也更能显示作者的生活与心绪的状况。阅读鲁迅的书信,可以丰富对鲁迅为人处世及其心路历程的了解。

人们对《两地书》可能比较感兴趣,那是鲁迅和他的学生与爱人许广平的通信。这里选收了其中的五封(有二封是鲁迅写的),是恋爱和同居前写的,虽然不见一般情书的浪漫,却也能感觉到鲁迅细腻温情的一面。鲁迅与许广平的关系受到很多非议和攻击,鲁迅也就编《两地书》作答。

另外五封信是鲁迅写给学生和朋友的,披露了当时鲁迅内心的某些侧面,在鲁迅的书信中有代表性,值得一读。

鲁迅的书信有文献价值,又有文学价值,尤其是写信时那种比较率性的语言,在白话中融入某些文言的因子,自成一种有别于他论著的韵味。现在是网络时代,人们采用短信、微信、视频等通信手段,越来越少用纸笔写信。读鲁迅的书信,会有很特别而珍贵的感觉。

鲁迅书信现存一千四百六十封,限于篇幅这里只选七封(另有许广平的三封),正所谓弱水三千,只取一瓢了。

《两地书》之一、二

【题记】1932年10月,鲁迅把他和许广平的从1925年3月至1929年6月的通信共一百三十五封(其中鲁迅信六十七封半)编辑成书,名《两地书》,1933年4月由上海青光书局初版。这里选了《两地书》的一、二和八二、八三。许广平第一次给鲁迅信(《两地书》之一),写于1925年11月3日。那时许广平正积极参与女师大学潮。许广平这封信主要是向鲁迅诉说当时女师大学潮遭到当局迫害之后,学生中出现分化和软化的情况。那时富于青春热血的激进的许广平向她的老师鲁迅"直言",希望从老师那里得到指导与慰藉。而鲁迅其时是以老师的身份回信,言辞是恳切和真诚的,然而也带点幽默。鲁迅以自己的人生经验告诉许广平,学校也是社会的缩影,"苦痛是总与人生联带的"。还提出两条如何在世上"混"的办法,其实也就是韧性战斗精神。

一

鲁迅先生:

现在写信给你的,是一个受了你快要两年的教训,是每星期翘盼着听讲《小说史略》的,是当你授课时每每忘形地直率地凭其相同的刚决的言语,好发言的一个小学生。他有许多怀疑而愤懑不平的久蓄于中的话,这时许是按抑不住了罢,所以向先生陈诉:

有人以为学校的校址,能愈隔离城市的尘嚣,政潮的影响,愈是效果佳一些。这是否有一部分的理由呢?记得在中学时代,那时也未尝不发生攻击教员,反对校长的事,然而无论反与正的那一方面,总是偏重在"人"的方面的权衡,从没有遇见过以"利"的方面为取舍。先生,这是受了都市或政潮的影响,还是年龄的增长戕害了他呢?先生,你看看罢。现在北京学界上一有驱逐校长的事,同时反对的,赞成的,立刻就各标旗帜,校长以"留学""留堂"——毕业后在本校任职——谋优良位置为钓饵,学生以权利得失为取舍,今日收买一个,明日收买一个……今日被买一个,……明日被买一个……而尤可愤恨的,是这种含有许多毒菌的空气,也弥漫于名为受高等教育之女学界了。[1]做女校长的,如果确有干才,有卓见,有成绩,原不妨公开的布告的,然而是"昏夜乞怜",丑态百出,啧啧在人耳口。但也许这是因为环境的种种关系,支配了她不得不如此罢?而何以校内学生,对于此事亦日见其软化:明明今日好好的出席,提出反对条件的,转眼就掉过头去,噤若寒蝉,或则明示其变态行动?情形是一天天的恶化了,五四以后的青年是很可悲观痛哭的了!在无可救药的赫赫的气焰之下,先生,你自然是只要放下书包,洁身远引,就可以"立地成佛"的。然而,你在仰首吸那醉人的一丝丝的烟叶的时候,可也想到有在蛊盆[2]中辗转待拔的人们么?他自信是一个刚率的人,他也更相信先生是比他更刚率十二万分的人,因为有这点点小同,他对于先生是尽量地直言的,是希望先生不以时地为限,加以指示教导的。先生,你可允许他么?

苦闷之果是最难尝的,虽然嚼过苦果之后有一点回甘,然而苦的成分太重了,也容易抹煞甘的部分。譬如饮了苦茶——药,再来细细的玩味,虽然有些儿甘香,然而总不能引起人好饮苦茶的兴味。除了病的逼迫,人是绝对不肯无故去寻苦茶喝的。苦闷之不能免掉,或者就如疾病之不能免掉一样,但疾病是不会时时刻刻在身边的——除非毕生抱病。——而苦闷则总比爱人还来得亲密,总是时刻地不招即来,挥之不去。先生,可有甚么法子能在苦药中加点糖分,令人不觉得苦辛的苦辛?而且有了糖分是否即绝对的不苦?先生,你能否不像章锡琛先生在《妇女杂志》[3]中答话的那样模胡,而给我一个真切的明白的指引?专此布达,敬候

撰安!

受教的一个小学生许广平。十一,三,十四年。

他虽则被人视为学生二字上应加一"女"字,但是他之不敢以小姐自

居,也如先生之不以老爷自命,因为他实在不配居小姐的身分地位,请先生不要怀疑,一笑。

二

广平兄:

今天收到来信,有些问题恐怕我答不出,姑且写下去看——

学风如何,我以为是和政治状态及社会情形相关的,倘在山林中,该可以比城市好一点,只要办事人员好。但若政治昏暗,好的人也不能做办事人员,学生在学校中,只是少听到一些可厌的新闻,待到出了校门,和社会相接触,仍然要苦痛,仍然要堕落,无非略有迟早之分。所以我的意思,以为倒不如在都市中,要堕落的从速堕落罢,要苦痛的速速苦痛罢,否则从较为宁静的地方突到闹处,也须意外地吃惊受苦,而其苦痛之总量,与本在都市者略同。

学校的情形,也向来如此,但一二十年前,看去仿佛较好者,乃是因为足够办学资格的人们不很多,因而竞争也不猛烈的缘故。现在可多了,竞争也猛烈了,于是坏脾气也就彻底显出。教育界的称为清高,本是粉饰之谈,其实和别的什么界都一样,人的气质不大容易改变,进几年大学是无甚效力的。况且又有这样的环境,正如人身的血液一坏,体中的一部分决不能独保健康一样,教育界也不会在这样的民国里特别清高的。

所以,学校之不甚高明,其实由来已久,加以金钱的魔力,本是非常之大,而中国又是向来善于运用金钱诱惑法术的地方,于是自然就成了这现象。听说现在是中学校也有这样的了。间有例外,大约即因年龄太小,还未感到经济困难或花费的必要之故罢。至于传入女校,当是近来的事,大概其起因,当在女性已经自觉到经济独立的必要,而借以获得这独立的方法,则不外两途,一是力争,一是巧取。前一法很费力,于是就堕入后一手段去,就是略一清醒,又复昏睡了。可是这情形不独女界为然,男人也多如此,所不同者巧取之外,还有豪夺而已。

我其实那里会"立地成佛",许多烟卷,不过是麻醉药,烟雾中也没有见过极乐世界。假使我真有指导青年的本领——无论指导得错不错——我决不藏匿起来,但可惜我连自己也没有指南针,到现在还是乱闯。倘若闯入深渊,自己有自己负责,领着别人又怎么好呢?我之怕上讲台讲空话者就为此。记得有一种小说里攻击牧师,说有一个乡下女人,向牧师沥诉困苦的半生,请他救助,牧师听毕答道:"忍着罢,上帝使你在生前受苦,死后定当赐福的。"[4]其实古今的圣贤以及哲人学者之所说,何尝能比这高明些。他们之所谓"将来",不就是牧师之所谓"死后"么。我所知道的话就全是这样,我不相信,但自己也并无更好的解释。章锡琛先生的答话是一定要模胡的,听说他自己在书铺子里做伙计,就时常叫苦连天。

我想,苦痛是总与人生联带的,但也有离开的时候,就是当熟睡之际。醒的时候要免去若干苦痛,中国的老法子是"骄傲"与"玩世不恭",我觉得我自己就有这毛病,不大好。苦茶加糖,其苦之量如故,只是聊胜于无糖,但这糖就不容易找到,我不知道在那里,这一节只好交白卷了。

以上许多话,仍等于章锡琛,我再说我自己如何在世上混过去的方法,以供参考罢——

一,走"人生"的长途,最易遇到的有两大难关。其一是"歧路",倘是墨翟[5]先生,相传是恸哭而返的。但我不哭也不返,先在歧路头坐下,歇一会,或者睡一觉,于是选一条似乎可走的路再走,倘遇见老实人,也许夺他食物来充饥,但是不问路,因为我料定他并不知道的。如果遇见老虎,我就爬上树去,等它饿得走了再下来,倘它竟不走,我就自己饿死在树上,而且先用带子缚住,连死尸也决不给它吃。但倘若没有树呢?那么,没有法子,只好请它吃了,但也不妨也咬它一口。其二便是"穷途"了,听说阮籍[6]先生也大哭而回,我却也像在歧路上的办法一样,还是跨进去,在刺丛里姑且走走。但我也并未遇到全是荆棘毫无可走的地方过,不知道是否世上本无所谓穷途,还是我幸而没有遇着。

二,对于社会的战斗,我是并不挺身而出的,我不劝别人牺牲什么之类者就为此。欧战的时候,最重"壕堑战",战士伏在壕中,有时吸烟,也唱歌,打纸牌,喝酒,也在壕内开美术展览会,但有时忽向敌人开他几枪。中国多暗箭,挺身而出的勇士容易丧命,这种战法是必要的罢。但恐怕也有时会逼到非短兵相接不可的,这时候,没有法子,就短兵相接。

总结起来,我自己对于苦闷的办法,是专与袭来的苦痛捣乱,将无赖手段当作胜利,硬唱凯歌,算是乐趣,这或者就是糖罢。但临末也还是归结到"没有法子",这真是没有法子!

以上,我自己的办法说完了,就不过如此,而且近于游戏,不像步步走在人生的正轨上(人生或者有有正轨罢,但我不知道)。我相信写了出来,未必于你有用,但我也只能写出这些罢了。

鲁迅。三月十一日。

注释:

〔1〕 这是对当时北京女子师范大学校长杨荫榆行为的揭露。据该校学生自治会出版的《驱杨运动特刊》记述,杨荫榆除迫害反对她的学生外,又对某些学生进行利诱,如声称"某校欲聘○○教员,同学中有欲担任者,请至校长办公室接洽","北京某大学欲聘助教,月薪十五元,倘能继续任职者,每年可加至七百元",等等。

〔2〕 蚤盆　蚤,蝎子类毒虫。蚤盆,盛毒虫的盆。

〔3〕 章锡琛(1889—1969)　字雪村,浙江绍兴人。当时任商务印书馆《妇女杂志》主编,经常在该刊"通讯"栏内,解答读者提出的各种问题。《妇女杂志》,月刊,1915年1月在上海出版,1931年12月停刊。

〔4〕 见波兰作家显克微支的中篇小说《炭画》第六章。

〔5〕 墨翟　参见上卷《非攻》注〔3〕。《吕氏春秋·慎行论·疑似》曾说他"见歧道而哭之"。

〔6〕 阮籍　参见本卷《魏晋风度及文章与药及酒之关系》注〔46〕,三国魏诗人。《晋书·阮籍传》曾说他"时率意独驾,不由径路,车迹所穷,辄恸哭而返"。

《两地书》之八二、八三

【题记】鲁迅本来准备为了他的包办婚姻做一世的牺牲,但感情是难以控制的——他跟许广平恋爱了。他们离开北京,虽然两人分别到厦门和广州,且约定两年之后才结合,但鲁迅还是"有莫明其妙的悲哀"。他在1926年11月15日给许广平信中说,要和朋友商量一下以后的生活,寻找"一条光"。许广平勇敢地表白自己的爱,批评鲁迅不能一面反对这旧社会留给他的"遗产",一面又不敢舍弃这"遗产","于是只好甘心做一世农奴"。鲁迅显然受到许广平的鼓励,回信做了"自我批评":"我一生的失计,即在向来不为自己生活打算,一切听人安排",表示要振作起来,去和许广平在一起,改变他的"农奴生活"。读这些信,可以了解鲁迅私人生活的某些侧面,我们看到的不是浪漫的爱情,而是他们那一代所背负的沉重历史包袱。

八二

MY DEAR TEACHER[1]:

现在是星期日的下午二时,我从家里回到学校。至十一月十六日止连收你发牢骚的信,此后就未见信来,是没有牢骚呢,还是忍着不发?我这两天是在等信,至迟明天也许会到罢,我这信先写在这里,打算明天收到你的来信后再寄。

我十七日寄上一信及印章背心,此时或者将到了。但这天我校又发生了事故,记得前信已经提及,校长原是想要维持到本月三十的,而不料于十七日晨已决然离校,留下一封信,嘱教务,总务,训育三人代拆代行,一面具呈教育厅辞职,这事迫得我们三人没有办法。如何负责呢?学校又正值多事之秋,我们便往教厅面辞这些责任,教厅允寻校长,并加经费,十九日来了一封公函,是慰留校长,并答应经费照豫算支给的。但校长以为这不过口惠,仍不回校。现在校中无款,总务无法办;无教员,教务无法办;学潮未平,训育无法办。所以我们昨天又去一函,要教厅速觅校长,或派人暂代,以免重负,然而一时是恐怕不会有结果的。

现时我最觉得无聊的,是校长未去,还可向校长辞职,此刻则办事不能,摆脱又不可,真是无聊得很。

报章说你已允到中大来,确否?许多人劝我离开女师,仍在广州做事,不要远去。如广州有我可做的事,我自然也可以仍在这里的。

昨接逢吉信,说未有工夫来,并问我旧校地址,说俟后再来访,我觉得他其实并无事情,打算不回复了。

十一月廿一日下午二时。

MY DEAR TEACHER:

现在是星一(廿二)晚十时,我刚从会议后回校。自前星三校长辞职后,我几乎没有一点闲工夫了,但没有在北京时的气愤,也没有在北京时的紧张,因为事情和环境与那时完全两样。

今日晨往教厅欲见厅长,说明学校现状,不遇;午后一时往教育行政委员会,又不遇,约四时在厅相见。届时前往,见了。商量的结果,是欠薪一层,由教厅于星四(廿五)提出省务会议解决,校长仍挽留,在未回校前,则由三部负责维持。这么一来,我们就又须维持至十二月初,看发款时教厅能否照案办理,或至本星期四,看省务会议能否通过欠薪案,再作计较了。

你到广州认为不合的几点,依我的意见:一,你担任文科,并非政治,只要教得学生好就是了,治校恐不怎样着重;二,政府迁移,尚未实现,"外江佬"之入籍,当然不成问题;三,他行止原未一定,熟人也以在广州者为多,较易设法,所以十之九是还在这里的。

来信之末说到三种路,在寻"一条光"[2],我自己还是世人,离不掉环境,教我何从说起。但倘到必要时,我算是一个陌生人,假使从旁发一通批评,那我就要说,你的苦痛,是在为旧社会而牺牲了自己。旧社会留给你苦痛的遗产[3],你一面反对这遗产,一面又不敢舍弃这遗产,恐怕一旦摆脱,在旧社会里就难以存身,于是只好甘心做一世农奴,死守这遗产。有时也想另谋生活,苦苦做工,但又怕这生活还要遭人打击,所以更无办法,"积几文钱,将来什么事都不做,苦苦过活",就是你防御打击的手段,然而这第一法,就是目下在厦门也已经耐不住了。第二法是在北京试行了好几年的傻事,现在当然可以不提。只有第三法还是疑问,"为生存和报复起见,便什么事都敢做,但不愿……"这一层你也知道危险,于生活无把握,而且又是老脾气,生怕对不起人。总之,第二法是不顾生活,专戕自身,不必说了,第一第三俱想生活,一是先谋后享,三是且谋且享。一知其苦,三觉其危。但我们也是人,谁也没有逼我们独来吃苦的权利,我们也没有必须受苦的义务的,得一日尽人事,求生活,即努力做去就是了。

我的话是那么率直,不知道说得太过分了没有?因为你问起来,我只好照我所想到的说出去,还愿你从长计议才好。

　　　　YOUR H.M.[4] 十一月廿二晚十一时半。

八三

广平兄:

二十六日寄出一信,想当已到。次日即得二十三日来信,包裹的通知书,也一并送到了,即向邮政代办处取得收据,星期六下午已来不及。星期日不办事,下星期一(廿九日)可以取来,这里的邮政,就是如此费事。星期六这一天,我同玉堂往集美学校讲演[5],以小汽船来往,还耗去了一整天;夜间会客,又耗去了许多工夫,客去正想写信,间壁的礼堂里走了电,校役吵嚷,校警吹哨,闹得"石破天惊"[6],究竟还是物理学教授有本领,走进去关住了总电门,才得无事,只烧焦了几块木头。我虽住在并排的楼上,但因为墙是石造的,知道不会延烧,所以并不搬动,也没有损失,不过因了电灯俱熄,洋烛的光摇摇而昏暗,于是也不能写信了。

我一生的失计,即在向来不为自己生活打算,一切听人安排,因为那时豫料是活不久的。后来豫料并不确中,仍能生活下去,遂至弊病百出,十分无聊。再后来，思想改变了，但还是多所顾忌，这些顾忌，大部分自然是为生活，几分也为地位，所谓地位者，就是指我历来的一点小小工作而言，怕因我的行为的剧变而失去力量。这些瞻前顾后，其实也是很可笑的，这样下去，更将不能动弹。第三法最为直截了当，而细心一点，也可以比较的安全，所以一时也决不定。总之，我先前的办法已是不妥，在厦大就行不通，我也决计不再敷衍了，第一步我一定于年底离开这里，就中大教授职。但我极希望H.M.也在同地，至少可以时常谈谈，鼓励我再做些有益于人的工作。

　　昨天我向玉堂提出以本学期为止，即须他去的正式要求，并劝他同走。对于我走这一层，略有商量的话，终于他无话可说了。他自己呢，我看未必走，再碰几个钉子，则明年夏天可以离开。

　　此地无甚可为。近来组织了一种期刊，而作者不过寥寥数人，或则受创造社影响，过于颓唐，或则像狂飙社嘴脸，大言无实；又在日报上添了一种文艺周刊[7]，恐怕也不见得有什么好结果。大学生都很沉静，本地人文章，则"之乎者也"居多，他们一面请马寅初写字，一面要我做序，真是一视同仁，不加分别。有几个学生因为我和兼士在此而来的，我们一走，大约也要转学到中大去。

　　离开此地之后，我必须改变我的农奴生活；为社会方面，则我想除教书外，仍然继续作文艺运动，或其他更好的工作，俟那时再定。我觉得现在H.M.比我有决断得多，我自到此地以后，仿佛全感空虚，不再有什么意见，而且有时确也有莫明其妙的悲哀，曾经作了一篇我的杂文集的跋[8]，就写着那时的心情，十二月末的《语丝》上可以发表，你一看就知道。自己也明知道这是应该改变的，但现在无法，明年从新来过罢。

　　逢吉既知道通信地方，何以又须详询住址，举动颇为离奇。我想，他是在研究 H.M. 是否真在广州办事，也说不定。因他们一群中流言甚多，或者会有 H.M. 亦在厦门之说也。

　　女师校长给三主任的信，我在报上早见过了。现在未知如何？无米之炊，是人力所做不到的。能别有较好之地，自以从速走开为宜。但在这个时候，不知道可有这样凑巧的处所？

迅。十一月廿八日午十二时。

注释：

〔1〕　MY DEAR TEACHER　英文，即"亲爱的老师"。许广平到广州后，给鲁迅写信多用此称呼。

〔2〕　来信之末说到三种路，在寻"一条光"　指鲁迅1926年11月15日给许广平信，其中说到自己在静夜中思索这几年看惯了人们嘴脸的变化，有时不免愤激，又迟疑于此后所走的路，一是"将来什么事都不做，顾自己苦苦过活"，二是"再不顾自己，为人们做些事，将来饿肚也不妨，也一任别人唾骂"，三是"什么事都敢做，但不愿失了我的朋友"。又说，第二条"觉得太傻"，"前一条当先托庇于资本家，恐怕熬不住。末一条则颇险，也无把握（于生活），而且又略有所不忍。所以实在难于下一决心，我也想写信和我的朋友商议，给我一条光"。

〔3〕　旧社会留给你苦痛的遗产　是指鲁迅的原配妻子朱安。鲁迅从1906年结婚到1926年离开北京的家为止，与朱安做了整整二十年的挂名夫妻，这二十年鲁迅过的是单身汉的孤独生活。成婚的那年，鲁迅二十五岁，朱安二十八岁，俩人一生中最好的年华，成了封建包办婚姻制度的殉葬品。鲁迅对老友许寿裳讲妻子朱安："这是母亲给我的一件礼物，我只能好好地供养她，爱情是我所不知道的。"鲁迅本想就此为这婚姻牺牲一生，可是感情是难于控制的，他和学生许广平恋爱了。鲁迅当时的思想压力极大，因为自己毕竟已有家室，他和许广平又是师生关系，年龄相差很大，所以两人是否在一起，鲁迅是很挣扎的。许广平直言"遗产"问题不应该妨碍他们建立新生活，是以表达自己大胆的爱，鼓励鲁迅不再犹疑挣扎。

〔4〕　YOUR H.M.　"H.M."是"害马"的拼音简写。英文"你的害马"，是爱人之间的戏称。因北京女子师范大学校长杨荫榆开除包括许广平在内的六位学生会干事，在公告中有"即令出校，以免害群"等语，故称。

〔5〕　往集美学校讲演　讲稿佚。据《鲁迅日记》，这次讲演在1926年11月27日。讲演内容参看《华盖集续编·海上通讯》。

〔6〕　"石破天惊"　语见李贺《李凭箜篌引》："女娲炼石补天处，石破天惊逗秋雨。"

〔7〕　指《鼓浪》周刊。厦门大学学生组织的鼓浪社创办，附《民钟日报》发行。1926年12月1日创刊，次年1月5日出至第七期停刊。

〔8〕　指《写在〈坟〉后面》。

致宋崇义[1]

【题记】这是鲁迅1920年的书信中迄今仅见的一封。收信人是鲁迅先生在浙江两级师范学堂任教时的学生,鲁迅当时返乡接家人赴京,给他回复这封信。这时的鲁迅在北洋政府教育部当佥事(相当于处长),业余写作,还在北大、北师大等校兼课。这封信约略可见他当时的心绪,以及对于时局的看法。尽管有些悲观,他还是预言一切旧的社会秩序、陈腐的封建思想"无论如何,定必崩溃"。

知方同学兄足下:

  日前蒙惠书,祇悉种种。

  仆于去年冬季,以挈眷北来,曾一返越中,往来匆匆,在杭在越之诸友人,皆不及走晤;迄今犹以为憾!

  比年以来,国内不靖,影响及于学界,纷扰已经一年。世之守旧者,以为此事实为乱源;而维新者则又赞扬甚至。全国学生,或被称为祸萌,或被誉为志士;然由仆观之,则于中国实无何种影响,仅是一时之现象而已;谓之志士固过誉,谓之乱萌,亦甚冤也。

  南方学校现象,较此间似尤奇诡,分教员为四等,[2]可谓在教育史上开一新纪元,北京尚无此举,惟高等工业抬出校长,[3]略堪媲美而已。然此亦只因无校长提倡,故学生亦不发起;若有如姜校长[4]之办法,则现象当亦相同。世之论客,好言南北之别,其实同是中国人,脾气无甚大异也。

  近来所谓新思潮者,在外国已是普遍之理,一入中国,便大吓人;提倡者思想不彻底,言行不一致,故每每发生流弊,而新思潮之本身,固不任其咎也。

  要之,中国一切旧物,无论如何,定必崩溃;倘能采用新说,助其变迁,则改革较有秩序,其祸必不如天然崩溃之烈。而社会守旧,新党又行不顾言,一盘散沙,无法粘连,将来除无可收拾外,殆无他道也。

今之论者,又惧俄国思潮传染中国,足以肇乱,此亦似是而非之谈,乱则有之,传染思潮则未必。中国人无感染性,他国思潮,甚难移殖;将来之乱,亦仍是中国式之乱,非俄国式之乱也。而中国式之乱,能否较善于他式,则非浅见之所能测矣。

要而言之,旧状无以维持,殆无可疑;而其转变也,既非官吏所希望之现状,亦非新学家所鼓吹之新式:但有一塌胡涂而已。

中国学共和不像,谈者多以为共和于中国不宜;其实以前之专制,何尝相宜?专制之时,亦无忠臣,亦非强国也。

仆以为一无根柢学问,爱国之类,俱是空谈;现在要图,实只在熬苦求学,惜此又非今之学者所乐闻也。此布,敬颂
曼福!

仆树 顿首 五月四日

注释:

〔1〕 宋崇义(1883—1942) 浙江上虞人。鲁迅在浙江两级师范学堂任教时的学生。曾在浙江台州中学、杭州艺术专科学校等校任教。

〔2〕 分教员为四等 "五四运动"后不久,浙江第一师范学校学生施存统发表《非孝》一文。1919年12月浙江省议会议员联名上书北洋政府,指控该校校长经亨颐"提倡非孝废孔,共产共妻",要求严办。次年2月,浙江省教育厅下令将经亨颐调离,引起学生罢课。新任校长姜琦到校后整顿,将教员分为四个等次,决定去留。

〔3〕 高等工业抬出校长 1920年2月,北京工业专门学校学生夏秀峰因参加街头演讲被捕,学生要求校长洪镕出面营救遭拒绝,引发学潮,学生要求驱逐校长。北洋政府支持洪镕,开除为首的学生。

〔4〕 姜校长 指姜琦(1886—1951),继经亨颐之后任浙江第一师范学校校长。

致李秉中[1]

【题记】1923年鲁迅在北京大学国文系讲授中国小说史时,李秉中是旁听生之一,后与鲁迅交往甚密。现存鲁迅给李秉中信二十一封。此信写于1924年9月24日。鲁迅很坦然地向他的学生提到自己"喜欢寂寞,又憎恶寂寞"。这其实是鲁迅性格的两方面,厌恶俗人俗套,不喜交游,宁可独处享受寂寞。他总是要直面现实,说出真话;又担心别人听信他的"真话","怕他要陷入我一类的命运",所以又会感到"悲哀"。鲁迅承认自己的灵魂里"有毒气和鬼气,我极憎恶他,想除去他,而不能"。鲁迅思想的深刻,除了无所畏惧地正面现实,还在于他时常敢于"自剖",从自身去挖掘人性的弱点乃至黑暗。

庸倩兄:

回家后看见来信。给幼渔[2]先生的信,已经写出了,我现在也难料结果如何,但好在这并非生死问题的事,何妨随随便便,暂且听其自然。

关于我这一方面的推测,并不算对。我诚然总算帮过几回忙,但若是一个有力者,这些便都是些微的小事,或者简直不算是小事,现在之所以看去很像帮忙者,其原因即在我之无力,所以还是无效的回数多。即使有效,也〔不〕算什么,都可以毫不放在心里。

我恐怕是以不好见客出名的。但也不尽然,我所怕见的是谈不来的生客,熟识的不在内,因为我可以不必装出陪客的态度。我这里的客并不多,我喜欢寂寞,又憎恶寂寞,所以有青年肯来访问我,很使我喜欢。但我说一句真话罢,这大约你未曾觉得的,就是这人如果以我为是,我便发生一种悲哀,怕他要陷入我一类的命运;倘若一见之后,觉得我非其族类,不复再来,我便知道他较我更有希望,十分放心了。

其实我何尝坦白？我已经能够细嚼黄连而不皱眉了。我很憎恶我自己，因为有若干人，或则愿我有钱，有名，有势，或则愿我陨灭，死亡，而我偏偏无钱无名无势，又不灭不亡，对于各方面，都无以报答盛意，年纪已经如此，恐将遂以如此终。我也常常想到自杀，也常想杀人，然而都不实行，我大约不是一个勇士。现在仍然只好对于愿我得意的便拉几个钱来给他看，对于愿我灭亡的避开些，以免他再费机谋。我不大愿意使人失望，所以对于爱人和仇人，都愿意有以骗之，亦即所以慰之，然而仍然各处都弄不好。

我自己总觉得我的灵魂里有毒气和鬼气，我极憎恶他，想除去他，而不能。我虽然竭力遮蔽着，总还恐怕传染给别人，我之所以对于和我往来较多的人有时不免觉到悲哀者以此。

然而这些话并非要拒绝你来访问我，不过忽然想到这里，写到这里，随便说说而已。你如果觉得并不如此，或者虽如此而甘心传染，或不怕传染，或自信不至于被传染，那可以只管来，而且敲门也不必如此小心。

树人 廿四日夜

注释：

〔1〕 李秉中（？—1940） 字庸倩，四川彭山人，1923年到北京大学为旁听生，曾听鲁迅讲授中国小说史。1924年11月去广州入黄埔军校，次年参加北伐东征。1926年保送到苏联中山大学学习。1927年回国，后赴日本学习军事。1932年返国后，在南京政府军事机关任职。此信写于1924年9月24日。李秉中与鲁迅交往甚密，通信频繁。

〔2〕 幼渔 马裕藻（1878—1945），字幼渔。早年留学日本，后担任浙江教育司视学、北京大学国文系主任。和鲁迅过从甚密。1920年8月鲁迅被聘为北京大学国文系兼职讲师，即由马裕藻递送聘书。此信提到给幼渔先生信，是推荐李秉中一部书稿，并请帮助李解决债务问题。

致韦素园

【题记】素园,即韦素园,未名社成员,曾在北大旁听鲁迅的课,与鲁迅有许多通讯。韦素园勤于文学翻译,译著有俄国果戈理小说《外套》、梭罗古勃的《邂逅》等,还创作有大量散文、诗歌等作品。逝世后,鲁迅曾撰写《忆韦素园君》一文悼念。鲁迅此信写于1929年3月22日。信中表达了对翻译外国文学的重视,还坦然提到自己准备迎接的"新生活",宣称自己勇敢的爱,反倒让当时那些流言制造者露出"屄头"的难堪。从中亦可看到鲁迅性情与当时情状的一部分。

素园兄:

二月十五日给我的信,早收到了。还记得先前有一封信未复。因为信件多了,一时无从措手,一懒,便全部懒下去了。连几个熟朋友的信,也懒在内,这是很对不起的,但一半也因为各种事情曲折太多,一时无从说起。

关于 Gorki 的两条[1],我想将来信摘来登在《奔流》十期上。那纪念册不知道见了没有,我想,看看不妨,译是不可的。即如你所译的卢氏论托尔斯泰那篇[2],是译起来很费力的硬性文字——这篇我也曾从日文重译,给《春潮》月刊[3],但至今未印出——我想你要首先使身体好起来,倘若技痒,要写字了,至多也只好译译《黄花集》上所载那样的短文。

我所译的 T. iM[4],篇幅并不多,日译是单行本,但我想且不出它。L. 还有一篇论 W. Hausenstein 的[5],觉得很好,也许将来译它出来,并出一本。

上海的市民是在看《开天辟地》(现在已到"尧皇出世"了)和《封神榜》这些旧戏,新戏有《黄慧如产后血崩》(你看怪不怪?),有些文学家是在讲革命文学。对于 Gorky,去年似乎有许多人要译他的著作,现在又不听见了,大约又冷下去了。

你说《奔流》绍介外国文学不错,我也是这意思,所以每期总要放一两篇论文。但读者却最讨厌这些东西,要看小说,看下去很畅快的小说,不费心思的。所以这里有些书店,已不收翻译的稿子,创作倒很多。不过不知怎地,我总看不下去,觉得将这些工夫,去看外国作品,所得的要多得多。

我近来总是忙着看来稿,翻译,校对,见客,一天都被零碎事化去了。经济倒还安定的,自从走出北京以来,没有窘急过。至于"新生活"的事,我自己是川岛到厦门以后,才听见的。他见我一个人住在高楼上,很骇异,听他的口气,似乎是京沪都在传说,说我携了密斯许同住于厦门了。那时我很愤怒。但也随他们去罢。其实呢,异性,我是爱的,但我一向不敢,因为我自己明白各种缺点,深恐辱没了对手。然而一到爱起来,气起来,是什么都不管的。后来到广东,将这些事对密斯许说了,便请她住在一所屋子里——但自然也还有别的人。前年来沪,我也劝她同来了,现就住在上海,帮我做点校对之类的事——你看怎样,先前大放流言的人们,也都在上海,却反而哑口无言了,这班孱头,真是没有骨力。

但是,说到这里为止,疑问之处尚多,恐怕大家都还是难于"十分肯定"的,不过我且说到这里为止罢,究竟如何,且听下回分解罢。

不过我的"新生活",却实在并非忙于和爱人接吻,游公园,而苦于终日伏案写字,晚上是打牌声,往往睡不着,所以又很想变换变换了,不过也无处可走,大约总还是在上海。

迅 上 三月廿二夜

现在正在翻译 Lunacharsky 的一本《艺术论》[6],约二百页,下月底可完。

注释:

〔1〕 Gorki 即苏联作家高尔基。两条,指韦素园对郁达夫译载于《奔流》第一卷第七期《托尔斯泰回忆杂记》中两处误译提出的改正意见。

〔2〕 卢氏 指卢那察尔斯基(Lunacharsky,1875—1933),苏联文艺批评家,曾任苏联第一任教育部长。论托尔斯泰那篇,指《托尔斯泰之死与少年欧罗巴》,韦素园和鲁迅均有译文。

〔3〕 《春潮》月刊　文艺刊物,1928年11月创刊,次年9月停刊。

〔4〕 T.iM　即《托尔斯泰与马克斯》,卢那察尔斯基的演讲稿,有鲁迅据日文翻译的重译本,连载于《奔流》月刊第一卷第七、八期(1928年12月、1929年1月)。

〔5〕 指卢那察尔斯基的《霍善斯坦因论》,鲁迅曾拟翻译,但未译成。霍善斯坦因(1882—1957),德国文艺批评家。

〔6〕 即卢那察尔斯基的《艺术论》,鲁迅据日译本重译,1929年4月上海大江书铺出版。

致曹聚仁

【题记】曹聚仁(1900—1972),现代著名记者、作家。撰有《鲁迅年谱》《鲁迅评传》。1927年12月鲁迅应邀到上海暨南大学做《文艺与政治的歧途》演讲,曹聚仁担任记录。1932年主编《涛声》半月刊,开始与鲁迅交往,彼此有很多书信来往。这封信写于1933年6月18日。当天鲁迅获悉中国民权保障同盟总干事杨铨被国民党特务暗杀,非常愤慨,所以在信的开头就拿明朝特务机构"东厂",来和国民党当局的白色恐怖相比。而对于"胡公适之之侃侃而谈",为当局的统治做所谓"法理"的辩解,也嗤之以鼻。心中对"今之青年……更重目前之益,为了一点小利,而反噬构陷",这段话让人想到现实中的所谓"精致的利己主义者"。

聚仁先生:

惠书敬悉。近来的事,其实也未尝比明末更坏,不过交通既广,智识大增,所以手段也比较的绵密而且恶辣。然而明末有些士大夫,曾捧魏忠贤[1]入孔庙,被以衮冕,现在却还不至此,我但于胡公适之之侃侃而谈[2],有些不觉为之颜厚有忸怩耳[3]。但是,如此公者,何代蔑有哉[4]。

渔仲亭林[5]诸公,我以为今人已无从企及,此时代不同,环境所致,亦无可奈何。中国学问,待从新整理者甚多,即如历史,就该另编一部。古人告诉我们唐如何盛,明如何佳,其实唐室大有胡气,明则无赖儿郎,此种物件,都须褫其华衮,示人本相,庶青年不再乌烟瘴气,莫名其妙。其他如社会史,艺术史,赌博史,娼妓史,文祸史……都未有人著手。然而又怎能著手?居今之世,纵使在决堤灌水,飞机掷弹范围之外,也难得数年粮食,一屋图书。我数年前,曾拟编中国字体变迁史及文学史稿各一部,先从作长编入手,但即此长编,已成难事,剪取欤,无此许多书,赴图书馆抄录欤,上海就没有图书馆,即有之,一人无此精力与时光,请书记又有欠薪之惧,所以直到现在,还是空谈。现在做人,似乎只能随时随手做点有益于人之事,倘其不能,就做些利己而不损人之事,又不能,则做些损人利己之事。只有损人而不利己的事,我是反对的,如强盗之放火是也。

知识分子以外,现在是不能有作家的,戈理基[6]虽称非知识阶级出身,其实他看的书很不少,中国文字如此之难,工农何从看起,所以新的文学,只能希望于好的青年。十余年来,我所遇见的文学青年真也不少了,而希奇古怪的居多。最大的通病,是以为因为自己是青年,所以最可贵,最不错的,待到被人驳得无话可说的时候,他就说是因为青年,当然不免有错误,该当原谅的了。而变化也真来得快,三四年中,三翻四覆的,你看有多少。

古之师道,实在也太尊,我对此颇有反感。我以为师如荒谬,不妨叛之,但师如非罪而遭冤,却不可乘机下石,以图快敌人之意而自救。太炎先生曾教我小学[7],后来因为我主张白话,不敢再去见他了,后来他主张投壶[8],心窃非之,但当国民党要没收他的几间破屋[9],我实不能向当局作媚笑。以后如相见,仍当执礼甚恭(而太炎先生对于弟子,向来也绝无傲态,和蔼若朋友然),自以为师弟之道,如此已可矣。

今之青年,似乎比我们青年时代的青年精明,而有些也更重目前之益,为了一点小利,而反噬构陷,真有大出于意料之外者,历来所身受之事,真是一言难尽,但我是总如野兽一样,受了伤,就回头钻入草莽,舐掉血迹,至多也不过呻吟几声的。只是现在却因为年纪渐大,精力就衰,世故也愈深,所以渐在回避了。

自首之辈,当分别论之,别国的硬汉比中国多,也因为别国的淫刑不及中国的缘故。我曾查欧洲先前虐杀耶稣教徒[10]的记录,其残虐实不及中国,有至死不屈者,史上在姓名之前就冠一"圣"字了。中国青年之至死不屈者,亦常有之,但皆秘不发表。不能受刑至死,就非卖友不可,于是坚卓者无不灭亡,游移者愈益堕落,长此以往,将使中国无一好人,倘中国而终亡,操此策者为之也。

此复,并颂

著祺

鲁迅 启上 六月十八夜。

注释：

〔1〕 魏忠贤(1568—1627) 明末天启时专权的宦官。任司礼监秉笔。他掌管特务机关东厂，凶残跋扈，杀人甚多。当时趋炎附势之徒对他竞相谄媚。

〔2〕 胡公适之之侃侃而谈 指胡适1933年2月在北平《独立评论》周刊第三十八号发表的文章《民权的保障》，其中批评中国民权保障同盟要求无条件释放一切政治犯是违反法律的，所要求的不属于"民权"，而是"革命的自由权"。鲁迅曾参加中国民权保障同盟。

〔3〕 颜厚有忸怩耳 语见《尚书·五子之歌》："郁陶乎予心，颜厚有忸怩。弗慎厥德，虽悔可追。"

〔4〕 何代蔑有哉 意思是哪个朝代没有呢？"蔑"同"没"。

〔5〕 渔仲 即郑樵(1104—1162)，宋代史学家，著有《通志》。亭林，即顾炎武(1613—1682)，明末清初学者、思想家，著有《日知录》等。

〔6〕 戈理基 即苏俄作家高尔基。

〔7〕 太炎 即章太炎，参见上卷《关于太炎先生二三事》注〔1〕。1908年在东京曾为鲁迅等讲授文字学。小学，旧时关于文字、音韵、训诂等学问的统称。

〔8〕 投壶 参见上卷《关于太炎先生二三事》注〔17〕。

〔9〕 据章太炎亲属回忆，1927年"四一二"国民党"清党"时，章太炎在浙江余杭仓前镇老家的房子，曾被国民党当局没收。

〔10〕 欧洲先前虐杀耶稣教徒 约公元64年，罗马城遭大火，相传乃罗马皇帝尼禄暗中指使士兵纵火所致，此荒唐之举惹起民愤，尼禄就把纵火之事嫁祸于基督徒并下令对其进行残酷虐杀，有的被钉十字架，有的被杀被焚，甚至有被投到竞技场喂狮子的。耶稣的门徒彼得便殉难于此时。

致萧军、萧红

【题记】此信写于 1935 年 3 月 13 日。萧军（1907—1988）和萧红（1911—1942）都是东北籍作家，刘军、悄吟分别是他们俩的笔名。当时他们是夫妻，1934 年到上海，与鲁迅过从甚密。鲁迅不但在创作上指点他们，为他们的作品《八月的乡村》与《生死场》写序，还十分关心他们的生活。鲁迅与他们有多次通信。这封信对他们关心备至，其中谈及"北人爽直，而失之粗，南人文雅，而失之伪"；上海文坛"鬼魅"很多，要注意提防。

刘军
悄吟兄：

  十日信十三才收到，不知道怎的这么慢。你所发见的两点，我看是对的；至于说我的话可对呢，我决不定。使我自己说起来，我大约是"姑息"的一方面，但我知道若在战斗的时候，非常有害，所以应该改正。不过这和"判断力"大有关系，力强，所做便不错，力一弱，即容易陷于怀疑，什么也不能做了。"父爱"也一样的，倘不加判断，一味从严，也可以冤死了好子弟。

  所谓"野气"，大约即是指和上海一般人的言动不同之点，黄大约看惯了上海的"作家"，所以觉得你有些特别。其实，中国的人们，不但南北，每省也有些不同的；你大约还看不出江苏和浙江人的不同来，但江浙人自己能看出，我还能看出浙西人和浙东人的不同。普通大抵以和自己不同的人为古怪，这成见，必须跑过许多路，见过许多人，才能够消除。由我看来，大约北人爽直，而失之粗，南人文雅，而失之伪。粗自然比伪好。但习惯成自然，南边人总以像自己家乡那样的曲曲折折为合乎道理。你还没有见过所谓大家子弟，那真是要讨厌死人的。

  这"野气"要不要故意改它呢？我看不要故意改，但如上海住得久了，受环境的影响,是略略会有些变化的,除非不和社会接触。但是,装假固然不好,处处坦白,也不成,这要看是什么时候。和朋友谈心,不必留心,但和敌人对面,却必须刻刻防备。我们和朋友在一起,可以脱掉衣服,但上阵要穿甲。您记得《三国志演义》上的许褚赤膊上阵[1]么?中了好几箭。金圣叹[2]批道:谁叫你赤膊?

所谓文坛,其实也如此(因为文人也是中国人,不见得就和商人之类两样),鬼魅多得很,不过这些人,你还没有遇见。如果遇见,是要提防,不能赤膊的。好在现在已经认识几个人了,以后关于不知道其底细的人,可以问问叶他们,比较的便当。

《八月》我还没有看,要到二十边,一定有工夫来看了。近来还是为了许多琐事,加以小说选好,又弄翻译。《死魂灵》很难译,我轻率的答应了下来,每天译不多,又非如期交卷不可,真好像做苦工,日子不好过,幸而明天可完了,只有二万字,却足足化了十二天。

虽是江南,雪水也应该融流的,但不知怎的,去年竟没有下雪,这也并不是常有的事。许是去年阴历年底就想来的,因寓中走不开而止。现在孩子更捣乱了,本月内母亲又要到上海,一个担子,挑的是一老一小,怎么办呢?

金人的译文看过了,文笔很不差,一篇寄给了良友,一篇想交给《译文》[3]。

专此布复,并请

俪安。

豫 上 三月十三夜。

注释:

〔1〕 许褚赤膊上阵 见《三国演义》第五十九回《许褚裸衣斗马超》。

〔2〕 金圣叹 清初毛宗岗曾假托金圣叹批评《三国演义》。

〔3〕 指《少年维特之烦恼》,短篇小说,苏联左琴科作。金人译文载《译文》第二卷第四期(1935年6月)。